Claire Douglas arbeitete 15 Jahre lang als Journalistin, bevor sich ihr Kindheitstraum, Schriftstellerin zu werden, erfüllte. Ihre packenden Thriller sind in England und Deutschland ein riesiger Erfolg und machen sie zur gefeierten Bestsellerautorin. Mit *Liebste Tochter* und *Girls Night* schaffte sie es zuletzt bis an die Spitze der SPIEGEL-Bestsellerliste. Claire Douglas lebt mit ihrem Ehemann und ihren beiden Kindern in Bath, England.

Claire Douglas in der Presse:

»Lesenswert, weil … die Story vor Kleinstadtkulisse einfach super spannend ist.« *Grazia* über *Liebste Tochter*

»Spannung de luxe!« *Für Sie* über *Beste Freundin*

»›Beste Freundin‹ ist nicht weniger als feine, brillante Spannungsliteratur.« *Brigitte* über *Beste Freundin*

»Raffiniert konstruiert.« *NDR Kultur* über *Missing*

Außerdem von Claire Douglas lieferbar:
Missing. Niemand sagt die ganze Wahrheit. Thriller.
Still Alive. Sie weiß, wo sie dich findet. Thriller.
Vergessen. Nur du kennst das Geheimnis. Thriller.
Beste Freundin. Niemand lügt so gut wie du. Thriller.
Schönes Mädchen. Alle Lügen führen zu dir. Thriller.
Liebste Tochter. Du lügst so gut wie ich. Thriller.
Perfect Crime. Wenn niemand dir glaubt. Thriller

www.penguin-verlag.de

Claire Douglas

Girls Night

Nur eine kennt die ganze Wahrheit

Aus dem Englischen
von Ivana Marinović

PENGUIN VERLAG

Die Originalausgabe erschien 2022
unter dem Titel *The girls who disappeared*
bei Penguin, London.

MIX
Papier | Fördert gute Waldnutzung
FSC® C014496
FSC
www.fsc.org

Penguin Random House Verlagsgruppe FSC® N001967

1. Auflage

Neumarkter Straße 28, 81673 München
produktsicherheit@penguinrandomhouse.de
(Vorstehende Angaben sind zugleich Pflichtinformationen nach GPSR.)

Redaktion: Claudia Alt
Umschlaggestaltung: Favoritbüro, München
Covermotiv: © Nicole Matthew / Arcangel;
© Jelena Simic Petrovic / Arcangel; © Ensuper / Shutterstock;
© Evannovostro / Shutterstock; © Light-Studio / Shutterstock;
© deniboy / Shutterstock; © MNStudio / Shutterstock;
© Artiste2d3d / Shutterstock
Satz: Buch-Werkstatt GmbH, Bad Aibling
Druck und Bindung: GGP Media GmbH, Pößneck
Printed in Germany 2025
ISBN 978-3-328-11380-5
www.penguin-verlag.de

Für meine Leserinnen und Leser

DER UNFALL

November 1998

Sie sangen. Sie waren betrunken. Sie waren glücklich.

Das war es, woran sich Olivia hinterher am meisten erinnerte. Wie glücklich ihre Freundinnen gewesen waren.

Sally saß vorne. Das tat sie immer. Sie meinte, auf dem Rücksitz würde ihr schlecht. Und als Olivias bester Freundin stand ihr der Platz ganz selbstverständlich zu. Sally quasselte von Mal, einem Jungen, auf den sie stand und der sie endlich gefragt hatte, ob sie mit ihm ausgehen wolle; nicht dass es Olivia überrascht hätte. Die Männer zog es immer zu Sally mit ihren großen dunklen Augen und der quirligen Art – einschließlich Olivias eigenem Freund, Wesley. Das war nach wie vor ein Stein des Anstoßes zwischen den beiden, ein Thema, das mittlerweile tabu war, um ihre Freundschaft nicht zu gefährden.

Sally ließ leicht lallend und mit hoher, aufgeregter Stimme Revue passieren, wie Mal ihr einen Diamond-White-Cider ausgegeben hatte. Olivia hatte aufgrund des plärrenden Radios und des Regens, der von Minute zu Minute heftiger runterprasselte, Mühe, ihr zu folgen.

Tamzin und Katie saßen hinten – die Wimperntusche um die Augen verschmiert, die bauchfreien Glitzer-Tops unter den viel zu dünnen Jacken hervorblitzend, nach Alk und Parfüm riechend. Sie lagen einander in den Armen und führten sich auf, als wären sie immer noch im Ritzy's, während sie lautstark schmachtend *Two Become One* von den Spice Girls mitsangen.

Olivia wurde mulmig zumute. Eigentlich hatten sie ausgemacht, dass sie heute Abend nicht so viel trinken würden. Es war Tamzin gewesen, die die anderen überredet hatte. Olivia hatte sie an der Bar gesehen, als sie gerade Shots bestellte und ihr langes wasserstoffblondes Haar über die schlanken Schultern schwang, offensichtlich darauf hoffend, dass einer ihrer vielen Verehrer bezahlen würde. Und für gewöhnlich taten sie das auch. Sie war ein anderer Typ Schönheit als Sally: frecher und provokanter, mit ihren knalligen Wonderbras und Miniröcken, die ihr kaum über den Hintern reichten. Als Olivia an jenem Abend losgefahren war, um ihre Freundinnen abzuholen, hatte es noch nicht geregnet. Und als sie vor zehn Minuten den Club verließen, hatte es gerade mal genieselt. Aber mittlerweile schüttete es wie aus Eimern, sodass Olivia kaum noch die Fahrbahn sehen konnte. Der Regen sammelte sich in Bächen zu beiden Seiten ihrer Windschutzscheibe und raubte ihr fast vollkommen die Sicht, obwohl die Scheibenwischer auf Hochtouren liefen. Die Straße erstreckte sich dunkel und alles verschlingend vor ihnen, als würden sie durch den Weltraum reisen. Der aufziehende Nebel schwebte wie Trockeneis dicht über dem Boden. Da Olivia mit Fahren an der Reihe war, hatte sie den ganzen Abend nur an einem Glas Wein genippt. Trotzdem spürte sie ihn jetzt säuerlich in der Kehle brennen, während ihr kleiner Peugeot 205 von den heftigen Böen durchgerüttelt wurde. Normalerweise war sie beim Fahren nicht nervös, aber sie hatte ihre Führerscheinprüfung erst vor ein paar Monaten bestanden. Und heute Nacht war alles anders. Dabei hasste sie diese Straße ohnehin schon. Der sogenannte Devil's Corridor führte in einer schnurgeraden Linie durch den Wald, und die hohen Buchen und Tannen, die zu beiden Seiten emporragten, verliehen der Straße etwas Beklemmendes. Ein Stück vor ihnen lagen die berühmten Megalithe, dahinter ihre kleine Stadt, welche den Steinkreis umgab – eine Touristenfalle voller mystischer Eso-Lädchen und Teestuben.

Der Regen übertönte die Musik und prasselte auf den Asphalt, als würde jemand vom Himmel Pfeile abfeuern. Olivia umklammerte das Lenkrad so fest, dass ihre Knöchel weiß hervortraten. Das Getrommel draußen nahm so zu, dass die anderen abrupt aufhörten zu singen und Sally das Radio lauter stellte.

»Mach das aus!«, fauchte Olivia, und Sally gehorchte wortlos. Es war zu dunkel, um ihr Gesicht zu sehen, aber Olivia wusste, dass sie ihre Freundin gekränkt hatte. Kurz überkam sie das schlechte Gewissen – sie hasste es, Sally zu verärgern.

»Was für eine Nacht!«, rief Katie, beugte sich vor und umklammerte dabei Olivias Kopfstütze. »Schaut euch diesen Regen an.«

»Kannst du dich bitte wieder zurücklehnen?« Olivias Stimme war ungewöhnlich schroff. Katie war die Älteste und Anführerin der Clique und ließ sich nicht gern Vorschriften machen. Auch ihr Gesicht konnte Olivia nicht sehen, sich aber gut vorstellen, wie sie, an Tamzin gewandt, die Augen verdrehte. Wie auch immer, sie sah im Rückspiegel, wie Katie sich wieder nach hinten plumpsen ließ. Sie waren nicht angeschnallt.

»Ich hoffe, Mal meldet sich morgen bei mir«, sagte Sally

in dem Versuch, das angespannte Schweigen zu brechen, allerdings klang sie jetzt wesentlich gedämpfter. »Er meinte, er würde anrufen und … Scheiße! PASS AUF!«

Mitten auf der Straße stand ein Mensch.

Alles passierte so schnell … Olivia trat auf die Bremse, riss das Steuer herum. Sie gerieten ins Schleudern und drehten sich, die Räder schnitten die Böschung, sodass der Wagen die Bodenhaftung verlor; Metall schrammte über Asphalt, als sie auf dem Dach landeten. Olivia konnte gerade noch das Kreischen ihrer Freundinnen hören, als ein Schmerz durch ihre Beine riss. Dann wurde alles schwarz.

Als sie wieder zu Bewusstsein kam, lag das Auto nicht mehr auf dem Dach. Ihre Uhr blinkte bernsteingelb in der Dunkelheit: *01:10*. Wie lange war sie ohnmächtig gewesen? Es herrschte Totenstille. Von ihren Freundinnen war nichts zu hören. Ihr Herz hämmerte los, als die Erinnerung zurückkehrte. *O Gott, o Gott … Geht es ihnen gut? Sind sie verletzt? Habe ich den Menschen auf der Straße überfahren?*

Olivia versuchte sich zu bewegen, schrie aber vor Schmerz auf. Eines ihrer Beine war unter der Lenksäule eingeklemmt, die sich nach unten verschoben hatte. »Sally?« Sie drehte sich zum Beifahrersitz um. Er war leer. Wo war Sally? Sie verrenkte den Hals, um einen Blick nach hinten zu werfen, in der Erwartung, Katie und Tamzin zu sehen – voller Furcht, dass sie tot sein könnten –, aber auch sie waren nicht da. Panik erfasste sie, als ihr schlagartig klar wurde, dass sie allein im Auto war.

Waren die anderen losgezogen, um Hilfe zu holen? Aber sie befanden sich mitten im Nirgendwo, und außerdem hatte Katie ein Handy, ein rosafarbenes Nokia, auf das sie superstolz war. Immerhin hatte sie von ihnen vier den besten Job: Apothekergehilfin. Eine von ihnen hätte doch damit die Polizei alarmiert oder einen Krankenwagen gerufen. Ihre Taschen waren ebenfalls weg. Nichts im Auto wies darauf hin, dass sie jemals dringesessen hatten. Aber sie hätten sie doch nie im Leben einfach so zurückgelassen. Zumindest eine von ihnen wäre bei ihr geblieben. Sally ganz sicher. Sie war ihre beste Freundin.

Von Furcht und Schmerz gepackt, begann Olivia, unkontrolliert zu zittern; alles in ihr erstarrte zu Eis, als ihr wieder einfiel, wie es zu dem Unfall gekommen war ... Die Gestalt auf der Straße, die jetzt menschenleer dalag und sich in eine endlose dunkle Leere zu erstrecken schien.

Wer war das gewesen?

Und wohin waren ihre Freundinnen verschwunden?

TAG EINS

1

Jenna

Sprachmemo: *Montag, 26. November 2018*

The Devil's Corridor ist wohl der passende Name für diese lange, schnurgerade Landstraße, die zur Marktgemeinde Stafferbury in der Grafschaft Wiltshire führt. Im Lauf der Jahre gab es immer wieder Berichte über seltsame Ereignisse: ungeklärte Unfälle, angebliche Selbstmorde, mehrere Sichtungen vermummter Gestalten sowie Aussagen über das Weinen von Kindern in der Nacht. Doch kein Fall bleibt mysteriöser als der von Olivia Rutherford, der sich in dieser Woche vor genau zwanzig Jahren ereignete. Drei junge Frauen, die spurlos aus einem verunglückten Auto verschwanden und seither nicht gesehen wurden …

Ich pausiere die Aufnahme auf meinem Handy, während ich die Umgebung auf mich wirken lasse. Diese Straße hat definitiv etwas Unheimliches an sich. Sie sieht aus, als wäre eine Schneise quer durch den Wald geschnitten worden, und alles, was ich links und rechts von mir sehen kann, ist ein Dickicht hoher immergrüner Bäume, die sich zu dem blauvioletten Himmel und den schwarz aufgequollenen Wolken emporrecken. Bisher konnte ich keinerlei Häuser oder Gebäude ausmachen. Ich könnte mich beinahe irgendwo in der skandinavischen Wildnis befinden, nicht tief im beschaulichen Wiltshire. In den letzten zehn Minuten, die ich am Straßenrand geparkt habe, sind nur zwei Autos vorbeigefahren.

Etwas am Rande meines Sichtfelds lässt mich aufschrecken. Ein Mann späht durch das Beifahrerfenster zu mir rein, und mein Herz beginnt zu rasen. Er muss aus dem Wald gekommen sein. Er sieht aus wie Anfang fünfzig, vielleicht etwas älter. Er hat ein wettergegerbtes Gesicht, einen buschigen Bart und ebenso buschige graue Augenbrauen, die unter einem Fischerhut hervorlugen. Die Schultern unter dem wadenlangen Wachsmantel sind gebeugt. An einer Leine hält er einen weißen Windhund, eine Art Whippet, mit nur drei Beinen und einem braunen Fleck über dem linken Auge. Er blickt mich schwermütig an. Ich greife nach dem Pfefferspray in meiner Handtasche und lege es, versteckt durch meinen Oberschenkel, neben mir auf den Sitz.

Der Mann vollführt mit einer Hand eine Kurbelbewegung. Ich lasse das Fenster nur einen Spaltbreit herunter, ohne den Finger vom Schalter zu nehmen. Der Geruch von Kiefern und ungewaschener Kleidung schlägt mir entgegen.

»Kann ich Ihnen helfen?«

»Das wollt ich eigentlich Sie fragen«, erwidert er lautstark mit einem ausgeprägten West-Country-Akzent. »Haben Sie ’ne Panne? Sie sollten hier nicht halten. Ist nicht sicher, so ganz allein auf dieser Straße.« Ich bemerke einen fehlenden Schneidezahn.

Ein Donnergrollen rollt über uns hinweg, ein tiefes, tierhaftes Röhren, das mein Unbehagen nur noch verstärkt.

»Eigentlich wollte ich …« Ich zögere. Vielleicht ist es besser, ihm nicht gleich unter die Nase zu reiben, dass ich Journalistin bin. »Ich bin auf dem Weg nach Stafferbury.«

»Haben Sie sich verfahren?«

»Nein. Ich habe nur gehalten, weil ich ... etwas erledigen musste.« Mir ist bewusst, dass ich mich recht vage ausdrücke.

»Ah ja.« Er runzelt die Stirn und lässt seinen misstrauischen Blick über meinen neuen Audi Q5 schweifen, bevor er wieder auf mir landet. Seine Augen sind dunkel, beinahe schwarz. »Nun, nach Stafferbury sind es nur noch zwei Meilen direkt die Straße runter. Sie können's gar nicht verfehlen.«

»Das ist super, danke.«

Schnell lasse ich das Fenster wieder hoch, um weiteren Fragen zuvorzukommen, und meine Hände zittern, während ich den Gang einlege. Ich fahre so schnell vom Grünstreifen runter, dass die Reifen quietschen.

In meinem Rückspiegel sehe ich den Mann mit dem Hund zu seinen Füßen reglos dastehen und meinem Wagen hinterherstarren.

Als ich in Stafferbury ankomme, habe ich mich weitestgehend wieder beruhigt.

Das Städtchen ist genau so, wie ich es mir vorgestellt habe, und entspricht eins zu eins den Schwarz-Weiß-Aufnahmen, die ich mir angesehen hatte, bevor ich die mehr als zweihundert Meilen zurücklegte, um von Manchester herzufahren. Der Ortskern hat sich seit den späten 1890er-Jahren kaum verändert, und natürlich sind die Megalithe noch mal älter. Sie fallen mir als Erstes ins Auge. Sie befinden sich auf dem angrenzenden morastig aussehenden Feld zu meiner Rechten – fünf Meter voneinander entfernt, in einer Art Halbkreis angeordnet, groß und hässlich, wie ein Gebiss schiefer Zähne. Die groben Steinblöcke scheinen etwas planlos aufgerichtet worden zu sein, nicht wie in Stonehenge, und schon von hier aus kann ich erkennen, dass sich ein Algenfilm auf ihnen gebildet hat wie Plaque.

Eine Familie in bunten Regenmänteln, die Kinder in flippigen Gummistiefeln und mit einem kleinen Hund im Schlepptau, klettert über den Zaunübertritt auf das Feld mit den Megalithen. Ich frage mich, was Finn hiervon halten würde. Als mir das Bild meines zehnjährigen strubbelköpfigen Sohnes in den Sinn kommt, packt mich eine schmerzhafte Sehnsucht. Seit der Trennung von seinem Vater musste ich mich daran gewöhnen, nicht immer bei ihm zu sein – jetzt, wo wir das Sorgerecht teilen, bleibt mir nichts anderes übrig. Aber ich hasse es. Es fühlt sich an, als würde ein Teil von mir fehlen.

Die High Street im Zentrum ist in einer Hufeisenform angelegt, in deren Mitte sich ein Kriegerdenkmal befindet, welches die beiden Ortsstraßen trennt; zusätzlich zu derjenigen, über die ich gerade gekommen bin, gibt es noch eine, die aus dem Städtchen hinausführt und sich dabei zwischen zwei mittelalterlich anmutenden Gebäuden samt einem Pub an der Ecke mit dem ominösen Namen The Raven hindurchschlängelt. Allein das Schild – ein großer schwarzer Vogel mit finsteren Knopfaugen vor einem grauen Himmel – ist gruselig. Laut meinem Navi verzweigt diese Straße sich in den Seitengassen und führt von dort aus in die dahinterliegende Pampa.

Meine Unterkunft liegt im Wald, eine Hütte, die auf der Webseite einen richtig schönen, modernen Eindruck machte. Doch bevor ich dort hinfahre, wollte ich noch die High Street sehen, weshalb ich absichtlich die Abzweigung vom Devil's Corridor verpasst habe und mir jetzt auf eigene Faust den Weg zurück suche. Ich fahre gemächlich durch den weihnachtlich herausgeputzten Ort und betrachte dabei die kleinen Boutiquen, welche esoterische Deko-Objekte, Schmuck und Räucherstäbchen verkaufen, ein Café namens Bea's Tearoom in einem historischen Tudor-Gebäude, ein paar Klamottenläden, die Batik-T-Shirts und Fransenröcke führen, sowie einen Laden namens Madame Tovey's, deren Inhaberin (laut einem viel zu großen Schild vor der Tür samt Tarotkarten-Zeichnung) behauptet, die Zukunft vorhersagen zu können. Es ist ein süßes Städtchen, klein und idyllisch mit seinen Fachwerkhäusern aus der Tudor-Zeit, den kopfsteingepflasterten Gassen, den Weihnachtslichtern, die an den Bleiglasfenstern funkeln. Ich kann verstehen, was die Touristen daran finden, aber es hat auch etwas Heruntergekommenes an sich – ein bisschen wie die arme Cousine von Avebury mit seinem berühmten Steinkreis. Vielleicht ist ja im Sommer mehr los, überlege ich nachsichtig. Es ist schließlich ein nasskalter Montag im November, an dem nur wenige Menschen unterwegs sind.

Wie aufs Stichwort setzt der Regen ein, schnell und heftig trommelt er aufs Autodach. Ich bemerke, wie ein junges Pärchen sich kichernd und händchenhaltend in den nächstbesten Laden flüchtet, und verspüre einen Stich der Eifersucht. Auch Gavin und ich waren mal so gewesen.

Ich umrunde das Kriegerdenkmal, sodass sich die historische Steinformation nun zu meiner Linken befindet, bevor ich die High Street verlasse und erneut auf den düster klingenden Devil's Corridor fahre. Keine halbe Meile von den Megalithen entfernt zweigt ein Feldweg ab, der mich tiefer in den Wald führt. Während ich ihm folge, frage ich mich, ob es nicht doch ein bisschen zu abgelegen ist. Vielleicht hätte ich mir ein Bed & Breakfast im Zentrum nehmen sollen.

Nach ein paar Hundert Metern erreiche ich eine von Buchen, Kiefern und Tannen umgebene zweckmäßige Ferienhütte, wie man sie praktisch überall in Touristengebieten finden kann. Ich verlangsame, um den Namen an der Eingangstür besser lesen zu können: Fern. Ich logiere aber in Bluebell, auch wenn ich keine Ahnung habe, wo die sein soll. In einiger Entfernung meine ich noch zwei, drei weitere Hütten ausmachen zu können, aber mit dem schüttenden Regen und den dicht an dicht stehenden Bäumen lässt sich kaum was erkennen. Als ich mit Jay Knapton, dem Besitzer, telefonierte, um die Buchung vorzunehmen, hat er erklärt, dass die Anlage noch nicht ganz fertiggestellt sei und es im Moment nur ein halbes Dutzend im Wald verstreuter Hütten gebe. Er klang beeindruckt, als ich ihm den Grund meines Besuches nannte.

Ich fahre weiter, wobei meine Reifen durch den nassen Schlamm pflügen. Ich hoffe, dass die erste Hütte, Fern, belegt ist, obwohl sie eher verlassen wirkt. Die Vorstellung, allein im Wald zu sein, behagt mir nicht. Als ich mich der zweiten Hütte nähere, verlangsame ich erneut das Tempo, um den Namen an der grauen Eingangstür zu lesen. Bluebell. Erleichtert biege ich in die Einfahrt. Der Boden besteht lediglich aus Gummimatten und Rollrasen, und als ich aus dem Auto steige, versinken meine Absätze darin. Was habe ich mir bloß dabei gedacht, mit hohen Stiefeln in den Wald aufzubrechen? Gott sei Dank habe ich noch meine Gummistiefel im Auto. Einen Moment lang blicke ich an der Hütte hoch und ignoriere den Regen, der in meinen Wollmantel sickert und mein Haar durchnässt. Mich überkommen die Erinnerungen an unseren letzten Familienurlaub vergangenes Weihnachten. Finn hatte sich so gefreut – das »Haus unter den Bäumen« nannte er die Ferienhütte. Es zieht mir das Herz zusammen, als mir klar wird, dass es vielleicht nie wieder einen Familienurlaub zu dritt oder ein gemeinsames Weihnachten geben wird. Von jetzt an wird Finn entweder bei mir oder bei seinem Vater – und früher oder später auch Gavins neuer Partnerin – sein. Denn natürlich wird es eine neue Freundin geben, wenn es nicht bereits eine gibt. Aus welchem anderen Grund hätte Gavin vor vier Monaten verkünden sollen, dass er eine »Auszeit« von unserer fünfzehnjährigen Ehe benötige? Und damit auch von unserer neunzehnjährigen Beziehung? Warum sonst sollte er in eine Einzimmerwohnung in der Nähe seines Büros ziehen?

Das ist nicht das Leben, das ich mir ausgemalt habe. Es ist nicht die Zukunft, die ich will.

Weswegen ich noch immer verbittert bin. Ich bin wütend, dass mir das Leben, das ich hatte, das Leben, das ich liebte, entrissen wurde. Dass unsere kleine Familie zerbrochen ist. Dies ist nicht, was ich mir für unseren Sohn gewünscht habe. Für mich. Manchmal möchte ich Gavin so sehr wehtun – ihn bestrafen, ihn davon abhalten, dass er unseren Sohn sieht –, dass es mich innerlich auffrisst. Aber mir ist klar, dass das Finn gegenüber egoistisch und unfair wäre. Das weiß ich. Ja, wirklich. Und ich würde es auch niemals tun. Doch diese Wut … Ich hole tief Luft. Reiß dich zusammen, Jenna, ermahne ich mich. Über all das werde ich jetzt nicht nachdenken. Ich werde nicht Trübsal blasen. Ich bin hier, weil ich einen Job zu erledigen habe. Das hier ist die Chance für mich, meine Karriere zu pushen, und ich kann nicht zulassen, dass das emotionale Chaos mit Gavin mir alles vermasselt.

Ich drehe mich wieder zum Auto und öffne den Kofferraum, um meine große Reisetasche herauszunehmen. Sie wiegt gefühlt eine Tonne, und ich verfluche mich jetzt schon, so viel Zeug eingepackt zu haben. Gavin hat das früher immer wahnsinnig gemacht, da er immer nur das Nötigste mitnahm. Ich packe gerne für alle Eventualitäten, und ohne mein Glätteisen gehe ich nirgendwohin. Die Hütte verfügt über eine kleine Veranda, unter der ich Schutz suche, während ich, den Mietanweisungen entsprechend, den Schlüssel aus dem codierten Safe an der Wand hole. Der Flur ist warm und einladend, ausgestattet mit einer Garderobe, einer gepolsterten Sitzbank und ausziehbaren Weidekisten für die Schuhe. Ich hänge meinen nassen Mantel auf und setze mich auf die Bank, um meine Stiefel auszuziehen.

Der offene Wohnraum ist noch schöner, als die Fotos vermuten ließen: weiße Wände, warmer Holzdielenboden, unter dem eine Fußbodenheizung verlaufen muss, ein modernes orangefarbenes Ecksofa, Schaffellteppiche, gemütliche Decken und Kissen. An der Wand hängt ein Hirschkopf aus Stoff, um dessen Geweih sich bunte Lichterketten winden, was Finn gefallen würde. Der Sitzbereich verfügt über einen offenen Kamin samt einem Stapel Holzscheite in einem Korb daneben, und hinter dem Sofa befindet sich ein kleiner Esstisch.

Eine weiße Hochglanzküche mit Blick auf die Einfahrt schließt an den Wohnbereich an. Die Arbeitsplatten sind aus grauem Granit, und es gibt eine Kücheninsel mit Chrom-Barhockern drum herum. Ich betrachte die technischen Annehmlichkeiten: die schicke Sound-Anlage, die ich nie im Leben zum Laufen bringen werde, wohingegen Gavin, wenn er hier wäre, sie innerhalb von Minuten in Betrieb genommen hätte; dann den Heißwasserhahn, den einschüchternden Hightech-Backofen mit dem dazu passenden Kochfeld. Ich bin eher altmodisches Equipment gewohnt. Ich schlendere durch das Wohnzimmer zurück in den Flur und zu den Schlafzimmern. Es gibt ein großes Schlafzimmer mit eigenem Bad und daneben ein Zweibettzimmer. Ich versuche, nicht an Finn zu denken und daran, wie toll er es hier fände, während ich meine Reisetasche auf das Kingsize-Bett werfe.

Zurück im Wohnbereich, hole ich mein Handy aus der Umhängetasche und mache einen Schnappschuss vom Hirschkopf, um ihn Finn zu schicken, bevor ich die Haustür öffne und – froh über die Veranda – ein Foto von den Bäumen mache. Das Ergebnis ist eine atmosphärische Aufnahme des Waldes im Regen, der die Konturen der Bäume verwischt, während das violette Licht der Bodenfluter von unten durch die Zweige bricht und dem Bild ein wenig Farbe verleiht. Ich werde es später auf meiner Instagram-Seite posten. Das wird helfen, die Neugier auf das Erscheinen des Podcasts anzufachen.

Dieser Podcast war meine Idee. Kaum dass die Pressemitteilung vor ein paar Monaten auf meinem Schreibtisch landete, war ich ganz versessen darauf, alles über diesen Fall in Erfahrung zu bringen. Und es überraschte mich doch, festzustellen, dass er, abgesehen von ein paar Berichten aus den späten Neunzigern und frühen Nullerjahren, anscheinend weitestgehend in Vergessenheit geraten war. Ich selbst erinnerte mich noch gut daran, da Olivia Rutherfords Freundinnen damals, als es passierte, in ihren späten Teenagerjahren gewesen waren, so wie ich; und als ich die zerknitterte Pressemitteilung anstarrte, da wusste ich plötzlich, dass ich eine Story dazu bringen musste – und zwar nicht nur einen oberflächlichen Artikel mit drei Absätzen auf der BBC-Webseite anlässlich des zwanzigjährigen Jahrestages, sondern eine gründliche Recherche. Zum Glück war meine Herausgeberin Layla in der Redaktion in Salford ebenfalls der Meinung, dass die Geschichte perfekt zum neuen Streaming-Angebot passen würde, und so wurde ich hergeschickt, um tiefer gehende Informationen zu sammeln und so viele Interviews wie möglich aufzunehmen. Wenn ich nach Manchester zurückkehre, will Layla mir dabei helfen, daraus eine sechsteilige Serie zu machen. Ich freue mich auf die neue Herausforderung, denn obwohl ich bereits seit siebzehn Jahren Journalistin bin, habe ich bisher noch nie einen Podcast erstellt oder gehostet.

Ich kehre dem Regen den Rücken zu, schließe die Tür hinter mir und gehe in die Küche, wo ich mein Handy auf die Arbeitsplatte lege. An der Spüle stehend, sehe ich zum Fenster hinaus auf den Wald und versuche, nicht daran zu denken, wie schön und gleichzeitig bedrückend der Anblick ist. Von hier aus habe ich eine Seitenansicht auf die Hütte gegenüber, die tiefer zwischen den Bäumen gelegen ist und, bis auf ein Eck mit einem schmalen Fenster, von ihnen verdeckt wird. Im Inneren brennt Licht, und das bernsteinfarbene Leuchten hat etwas Beruhigendes. Ich bin erleichtert, dass ich doch nicht ganz allein im Wald sein werde. Dabei ist es noch nicht einmal sechzehn Uhr.

Ich brühe mir an dem schicken Heißwasserhahn einen Tee auf und bin froh, dass der Besitzer Milch, Brot, Butter und Teebeutel bereitgestellt hat; dann nehme ich an dem Esstisch Platz, krame meine Unterlagen aus der Umhängetasche und breite sie vor mir aus. Ich habe mir die alten Zeitungsberichte vom November 1998 ausgedruckt, als die drei Mädchen verschwanden, sowie ein Foto von Olivias demoliertem weißem Peugeot 205. Ein Wunder, dass überhaupt jemand da lebend herausgekommen ist. Das Bellen eines Hundes reißt mich aus meinen Überlegungen, und ich stehe auf, um einen Blick aus dem Fenster zu werfen. Ich sehe, wie jemand mit einem großen Deutschen Schäferhund an der Leine die Hütte gegenüber verlässt. Schwer zu sagen, ob es sich um einen Mann oder eine Frau handelt, da die Gestalt einen Regenparka trägt, die spitze Kapuze tief über den Kopf gezogen und unter dem Kinn zusammengebunden; aber wer auch immer, die Person ist recht groß. Ich trete näher ans Fenster und lehne mich über das Spülbecken, um besser sehen zu können. Die Gestalt bleibt einen Augenblick lang im Regen stehen und schaut zu meiner Hütte; dann, als der Hund an der Leine zerrt, biegt sie nach rechts ab und folgt einem Pfad, der tiefer in den Wald hineinführt.

Ich schließe die Vorhänge, um mich wieder meinen Unterlagen zuzuwenden, und ignoriere dabei die Schatten, die über die Wände huschen, fest entschlossen, nicht allzu lang über die Tatsache zu grübeln, dass ich mich hier ganz allein an einem Ort befinde, an dem regelmäßig unheimliche Dinge geschehen und Menschen einfach so verschwinden.

2
Olivia

Der Regen prasselt schwer auf die Rückseite von Olivias Wachsjacke, während sie sich vorbeugt, um den Huf ihres Ponys zu reinigen. Ihr Knie und ihre Wade schmerzen. So wie immer bei diesem Wetter. Sie weiß, wenn sie sich nicht beeilt, wird ihr Bein unter dem Gewicht von Sabrina einknicken. Die einzige Lichtquelle im Stall ist die flackernde Glühbirne, die jedoch so schwach ist, dass sie kaum sehen kann, was sie da tut. Nicht, dass sie das müsste. Hufe reinigen kann sie im Schlaf.

Seit dem Unfall umgibt sich Olivia lieber mit Pferden als mit Menschen. Treu, zuverlässig und trostspendend. Sie lassen einen nicht im Stich, verurteilen einen nicht und werden auch nicht wütend auf einen oder bösartig und manipulativ. Sie antworten nicht bissig, überschütten einen nicht mit Schimpfwörtern und verleiten einen nicht dazu, etwas zu tun, was einem unangenehm ist. Man weiß, woran man ist. Seit sie von dem Unfall genesen war, hat Olivia ihre Gesellschaft gesucht, was kein Problem war, da ihre Mutter die einzige Reitschule der Stadt samt den dazugehörigen Mietställen besitzt. Seit jener schicksalhaften Nacht ist sie nicht mehr Auto gefahren, doch reiten kann sie noch. Es ist ihre einzige Freiheit.

Sie bemerkt ihre Mutter erst, als sie schon neben ihr steht, ein Stirnrunzeln im Gesicht und ein Wirrwarr aus Halftern über die Schulter geworfen. Olivia hebt den Blick, wobei sie Sabrinas Bein absenkt.

»Alles in Ordnung, Liebes? Du siehst müde aus. Vielleicht solltest du Feierabend machen.«

»Bin so gut wie fertig.«

»Okay, ich packe das hier noch weg und schiebe dann die Ofenkartoffeln rein. Triffst du dich später noch mit Wes?« Der mittlerweile graue Bob ihrer Mutter klebt an ihrem Kopf, sodass sie wie eine Lego-Figur aussieht, und ein Regentropfen rinnt ihr die Stirn hinab, bis er an ihrer Nasenspitze hängen bleibt.

»Nein, heute Abend nicht.«

»Großartig. Dann können wir uns ja zusammen *This is Us* anschauen.«

Genau das ist es, was Olivia heute Abend braucht. Mit Seelenfutter vor ihrer Lieblingsserie auf dem Sofa einkuscheln. Eskapismus pur. Ihre Mutter geht in Richtung Sattelkammer davon.

Sabrina wiehert und schnaubt kräftig, sodass der Atem, der durch ihre großen Nüstern dringt, in Wolken vor ihr aufsteigt. Olivia vergräbt den Kopf am Hals des Tieres. Sie liebt den Geruch von Pferden, ihren warmen, feuchten dunstigen Duft. Sie führt das Pony in den Stall, löst das Halfter, fährt rasch und gründlich mit der Bürste über Sabrinas kastanienbraunes Fell und wirft ihr zum Schluss eine Decke über den Rücken. Sie fragt sich, ob ihre Mutter daran gedacht hat, dass am Mittwoch Jahrestag ist.

Zwanzig Jahre. Sie kann es kaum glauben. Manchmal fühlt es sich an, als wäre es gestern gewesen. Und dann wieder, als würde ein ganzes Leben dazwischenliegen.

Nun, da alle nach Hause gegangen sind, wirkt der Hof

dunkel und bedrohlich. Eigentlich sollte sie sich daran gewöhnt haben, hat sie aber nicht. Und wird sie auch nie. Die Wahrheit ist, dass ihr die Dunkelheit Angst macht. Das war schon immer so. Wenn sie damals, 1998, weniger ängstlich und dafür mutiger gewesen wäre, wenn sie die Wahrheit gesagt hätte, wären ihre Freundinnen womöglich noch hier.

Als sie aus dem Stall hinaustritt, fällt der Strahl ihrer Taschenlampe auf den regennassen Boden. »Gute Nacht, mein Goldschatz«, flüstert sie und schiebt den Riegel an der Tür vor, wobei der Wind am Saum ihrer Jacke zerrt. Sie dreht sich in Richtung der Sattelkammer, die dunkel und still daliegt. Ihre Mutter muss bereits ins Haus zurückgekehrt sein. Olivia beäugt verzagt das hölzerne Gattertor, das die Reitschule vom Haus trennt. Die Sicherheitsbeleuchtung ist erloschen, und nur in einem der Fenster in der Ferne brennt noch Licht. Zwischen dem Haus und ihr liegt eine weite, in Dunkelheit getauchte Fläche, die sie schaudern lässt. Der Regen hat zugenommen und trommelt in einem melodischen Rhythmus auf die Blechdächer der Stallungen herab. Sie zieht ihren Hut fester über ihr blondes Haar. *Das hier mache ich jeden Abend*, ruft sie sich in Erinnerung (obwohl meistens ihre Mutter auf sie wartet), und heute ist ein Abend wie jeder andere auch. Es spielt keine Rolle, dass am Mittwoch Jahrestag ist, und auch nicht, dass sie seit Wochen meint, dieses untergründige Etwas in der Stadt zu spüren, das sie nicht ganz benennen kann. Dies sind die Worte, die sie sich immer wieder sagt, während sie, so gut wie es mit ihrem hinkenden linken Bein geht, auf das Gatter zueilt; der Strahl ihrer Taschenlampe zuckt über den Weg vor ihr und erhellt die Regentropfen in der Luft.

Als sie das Tor erreicht, zieht sie den Riegel zurück, wobei sie ihre Taschenlampe senken muss. Nachdem sie hindurchgeschlüpft ist, fällt das Tor knallend zu, und plötzlich steht da jemand vor ihr. Ein weißes Gesicht, das aus der Finsternis hervorspäht. Olivia schreit auf und springt erschrocken zurück.

»Liv, Dummerchen, ich bin's«, meldet sich eine vertraute Stimme. Wesley. Es ist bloß Wesley. Natürlich, wer auch sonst. Er hält einen Golfschirm hoch und tritt nach vorne, sodass sie ebenfalls darunter steht. »Du bist ja pudelnass«, sagt er, schlingt schützend einen Arm um sie und drückt sie so fest an sich, dass sie kaum noch Luft bekommt. »Ich hab bei euch geklopft, und deine Mum meinte, dass du noch dabei wärst, hier draußen alles fertig zu machen.«

»Was machst du hier?«, ruft sie gegen den Regen an. »Ich dachte, heute verbringen wir einen getrennten Abend.«

Gegen die Regenböen ankämpfend, führt er sie Richtung Haus. »Ich wollte dich sehen. Ist das ein Verbrechen?« Seine Stimme übertönt den Wind. »Was für ein abartig beschissenes Wetter.«

Sie nickt, obwohl er sie im Dunkeln nicht sehen kann, und lehnt sich an ihn. Ihr Kopf reicht nur bis zu seiner Schulter, und ungeachtet dessen, wie fest sein Arm um ihre Taille geschlungen ist, empfindet sie seine Größe und sein Gewicht als tröstlich. Erschrocken realisiert sie, dass er ihr nun schon seit zwanzig Jahren Halt gibt. Es überrascht sie, dass er noch bei ihr ist. Aber vielleicht kommt ihre Beziehung – die selbst nie über das Dating-Stadium hinausgegangen ist, obwohl sie beide bereits Ende dreißig sind – seinem Naturell schlicht entgegen. So muss es wohl sein. Sie hat viel darüber nachgedacht, wenn sie allein im Schlafzimmer des Hauses lag, in dem sie aufgewachsen ist. Aber sie hat das Gefühl, ein statisches Leben zu leben – dieses Leben, das sie seit dem Unfall führt –, so als würde sie feststecken, unfähig, darüber hinwegzukommen, es hinter sich zu lassen, zu wachsen. Daher war es nur natürlich, wenn ihre Beziehung zu Wesley ebenfalls in der Entwicklung verhindert blieb. Sie weiß, dass andere es seltsam finden, dass sie nie geheiratet haben oder wenigstens zusammengezogen sind. Aber das ist wohl das Leben, das sie verdient hat, angesichts der Tatsache, dass sie noch hier ist, ihre Freundinnen aber nicht.

Sie wechseln kein Wort, bis sie das seltsam zusammengewürfelte Haus ihrer Mutter mit dem Buntsteinputz erreicht haben. Sie platzen in den gläsernen Windfang, der immer leicht nach Füßen und Gummi riecht; über ihren Köpfen baumelt eine nackte Glühbirne. Als Wesley den tosenden Wind und Regen aussperrt, klingeln Olivias Ohren in der plötzlich eintretenden Stille.

»Wie geht's deinem Bein?«, erkundigt er sich, während er den riesigen Regenschirm schließt und in der Ecke abstellt. Eine Speiche hat sich aus dem Stoff gelöst.

Olivia reibt sich das Knie. Es schmerzt so sehr, dass sie am liebsten heulen würde.

»Ich glaub, ich brauche mein Schmerzmittel«, antwortet sie. Sie setzt sich auf die Holzbank, und er hilft ihr, die Stiefel auszuziehen. Zwar kann sie das auch allein, aber sie weiß, dass er sich gerne nützlich fühlt. Nach dem Unfall saß sie sechs Monate im Rollstuhl, und Wesley war ihr Retter gewesen, indem er sie durch die engen Gassen von Stafferbury schob und dabei unerwünschte Kommentare und Zudringlichkeiten abschmetterte wie ein Schutzschild.

Und das tut er heute noch.

Er sieht mit ernsten blauen Augen auf und neigt, mit

angespanntem Kiefer, ganz leicht das Kinn. Dann beugt er sich runter und nimmt ihre Hände in die seinen. »Ich habe mit Ralph gesprochen«, sagt er mit düsterer Stimme. »Und ich bin gekommen, um dich zu warnen.«

»Mich warnen?« Sie verspürt einen Anflug von Panik.

»Da schnüffelt eine Journalistin herum. Denk einfach dran, was wir von Anfang an vereinbart haben, okay? Keine Interviews.« Als sie nichts sagt, wiederholt er abermals, diesmal schroffer: »Ich sagte, *okay*?« Er drückt ihre Hände noch fester, sodass sie sich wie ein Tier in der Falle vorkommt.

Sie nickt, wobei sie das Gemisch aus Angst und Zweifel runterschlucken muss, das in ihr aufsteigt. »Okay.«

3

Jenna

Es ist nach Mitternacht, ich sitze schon seit Stunden am Küchentisch und brüte über alten Artikeln und Fotos, trinke dazu Tee und dazwischen das eine oder andere Glas warmen Wein, den ich aus Manchester mitgebracht habe. Gavin mochte es nie, wenn ich zu viel trank, da er selbst Abstinenzler ist. Ich beäuge mein leeres Weinglas. Tja, das spielt jetzt keine Rolle mehr, oder? Er ist nicht hier. Ich kann so viel trinken, wie ich will. Aber das Triumphgefühl bei dem Gedanken bleibt aus. Ich seufze und schiebe die Unterlagen, die ich durchgeblättert habe, von mir weg. Eine Schlagzeile fällt mir dennoch ins Auge: DIE VERSCHWUNDENEN MÄDCHEN: WAS WURDE AUS DEN DREI VERMISSTEN? Es handelt sich um eine reißerisch aufgebauschte Story von vor fünf Jahren, getarnt als investigative Reportage, obwohl die meisten Fakten aus anderen damals erschienenen Artikeln zusammengestückelt wirken. Ich bezweifle, dass der Journalist, der ihn verfasst hat, überhaupt je in Stafferbury war.

Ich schiebe die Lesebrille hoch und reibe mir die müden Augen. Vorhin, nach mehreren gescheiterten Versuchen und einer verbrannten Fingerkuppe, ist es mir gelungen, ein Feuer im Kamin zu entfachen, und das Knistern der Flammen zusammen mit der Wärme hatten dafür gesorgt, dass ich mich weniger allein fühlte. Aber jetzt ist es erloschen, und im Zimmer ist es kalt und still, bis auf den Regen, der sich prasselnd gegen die Fensterscheiben wirft. Ich ziehe meine Strickjacke enger um mich und stehe auf. Ich werde mir einen Tee mit ins Bett nehmen, beschließe ich, und drehe den Wasserhahn auf, um einen weiteren Becher mit kochendem Wasser zu füllen. Als wir vor zwei Jahren unsere Küche renovierten, hatte Gavin sich einen Quooker gewünscht. Ich war dagegen und erklärte ihm, dass ich das Blubbern eines Wasserkochers irgendwie gemütlich finde. Ich gehe das Gespräch mit schöner Regelmäßigkeit in meinem Kopf durch und frage mich, ob die Dinge anders gelaufen wären, wenn ich Ja zu dem verdammten Quooker gesagt hätte. Wenn ich nachgiebiger und weniger rechthaberisch gewesen wäre. Wenn ich die Renovierung der Küche nicht an mich gerissen und ihn dazu überredet hätte, sich für mattweiße Schränke im Shaker-Stil und die dunkelgraue Kücheninsel zu entscheiden, obwohl ich tief im Inneren wusste, dass er lieber etwas Moderneres gehabt hätte.

Ich seufze schwer und spähe zwischen den dicken moosgrünen Vorhängen hindurch. Die Hütte gegenüber liegt im Dunkel. Es kommt kein beruhigender Lichtschein mehr von dem schmalen Fenster, nur das schwache, unregelmäßige Aufflackern einer Solarleuchte am Ende meiner Auffahrt und der violette Schimmer der Bodenfluter zwischen den Bäumen vor mir. Die Person, die ich vor ein paar Stunden habe weggehen sehen, ist noch immer nicht zurück, soweit ich das beurteilen kann. Ich fühle mich vollkommen allein in diesem Wald. Die Vorstellung gruselt mich. Ich lasse den Vorhang fallen und entferne mich mit meinem Becher Tee vom Fenster. Ich möchte nach Hause, in die viktorianische Doppelhaushälfte in der grün belaubten Straße in Manchester mit dem Kirschblütenbaum im Vorgarten und der Heißwasserhahn-losen Küche, die ich so sehr liebe. Ich will mein altes Leben mit Gavin und Finn zurück; ich will gemütliche Sonntagmorgen im Bett, Kaffee trinkend, die Zeitungen vor uns auf der Bettdecke ausgebreitet, während Finn sich zwischen uns kuschelt und Minecraft auf seinem iPad spielt. Ich verzehre mich so sehr danach, dass mein Herz vor Sehnsucht schmerzt.

Ich dachte, wir wären glücklich.

Vorhin habe ich Finn über FaceTime angerufen, und obwohl Gavin sich im Hintergrund herumdrückte, hat er mich weder gegrüßt noch sonst irgendwie Notiz von mir genommen. Er ist für die Zeit meiner Abwesenheit wieder bei uns eingezogen, um auf Finn aufzupassen, und sein Anblick in dem Haus, in das er gehört, bescherte mir einen Kloß im Hals.

Ich schnappe mir meinen Tee und tue, wovor ich mich schon den ganzen Abend gefürchtet habe: Ich schalte alle Lichter aus und gehe ins Bett. Die Luft riecht muffig, ganz so, als wäre die Hütte wochenlang verschlossen gewesen, was wahrscheinlich auch so ist. Eher unwahrscheinlich, dass es im November viele Buchungsanfragen gibt. Ich ziehe meine Strickjacke aus und schlüpfe zwischen die blütenweißen Satinlaken, die dicke Daunendecke schwer über meinen Beinen liegend. Ich bin froh, dass ich meinen flauschigen Fleece-Pyjama trage. So ganz allein fühlt sich das Kingsize-Bett riesig an. Das Kopfteil verfügt über integrierte Lampen, und ich lasse die auf meiner Seite an, obwohl ich zu müde zum Lesen bin. Mein Kopf ist voll mit all dem, was ich morgen zu erledigen habe. Bis Freitag habe ich Zeit, so viel Content und Infos wie möglich für den Podcast zusammenzutragen. Nur vier Tage. Obwohl mir das im Moment wie eine halbe Ewigkeit vorkommt. Ich schließe die Augen und denke an Finns kleinen Körper, wenn er sich an mich kuschelt. Ich weiß, dass Finn mich vermissen wird. Glücklicherweise holt Mum ihn von der Schule ab und passt auf ihn auf, bis Gavin von der Arbeit nach Hause kommt, und Freitagabend sehe ich ihn wieder. Diese Aussicht wird mich durch die Woche bringen.

Meine Gedanken schweifen weiter zu Brenda, der örtlichen Kriminalbeamtin, mit der ich mich morgen früh treffe. Danach werde ich versuchen müssen, Olivia einen Besuch abzustatten. Ich möchte sie unvorbereitet erwischen – aber wer weiß, ob sie sich überhaupt mit mir unterhalten wird? Nach dem Unfall damals lag Olivia monatelang im Krankenhaus, um sich von den zahlreichen Bein-OPs zu erholen, die es vor einer Amputation retten sollten und bei denen zig Metallstifte eingesetzt wurden. Sie hat noch nie ein Interview gegeben.

Ich drehe mich um und schmiege mein Gesicht in das Kissen. Ich sollte wirklich schlafen. Gerade als ich dabei bin einzudösen, höre ich einen schrillen Schrei. So laut und durchdringend, dass ich mit hämmerndem Herzen im Bett aufschrecke und mir am ganzen Körper der Schweiß ausbricht.

Was zur Hölle war das?

Dann ein weiterer grauenhafter Schrei, gefolgt von einer Stille, in der ich nur mein Blut in den Ohren rauschen höre. Ich steige aus dem Bett, gehe zum Fenster und ziehe die Vorhänge beiseite. Jemand steht direkt hinter meinem Auto, die Kapuze über den Kopf gezogen, sodass das Gesicht nicht zu erkennen ist. Ich glaube, es ist dieselbe Person, die ich vorhin mit dem Hund gesehen habe. Ob ich die Polizei rufen sollte? Ich drehe mich um und schnappe mir mein Handy vom Nachttisch, doch als ich wieder rausschaue, ist da niemand mehr.

4
Olivia

Olivia dreht sich im Bett um, blinzelt in die Dunkelheit, fragt sich, was sie gerade aufgeweckt hat. Im Zimmer ist es kalt, da ihre Mutter nur selten die Heizung aufdreht, und das Fensterglas klappert im Wind. Sie kann das ferne Wiehern und Stampfen von Hufen vernehmen, was bei einem Sturm nicht ungewöhnlich ist. Sie streckt den Arm aus, um sich an Wesley zu kuscheln, doch seine Seite des Bettes ist leer. Er muss auf dem Klo sein, da seine Bettseite noch warm ist. Sie schmiegt ihr Gesicht ins Kissen und versucht weiterzuschlafen. Doch nun, da sie einmal wach ist, weiß sie, dass sie keinen Schlaf finden wird, bis Wesley wieder da ist. Nachdem einige Minuten verstrichen sind und er immer noch nicht zurück ist, wird ihr klar, dass sie nachsehen muss, wohin er gegangen ist.

Langsam stellt sie ihre Füße auf den Boden und zuckt zusammen, als der Schmerz vom Knöchel ihres linken Beins bis ins Knie hochjagt. Sie hinkt zur Tür. Der Flur liegt finster da – schon als Kind hat sie sich vor den dunklen Ecken und knarzenden Dielen gefürchtet. Das Schlafzimmer ihrer Mutter liegt am anderen Ende des Gangs, und dazwischen befinden sich zwei weitere Räume: ein Bad und ein ungenutztes Gästezimmer, das als Rumpelkammer dient. Die Badtür steht einen Spaltbreit offen, und sie kann sehen, dass Wesley sich nicht darin befindet. Ist er nach unten gegangen? Vielleicht konnte er nicht schlafen … Aber selbst wenn, würde er nicht einfach so allein im Haus herumspazieren – schließlich ist es nicht sein Heim. So respektvoll ist Wesley nun mal. Weshalb ihre Mutter ihn auch so liebt. Womöglich – so mutmaßt sie zuweilen – sogar mehr, als Olivia es tut.

Ängstlich mustert sie die Treppe. Die ersten neun Monate nach der Entlassung aus dem Krankenhaus hatte sie im Esszimmer geschlafen. Aber jetzt, nach Jahren der Physiotherapie und zig Operationen, kann sie die meiste Zeit ein normales Leben führen. Zumindest körperlich und mithilfe von Schmerzmitteln. Doch gerade nach so anstrengenden Tagen wie heute können Treppen ihr Knie nach wie vor stark in Mitleidenschaft ziehen. Sie hat sich daran gewöhnt, mit den chronischen Schmerzen zu leben. Und ja, der Unfall hat ihre Muskeln und Nerven geschädigt, aber der emotionale Schmerz war schwerer zu bewältigen.

Das Überlebensschuld-Syndrom, so hatte es ihr Therapeut genannt. Sie hatte nur fünf Sitzungen durchgehalten, als er anfing, zu sehr in die Tiefe zu gehen, und sie die Therapie abbrechen musste.

Sie lauscht in die Dunkelheit hinab. Es klingt nicht, als ob Wesley da wäre. Er muss nach Hause gefahren sein. Aber warum? Warum sollte er sie mitten in der Nacht allein lassen, um in seine deprimierende Ein-Zimmer-Bude über dem Madame Tovey's zurückzukehren, und das ohne sie zu wecken, um sich zu verabschieden? Das hat er bisher noch nie getan. Sie ruft sich ihr Gespräch von vorhin in Erinnerung. Sie haben sich fast eine Stunde lang leise im Bett unterhalten, um ihre Mutter nicht zu wecken. Hat sie ihn irgendwie gekränkt? Hat er wieder eine seiner Launen? Aus Erfahrung weiß sie, dass diese Phasen bis zu einer Woche dauern können. Allerdings machte er keinen gereizten oder genervten Eindruck, und sie ist in seinen Armen eingeschlafen.

Sie macht kehrt und geht in ihr Zimmer zurück, wo sie sich vorsichtig auf der Bettkante niederlässt. Wesley ist so eine Naturgewalt, hat sich so gut im Griff. Zum Zeitpunkt des Unfalls waren sie gerade mal etwas mehr als einen Monat zusammen gewesen, und danach hat sie sich dankbar in seine Obhut begeben, voller Staunen, dass dieser wundervolle Mann immer noch Interesse an ihr hatte. Ja, sich um sie kümmern wollte. Schon an der Schule hatte sie jahrelang für ihn geschwärmt, diesen Jungen mit seinem dichten dunklen Haarschopf, den unfassbar blauen Augen und dem selbstbewussten Auftreten. Sie hatte ihn damals regelrecht auf ein Podest gestellt, aber er hatte kein Interesse an ihr gezeigt. Erst nach der Schule und nachdem die ganze Geschichte mit Sally endlich vorbei war, richtete sich seine Aufmerksamkeit auf sie. Jetzt, da er älter geworden ist, denkt sie des Öfteren, dass sein Selbstbewusstsein etwas Aufdringliches an sich hat, die Art von Gebaren, das ihr zuweilen unangenehm ist. Aber damals war er der quirlige Typ, witzig und beliebt in der Schule, stets von einer großen Gruppe von Leuten umgeben, von denen etliche immer noch seine Freunde sind. Er war eine Klasse über ihr und wusste nicht mal, dass sie existierte. Es war Sally gewesen, die ihm als Erstes aufgefallen war. Sally mit ihren großen Rehaugen, der makellosen Haut und dem langen, wallenden schokoladenbraunen Haar, das sich bei Regen nie kräuselte, so wie bei ihr. Sally … Olivia kneift die Augen zusammen und versucht, die Erinnerung an ihre beste Freundin zu verdrängen. Sie darf jetzt nicht an Sally denken. Auch nicht an den Wesley aus Teenagertagen oder sonst was aus der Zeit. Selbst nach all den Jahren ist es viel zu schmerzhaft.

Stattdessen richtet sie ihre Gedanken wieder auf ihr Gespräch mit Wesley. Darauf, wie er insistiert hat, dass sie sich nicht mit dieser Journalistin, wer auch immer sie sei, unterhalten dürfe. Nicht, dass er sie hätte überzeugen müssen. Merkwürdig war jedoch, warum er bei der Vorstellung, dass sie es tun könnte, so in Panik zu geraten schien. Er hat immer gesagt, er würde sich allein aus Respekt vor ihr niemals interviewen lassen; doch sein Verhalten heute Abend, die Verzweiflung, die von ihm ausging, haben in ihr die Frage aufgeworfen, ob sie vielleicht nicht die Einzige ist, die etwas zu verbergen hat.

5

Der Urlaub ihres Lebens

Stace hasste die Hitze. Sie hasste, wie klebrig sich alles anfühlte, wie T-Shirt und Shorts an ihrem Körper pappten, wie flau ihr im Magen wurde, als hätte sie etwas Schlechtes gegessen. Kaum dass sie das Flugzeug verließen, schlug ihr die feuchte Wärme entgegen wie eine Wand, sodass sie das Gefühl hatte, keine Luft in ihre Lunge zu bekommen. Die anderen waren aufgedreht und quasselten die gesamte Fahrt vom Flughafen zur Villa, ihre Gesichter schweißnass. Unter den Achseln von Maggies gelbem T-Shirt zeichneten sich dunkle Flecken ab, und Trevor hatte auf seinen Lockenkopf keck einen Strohhut aufgesetzt, mit dem er sich in England nie im Leben sehen lassen würde. Martins ultrablasse, dünne Beine ragten unter Kaki-Shorts hervor – Beine, die sie seit der Schulzeit nicht mehr zu Gesicht bekommen hatte. Sie konnte sich nicht dazu durchringen, sich an dem gutmütigen Geplänkel mit dem Fahrer ihres Minivans zu beteiligen. Ihr war jetzt schon klar, dass sie sich niemals zu dem hier hätte breitschlagen lassen sollen. Aber John-Paul hatte sie überredet.

»Das können wir uns nicht leisten«, hatte sie gesagt und gehofft, dass das Thema damit vom Tisch wäre, als er es zum ersten Mal ansprach. Sie waren schlicht pleite, so sah es aus. Urlaub an exotischen, weit entfernten Orten war etwas für andere Leute, nicht für sie. Und das war auch vollkommen in Ordnung. Sie war zufrieden mit ihrem bescheidenen Leben, ihrem wöchentlichen Ausflug in den örtlichen Pub, der gelegentlichen Lieferpizza vor dem Fernseher und ihrer winzigen Mietwohnung über dem Waschsalon

mit dem feuchten Fleck in Form eines Schmetterlings an der Decke über ihrem Bett.

Aber John-Paul war nicht wie sie. John-Paul war anders. Das war ihr bereits klar gewesen, als sie ihn vor achtzehn Monaten das erste Mal traf. Er war ein Zugezogener – ein Fremder, ein Außenseiter –, aber genau das hatte ihn so anziehend gemacht. Er hatte was Exotisches an sich, dank seiner spanischen Mutter, der katholischen Erziehung und seiner Reiselust. Er hatte sich per Zufall in ihr Leben verirrt, war im Grunde »wie ein Steppenläufer durch die Stadt geweht worden«, wie er es bei ihrem Kennenlernen ausdrückte. Und genau das, das Poetische daran, hatte ihr gefallen. Er war so ein Mensch, der immer in Gleichnissen und Analogien sprach, und das mit seiner gefühlvollen Stimme und dem leichten spanischen Akzent. Ein Wanderer, hatte er gesagt, doch dann hatten sie sich ineinander verliebt, und sie hatte ihn überzeugt zu bleiben, und mit der Zeit hatte er aufgehört, sich poetisch auszudrücken oder von seinen schriftstellerischen Ambitionen zu erzählen; stattdessen tauschte er seine Batik-T-Shirts gegen eine Rolle als IT-Angestellter ein. Und doch konnte sie es manchmal noch in ihm sehen, diese Wildheit in seinen Augen, wie ein wunderschönes eingesperrtes Tier, das sich verzweifelt wünscht auszubrechen.

Als er ihr also erzählte, sein Kumpel Derreck sei nach Thailand gezogen und habe dort einen Superjob ergattert und sie eingeladen, sie in seiner Villa mit fünf Schlafzimmern und Blick auf den Fluss zu besuchen, da hatte er so sehnsüchtig und hoffnungsvoll gewirkt, dass es ihr wie ein fairer Kompromiss erschien. »Wir müssen nur das Geld für die Flüge auftreiben, das ist alles«, hatte er im selben flehenden Tonfall gesagt, während seine warmen Hände die ihren hielten. »Ich habe ein bisschen gespart. Stell dir vor, wie romantisch das wird. Du wirst Thailand lieben. Es ist eines der atemberaubendsten Länder überhaupt. Bangkok ist mit nichts zu vergleichen, wo du jemals warst.« Was sie gerne einräumte, da sie praktisch nirgends gewesen war. Und so hatte sie nachgegeben, verführt von seinen Geschichten von Südostasien. Sie würde mit ihm gehen, hatte sie beschlossen. Das könnte sein Fernweh lindern und sie einander näherbringen. Denn während der vergangenen sechs Wochen, seit John-Paul seinen Job verloren hatte, hatte ihre Beziehung stark gelitten.

»Und außerdem hat Derreck noch gefragt, ob wir ein paar Kumpels mitbringen wollen«, hatte er gesagt, wobei seine dunkelbraunen Augen aufleuchteten. Ihr war sofort klar, von welchen Kumpels die Rede war. Ihre Clique, die nach und nach auch zu seiner Clique geworden war. Die Jungs, wie er sie nannte, bestanden aus Griff, Trevor und Martin. Und ihre besseren Hälften waren Leonie, Hannah und Maggie. Sie war mit den Mädels und Martin zur Schule gegangen, kannte sie schon ewig. Sie waren wie eine Familie.

Natürlich waren sie ganz aus dem Häuschen gewesen: Schließlich war es für sie die Chance, ihren öden Jobs, dem grauen englischen Januarhimmel und dem unaufhörlichen Regen zu entkommen. Sie konnten ihre Koffer gar nicht schnell genug packen. Und so waren sie jetzt hier, im »Urlaub ihres Lebens«, wie Leonie und Hannah es immer wieder nannten, wobei sie sich beieinander unterhakten und Stace daran erinnerten, wie sie mit vierzehn an der Schule gewesen waren.

Es gab so viele Eindrücke, die Stace während der Fahrt zur Villa zu verarbeiten hatte, und die Hitze war nur einer davon. Die Gerüche – eine Mischung aus Fisch, Autoabgasen und etwas Süßlichem –, der Lärm der Tuk-Tuks, Motorräder und Autos, die an ihrem Minivan vorbeirasten; die Sehenswürdigkeiten, die Sonne, die durch einen diesigen blauen Himmel hindurchschien, und die mehrspurigen Autobahnen; dann die kleineren von Marktständen gesäumten Straßen und spärlich bekleideten Männer, die Elefanten über die Bürgersteige führten. Es war völlig anders als jeder Ort, an dem sie bisher gewesen war, und sie hatte Angst. Maggie drückte ihre Nase gegen die Scheibe und rief immer wieder verwundert aus: »Da ist ja ein echter Elefant auf der Straße!«, oder: »Sind das buddhistische Mönche?«

Als sie schließlich vor einem umzäunten Komplex hielten, war Stace von der Fahrt übel geworden. John-Paul sah aus, als würde es ihm ähnlich gehen. Seine Begeisterung hatte, noch bevor sie Großbritannien verließen, zu schwinden begonnen. Einmal hatte er sie gefragt, ob sie vielleicht einen Fehler machten. Aber ihre Freunde hatten sich so darauf gefreut, dass Stace sie auf keinen Fall hängen lassen konnte.

»Wow«, staunte Martin, der ehrfürchtig in der gepflasterten Einfahrt stand, den einen Arm um Maggies schmale Schultern geschlungen, während er sich mit der anderen Hand durch das rotblonde stoppelige Haar fuhr. Trevor hatte seinen Hut abgenommen, um seinem hageren Gesicht damit Luft zuzufächeln.

Hannah hüpfte aufgeregt auf und ab und klatschte dabei in die Hände. »Krass! Hier wohnen wir? Das ist der Hammer!!« Sie sprach oft in Ausrufezeichen.

Sogar Stace, der heiß und übel war, konnte nicht anders als beeindruckt sein von dem Anblick, der sich ihnen bot.

Vor ihnen standen drei identische blitzend weiße Villen, die mit ihren prachtvollen Säulen an drei Hochzeitstorten erinnerten. Stace hatte noch nie etwas so Schönes gesehen, weshalb sich in jenem Moment ein freudiges Kribbeln in ihrem Bauch bemerkbar machte. Vielleicht würde es ja doch nicht so schlimm werden.

»Wow«, wiederholte Martin mit offenem Mund. »Nicht zu fassen, dass wir hier unterkommen.«

»Wie kann sich dein Freund so etwas leisten?«, hauchte Maggie, die ihr dunkles Haar zu einem stylishen zerzausten Dutt aufgetürmt hatte. Maggie war schon immer die Glamouröse von ihnen

gewesen. Deswegen war es auch für alle ein Schock gewesen, als sie sich in den blassen, schlaksigen Martin verliebte.

»Ich wette, er ist ein Krimineller«, flüsterte Griff hörbar. Er riss ständig Witze, aber als er das sagte, verspürte Stace einen kurzen Anflug von Panik. Sie hatten keine Ahnung, wer dieser Derreck war. John-Paul hatte sich nur vage zu ihm geäußert und gemeint, dass er ihn bei einer seiner Reisen kennengelernt habe, sie in Kontakt geblieben seien und dass er ein bisschen ein »caballerete« sei – was auch immer das bedeuten mochte. Aber bis zu der Einladung hatte John-Paul ihn kaum je erwähnt.

Plötzlich öffnete sich die Tür der mittleren Villa, und sie blieben wie angewurzelt stehen. Ein großer, schlanker Typ mit goldblondem Haar stand auf der Schwelle, einen cremefarbenen Fedora-Hut auf dem Kopf, ganz so, als würde er sich für Robert Redford in Der große Gatsby halten. Hinter ihm erstreckte sich ein riesiger Eingangsbereich aus poliertem Holz. Er trug ein Hemd mit offenem Kragen, bis zu den Ellbogen hochgekrempelt, sodass man die gebräunten muskulösen Arme sah. Es herrschte kollektives Schweigen, während sie die Adonis-Gestalt auf sich wirken ließen, und Stace entging nicht, wie Martins sommersprossige Hand sich fester um Maggies schloss.

»Willkommen in den Chao Phraya Riverside Villas«, begrüßte er sie mit einer schwungvollen Armbewegung, als wäre er Schauspieler in einem Shakespeare-Stück. Und derart eingerahmt, zwischen den weißen Säulen im römischen Stil, vor dieser Hochzeitstortenvilla, hätte er das auch sein können. »Ich bin Derreck.«

TAG ZWEI

6
Jenna

Sprachmemo: *Dienstag, 27. November 2018*

Nachdem gestern Nacht jemand vor meiner Hütte herumgeschlichen ist, habe ich kaum ein Auge zugemacht. Womöglich habe ich zu viel Zeit damit verbracht, über all die seltsamen Dinge zu lesen, die hier passiert sind, und mir das Ganze nur eingebildet. Dieser Ort ist in jedem Fall unheimlich – das gedämpfte Licht, das durch die Bäume fällt, die abgeschiedene Lage der Hütten, die nervenzehrende Stille, die gestern Nacht nur von einigen markerschütternden Schreien unterbrochen wurde, wobei es sich wohl um Füchse gehandelt haben muss. Die rationale Seite in mir sagt, dass hinter alledem die Natur da draußen steckt, aber ein anderer Teil von mir fragt sich, ob an den Legenden nicht doch etwas Wahres dran sein könnte. Ich habe gelesen, dass im Jahr 2012 zwei Männer den ganzen Tag damit zubrachten, nach einem Baby zu suchen, das sie im Feld mit den Megalithen hatten weinen hören; doch obwohl sie alles durchforsteten, konnten sie nie die Quelle dieses Weinens ausmachen. Abgesehen davon gibt es zahlreiche Berichte über die Sichtung einer vermummten Gestalt entlang des Devil's Corridor. Es ist schwer zu sagen, was Überlieferung und was Realität ist. Aber steckt nicht in jedem Mythos ein Funken Wahrheit?

Ich wache um sechs Uhr auf, aber meine Erleichterung, die Nacht ohne weitere Unterbrechungen überstanden zu haben, währt nur kurz, als ich bemerke, dass es draußen noch dunkel ist. Ich stehe trotzdem auf und setze mich mit einem Becher Tee an den Küchentisch. Ich habe noch ein paar Stunden bis zu meinem Termin mit Brenda.

Meine Augen waren gestern Abend so müde, dass ich mich kaum noch auf die Informationen konzentrieren konnte, die ich vor meiner Ankunft hier zusammengetragen hatte. Ich krame einen alten Zeitungsausschnitt mit einem Foto der vier Mädchen hervor: Katie, Olivia, Sally und Tamzin sitzen im Biergarten eines Pubs zusammen um einen Tisch; es scheint ein warmer Sommerabend in der Dämmerung, und sie sehen so jung aus in ihren typischen Neunziger-Jahre-Outfits.

Olivia ist hübsch mit dem gesträhnten blonden Rachel-Haarschnitt. Sally neben ihr trägt ein Samthalsband zu einem bauchfreien Top. Es ist nicht zu übersehen, dass es sich bei Sally um eine richtige Schönheit handelt – dunkles Haar, so seidig glänzend, dass es beinahe schwarz wirkt, große Mandelaugen, ebenmäßiger Teint. Tamzin ist auf die typisch blondierte Weise attraktiv, während Katie mit dem hellbraunen Bob und den Sommersprossen eher der niedliche Typ ist. Ich lege das Foto beiseite und greife mir den nächsten Zeitungsausschnitt mit der Überschrift: DORF-SPINNER VERHAFTET. Ich schüttle den Kopf angesichts der wenig sensiblen Schlagzeile und bin doch froh, dass sich seit damals einige Dinge geändert haben. Über dem Artikel prangt das körnige Foto eines ungepflegten, bärtigen Mannes, der den Kopf gesenkt hält. Sofort springt mir der Name Ralph Middleton ins Auge. Irgendetwas an ihm kommt mir bekannt vor … und ich realisiere mit einem Schreck, dass er stark dem Typen ähnelt, der mich gestern auf dem Devil's Corridor angesprochen hat.

Dem Artikel zufolge war er derjenige, der Olivia in der Nacht des Unfalls eingeklemmt in ihrem Auto fand und die Polizei rief. Dem Text ist nicht viel zu entnehmen, nur dass er allein mit einem ganzen Zoo an Tieren lebte und unter den Einheimischen als »Sonderling« galt. Ich werde ihn für den Podcast interviewen müssen, spüre aber bei der Vorstellung, allein mit ihm zu sein, ein großes Unbehagen in mir.

Um halb acht rufe ich Finn über FaceTime an. Mir ist klar, dass Gavin mich vermutlich für einen Kontrollfreak hält, und er hat mir mehr als nur einmal gesagt, dass er ganz gut allein mit Finn zurechtkommt – vielen Dank auch. Seinen »Ich bin durchaus in der Lage, immerhin leite ich ein multinationales Finanzunternehmen«-Vortrag bekomme ich oft zu hören. Aber es geht mir eben nicht nur darum, Finn daran zu erinnern, sein Pausenbrot einzupacken und sich die Zähne zu putzen – ich vermisse ihn und möchte, dass er in die Schule geht in dem Wissen, dass ich an ihn denke.

Finn geht mit einem Gähnen ran. Sein entzückendes sandblondes Haar ist verstrubbelt, der Haarwirbel (den er von Gavin hat) steht wirr ab, und er steckt immer noch in seinem Lieblings-Minecraft-Pyjama. Ich sehne mich danach, ihn in meine Arme zu schließen, meine Nase an seinem Hals zu vergraben und seinen vertrauten Keksduft in mich einzuatmen.

»Guten Morgen, mein Hübscher«, begrüße ich ihn, woraufhin er ächzend eine Grimasse schneidet, wobei ich allerdings das Funkeln in seinen grünen Augen sehen kann.

»Hast du gut geschlafen?«

»Ja, schon. Hab heute einen Mathe-Test.«

»Oje, das ist nicht besonders spaßig. Ist Dad gestern noch mal den Stoff mir dir durchgegangen?«

Er schüttelt den Kopf. »Nee. Er hat gearbeitet.«

Es versetzt mir einen kleinen Stich. »Hat Nanna denn nicht vorbeigeschaut?« Ich bin so froh, dass meine Mutter nur ein paar Straßen weiter wohnt.

»Ja, aber sie ist in Mathe noch schlechter als du«, scherzt er. Meine mangelhaften Mathekenntnisse sind ein Dauerthema bei uns zu Hause. Gavin ist derjenige, der gut mit Zahlen kann.

»Na, hoffentlich hast du das Nanna nicht so gesagt.« Ich lache. »Und passt du auch gut auf Rolo auf?« Rolo ist unser schwarz-weißer Kater, der ungefähr die Größe eines Ferkels hat.

Ich nehme mir vor, Mum später anzurufen und sie nach Gavin auszuquetschen. Mein Stolz erlaubt es mir nicht, ihn zu fragen, wann er genug von dem so dringend benötigten Abstand von mir haben wird. Oder ob er mich immer noch liebt und eine Zukunft für unsere Ehe sieht. Und obwohl ich ihn am liebsten anschreien und Antworten verlangen würde, gebe ich mir also alle Mühe, die Reifere von uns beiden zu sein. Jedenfalls für den Moment.

Von irgendwo im Hintergrund höre ich Gavins Stimme, die Finn zum Frühstück ruft.

»Jepp, Rolo geht's gut. Mach dir keine Sorgen um ihn. Ich muss los«, sagt Finn.

»Hab dich lieb, kleiner Mann«, sage ich und werfe ihm eine Kusshand zu.

»Hab dich auch lieb, Mum«, erwidert er, und mein Herz zieht sich schmerzhaft zusammen. Bis vor Kurzem hieß es noch »Mummy«.

Finn entfernt sich vom Bildschirm, aber er hat FaceTime noch nicht beendet, sodass ich einen Blick auf sein chaotisches Kinderzimmer und die *Harry Potter*-Lego-Konstruktionen erhasche, die er stolz in seinem Regal ausstellt. Ich will gerade auflegen, als ich etwas höre und dabei erstarre.

Es klingt wie das Lachen einer unbekannten Frau.

7

Brenda Hawthorn wohnt in einem buntsteinverputzten Bungalow auf einem Hügel mit Blick auf Stafferbury. Ich schiebe mich durch das kleine Holztor, das zwischen zwei dichten Rosenbüschen eingebettet ist, die ich mir im Sommer herrlich vorstelle, die jetzt aber nur noch kahl und dornig sind und keinen schönen Anblick bieten. Der Regen hat aufgehört, winterliches Sonnenlicht fällt auf den Bürgersteig und bricht sich gleißend in den Pfützen, sodass ich die Augen zusammenkneifen muss. Ich hätte meine Sonnenbrille mitnehmen sollen. Trotz der Sonne ist es kalt, es geht ein strenger Wind, und ich bin froh, meine Bommelmütze aufgesetzt zu haben. Den ganzen Weg über geht mir das unbekannte Lachen nicht aus dem Kopf. Was hatte eine fremde Frau in meinem Haus zu suchen?

Brenda öffnet die Tür, kaum dass ich geklopft habe. Sie ist eher stämmig gebaut und deutlich kleiner als ich. Ich schätze sie auf Anfang siebzig – ungeschminkt, in einem zweckmäßigen karierten Rock und einem cremefarbenen Rollkragenpulli macht sie einen sehr sachlichen Eindruck auf mich. Die filigranen tropfenförmigen Goldohrringe wollen nicht so recht zum Rest ihres Aufzugs passen. Ihr Gesicht ist wettergegerbt und leicht gebräunt, und hinter der schwarz gerahmten Brille blicken mich die von Lachfältchen umgebenen Augen freundlich an.

»Jenna, schön, Sie kennenzulernen«, begrüßt sie mich, streckt ihre Hand aus und schüttelt meine beherzt. »Kommen Sie rein, kommen Sie rein.«

Ich trete ein in den warmen Flur, als auch schon ein zotteliger Hund auf mich zutrabt und mit der Nase gegen mein Bein stupst.

»Vor Seamus brauchen Sie keine Angst zu haben. Er liebt Menschen, nicht wahr, mein Junge?«

Ich bücke mich, um über seinen hageren Kopf zu streicheln. »Zu welcher Rasse gehört er?«, erkundige ich mich, mehr aus Höflichkeit, da ich eher der Katzenmensch bin.

»Oh, er ist eine echte Promenadenmischung. Er hat etwas von einem Schäferhund in sich, mehr weiß ich aber auch nicht.«

Ich folge Brenda in eine kleine Küche, die sich zu einem begrünten Wintergarten hin öffnet. »Das ist ja herrlich«, sage ich, als ich die idyllische Aussicht bemerke. Man sieht von hier aus den Kirchturm und die Dächer von Stafferbury. Das Haus selbst strahlt etwas Einsames, Abgeschiedenes aus, und ich vermute, dass sie es allein bewohnt. Ich lasse mich auf einem der Korbsessel am Fenster nieder, hole mein Smartphone heraus und öffne die von meiner Redakteurin empfohlene App. Brenda wirkt etwas erschrocken, als ich mein externes Mikrofon anschließe. »Es macht Ihnen doch nichts aus, wenn ich das Gespräch aufnehme?« Ich schenke ihr ein, wie ich hoffe, aufmunterndes Lächeln.

»Überhaupt nicht«, sagt sie, aber es klingt eher wie das Gegenteil. »Sie machen also einen Podcast? Ich bin nicht wirklich auf dem Laufenden mit all dem technologischen Firlefanz.«

Fast möchte ich ihr sagen, dass es mir genauso geht, dass

das alles auch für mich neu ist. Entscheide mich jedoch dagegen. Ich möchte nicht, dass sie mich für unprofessionell hält und vielleicht einen Rückzieher macht.

Behutsam lässt sie sich in dem Sessel mir gegenüber nieder, wobei sie leicht das Gesicht verzieht. »Die Hüfte …«, erklärt sie und deutet dann auf die Auswahl von Gebäck und Croissants auf dem gläsernen Beistelltisch. »Bitte bedienen Sie sich. Kaffee?«

Ich bitte um einen Schwarzen ohne Zucker, und sie beugt sich vor, um mir eine Tasse einzuschenken. Ich bin versucht, ihr zu helfen, möchte sie jedoch nicht beleidigen. Also beschäftige ich mich stattdessen damit, mein Smartphone und die Kamera auf einem kleinen Stativ auf dem Tisch aufzubauen. Bevor ich gestern von zu Hause losfuhr, habe ich das Ganze getestet, und es nimmt den Ton überraschend gut auf. Ich achte darauf, das Mikrofon auf ihren Platz auszurichten.

»Danke, dass Sie sich die Zeit für mich nehmen«, sage ich, während Brenda mir eine Tasse Kaffee zuschiebt. »Ich weiß, wir haben telefoniert, aber es ist schön, Sie persönlich kennenzulernen.«

»Ganz meinerseits.« Sie lächelt, lehnt sich in ihrem Sessel zurück und nippt an ihrer Tasse.

Ich schaue mich in dem Raum um. Keine Fotos von Kindern oder Enkelkindern, keine Hochzeitsbilder oder sonstigen Hinweise darauf, was für ein Leben sie führt. Der Bungalow ist überschaubar, einfach, mit einer schönen Aussicht und einem hübschen Garten, wirkt aber durch die Lage hoch oben über den Dächern der Stadt irgendwie abgeschnitten. Brenda gibt sich sichtlich Mühe, nicht zu dem Ministativ vor ihr zu schielen, sondern den Blick auf mein Gesicht zu richten.

»Das war so ein interessanter und vertrackter Fall«, beginnt sie unvermittelt. »Zu den wenigen Dingen, die ich rückblickend in meiner beruflichen Laufbahn bedauere, gehört, dass ich es nicht geschafft habe, ihn aufzuklären. Es war buchstäblich so, als ob diese drei Mädchen sich einfach in Luft aufgelöst hätten.«

»Könnten Sie mir Ihre Version dessen schildern, was in jener Nacht passiert ist?«

Sie nimmt einen weiteren Schluck von ihrem Kaffee und presst einen Moment die Lippen zusammen. »Nun, gegen ein Uhr zwanzig ging ein Notruf bei uns ein«, berichtet sie, ohne zu zögern, und ich bin beeindruckt, dass sie dieses Detail so genau im Kopf hat. Sie muss an Hunderten von Fällen gearbeitet haben, aber dieser hier ist offenbar jener, der ihr immer noch den Schlaf raubt. Das Rätsel, das sie nie zu lösen vermochte. »Der Anruf wurde von einem Bewohner des Ortes namens Ralph Middleton getätigt. Er behauptete, er sei erst nach dem Unglück am Unfallort eingetroffen, und nur die achtzehnjährige Olivia Rutherford, die Fahrerin, habe sich im Auto befunden. Sie musste von den Rettungskräften aus dem Wrack herausgeschnitten werden. Zu diesem Zeitpunkt hatten wir keinen Grund, davon auszugehen, dass sich noch jemand im Auto befunden hatte.«

»Interessant. Wann wurde Ihnen klar, dass Olivias Freundinnen mit ihr im Auto gewesen waren?« Ich nehme einen kleinen Bissen vom Mandelcroissant.

»Ein Kollege erhielt am nächsten Tag einen Anruf von Sally Thornes Vater, dass seine Tochter nicht nach Hause gekommen sei.«

Plötzlich fühlt sich das Croissant in meinem Mund wie Pappmaschee an. Ich muss an Finn denken, spule geistig zu seinen kommenden Teenagerjahren vor und denke, wie verzweifelt ich wäre, wenn er nach einer durchgemachten Nacht nicht nach Hause käme. Mein wunderbarer, lieber, so lustiger und sensibler Sohn. Als ich schlucke, schmerzt es.

»Zu diesem Zeitpunkt hatten wir bereits wertvolle Stunden verloren«, fährt Brenda mit bedauernder Miene fort. »Stunden, in denen wir nach ihnen hätten suchen können. Aber in dem ganzen Durcheinander ahnte niemand, dass die Mädchen mit Olivia im Auto gesessen hatten. Tamzins Eltern gingen davon aus, dass sie bei einer Freundin übernachtete, da es nicht ungewöhnlich war, dass sie die Nacht über wegblieb. Den Aussagen nach galt sie gemeinhin als feierfreudig.«

»Und wann genau wurde der Polizei klar, dass alle drei Mädchen verschwunden waren?«

»Erst am folgenden Nachmittag, als wir Olivia im Krankenhaus befragten. Zu diesem Zeitpunkt hatte Mr. Thorne die Eltern von Tamzin Cole und Katie Burke angerufen und in Erfahrung gebracht, dass alle drei Mädchen nicht mehr gesehen wurden, seit sie am Vorabend das Haus verlassen hatten. Zunächst gingen sie davon aus, dass sie zusammen weggefahren wären – vielleicht zu einer anderen gemeinsamen Freundin –, bis sie Olivias Mutter anrief und ihnen von dem Unfall berichtete.«

»Und dann hat Olivia Ihnen erzählt, dass sie beim Unfall mit ihr im Auto gewesen waren?«

Brenda nickt mit ernstem Gesicht. »Als wir endlich mit Olivia sprechen konnten, war es fast achtzehn Uhr, da sie den Großteil des Tages im OP verbrachte, wo die Ärzte versuchten, ihr Bein zu retten.«

Ich verziehe mitfühlend das Gesicht.

Sie nippt nachdenklich an ihrem Kaffee. »Und dann gerieten natürlich alle in Panik.«

»Gott, wie schrecklich.« Ich greife nach meiner Tasse.

»Ich dachte immer noch, dass sie vielleicht gemeinsam irgendwo unterwegs waren. Aber insbesondere für Sally war es vollkommen untypisch, einfach so zu verschwinden. Die Mädchen waren keine Ausreißerinnen oder Problemkinder. Sie gingen alle einer Arbeit nach, wohnten zu Hause, hatten ein gutes Elternhaus. Sally Thorne schien es an nichts zu mangeln. Sie war schön, beliebt und klug. Sie hatte einen Studienplatz in York sicher und wollte das Brückenjahr bis dahin nutzen, um sich gemeinsam mit Tamzin etwas dazuzuverdienen. Sie wäre die Erste in ihrer Familie gewesen, die studiert hätte. Verständlicherweise waren sie alle stolz auf sie.«

In diesem Moment verspüre ich Trauer um Sally und ihre Familie. »Und die anderen?«

Brenda greift sich ein Pain au Chocolat. Mittlerweile scheint sie mein Handy mit dem zudringlichen Stativ und Mikro vergessen zu haben, und beäugt es nicht mehr misstrauisch. »Nun …«, sagt sie und zupft ein Stück vom Gebäck ab. »Katie war die Älteste. Sie arbeitete in der örtlichen Apotheke. Anscheinend war sie vernünftig und zuverlässig. Und dann war da noch Tamzin …« Sie seufzt, woraufhin ich mich erwartungsvoll nach vorne lehne.

»Ja?«

»Sie war zweimal gekündigt worden, weil sie nach der Mittagspause beschwipst ins Büro kam. Und dann gab es da noch diese …« Sie hält inne, um ihren Bissen runterzuschlucken. »… unschöne Sache mit dem Geld.«

»Dem Geld?«

»Ja. Tamzins letzter Job vor ihrem Verschwinden war bei einer Anwaltskanzlei in der Stadt. Nachdem die Mädchen offiziell vermisst gemeldet wurden, kam Lloyd Groves, der Besitzer der Kanzlei, aufs Revier, um mitzuteilen, dass die Portokasse verschwunden sei.«

»Um was für einen Betrag handelte es sich?«

»Ein paar Hundert Pfund.«

»Nicht wirklich genug, um damit abzuhauen«, überlege ich.

»Ich schätze, das kommt ganz darauf an, wie verzweifelt sie waren. Oder was sie geplant hatten. Das Geld tauchte jedenfalls nicht mehr auf.«

»Und Olivia Rutherford – wusste sie irgendwas von dem fehlenden Geld?«

»Sie sagte Nein, aber … Ich weiß auch nicht. Meiner Meinung nach hat dieses Mädchen von Anfang an gelogen.« Sie verzieht das Gesicht. »Ich hatte immer den Eindruck, dass Olivia etwas verheimlicht.«

Das ist interessant. »Glauben Sie, Olivia wusste mehr über das Geld und das Verschwinden ihrer Freundinnen, als sie durchblicken ließ?«

Brenda beugt sich vor, um ihren Teller auf dem Kaffeetisch abzustellen.

»Ich bin sogar überzeugt, dass sie etwas wusste – etwas, das sie uns nie erzählt hat.«

»Falls Tamzin und die anderen das Geld entwendet haben, um sich irgendwohin abzusetzen – aus welchem Grund? Und warum haben sie Olivia nicht mitgenommen?«

»Eine der Theorien damals war, dass Olivia bei dem Unfall schlicht so schwer verletzt wurde, dass ihnen gar nichts anderes übrig blieb, als sie zurückzulassen.«

»Hätten sie den Plan dann nicht verworfen?«

Brenda klopft einige Krümel von ihrem Rock und schüttelt den Kopf. »Das hängt ganz davon ab, wie verzweifelt sie wegwollten. Aber ich denke nicht, dass es darum ging. Ihre Bankkonten blieben unangerührt. Sie haben nie wieder Kontakt zu ihren Familien aufgenommen. Nein.« Sie nimmt ihre Brille ab, um sie mit dem Saum ihres Pullovers zu putzen. »Ich denke, dass ihnen etwas Schlimmes zugestoßen sein muss.«

Trotz der Wärme im Raum läuft mir ein Schauer über den Rücken. »Ich habe gelesen, dass Ralph Middleton verdächtigt wurde.«

»Ja. Ein seltsamer Kerl, ein Einzelgänger. Dennoch hielt ich ihn immer für harmlos. Trotzdem mussten wir ihn vorladen, weil er nach dem Unfall das Auto entdeckt und den Notarzt gerufen hatte. Er war es, der Olivia das Leben gerettet hatte. Sie war in einer furchtbaren Verfassung.«

»Und das war der einzige Grund, warum man ihn verdächtigte?«

»Nein. Es war auch das Verhalten, das er bei unserem ersten Verhör an den Tag legte. Er war sehr nervös. Änderte ständig seine Geschichte. Zuerst behauptete er, er sei zu dieser Nachtzeit mit seinem Hund im Wald Gassi gegangen, später dann, dass er spazieren war, weil er nicht schlafen konnte. Er wohnte – na ja, wohnt noch immer – in einem Wohnwagen im Wald. Unweit von Ihrer Unterkunft übrigens. Es ist also zumindest plausibel, dass er zu dieser Zeit mit seinem Hund im Wald unterwegs war. Aber, nun ja … er deutete an, dass er am Unfallort etwas Seltsames gesehen habe …«

»Und was?«

»Ein helles Licht. Dann fing er an, irgendwas über Entführungen durch Außerirdische zu faseln. Ich glaube ja, dass er in jener Nacht bekifft war – es heißt, dass er jede Menge Gras rauchte. Ein paar Tage später änderte er seine Aussage und meinte, er habe sich bezüglich des hellen Lichts geirrt. Und dann meldete sich ein Zeuge.«

Ich nehme einen Schluck von meinem Kaffee, ohne den Blick von ihr zu lösen.

»Jemand gab an, ihn am Morgen nach dem Unfall, gegen zehn Uhr, in Begleitung einer jungen Frau gesehen zu haben, die zu Tamzins Personenbeschreibung passte. Wir zitierten Ralph erneut aufs Revier, aber er behauptete, dass es sich um eine Freundin gehandelt habe: Jade Marlow, eine bekannte Kleinkriminelle und Drogenabhängige, die damals Anfang zwanzig war.«

»Und hat sie seine Geschichte bestätigt?«

Brenda nickt knapp. »Aber so wie ich sie kenne – für die richtige Summe hätte ich auch nichts anderes von ihr erwartet. Abgesehen von dem blonden Haar hatte sie keinerlei Ähnlichkeit mit Tamzin. Wie auch immer, jedenfalls näherten Ralph und Olivia sich nach dem Unfall an. Er besuchte sie ständig, und als sie sich von ihren Verletzungen erholt hatte, ging sie oft zu seinem Wohnwagen und hing dort herum. Natürlich fing damit das Gerede an. Es wurde gemunkelt, dass die beiden was miteinander laufen hätten. Aber Sie wissen ja, wie gern die Leute tratschen.«

In Gedanken schätze ich Ralphs Alter. Er muss jetzt etwa Mitte fünfzig sein, was bedeutet, dass er damals in seinen Dreißigern war. »Was wissen Sie sonst noch über Ralph? War er jemals verheiratet?«

»Nein. Keine Frau. Er hat immer allein mit seinen Tieren gelebt.«

Ich halte inne, um den Rest meines Kaffees zu leeren, dann stelle ich die Tasse auf dem Tisch ab. »Gab es denn sonst noch Verdächtige?«

Sie zupft einen Blätterteigkrümel von ihrer Lippe, bevor sie antwortet. »Ja. Wesley Tucker.«

»Wer ist das?«

»Olivias Freund.«

Ich kann meine Überraschung nicht verbergen. »Olivias Freund galt als Verdächtiger? Aber warum?«

»Manche behaupten, er sei ganz verrückt nach Sally Thorne gewesen, bevor er mit Olivia anbandelte. Laut Sallys Eltern war er richtiggehend lästig geworden – bombardierte ihre Tochter mit Nachrichten, hinterließ Zettel an ihrer Haustür, schickte Blumen und Geschenke per Post. Sie kennen diese Typen doch. Die kein Nein als Antwort akzeptieren. Wesley ging mit Katie in eine Klasse, und die beiden konnten sich, milde ausgedrückt, auf den Tod nicht ausstehen. Laut Aussagen ihrer Freunde und Familie machte Katie keinen Hehl aus ihrer Abneigung. Zudem berichtete ein Zeuge, ihn und Tamzin Cole zwei Tage vor dem Unfall auf der Straße streiten gesehen zu haben.«

»Haben Sie je erfahren, worum es bei dem Streit ging?«

»Er meinte, um Olivia. Anscheinend war Tamzin nicht mit ihrer Beziehung einverstanden.« Sie setzt ihre Brille wieder auf, bevor sie mir den Teller mit dem Gebäck anbietet, aber dieses Mal lehne ich ab.

»Ich frage mich ja, warum Olivia was mit einem Jungen anfangen sollte, der so offensichtlich von ihrer Freundin besessen war«, überlege ich.

»Ja, das fanden wir auch merkwürdig. Aber sie sind nach all den Jahren immer noch zusammen.«

»Wie bitte? Die beiden sind verheiratet?«

Brenda schüttelt den Kopf, ohne dass sich ein Härchen in ihrer Frisur bewegt. »Nein. Geheiratet haben sie nie. Olivia lebt nach wie vor zu Hause und hilft ihrer Mutter mit dem Reitstall. Wesley bewohnt eine Einzimmerwohnung in der High Street, über dem Madame Tovey's. Aber sie sind noch immer ein Paar.«

»Wow.« Das kommt nun doch überraschend. Olivia ist ungefähr so alt wie ich und wohnt immer noch bei ihrer Mutter. Und das in einer Stadt, in der man ihr, so wie sich das anhört, mit Argwohn begegnet. »Aus welchem Grund hätte Olivia hierbleiben wollen?«

Brenda zuckt mit den Schultern. »So ungewöhnlich ist das nicht. Viele Leute bleiben ihr Leben lang hier wohnen.« Sie kichert. »Mich eingeschlossen. Ich bin in Stafferbury geboren und aufgewachsen. Ich bezweifle, dass ich jetzt noch gehe.« Sie lässt den Blick durch ihren Wintergarten wandern. »Mir gefällt es hier. Hier fühle ich mich verwurzelt, ein bisschen wie das Unkraut in meinem Garten.« Sie zwinkert mir zu, und ich merke, dass sie mir sympathisch ist. Mir gefällt ihre grundsolide, nüchterne Art. Sie erinnert mich an meine Mutter.

»Haben Sie je ernsthaft geglaubt, dass Wesley Tucker etwas damit zu tun haben könnte?«

»Wir konnten weder ihm noch Ralph Middleton etwas nachweisen. Außerdem gibt es hier viele Leute, die glauben, dass dieser Ort verflucht ist. Olivia Rutherfords Freundinnen sind nicht die Ersten, die von hier verschwanden. Vor über zweihundert Jahren geschah etwas ganz Ähnliches – zumindest, wenn man den Berichten Glauben schenken darf.«

»Was? Wirklich?«

»Ja, um das Jahr 1750 rum verschwanden drei Bauernmädchen hier. Die Menschen glaubten, sie wären geopfert worden. Die Steine im Ort ziehen heidnische Kulte und ihre Anhänger an – das war damals nicht anders.« Sie verschränkt die Arme. »Nicht, dass ich viel über die Geschichte der Steine wüsste, allerdings gehen Historiker davon aus, dass sie auf den Stand der Sonne und des Mondes hin errichtet wurden und Menschenopfern dienten. In der Nacht, als die Mädchen verschwanden, befanden sich Sonne und Mond angeblich in der richtigen Achse mit den Steinen.«

Plötzlich wird mir flau im Magen, mir fällt der Film *The Wicker Man* ein, den ich vor Jahren mit Gavin angeschaut habe – hauptsächlich weil er als Teenager in Britt Ekland verknallt gewesen war. »Sie glauben doch nicht, dass sie geopfert wurden, oder?«

»Nein, natürlich nicht.« Sie verdreht die Augen. »Es gibt da noch etwas … in Bezug auf Olivias Unfall.«

»Was denn?«

»In einer Aussage, die Olivia noch im Krankenhausbett machte, sagte sie, dass sie in den Tagen vor dem Unfall das Gefühl hatte, verfolgt zu werden.«

»Wie bitte?« Das wurde in keinem der Zeitungsartikel erwähnt, die ich gelesen habe. »Haben Sie herausgefunden, wer das war?«

»Nein, leider nicht. Natürlich sind wir dem nachgegangen, fanden jedoch niemanden, auf den die Beschreibung passte. Am besten sprechen Sie darüber aber mit meinem Kollegen Detective Sergeant Dale Crawford.«

»In Ordnung.« Ich schalte das Aufnahmegerät aus. »Wäre er denn bereit, sich mit mir zu unterhalten?«

»Sicher. Dale ist ein klasse Kerl. Als ich vor zwölf Jahren noch bei der Truppe war, war er noch ein richtiger Grünschnabel, aber jetzt dürfte er in Ihrem Alter sein und ist spezialisiert auf ungelöste Fälle. Er hat es faustdick hinter den Ohren. Letzte Woche erst hat er mich angerufen, um mir mitzuteilen, dass sein Team den Fall Olivia Rutherford wieder aufrollen will.«

»Warum das? Gibt es neue Erkenntnisse?«

Sie mustert mich mehrere Sekunden lang wortlos, bevor sie sagt: »Ich denke, es ist das Beste, wenn Sie sich mit ihm unterhalten.« Sie beugt sich runter, um Seamus zu tätscheln, der zu ihren Füßen döst, das Kinn auf einem ihrer Mokassins abgelegt. Dann steht sie auf. Ich erhebe mich ebenfalls, packe meine Gerätschaften zusammen und folge ihr zur Haustür, während mir der Kopf vor lauter Gedanken schwirrt.

Als wir am Konsolentisch im Flur vorbeikommen, bleibt sie stehen, nimmt ein Kärtchen und drückt es mir in die Hand. DS Crawfords Visitenkarte. »Dale ist brillant«, sagt sie, als sie mir die Tür öffnet und ich in die Kälte hinaustrete. »Aber letzten Endes ist er Polizist. Es könnte Dinge geben, die er nicht bereit ist, mit Ihnen zu teilen. Falls Sie also nach dem Gespräch noch Fragen haben sollten, dann zögern Sie nicht, mich anzurufen, ja? Ich erzähle Ihnen gerne alles aus der Zeit, als ich an dem Fall gearbeitet habe. Außerdem werde ich noch einige meiner alten Unterlagen ausgraben. Die nicht unbedingt für die Öffentlichkeit bestimmt waren. Gegen Ende habe ich nämlich einige der Aussagen fotokopiert, auch wenn Dale damit nicht einverstanden wäre. Heutzutage nimmt man es mit den Vorschriften da sehr genau.« Sie zwinkert mir verschmitzt zu, und ich muss lachen. Dann wird sie wieder ernst. »Und lassen Sie sich bloß nicht abwimmeln, Jenna. Denn ich zweifle keine Sekunde daran, dass jemand in dieser Stadt ganz genau weiß, was mit diesen Mädchen geschehen ist, und zwanzig Jahre lang geschwiegen hat. Es ist also höchste Zeit, denjenigen aufzuscheuchen, damit er sich zu erkennen gibt.«

8

Olivia

Olivia karrt den Pferdedung auf den Misthaufen und sieht zu, wie der Dampf in den grauen Himmel aufsteigt. Als Jugendliche hat sie sich im Winter manchmal hineingestellt, um so ihre Füße aufzuwärmen. Sie hat bereits bei drei Pferden ausgemistet und dazwischen versucht, Wesley zu erreichen. Aber jedes Mal sprang sofort die Mailbox an.

Nachdem sie vergangene Nacht aufgewacht war und feststellen musste, dass er fort war, fiel sie schließlich in einen unruhigen, wenig erholsamen Schlaf. Als ihr Wecker um sechs Uhr klingelte und sie das Bett neben sich noch immer leer vorfand, überkam sie ein seltsames bedrückendes Gefühl von Trauer, als müsste sie unter ihrer schweren Daunendecke ersticken, woraufhin wieder die Zweifel und Fragen in ihr aufstiegen, was er wohl verbergen mochte. Die letzten Monate war er ohnehin so distanziert. Wenn sie ehrlich ist, eigentlich schon länger. Vielleicht ist das so eine Sache, die sich im Lauf der Jahre eingestellt hat – das allmähliche Erodieren ihrer Liebe, wie Kieselsteine, die vom Meer abgeschliffen werden. Dabei war er am Anfang so aufmerksam und fürsorglich. Er war ihre seelische wie körperliche Stütze. Er war derjenige, der sie vom Rollstuhl ins Bett trug, als sie noch unten schlafen musste, und selbst in einem Schlafsack auf dem Boden schlief für den Fall, dass sie nachts aufs Klo musste. Er war derjenige, der bei ihr saß und sie festhielt, wenn sie aus einem Albtraum aufschreckte, in welchem sie immer noch eingekeilt in dem Auto saß. Sie kann nicht sagen, wann genau sich das geändert hat. Aber sie hat den Eindruck, je stärker sie wird, desto mehr Kraft verliert ihre Beziehung.

Beim Frühstück vorhin hat sie ihre Bedenken geäußert. Ihre Mutter wuselte hyperaktiv in der Küche herum, so wie immer, wenn Olivia sich schwerfällig auf ihren Platz am Esstisch niederlässt.

»Möchtest du vielleicht Eier?«, fragte sie, als Olivia ihr gestand, dass sie sich wegen Wesley Sorgen machte. Eier, so schien es, waren die Antwort auf alles: auf Energiemangel, depressive Gedanken oder eben auf einen verschwundenen Freund.

»Nein, danke, heute Morgen kann ich keine Eier sehen«, erwiderte Olivia, da ihr Magen sich vor lauter Kummer wie seekrank anfühlte.

»Ach, mach dir mal keinen Kopf um ihn«, sagte ihre Mutter, die, Olivias Nein ignorierend, ein pochiertes Ei auf ihrem Teller ablud. »Er ist ein erwachsener Mann. Und überhaupt ist er eine unabhängige Seele. So einen Mann kannst du nicht festnageln, Liebes, also versuch es gar nicht erst.«

Olivia hat nie mitgekriegt, dass ihre Mutter einen Freund gehabt hätte, obwohl sie vermutet, dass es da jemanden gegeben haben musste. Als Olivia noch klein war, ließ ihre Mutter sie gelegentlich übers Wochenende bei ihren Großeltern, um wegfahren zu können. Olivia hat sich oft gefragt, ob sie sich an diesen Tagen mit einem Mann traf. Aber selbst wenn, hätte ihre Mutter es ihr nie verraten. So war sie nun mal. Sie zog es vor, die einzelnen Bereiche ihres Lebens strikt voneinander zu trennen.

»Willst du denn nicht, dass ich heirate? Wünschst du dir keine Enkelkinder?«, fragte sie.

Ihre Mutter schnaubte und strich sich den dichten Pony aus dem Gesicht. Sie hatte schon vor Jahren, etwa Ende vierzig, damit aufgehört, ihr Haar zu färben, und es vollends ergrauen lassen. Es stand ihr gut und brachte das Silber in ihren Augen zur Geltung, milderte die Falten in ihrer Haut und verlieh ihren Wangen einen fast schon rosigen Farbton. »Schatz, das ist dein Leben. Und überhaupt, du weißt ja, dass ich es nicht so mit Babys habe. Pferde sind mir lieber.«

»Vielen Dank auch.«

Ihre Mutter brach in schallendes Gelächter aus. »Ach, jetzt sei nicht so empfindlich. *Dich* liebe ich natürlich.« Sie klopfte Olivia auf den Rücken, ein bisschen so, wie sie den Hals eines geliebten Pferdes tätscheln würde. Sie mag vielleicht nicht die Mütterlichste aller Mütter sein, aber Olivia weiß, dass ihre Mum alles für sie tun würde. Sie sind immer nur zu zweit gewesen, und deshalb stehen sie sich auch so nahe. »Außerdem willst du gar nicht heiraten, glaub mir. Denn dann geht der ganze Ärger los«, schloss sie düster. Nicht, dass sie es wissen konnte, dachte Olivia, da sie nie verheiratet gewesen war. Als ihre Mutter 1980 von ihrer Schwangerschaft erfuhr, wollte ihr Erzeuger mit ihnen beiden nichts zu tun haben. Olivia wuchs in diesem Haus auf, unterstützt durch ihre Großeltern, deren einziges Enkelkind sie war, da ihre Mutter weder Brüder noch Schwestern hatte; allerdings verstarben die beiden leider innerhalb weniger Monate, als sie gerade mal vierzehn war.

Was, wenn Wesley mich am Ende doch verlassen hat?, überlegt sie jetzt, während sie ihr Handydisplay anstarrt und es in Gedanken beschwört, seine Nummer aufleuchten zu lassen. Was, wenn er es schlussendlich doch geschnallt hat? Wenn er kapiert hat, dass sie seiner nicht würdig ist? Ein Mann mit einem solchen Format, einer so strahlenden Persönlichkeit sollte mit jemandem zusammen sein, der ihm ebenbürtig ist. Jemandem, wie Sally es einst gewesen war. Nicht mit ihr, Olivia, dieser faden Pappfigur mit ihrem Abklatsch von einem Leben und dem ausgehöhlten Herzen. Und vor zwei Jahren gab es eine Zeit, als sie dachte, dass er es tun würde. Er wirkte damals so distanziert, schob allerlei Ausreden vor, um sie nicht mehr so oft zu besuchen, und wenn er es dann doch einmal tat, verhielt er sich wie ein Mann, der die Last der ganzen Welt auf seinen Schultern trug. Das ging ein paar Monate so, bevor er sich wieder ganz in den alten Wesley verwandelte.

Sie fragt sich oft, woher ihre Bedürftigkeit, woher ihre Abhängigkeit von Wesley herrührt. Liegt es daran, dass sie ohne Vater aufgewachsen ist? Ihr ist bewusst, dass Wesley nicht perfekt ist – das ist ihr im Lauf der Jahre klar geworden. Er ist laut, rechthaberisch, ein bisschen kontrollsüchtig, und er kann stunden-, ja, tagelang schmollen, wenn sie nicht tut, was er will. Als sie ihm einmal sagte, sie sei zu müde für Sex, sprach er drei Tage nicht mit ihr. Aber er kann auch dermaßen liebevoll und aufmerksam sein, dass sie sich wie der wichtigste Mensch auf der Welt vorkommt. Dass sie das Gefühl hat, dass er immer an ihrer Seite sein wird. Dass es nichts gibt, was ihm zu viel der Mühe wäre. Sie weiß, würde sie ihn anrufen und sagen, dass sie irgendwo gestrandet sei, würde er sie abholen kommen, egal zu welcher Tages- oder Nachtzeit. Er hat ihr, als ihr erster und einziger Freund, immer das Gefühl von Geborgenheit vermittelt. Seine Gegenwart ist, als würde sie in ihren flauschigen Lieblingsmorgenmantel schlüpfen, und sie befürchtet, dass sie, sollte sie ihn ablegen, frierend, nackt und verletzlich dastehen wird.

Sie schaut auf ihre Armbanduhr. Es ist elf. Er wird bei der Arbeit sein. Seit sie ihn kennt, hat er denselben Job bei der Bank in der Nachbarstadt.

Das Knirschen von Reifen auf Schotter reißt sie aus ihren Gedanken, und sie blickt auf. Ihre Mum ist los, um Futter für die Pferde zu besorgen, und die Reitlehrerin, Mel, kommt nicht vor vierzehn Uhr. Wer also könnte das sein? Sie lässt die Schubkarre stehen und geht zu dem kleinen Büroraum vor den Stallungen für den Fall, dass jemand gekommen ist, um eine Stunde zu buchen. An den Wochenenden helfen Kinder aus dem Ort im Reitstall aus, da sie die Pferde so lieben. Aber unter der Woche sind sie und Mum meistens allein. Mel kommt nur zum Unterricht und um sich um ihr eigenes Pferd Fargo zu kümmern, aber da enden ihre Aufgaben auch schon. Olivia unternimmt zwar mit den erfahreneren Reitern regelmäßig Ausritte, meist sonntags, aber das Unterrichten überlässt sie Mel.

Sie kennt weder den silbernen Audi noch die große, attraktive Frau, die selbstbewusst und mit langem rotem Haar, das unter einer waldgrünen Pudelmütze hervorwallt, durch das Eisentor spaziert kommt. Sie ist nicht von hier – das sieht man sofort an dem eleganten Wollmantel und den hochhackigen Stiefeln, die unter einer gut geschnittenen Hose hervorlugen. Bis auf die Mütze ist ihr komplettes Outfit schwarz. Als die Frau das Büro erreicht, zögert sie, als würde sie überlegen, ob sie wirklich eintreten soll.

Das Büro ist kaum mehr als ein aufgemotzter Schuppen, der sich direkt vor den Ställen befindet und, abgesehen von einem Metallschrank in der Ecke und einem einsamen Schreibtisch, auf dem sie den Terminkalender der Reitschule aufbewahren, nur spärlich eingerichtet ist. Wesley drängt sie ständig, den Terminkalender zu digitalisieren. Aber Olivia und ihre Mutter hegen eine Abneigung gegen Technik, ganz gleich, wie oft Wesley versucht, es ihnen auf diese typisch männliche Art zu erklären. Schlussendlich hat er aufgegeben.

»Sie dürfen gern reinkommen«, sagt Olivia lächelnd, als die Frau nach wie vor unsicher vor der Tür stehen bleibt. »Sind Sie hier, um eine Reitstunde zu buchen?« Sie geht zum Schreibtisch und beugt sich über den Stuhl, um im Terminkalender das heutige Datum aufzuschlagen.

»Nein. Nein, vielen Dank«, erwidert die Frau, die schon der Gedanke daran in Angst und Schrecken zu versetzen scheint. Jetzt betritt sie das Büro. Sie hat einen nordenglischen Akzent. Olivia gefällt der Klang. Er ist warm und freundlich, und sie fühlt sich sofort wohl.

»Oh … wie kann ich Ihnen dann behilflich sein?«

»Sind Sie Olivia Rutherford?«

Da wird es ihr mit einem Schlag klar. Aber natürlich. Wie dumm von ihr, dass sie nicht gleich darauf gekommen ist. Das ist die Journalistin. Diejenige, vor der Wesley sie gewarnt hat. Und jetzt ist sie hier eingedrungen, in Olivias kleine Welt, und sie weiß nicht, wie sie ohne ihre Mutter oder Wesley damit umgehen soll.

Kälte macht sich in ihr breit. Sie reckt das Kinn und verschränkt schützend die Arme über ihrer wattierten Jacke. »Wer möchte das wissen?«

»Mein Name ist Jenna Halliday. Ich arbeite für die BBC an einem Podcast über die Ereignisse, die sich hier vor zwanzig Jahren zugetragen haben. Mir ist bewusst, dass Sie noch nie mit der Presse gesprochen haben, aber da es sich hier um einen Podcast handelt, dachte ich mir, das ist etwas anderes, und habe gehofft, dass Sie daran mitwirken wollen, da …«

Doch Olivia hat Mühe, dem Rest von Jenna Hallidays Worten zu folgen, die in dem plötzlich einsetzenden Dröhnen in ihrem Kopf untergehen. Irgendwas darüber, »ihre Seite der Geschichte darzustellen«, und dass ein Exklusivinterview mit ihr »andere Journalisten abhalten könnte, die womöglich noch auftauchen«. Olivia hat das alles schon einmal gehört. Sie hat mit der Presse nie über den Unfall gesprochen. Damals nicht – und heute schon gar nicht.

Olivia schüttelt den Kopf und legt sich die Hände auf die Ohren, ohne sich darum zu kümmern, wie kindisch oder unhöflich sie wirken könnte. »Nein. Nein. Nein. NEIN.«

Jenna verstummt, ihre Gesichtszüge werden weich. Sie hebt eine Hand in Richtung Olivia, senkt sie dann aber wieder, als hätte sie es sich anders überlegt. Olivia fällt auf, wie grün ihre Augen sind. Sie haben dieselbe Farbe wie die Stachelbeeren, die im Garten ihrer Mutter wachsen. Die Stachelbeeren, die sie nicht mehr angerührt hat, seit sie mit fünf zu viele davon gegessen und sich eine ganze Nacht lang erbrochen hatte.

»Es tut mir leid«, sagt Jenna sanft, und Olivia bemerkt, wie die Wangen der Frau erröten. »Ich wollte Sie nicht aufregen. Es muss nach wie vor traumatisch sein, nie erfahren zu haben, was passiert ist.«

»Und dennoch haben Sie sich dafür entschieden, mich aufzusuchen und mit mir zu sprechen?« Olivia drückt die Schultern durch, obwohl es keine Rolle spielt, wie aufrecht sie steht. Sie wird niemals so groß, so elegant oder so selbstbewusst sein wie diese Frau. Diese Jenna Halliday, die wahrscheinlich durchs Leben spaziert ist und stets bekommen hat, was – oder wen – sie wollte.

Jenna senkt den Blick zu Boden, doch als sie den Kopf wieder hebt, stellt Olivia überrascht fest, wie offen, wie echt ihr Gesichtsausdruck ist. »Ich hielt es nur für richtig, Ihnen die Chance zu geben, Ihre Seite der Geschichte zu erzählen. Da es bei dem Podcast um das Verschwinden Ihrer Freundinnen geht.«

»Meine Seite der Geschichte?« Olivia spürt einen Schwall Hitze in ihren Kopf rauschen. »Das ist keine *Geschichte*. Das ist kein Lesefutter zur Unterhaltung anderer Menschen. Das …« Sie holt tief Luft, um ihre Emotionen unter Kontrolle zu bringen. »… das ist mein Leben.«

»Ich verstehe.«

»Wie denn?« Olivia versucht, diese Frau, diesen Eindringling, mit ihrem Blick in die Schranken zu weisen. »Seit wann bitte verstehen Journalisten denn irgendwas? Ist Ihnen denn so etwas passiert?«

»Nun, nein, aber …«

»Nun, dann reden Sie keinen Mist. Das ist verlogen.«

»Es tut mir leid. Ich kann mir nicht ansatzweise vorstellen, was Sie durchgemacht haben.«

Olivia spürt Tränen in ihren Augen brennen. Wie könnte sie das auch nur ansatzweise erklären?

Jenna mustert sie ruhig, aber in ihrem Blick liegt Mitgefühl, was in Olivia einen Konflikt auslöst. Sie will diese Frau hassen. Sie will ihr die Schuld für alles geben. Für den Unfall und die Jahre danach, für ihren anhaltenden physischen wie psychischen Schmerz. Sie will ihr sagen, wie fremd sie sich wegen des Geschehenen in ihrer eigenen Stadt fühlt. Wie die Menschen sie immer noch argwöhnisch beäugen, sich das Maul über sie zerreißen oder ihr, wenn auch seltener, offen feindselig begegnen, sodass sie sich nur noch verkriechen will. Und doch scheint diese Frau anders zu sein als die Reporter, die sie in der Vergangenheit getroffen hat. Sie wirkt freundlicher, geradezu empathisch, und so, als wäre sie tatsächlich gewillt, Olivia zuzuhören. Aber nein. Sie hat es Wesley versprochen. Sie kann ihm nicht in den Rücken fallen.

Jenna greift in ihre Tasche und holt eine Visitenkarte hervor. »Ich gehe jetzt, aber falls Sie es sich doch noch anders überlegen, hier sind meine Kontaktdaten.« Sie reicht Olivia die Karte, die sie entgegennimmt und auf den Schreibtisch wirft, als handle es sich um ein Stück Müll. »Ich bin noch bis Freitag in der Stadt.«

Es folgen ein paar Sekunden unangenehmer Stille. Und dann, endlich, lächelt Jenna leicht, bevor sie sich mit einem Schwung ihrer schönen Kupfermähne, die Olivia an den Fuchshengst erinnert, den sie früher mal im Stall hatten, umdreht und das Büro verlässt.

Olivia atmet erleichtert auf, ihre Beine zittern. Sie lässt sich auf den Bürostuhl fallen und spürt ein Brennen in ihrer Kehle.

Wesley hat recht. Sie darf auf keinen Fall mit dieser Frau sprechen. Auf keinen Fall.

Denn sie weiß, wenn sie einmal anfängt zu reden, hört sie womöglich nicht mehr auf.

9

Jenna

Ich bin nicht weiter überrascht, dass Olivia sich nicht auf ein Interview eingelassen hat. Damit habe ich gerechnet. Aber ich werde nicht lockerlassen. Es muss einen Weg geben, ihren Schutzwall zu durchbrechen. Ich muss ihn nur finden. Was mich jedoch überrascht, ist, wie klein und traurig sie wirkte. Dabei sprach sie mit einer derartigen Inbrunst und Leidenschaft, so als ob ihre Gefühle sich direkt unter der Oberfläche befänden, wie ein Schwimmer, der gleich durch die Wogen bricht. Das genaue Gegenteil von mir, der Tiefseetaucherin, die alles tun würde, um ihre wahren Gefühle zu verbergen.

So etwa, als Gavin mir eines späten Abends beim Zubettgehen verkündete, dass er ausziehen würde. Ich saß an meiner Frisierkommode, schminkte mich gerade ab und konnte ihn im Spiegel sehen, mit nacktem Oberkörper, wie er sein Hemd aufhängte, und mir kam in den Sinn, dass wir seit Monaten keinen Sex mehr gehabt hatten, was reichlich ungewöhnlich für uns war. Aber wir hatten beide so viel um die Ohren gehabt – ich mit meinem neuen Job bei der BBC und er als Finanzvorstand –, sodass uns wenig Zeit füreinander blieb. Also ging ich zu ihm rüber, wobei ich mich anzüglich meines Pyjamas entledigte, und hob die Hände an sein Gesicht, um ihn zu küssen. Aber zu meinem Entsetzen schob er mich von sich. »Es tut mir leid, Jenna, ich kann das nicht.« *Jenna*. Nicht »meine Schöne«, wie er mich sonst liebevoll nannte. Und in diesem Moment fühlte ich mich alles andere als schön. Dann eröffnete er mir, dass er eine Auszeit von unserer Ehe bräuchte. Die ganze Zeit über saß ich aufs Tiefste gedemütigt auf der Bettkante, während er eine Reisetasche packte, rang mit den Tränen und versuchte, gefasst zu bleiben, obwohl ich das Gefühl hatte, einen Tritt in den Magen bekommen zu haben. Ich wollte heulen, ihn anflehen zu bleiben. Wenn ich nur halb so viel Leidenschaft an den Tag gelegt hätte wie Olivia gerade, hätte ich dann meine Ehe retten können?

Als ich in mein Auto einsteige, hält ein alter Land Rover neben mir, und eine Frau Anfang sechzig steigt aus. Sie ist groß und wirkt kräftig. Durchaus attraktiv auf jene von Wind und Wetter gezeichnete, naturverbundene Art. Ich erkenne auf der Stelle, dass es sich um Olivias Mutter handelt. Die Ähnlichkeit ist verblüffend: die gleichen tief liegenden grauen Augen, die gleiche feine Nase, ein spitzes Kinn und hohe Wangenknochen. Die gleiche abwehrende Mimik. Bepackt mit einem großen Sack Pferdefutter tritt sie vor mein Auto und dreht sich mit blitzenden Augen zu mir um. Ich erwarte schon, dass sie an mein Fenster kommt, und mein Herzschlag beschleunigt, während ich im Geist die abgedroschenen Phrasen durchgehe, die ich normalerweise benutze. Doch stattdessen entfernt sie sich von mir und steuert das Holzgatter an. Ich überlege, ob ich aussteigen und sie ansprechen soll, aber ich habe den Eindruck, dass sie noch verschlossener sein wird als ihre Tochter.

Als ich aus der Einfahrt zurücksetze, bemerke ich, dass Mrs. Rutherford, die Hand auf dem Torriegel, den Futtersack zu ihren Füßen, mich immer noch beobachtet. Vielleicht läuft die Gerüchteküche im Ort bereits auf Hochtouren, und sie weiß ganz genau, wer ich bin. Ich kann sie in meinem Rückspiegel dastehen sehen, als ich bereits auf das gewundene Sträßchen biege, das mich zur High Street führt.

Ich bin abgelenkt und nehme eine der Haarnadelkurven zu schnell, wobei ich beinahe mit einem mir entgegenkommenden BMW kollidiere. Ich kann gerade noch abbremsen, und mein Atem beruhigt sich, als mein Wagen zum Stehen kommt. Der Fahrer des BMW ist ungefähr in meinem Alter, hat einen dunklen Haarschopf, und seine Lippen formen ein »Dumme Kuh«, während er mit seinem Auto an mir vorbeirollt. Ich fahre weiter in Richtung High Street. Kurz vor dem Feld mit dem Steinkreis geht ein Sträßchen zu einem Parkplatz des National Trust ab. Ich stelle meinen Wagen ab, folge dem Pfad, der parallel zu den Megalithen verläuft, und steuere die Reihe von Geschäften und Cafés an, wobei mein Atem in kleinen Wölkchen vor mir aufsteigt. Die Kälte dringt durch meinen Wollmantel, und ich ziehe meine Strickmütze tiefer über die Ohren. Noch im Gehen rufe ich die Nummer von Detective Sergeant Crawford an, die Brenda mir gegeben hat. Allerdings werde ich direkt auf die Mailbox weitergeleitet, und so hinterlasse ich eine kurze Nachricht, in der ich erkläre, wer ich bin und woher ich seine Nummer habe. Ich lasse das Handy in meine Manteltasche gleiten und bleibe vor einem schönen Fachwerkhaus im Tudor-Stil stehen, vor dem ein altmodisches schwarzes Schild hängt, auf dem in weißer, blumiger Schrift *Bea's Tearoom* zu lesen ist. Eine Kreidetafel auf dem Bürgersteig weist darauf hin, dass sich die Teestube im Obergeschoss befindet. Es scheint mir ein guter Ort, um etwas Warmes zu trinken und meine Gedanken zu ordnen. Außerdem möchte ich mir einige Punkte aus dem Interview mit Brenda notieren, die ich in einem Gespräch mit DS Crawford gerne weiter vertiefen würde.

Ich steige die schmale Holztreppe hoch und bin etwas aus der Puste, als ich oben ankomme. Ein offener Durchgang führt in einen gemütlichen Raum mit Deckenbalken und einem etwas schrägen Boden. Der Teppich ist rot, an manchen Stellen rosa verblasst, und die Bedienungen (mir fällt auf, dass es alles Frauen sind) tragen altmodische schwarze Uniformen mit weißen Rüschenschürzen und dazu passenden Häubchen. Ich kann mir gut vorstellen, dass es sich um eine Touristenfalle handelt. Durch die zwei bleigefassten Bogenfenster hat man einen Blick auf die High Street und den Steinkreis in der Ferne.

»Kann ich Ihnen helfen?«, fragt eine junge Frau, die kaum älter als achtzehn sein kann. Ihr Aufzug scheint ihr ein wenig peinlich, sodass ich vermute, dass sie ganz neu ist.

»Haben Sie noch einen Tisch frei?« Eine dumme Frage, denn nur einer ist besetzt, von einem älteren Paar, das sich anschweigt. Die Frau taxiert mich und versucht noch nicht einmal, es zu verbergen.

»Nur für Sie?«

»Ja, bitte.« Es macht mir nichts aus, allein zu essen. Mein Leben als Journalistin ist schon immer ein einsames gewesen. Besonders in der Anfangszeit, als ich für eine Presseagentur arbeitete und viele Stunden damit verbrachte, Prominente oder Politiker zu Hause aufzusuchen, um sie zu interviewen und den Beitrag im Anschluss daran telefonisch durchzugeben. Ich hockte mich dann irgendwo auf eine Bordsteinkante oder in eine ruhigere Straßenecke, um hektisch den ersten Absatz zu verfassen, damit ich nicht über meine eigenen Worte stolperte, wenn ich sie dem cholerischen Redakteur am anderen Ende der Leitung diktierte.

Die Kellnerin führt mich zu einem Fenstertisch und nimmt meine Bestellung auf. Als sie fort ist, sehe ich mich noch einmal in dem Raum um. Er ist nicht sehr groß, mit nur einem halben Dutzend Tische. Das ältere Ehepaar schlürft Tee aus zierlichen Porzellantassen; die Frau, sie hat ein hageres, angespanntes Gesicht, schaut immer wieder zu mir rüber. Ich lächle ihr zu, doch sie wendet mit frostiger Miene den Blick ab. Sehr charmant. Meine Anwesenheit muss sich wohl herumgesprochen haben. Etwas lustlos öffne ich mein Notizbuch und gebe mir Mühe, mich nicht unbehaglich zu fühlen. Ich mustere die unebenen Wände mit der dicken Farbschicht, die stellenweise Risse aufweist, sowie die dunklen Mahagonitische und -stühle. Jemand hat eine Wimpelgirlande über der Theke aufgehängt, wo sich rosa und gelb glasierte Cupcakes auf hübschen Porzellantortenständern stapeln. Ich kann mir vorstellen, dass der Laden während der Sommermonate brummt, voller Touristen, die darauf erpicht sind, etwas von dem idyllischen Ambiente in sich aufzusaugen.

Ich schnappe mir meinen Stift und notiere den ersten Punkt: *Olivias Behauptung, dass sie verfolgt wurde;* dann unterstreiche ich *verfolgt* dreimal. Ich frage mich, warum das nicht in den Zeitungen stand. Brenda meinte, dass nichts bei der Sache herumgekommen sei. Es sei denn … Ich kaue auf dem Ende meines Kugelschreibers. Es sei denn, die Polizei hat Olivia nicht wirklich geglaubt. Ich ziehe mein Handy aus der Manteltasche und lege es auf den Tisch. Noch immer kein Rückruf von DS Crawford. Dabei brenne ich darauf, mich mit ihm zu unterhalten.

Die Kellnerin taucht neben mir auf. »Bitte schön, ein schwarzer Kaffee und ein Lemon-Drizzle-Cake für Sie.«

Ich bedanke mich und haue rein, obwohl ich noch satt bin von meinem Frühstück bei Brenda. Eigentlich will ich den Kuchen gar nicht – es ist mehr die Macht der Gewohnheit. Seit meine Ehe in die Brüche gegangen ist, scheine ich nach Zucker regelrecht zu lechzen. Manche Menschen nehmen ab, wenn sie unglücklich sind, bei mir ist das Gegenteil der Fall.

Ich nehme einen Schluck vom Kaffee, und mein Blick schweift zum Fenster hinaus, während ich über das Interview mit Brenda nachdenke. Ein Mann draußen erregt meine Aufmerksamkeit, hauptsächlich weil er sich merkwürdig verhält. Er schaut die Straße auf und ab und spricht aufgeregt in sein Telefon, als würde er auf jemanden warten, oder, genauer gesagt, jemanden suchen. Dann blickt er zum Fenster hoch, und ich weiche instinktiv auf meinem Stuhl zurück, damit er mich nicht sieht – auch wenn ich selbst nicht so recht weiß, warum ich das tue. Als ich erneut rausschaue, ist er verschwunden. Ich wende mich wieder meinem Notizbuch zu und fange gerade an aufzuschreiben, was ich über Ralph Middleton erfahren habe, als der Mann von der Straße hereingeplatzt kommt. Er keucht etwas angestrengt von dem schmalen Treppenaufgang. Ich schätze, dass er etwa in meinem Alter ist, mit dichtem dunkelbraunem Haar, das ihm über die hohe Stirn fällt, und er muss sich ducken, um unter dem Türrahmen hindurchzutreten. Eine Hand steckt in der Tasche seiner schwarzen North-Face-Daunenjacke, die er über einem Hemd mit Krawatte trägt.

»Wesley.« Eine der Kellnerinnen, eine attraktive Brünette,

vielleicht Ende zwanzig, schlendert zu ihm rüber. Wesley? Olivias Freund? Ich beäuge ihn aus dem Augenwinkel, während ich so tue, als würde ich meine Notizen lesen. Der Typ sieht gut aus, und er ist sich dessen bewusst.

Plötzlich kommt mir ein Gedanke. Hat er draußen etwa nach mir Ausschau gehalten? Olivia muss erwähnt haben, dass ich sie vorhin aufgesucht habe.

»Izzy«, grüßt er und legt einen Arm um die schmale Taille der Kellnerin. Auch das ältere Paar am Nebentisch beobachtet ihn, die Frau mit kaum verhohlener Verachtung. Das ist ja interessant, denke ich, setze mich aufrechter hin und nippe an meinem Kaffee.

Wesley schäkert mit Izzy und der jungen Kellnerin, die mir meinen Tisch gezeigt hat – ich entnehme dem Geplänkel, dass sie Chloë heißt. Sein Arm hat Izzys Taille immer noch nicht verlassen. Oh, so einer bist du also, denke ich, während ich ihn mustere. Ein »kleiner Hallodri«, wie meine Mum sagen würde. Ich weiß, dass er mich bemerkt hat, weil er so tut, als hätte er es nicht getan. Es ist, als wäre dieser Raum seine Bühne und er der Hauptdarsteller. Sein Auftritt gilt mir.

Izzy führt Wesley zu einem Tisch schräg gegenüber von meinem. Er vermeidet es, in meine Richtung zu schauen, während er sich hinsetzt und von der Speisekarte bestellt. Izzy verschwindet, um sein Essen zu holen, und ich tue so, als würde ich auf meinem Handy lesen, während ich ihn verstohlen beobachte. Allmählich wird er zappelig, seine Finger trommeln auf das rot karierte Wachstuch, seine Augen zucken durch den Raum. Und dann, schlussendlich, landen sie auf mir. Ich hebe gerade rechtzeitig den Kopf, um seinen Blick zu kreuzen. Seine Augen sind auffällig blau, stechend, herausfordernd. Er kneift sie zu Schlitzen zusammen, sagt aber nichts.

Ich senke wieder den Kopf und scrolle weiter durch mein Handy, obwohl der Empfang hier mies ist und ich kaum eine Seite geladen bekomme, wobei mir bewusst ist, dass sein Blick immer noch auf mir ruht.

Ich beschließe, dass ich ihn nicht mag. Er ist zu sehr von sich eingenommen; seine Arroganz hat etwas Dreistes, geradezu Würdeloses. Ich schaue von meinem Handy auf und erhasche einen Blick auf seine Miene. Er sieht mich finster an, die Abneigung steht ihm ins Gesicht geschrieben. Kurz bin ich überrumpelt davon und kann nicht anders, als den Blick zu erwidern.

»Sie sind diese Journalistin, nicht wahr?«, fragt er laut quer durch den Raum. Die Frau am anderen Tisch hebt den Blick von ihrer Tasse und glotzt mich an.

»Das ist richtig.« Ich bemühe mich um einen ruhigen Tonfall, obwohl mein Herz wie wild schlägt – auch wenn ich mir nicht sicher bin, ob vor Empörung oder Verlegenheit oder beidem.

»Ich nehme mal an, Sie halten das alles für einen großen Scherz, nicht wahr? Einfach herzukommen und anderer Menschen Leben zu ruinieren.«

Ich runzle die Stirn. »Ich habe keineswegs vor, das Leben von irgendwem zu ruinieren.«

»Alles wieder auszugraben, ohne Rücksicht auf Verluste.«

»Ich bin lediglich hier, um einen Podcast zu machen.«

Er stößt ein hämisches Lachen aus und dreht sich zu Izzy um, die gerade mit seinem Frühstück hereinkommt. Er wendet sich an das ältere Paar in der Ecke und zieht die Augenbrauen hoch. »Die denkt ernsthaft, sie kommt hierher und klärt alles auf«, spottet er mit der Herablassung eines Politikers. »He, Izzy, der Polizei ist es seit zwanzig Jahren nicht gelungen, herauszufinden, was mit deiner Schwester und ihren Freundinnen passiert ist, aber unsere Nancy Drew hier denkt, sie kriegt's gebacken.«

Izzy ist mit einem der Mädchen verwandt? Das macht mich nun doch neugierig.

»Tatsächlich denke ich das nicht. Ich bin hier, um Informationen zu sammeln. Das ist alles.« Ich überlege, ob Izzy mit Sally verwandt ist. Sie haben das gleiche dunkle Haar und den gleichen hellen Teint. Ich muss sie unbedingt interviewen.

Izzy stellt den Teller vor ihm ab. »Lass mal gut sein, Wes. Ich möchte nicht, dass du hier die Kundschaft vergraulst. Iss in Frieden dein Frühstück.«

Ich bin überrascht. Ich hätte nicht gedacht, dass Izzy so mit ihm sprechen würde angesichts dessen, wie sie gerade noch mit ihm geschäkert hat.

Sie wirft mir ein freundliches Lächeln zu, und Wesley hält zum Glück den Rand.

Ich klappe mein Notizbuch zu und schiebe Kaffee und Kuchen von mir, auch wenn ich noch nicht fertig bin. Der Appetit ist mir vergangen. Ich bezahle und verlasse den Raum, wobei ich Wesleys brennenden Blick in meinem Rücken spüre.

Als ich aus der Teestube auf die Straße trete, beginnt es gerade zu nieseln. Nebenan ist ein kleines Geschäft, das Nippes und Schmuck verkauft. Es duftet nach Weihrauch, und kurz entschlossen gehe ich hinein. Irgendwie habe ich das Gefühl, dass Wesley mir folgen könnte, und ich liege richtig, denn zwei Minuten später steht er auf dem Bürgersteig und schaut nach links und rechts. Was ist sein Problem? Mir ist klar, dass mein Verhalten seltsam sein muss. Ich hoffe, das Mädchen hinter dem Verkaufstresen hält mich nicht für eine Ladendiebin – obwohl sie mich nicht zu beachten scheint, da sie zu sehr damit beschäftigt ist, in einer Zeitschrift zu blättern und ihr pinkfarbenes Haar um ihre Finger zu zwirbeln. Im Radio läuft *Last Christmas*, und die Verkäuferin summt halbherzig mit.

Ich tue so, als würde ich herumstöbern. Wesley hat meine Neugierde geweckt. Warum bringt meine Anwesenheit ihn so sehr auf?

Ich verstecke mich hinter einem Ständer mit glitzernden Schals und beobachte, wie Wesley sein Handy aus der Tasche seiner Daunenjacke fischt. »Ich habe sie verloren«, höre ich ihn sagen. Verstohlen werfe ich einen Blick zur Verkäuferin, aber sie scheint weder von mir noch der Situation Notiz zu nehmen. »Ich gehe wieder rein und esse zu Ende. Ja, Süße, das habe ich doch gesagt, oder nicht …« Der Rest seiner Worte geht unter, da er wieder nach drinnen verschwindet. Ich nutze die Gelegenheit, um zu meinem Auto zu eilen, bevor er mich vom Fenster aus sehen kann.

Hat Olivia ihn geschickt? Und wenn ja, aus welchem Grund?

10

Der Himmel öffnet seine Schleusen, während ich eingemummelt in meinem Auto sitze und mir Notizen mache; mein Atem lässt die Scheiben beschlagen, und die Hügel in der Ferne verschwimmen hinter dem Regenschleier. *Izzy Thorne?*, notiere ich mir. Ich muss mich dringend mit ihr unterhalten. Ich habe keine Ahnung, wo sie wohnt, daher werde ich in die Teestube zurückkehren und sie fragen müssen, obwohl ich vermeiden möchte, das in Gegenwart von Wesley zu tun. Ich schaue auf die Uhr. Es ist eine halbe Stunde her, seit ich gegangen bin, und ich hoffe, er ist mit seinem Brunch fertig.

Ich rücke meine Mütze zurecht, schiebe Notizbuch und Handy zurück in meine Umhängetasche und steige aus dem Auto. Ich werde mich in einem der Lädchen herumdrücken und warten, bis Wesley fort ist, und dann werde ich versuchen, mit Izzy zu reden.

Gerade als ich über den Parkplatz gehe, vibriert mein Handy. Eine unbekannte Nummer leuchtet auf dem Display auf. Ich stelle mich unter das Vordach eines öffentlichen Toilettentrakts, um ranzugehen, und bin erfreut, als sich eine Männerstimme als Detective Sergeant vorstellt.

»Vielen Dank für den Anruf«, sage ich. »Ich weiß, dass Sie sehr beschäftigt sein müssen.« Ich drehe mich von einem plötzlichen Windstoß weg. Mein Gesprächspartner ist kaum zu verstehen. Der Regen prasselt auf meinen Rücken.

»... um Brenda einen Gefallen zu tun, aber ich weiß nicht, wie viel ich Ihnen erzählen kann.«

»In Ordnung.« Ich schirme das Telefon mit meiner Hand ab. »Im Moment versuche ich einfach nur, so viele Informationen wie möglich zu sammeln. Falls Sie irgendwann Zeit für einen Kaffee hätten, wäre es großartig, Ihre Meinung zu der ganzen Sache zu hören.«

»Heute ist hier viel los, aber wir könnten uns nach der Arbeit auf einen Drink treffen.«

Ich erwidere, dass ich dankbar sei für jede Zeit, die er erübrigen kann, woraufhin seine Stimme schon freundlicher ist, als er sagt, dass er mich um neunzehn Uhr im Raven erwartet, dem Pub am Eck.

Meine Stimmung hat sich deutlich gehoben, als ich das Handy wegstecke, um zu Bea's Tearoom zurückzukehren, aber dann sehe ich Wesley auf mich zukommen. Scheiße, ich hatte gehofft, ihm nicht zu begegnen.

Er bleibt vor mir stehen und versperrt mir den Weg. Ich straffe die Schultern. Von ihm lasse ich mich ganz sicher nicht einschüchtern. Typen wie ihn habe ich schon genug getroffen.

»Sie haben sich also immer noch nicht verzogen?«, sagt er.

»So sieht's aus.« Ich verschränke die Arme vor der Brust.

Er seufzt, aber seine Gesichtszüge entspannen sich. »Hören Sie, ich will nur nicht, dass Liv sich aufregt, okay? Sie hat genug durchgemacht.«

Ich zögere, da der Wechsel in seinem Verhalten mich aus dem Konzept bringt. Ich hatte ihn bereits als ungehobelten Rowdy verbucht, aber so, wie er jetzt vor mir steht, frage ich mich, ob er nicht doch nur ein Mann ist, der sich Sorgen um seine Freundin macht. »Ich will Olivia auf keinen Fall aufregen«, versichere ich ihm, »aber dieser Podcast wird ein neues Licht auf das werfen, was sich vor zwanzig Jahren hier ereignet hat. Womöglich hilft es sogar, irgendjemandes Gedächtnis anzustoßen. Würden Sie, Olivia und alle anderen hier nicht gern wissen wollen, was mit Sally, Katie und Tamzin passiert ist?«

Er zieht seine dunklen Brauen zusammen. Wir sind mittlerweile beide durchnässt, und ein dicker Regentropfen hängt von seinem Pony. »Es gibt vieles, was Sie über diese Stadt nicht wissen. Hier passieren seltsame Dinge.« Er senkt die Stimme. »Der Wald ist verflucht, genauso wie der Devil's Corridor. Man sagt, dass die Megalithen voller mystischer Energie seien. Kennen Sie sich mit den Ley-Linien aus?«

»Nein, nicht wirklich.« Ich versuche, mir meine Skepsis nicht anmerken zu lassen. »Was wollen Sie damit sagen? Dass ihr Verschwinden eine … übernatürliche Ursache hat? Ein paranormales Ereignis?«

Er fährt sich mit der Hand durch sein regennasses Haar. »Wer weiß? Hören Sie, mir ist egal, was Sie hier treiben. Wenn Sie wollen, dann verschwenden Sie eben Ihre Zeit, das ist Ihre Sache, aber halten Sie Liv da raus, okay? Sie musste durch die Leute hier genug Verleumdungen ertragen.« Er wartet meine Antwort nicht ab, sondern macht kehrt, und ich sehe ihm nach, als er mit den Händen in den Hosentaschen und den Kopf unter dem Regen gebeugt davonmarschiert.

Ich setze meinen Weg zur Teestube fort und denke über meinen Wortwechsel mit Wesley nach. Verleumdungen? Ich frage mich, inwiefern. Es kann nicht einfach für Olivia gewesen sein, und ich verstehe durchaus, warum Wesley sich so vor sie stellt.

Sobald ich die Treppe hochsteige, hüllen mich der Geruch von warmem Kaffee und Speck ein, und ich kann die Geräuschkulisse des mittäglichen Andrangs vernehmen. So gut wie alle Tische sind besetzt, und die Kellnerinnen flitzen wie Elstern in ihren schwarz-weißen Uniformen umher. Ich bleibe am Durchgang stehen und versuche, Izzy auszumachen, und da erblicke ich sie, wie sie mit einem Tablett leerer Teller den Raum durchquert, wobei ihr glänzender dunkelbrauner Pferdeschwanz hin und her schwingt. Ich hebe den Arm und winke, um ihre Aufmerksamkeit zu erregen, und sie kommt herüber.

»Hallo noch mal«, grüßt sie nett. »So bald schon wieder zurück? Drüben in der Ecke ist ein Tisch frei, den würde ich mir an Ihrer Stelle schnappen.«

»Eigentlich bin ich hier, um mit Ihnen zu reden, aber Sie scheinen gerade ziemlich im Stress.«

Sie kräuselt die Stirn. »Ah, ich verstehe. Wegen dem Podcast? Also wissen Sie, dass ich Sallys Schwester bin?« Ich nicke, woraufhin sie auf ihrer Lippe kaut; ihr Blick huscht durch den Raum, bevor er wieder auf mir landet. »Geben Sie mir Ihre Nummer, ich rufe Sie an.«

Ich ziehe eine Visitenkarte aus meinem Portemonnaie und lege sie auf ihr Tablett. »Vielen Dank. Ich weiß das sehr zu schätzen. Ich bin bis Freitag hier, würde aber gerne so bald wie möglich mit Ihnen sprechen.«

Sie lächelt mich erneut an, dieses Mal allerdings unsicherer, dann geht sie Richtung Küche davon. Ich hoffe nur, dass sie auch wirklich anruft.

Mir bleibt vorerst nichts anderes übrig, als zu meiner Hütte zurückzukehren, also laufe ich die High Street runter zum Parkplatz. Der Regen hat meinen Wollmantel durchweicht, und meine Hose ist vom Knie abwärts klatschnass und schwer. Ich kann es kaum erwarten, mir etwas Bequemeres anzuziehen – ich friere bis auf die Knochen. Es war ein Fehler, meine übliche Arbeitskleidung statt Jeans, Gummistiefel und einer Regenjacke anzuziehen. Ich wollte professionell aussehen, damit man mich ernster nimmt. Ha, schön wär's. Mir wird bewusst, dass ich tatsächlich laut gelacht habe, als eine ältere Frau, die mir entgegenkommt, mich befremdet ansieht. Sie zieht einen dieser karierten Einkaufstrolleys hinter sich her, und ich erkenne sie wieder; es ist die Frau von vorhin, die auch in der Teestube war. Ich schenke ihr ein Lächeln, doch als sie an mir vorbeigeht, bleibt sie stehen und packt meinen Arm. Ihr Griff ist überraschend stark.

»Sind Sie nicht diese Journalistin?«

»Ganz genau. Mein Name ist Jenna Halliday.«

Sie lässt meinen Arm los und sieht mich blinzelnd an. Ihr Haar ist tabakgelb, ihre Züge streng, der Mund ein dünner Strich. »Ich habe hier gewohnt, als es passierte«, sagt sie, ohne ihren Namen zu nennen. »Gleich neben dieser Tamzin Cole und ihren Eltern. Seltsame Leute. Laut. Ordinär, Sie verstehen schon?«

Ich verziehe keine Miene.

»Diese Tamzin, die hatte einen Freund nach dem nächsten. Würde mich nicht wundern, wenn sie mit einem von denen durchgebrannt ist.«

»Und was war mit Sally und Katie?«

Sie saugt ihre Lippen ein, als würde sie einen Zug von einer imaginären Zigarette nehmen. »Über die weiß ich nicht viel. Schätz mal, sie waren alle nicht gerade Engel. Muss man sich mal vorstellen, einfach so abzuhauen und den Eltern nichts zu sagen. Anständig ist das nicht.«

»Vielleicht sind sie gar nicht abgehauen.«

Sie stößt ein freudloses Lachen aus. »Ach ja, und was ist dann mit ihnen passiert? Wurden sie etwa von Aliens entführt, wie manche Leute hier glauben? Was für ein Quatsch. Eins kann ich Ihnen sagen: Diese Olivia Rutherford weiß ganz genau, was passiert ist. Sie steckte doch mit drin. Schätze mal, sie wär jetzt bei den anderen, wenn der Unfall nicht dazwischengekommen wäre. Aber sie spielt das Unschuldslamm wirklich perfekt. Genau wie ihre Mutter. Hochnäsig bis zum Gehtnichtmehr. Ich persönlich halte nichts von den beiden.«

Klingt nicht so, als ob diese Frau von irgendwem was halten würde. Ganz klar eine Tratschtante ohne brauchbare Informationen. Trotzdem könnte sie sich gut im Podcast machen. Darum frage ich sie, ob sie interviewt werden möchte, doch sie schaut entsetzt drein. »Nein danke. Wenn Sie meine Meinung hören wollen, verschwenden Sie hier sowieso nur Ihre Zeit.«

»Warum denken Sie, dass sie weggelaufen sind?«, frage ich, um sie am Reden zu halten.

»Nun, über die anderen beiden kann ich nichts sagen, aber Tamzin Coles Eltern haben Tag und Nacht gestritten. Ich glaube, der Vater ist mit einer anderen Frau durchgebrannt, kurz vor Tamzins Verschwinden. Aber, ach du liebe Güte, das Geschrei, das ich mir durch die Wände anhören musste. Die haben geflucht wie die Kesselflicker. Das war kein besonders glückliches Zuhause. Vielleicht wollte Tamzin neu anfangen, weit weg von dem Haufen.«

»Wohnen die Coles denn noch in Stafferbury?«

Sie schüttelt den Kopf. »Sind irgendwann weggezogen. Ich weiß nicht, wohin. Die wären wir los, würde ich mal behaupten. Wie auch immer, ich muss weiter. Ich kann hier nicht den ganzen Tag rumstehen und tratschen. Mein Stan wartet im Auto, und ich muss noch ein Brot besorgen. Oh, ich heiße übrigens Rita.« Sie verzieht das Gesicht zu einer Art Lächeln, wobei sie die großen Vorderzähne entblößt, dann schnappt sie sich den Griff ihres Trolleys und spaziert zum Ende der High Street davon, wo sich ein kleiner Co-op befindet.

Donner rollt über uns hinweg, und der Regen nimmt noch mal zu, während die Leute sich in die Geschäfte flüchten oder zumindest ihren Schritt beschleunigen. Ich renne schon fast zum Parkplatz und bin froh, als ich in meinem warmen, trockenen Audi sitze. Ich frage mich, ob Ritas Meinung zu den vermissten Mädchen von der Allgemeinheit hier geteilt wird, und nehme mir vor, mich dahingehend umzuhören, da ich Wesleys Bemerkung, Olivia habe »genug Verleumdungen ertragen müssen«, nicht vergessen habe.

Ich fahre vom Parkplatz, muss allerdings scharf bremsen, als drei kichernde Mädchen im Teenageralter vor mir über die Straße schlendern. Eine trägt eine Nikolausmütze, die anderen haben rosa Lametta um den Kopf gewickelt. Sie sehen aus, als könnten sie demnächst aufs College gehen. So alt wie Tamzin, Sally und Katie zum Zeitpunkt ihres Verschwindens. Bedrückt schaue ich ihnen nach, wie sie untergehakt die High Street entlangtänzeln. Dann setze ich meinen Weg fort, wobei meine Scheibenwischer emsig versuchen, mit dem Regenguss mitzuhalten. Ich kann praktisch nichts sehen, als ich den Devil's Corridor entlangfahre, und muss mein Tempo drosseln, damit ich die Abfahrt nicht verpasse. Als ich vor meiner Hütte angelangt bin, schalte ich den Motor aus und sitze eine Weile einfach nur da. Die Bäume biegen und strecken sich im Wind, ihre Blätter rauschen, als würden sie Geheimnisse flüstern, der Regen plätschert in den schlammigen Pfützen.

Widerstrebend verlasse ich das Auto, um mich unter die Veranda zu flüchten, wobei ich kurz stehen bleiben muss, um meinen Absatz aus der Gummimatte in der Einfahrt zu befreien. Als ich die Tür erreiche, rutsche ich beinahe auf etwas aus. Ich schaue zu Boden und weiche erschrocken zurück, als ich Fleisch und Blut auf der glitschig-nassen Stufe sehe. Das Ding sieht aus wie eine Ratte oder ein anderer Nager oder zumindest ein Teil davon. Mit einem Tritt befördere ich es zur Seite und sperre die Tür auf. Übelkeit überkommt mich. Rasch schließe ich die Tür hinter dem toten Tier und hoffe, dass es die Hinterlassenschaft von einem Fuchs oder einer Katze ist – und nicht etwa eine Warnung.

11

Olivia

Es ist fast fünfzehn Uhr, als Wesleys nachtblauer BMW vor den Stallungen hält, und Olivia verlässt gerade den Büroschuppen. Abgesehen von dem kurzen Gespräch vorhin, in dem sie ihn über Jennas Besuch informiert hat, woraufhin er der Journalistin sofort hinterhergefahren ist, hatte sie keine Gelegenheit, ihn zu fragen, wohin er letzte Nacht verschwunden ist. Im Moment unterhält er sich mit ihrer Mutter auf dem Parkplatz, wobei sie die Köpfe zusammenstecken. Es hat wieder angefangen zu regnen, und der Himmel hinter ihnen ist dunkelgrau. Als sie Olivia kommen hören, schauen sie beide gleichzeitig auf, und sie hält ihnen das Tor auf.

»Und?«, fragt sie und lässt es hinter ihnen zufallen. »Hast du die Journalistin erwischt? Du warst ewig fort.«

»Ich musste zurück zur Arbeit. Ich habe nämlich noch einen Job, weißt du. Ich konnte nur früher weg, weil ich eine Magenverstimmung vorgeschoben habe. Was«, sagt er, wobei er sich den Bauch hält und eine Grimasse schneidet, »gar nicht mal gelogen ist. Mir war schon den ganzen Tag nicht wohl.«

»Ich lasse euch mal lieber allein«, sagt ihre Mutter mit einem Zwinkern, als sie an ihr vorbei im Büro verschwindet, und Olivia dämmert, dass Wesley sie bereits aufgeklärt haben muss, denn sonst wäre sie geblieben, um zuzuhören. Ihre Mutter achtet stets darauf, auf dem Laufenden zu bleiben; sie möchte über alles, was in Stafferbury vor sich geht, Bescheid wissen.

Nach dem Unfall hatte Olivia sie gefragt, ob sie alles verkaufen und fortziehen sollten. Nicht weit weg. Vielleicht nur in die nächste Stadt, sodass sie sich weiter mit Wesley treffen könnte. Aber ihre Mutter reagierte ganz entsetzt. »Ich kann unmöglich die Stallungen aufgeben. Das ist ein Familienbetrieb. Deine Großeltern würden sich im Grab umdrehen.« Also blieben sie, und Olivia musste die Blicke, die Anschuldigungen und den Klatsch ertragen; und dann, als es ihr gut genug ging, als sie stark genug war, um auch nur in Erwägung zu ziehen, von hier fortzugehen, da war ihr Leben bereits so tief mit dieser Stadt verbunden, dass an ein Wegziehen nicht mehr zu denken war.

»Und?«, fragt sie jetzt. »Wohin bist du letzte Nacht verschwunden?«

»Letzte Nacht?« Wesley scharrt mit den Füßen über den Boden. Er trägt ein neues Paar hässlicher Plateau-Turnschuhe, die selbst an einem nur halb so alten Typen deplatziert aussehen würden.

»Ich bin aufgewacht, und du warst weg.«

»Oh, das … ja, ich konnte nicht schlafen. Ich brauchte mein eigenes Bett, und du sahst so friedlich aus, dass ich dich nicht wecken wollte.«

Sie runzelt die Stirn. »Du hast dich also einfach mitten in der Nacht rausgeschlichen?«

»Genau genommen war es in den frühen Morgenstunden.«

Stimmt das? Sie kann sich nicht erinnern, wie spät es war. Sie weiß nur, dass es dunkel war. Aber da es erst um halb acht hell wird, könnte er recht haben. Jedenfalls war es vor sechs Uhr, denn da klingelt ihr Wecker.

»Hast du Izzy im Café gesehen?«, fragt sie und hasst sich sogleich dafür. Sie weiß, wie armselig und unsicher sie sich anhört. Aber sie sieht Sally so ähnlich, Wesley kann das nicht entgangen sein. Manchmal, besonders in der Anfangszeit, blieb Olivia wie angewurzelt stehen, wenn sie Izzy in der Stadt sah, und einen verrückten Augenblick lang, kaum mehr als eine Millisekunde, war es, als wäre Sally nie verschwunden, als wäre sie die ganze Zeit in der Stadt gewesen und würde sorglos die High Street entlangspazieren, mit ihrem dunkel glänzenden Pferdeschwanz, der hin und her schwang. Es war dermaßen schmerzhaft, dass es Olivia vollkommen aus der Fassung brachte und sie in eine Spirale aus Nostalgie und Trauer hinabriss – Trauer um die einzige beste Freundin, die sie je hatte. Vor etwa zehn Jahren hatte Olivia versucht, sich trotz ihres Altersunterschieds von acht Jahren mit Izzy anzufreunden, und sie gefragt, ob sie zusammen etwas trinken gehen wollten. Izzy stimmte zu – denn auch wenn ihre Eltern nichts mit Olivia zu tun haben wollten, so freute sich Izzy doch, Geschichten und lustige Anekdoten über ihre Schwester austauschen zu können. Sie verbrachten ein paar Abende damit, in Erinnerungen an Sally zu schwelgen, aber mit Izzy zusammen zu sein, machte Olivia doch nur bewusst, dass Izzy zwar wie ihre beste Freundin aussah, aber eben nur ein Abklatsch war, und das ließ sie Sally umso mehr vermissen. Olivia wurde klar, dass sich eine Freundschaft nicht erzwingen ließ, ganz gleich, wie sehr beide Parteien sich das wünschen mochten.

»Ja, wir haben uns kurz unterhalten«, sagt Wesley betont locker. »Aber egal, wann bist du hier fertig? Ich dachte, wir könnten heute Abend in den Pub gehen.«

»Um fünf, denke ich.«

Er lacht. »Gott, Liv, tu wenigstens so, als wärst du begeistert.« Er streckt seine Hand aus und berührt zärtlich ihr Gesicht. Für einen Moment kann sie eine seltene Verletzlichkeit in seinen Augen sehen. »Ich weiß, es ist eine schwere Zeit des Jahres. Aber, weißt du, ich liebe dich, und ich würde alles für dich tun.«

»Das weiß ich.« Sie stupst mit der Stiefelspitze gegen den Beton.

»Ich möchte mich doch nur um dich kümmern.«

Sie braucht niemanden, der sich kümmert. Sie ist eine erwachsene Frau, und doch behandeln sie alle wie ein Kind. Trotzdem, ohne ihn hätte sie das alles nie überstanden, und heute fragt sie sich, ob sie ihn liebt oder ob sie das Gefühl hat, ihm etwas schuldig zu sein.

»Ich weiß, dass keiner von uns Kinder will …«, beginnt er, und sie sieht ihn überrascht an.

»Wow! Ist das nicht ein bisschen ein zu ernstes Thema für einen Dienstagnachmittag?«

Er lacht. Er hat einen breiten Mund, der zu groß ist für sein Gesicht. In einem Moment kann er ihm ein fröhliches, im nächsten schon wieder ein schmollendes Aussehen verleihen. »Ich denke einfach nur, dass wir vielleicht den nächsten Schritt wagen sollten. Es ist Zeit. Zusammen zu leben. Ich kann auf dich aufpassen. Du brauchst mich, Liv. Und ich brauche dich. Wir wären ein richtiges Paar.«

»Wir sind ein richtiges Paar.«

»Du weißt, was ich meine. Du könntest bei mir einziehen. Fortgehen von …« Er neigt den Kopf zum Büro, wo ihre Mutter ist.

Will sie überhaupt weg von ihrer Mutter? Sie haben seit

jeher eine enge Bindung, und Wes versteht sich gut mit ihr. Außerdem ist das Haus viel zu groß, um allein darin zu wohnen. Olivia würde sich schlecht fühlen, sie hier allein zu lassen. Ganz zu schweigen davon, dass sie Wesleys winzige Bude hasst. »Und was ist mit Mum?«

»Sie wird schon klarkommen. Sie ist eine starke Frau. Außerdem würdest du ja weiter hier arbeiten, oder? Also würdest du sie immer noch jeden Tag sehen.«

»Kann ich darüber nachdenken?«

Er seufzt. »Das sollte jetzt keine allzu große Überraschung sein. Wir sind seit zwanzig Jahren zusammen.«

Aber sie ist überrascht, und sie kommt nicht umhin, sich zu fragen, warum er ausgerechnet jetzt damit anfängt.

12

Der Charmeur

Derreck lächelte breit, als sie an ihm vorbei in die Villa stürmten. Stace traute kaum ihren Augen angesichts der schieren Opulenz, die sich ihr bot. Die Villa mit ihrem Marmorboden und der geschwungenen Treppe, die zu fünf Schlafzimmern emporführte, glich einem Palast. Es gab zwei Bäder, deren Badewannen so groß wie Schwimmbecken waren, sowie eine hochmodern ausgestattete Küche. Auf der Vorderseite hatte man einen Ausblick auf den Fluss, auf der Rückseite lag der private Garten, der durch üppige exotische Bäume und Büsche von den beiden Grundstücken links und rechts verborgen wurde. Obwohl die Nachbarsvillen laut Derreck ohnehin leer standen. Darüber hinaus gab es einen ovalen Swimmingpool, der in den Rasen eingelassen war, und eine Terrasse mit Sonnensegel und Grill.

»Wie kann Derreck sich das leisten?«, flüsterte Stace, nachdem man ihnen ihre Zimmer gezeigt hatte.

»In Thailand ist alles viel billiger«, erklärte John-Paul, während er seine Klamotten in der polierten Holzkommode verstaute. »Und mittlerweile hat er einen guten Job. Investment-Banking. Er hat sich hier niedergelassen.«

»Hat er eine Freundin?«

Er sah vom Koffer auf und zog die Augenbrauen hoch. »Warum? Bist du interessiert?« Er lachte. John-Paul war nicht der eifersüchtige Typ, und er war sich ihrer sicher. Zu sicher, wie sie manchmal fand. Es wäre nett gewesen, wenn er hier und da ein wenig Eifersucht durchschimmern ließe. Wie auch immer, Grund gab es dafür keinen. Zwischen ihnen mochte es in letzter Zeit zwar nicht ganz so gut gelaufen sein, aber dieser Urlaub kam genau zur richtigen Zeit.

»Jetzt, wo du es sagst, ja, das hier hat einen gewissen Corporate-Touch«, bemerkte sie, während sie ihren neuen knappen Bikini auspackte.

John-Paul lachte. »Einen Corporate-Touch! Als ob du wüsstest, was das ist.«

Sie knuffte ihn in den Arm. »Das habe ich in Filmen so gesehen.«

Trotzdem wurde sie das Gefühl nicht los, dass die Villa sich nicht wie ein Zuhause anfühlte. Mehr so, als hätte Derreck sie für ein paar Wochen gemietet, um Eindruck zu schinden. Da war nichts Heimeliges – keine Vasen mit Blumen, keine persönlichen Gegenstände. Weder Kunstwerke noch Fotos an den Wänden oder sonst irgendwas, das Individualität vermittelte. Sie konnte sich gut vorstellen, dass die beiden benachbarten Villen innen ganz genauso aussahen.

Trotzdem, jetzt war sie hier, jetzt hatte sie den schrecklichen zwölfstündigen Nachtflug und die Anreise vom Flughafen überstanden und war wild entschlossen, auszuspannen und sich zu amüsieren. Sie befanden sich in einer wunderschönen Umgebung, die – Gott sei Dank – mit einer Klimaanlage und allem möglichen sonstigen Komfort ausgestattet war. Hannah, Leonie und Maggie hatten recht gehabt. Das war der Urlaub ihres Lebens. Wann würde sie jemals wieder an einem so herrlichen Ort logieren?

Maggie und Martin kamen, kichernd und die Arme umeinandergeschlungen, ins Zimmer geplatzt. »Wow, das ist alles einfach nur … wow!«, quietschte Maggie, und ihre braunen Augen funkelten vor Aufregung. »Habt ihr das Bad gesehen? Das ist größer als meine komplette Wohnung!«

»Alter, ich könnte dich küssen dafür, dass du das klargemacht hast«, sagte Martin, schlang einen Arm um John-Pauls Hals und machte Schmatzgeräusche an seiner Wange.

Stace ging das Herz auf, jedes Mal, wenn sie sah, wie problemlos die Jungs ihn in ihrer Clique aufgenommen hatten. Sie wusste, dass John-Paul immer noch das Gefühl hatte, sich beweisen zu müssen, auch wenn das gar nicht nötig war.

»Ohne dich hätten wir uns so einen Urlaub nie leisten können.«

»Hau ab«, lachte John-Paul und stieß Martin von sich. »Dafür sind Freunde doch da. Und außerdem musst du Derreck danken, nicht mir.« Seine Wangen röteten sich. »Es war seine Idee.«

»Ja, das stimmt«, bestätigte eine Stimme von der Tür.

Sie drehten sich um und sahen Derreck im Türrahmen lehnen, das Hemd aufgeknöpft, um die goldbraune Haut darunter zu enthüllen. Er hatte den Hut abgesetzt und schnippte sich den blonden Pony von den strahlend blauen Augen. Er sah unverschämt gut aus, und Stace ärgerte sich über sich selbst, als ihr Magen unwillkürlich einen kleinen Satz machte. Sie hätte wetten können, dass er bei den meisten Frauen leichtes Spiel hatte. »Mein Hausmädchen bereitet unten schon den Grill vor.«

»Du … hast ein Hausmädchen?«, stammelte Maggie. »Krass.«

»Sie gehört zum Haus«, erwiderte er lässig.

Dieser Reichtum stand in harschem Kontrast zu dem Leben, das sie alle in England führten, in ihren kleinen Wohnungen und mit schmalem Geldbeutel. Stace fragte sich, ob John-Paul neidisch war. Sie selbst konnte sich einen Anflug von Neid nämlich nicht verkneifen.

»JP«, Derreck kam ins Zimmer geschlendert und sah John-Paul an, »würde es dir was ausmachen, mit mir zu kommen? Ich würde gern ein bisschen mit meinem alten Kumpel quatschen. Das geht doch in Ordnung, oder?«, fragte er an Stace gewandt, wobei sein Blick über sie hinwegglitt. Sie hatte nicht den Eindruck, dass es wirklich eine Frage war.

John-Paul sah zu Stace, die nur die Augenbrauen hob. »Klar, sehr gerne«, antwortete er und folgte Derreck aus dem Zimmer, wobei er ihr über die Schulter hinweg zuzwinkerte. Allerdings entging ihr nicht die Anspannung in seinem Körper, die vor Derrecks Erscheinen noch nicht da gewesen war.

»Wir treffen uns um zehn draußen!«, rief Derreck. »Gebt den anderen Bescheid.«

»Tja«, sagte Maggie, als sie fort waren, »Derreck hat für sich ausgesorgt, oder?«

»Ja«, pflichtete Martin ihr bei und schob den Koffer beiseite, damit er sich neben seiner Freundin aufs Bett setzen konnte. »Weißt du viel über ihn?«

Stace fuhr damit fort, ihre Klamotten in dem großen Kleiderschrank aufzuhängen. »Nicht wirklich. John-Paul meinte, Derreck sei in Australien aufgewachsen, aber seine Mutter sei Britin. Sie haben sich kennengelernt, als John-Paul in Vietnam unterwegs war. Er ist siebenundzwanzig und ...« Sie zuckte mit den Schultern. »Das ist eigentlich alles, was ich weiß.«

»Hmm«, machte Maggie und kaute nachdenklich auf ihrer Lippe. »Auf jeden Fall scheint er nett, und außerdem ist er ziemlich heiß.« Martin verpasste ihr einen scherzhaften Klaps, und Stace spürte, wie sie errötete. »Wie auch immer«, Maggie sprang vom Bett auf, »wir lassen dich in Ruhe auspacken. Komm, Mart.« Sie nahm seine Hand und führte ihn mit sich hinaus.

Nachdem Stace damit fertig war, ging sie in den Garten runter. Als sie die Marmortreppe hinabstieg, konnte sie bereits das Barbecue riechen, und ihr Magen knurrte. Seit dem Flug hatte sie nichts mehr gegessen. Aber als sie an der Wohnzimmertür vorbeikam, konnte sie laute Stimmen hören. Die Hand am Türknauf, blieb sie stehen.

»Wenn ich das gewusst hätte, wäre ich ganz sicher nicht hierhergekommen.«

»Ach, hab dich nicht so, Kumpel. Du weißt doch, auf dieser Welt ist nichts umsonst.« Das war Derrecks Stimme.

Stace' Herz hämmerte; sie wurde von einem heftigen Gefühl der Furcht gepackt, von dem ihr übel wurde.

»Ich dachte, wir könnten die Vergangenheit hinter uns lassen.«

»Das haben wir!« Derreck hörte sich im Vergleich zu John-Pauls verdrossenem Tonfall deutlich fröhlicher an. »Aber du bist mir was schuldig.«

»Für Goa, nehme ich an.«

Stace spürte, wie ihr die Hitze ins Gesicht schoss. Was meinte Derreck? Warum schuldete John-Paul ihm etwas?

»Es ist nur diese eine Sache«, sagte Derreck in schmeichelndem Tonfall. »Bitte, Kumpel.«

»Ich weiß nicht. Was soll ich den anderen sagen?«

»Dass wir uns mit einem alten Freund treffen, aber kein Wort …« Der Rest des Satzes ging unter, als Griff und Leonie, gefolgt von Hannah und Trevor, lärmend die Treppe runterkamen, und Stace zog sich rasch von der Tür zurück.

»Hey«, sagte Griff und klopfte ihr so kräftig auf den Rücken. »Gibt es was zu trinken? Riecht ganz so, als wäre der Grill schon an.«

Die Tür ging auf, und John-Paul trat mit bleichem Gesicht heraus. Sie bemerkte, dass er ihrem Blick auswich, während er wortlos ihre Hand nahm und sie den Flur hinabführte. Bei dem Gekicher von Leonie und Hannah hinter ihr stellten sich ihr unwillkürlich die Nackenhaare auf. Sie musste sich nicht umdrehen, um zu wissen, dass sie mit Derreck flirteten.

Die Luft war immer noch heiß und stickig, als sie durch die riesige Küche auf die Terrasse hinaustraten. Der Himmel war von wunderschönen Rosa- und Goldtönen überzogen, doch trotz der Schwüle fröstelte Stace. Worüber hatten sich Derreck und John-Paul unterhalten? Und was war in Goa passiert? Mit einem Mal wurde ihr klar, dass John-Paul und Derreck eine Vergangenheit teilten, von der sie keine Ahnung hatte.

13
Jenna

Ich werfe meinen Laptop an und tippe »DS Dale Crawford« in die Google-Suchleiste. Zum Glück verfügt die Hütte über WLAN, auch wenn die Verbindung ab und an schwächelt. Sobald ich den Namen eingegeben habe, erscheint das Foto eines attraktiven Mannes Mitte dreißig mit haselnussbraunen Augen und wuscheligem hellbraunem Haar. Das Bild gehört zu einem Artikel im *Guardian*, der darüber berichtet, wie Crawford half, einen jahrzehntealten ungelösten Mordfall an einem älteren Ehepaar aufzuklären, das erstickt in seinem Cottage in Devizes aufgefunden wurde. Ein anderer Artikel beschreibt ihn als »aufsteigenden Stern bei der Kriminalpolizei von Wilshire«, um im Anschluss daran detailliert seine jüngsten Ermittlungsarbeiten aufzuzählen, wobei es sich vorwiegend um vor Jahren ermordete oder vermisste Personen handelt. Ich bin beeindruckt. Ein Blick auf die Uhr verrät mir, dass es bald halb vier ist. Ich sollte mich besser beeilen, wenn ich davor noch Ralph Middleton einen Besuch abstatten will. Am besten jetzt, bevor es dunkel wird.

Diesmal trage ich praktischere Kleidung: meine knallgelben Gummistiefel und einen Regenmantel über einer Jeans und einem warmen Pullover. Brenda meinte, Ralphs Wohnwagen befände sich nicht weit von meiner Hütte. Ich kann nur hoffen, dass ich mich auf der Suche nicht verirre.

Als ich die Haustür öffne, erwarte ich halb, die Überreste des toten Tieres wieder auf meiner Veranda vorzufinden, aber zum Glück liegt da nichts. Der Regen hat zwar aufgehört, doch zwischen den Bäumen hängt dichter Nebel, und Feuchtigkeit liegt in der Luft. Ich atme den Geruch von Erde und Kiefernharz ein, etwas unschlüssig, in welche Richtung ich gehen soll. Da ist der Pfad, den die Person mit dem Schäferhund gestern eingeschlagen hat; er führt an der Hütte gegenüber vorbei und verliert sich schlängelnd im Wald. Ich beschließe, dem gleichen Weg zu folgen, rücke den Riemen meiner Umhängetasche über der Brust zurecht und wappne mich mit angezogenen Schultern gegen den Wind. Mein Pfefferspray habe ich in der Jackentasche, nur für den Fall. Der Schlamm schmatzt unter meinen Gummisohlen, während ich die andere Hütte passiere. Als ich an der Tür vorbeikomme, kann ich sehen, dass sie Foxglove heißt. Nichts weist darauf hin, dass jemand sich darin aufhält. Ich folge den Fußabdrücken, die im matschigen Boden zu erkennen sind, und der Pfad vollführt eine Biegung nach rechts. Zu meiner Linken sehe ich zwei weitere Ferienhütten zwischen den Bäumen hervorlugen.

Während ich tiefer in den Wald vordringe, beginnt mein Herz eine Spur schneller zu schlagen. Ich bleibe auf dem Trampelpfad, allerdings ist das Gelände hier unwegsamer, und die Baumwipfel über mir gleichen einem grünen Baldachin, sodass ich, als der Regen wieder einsetzt, kaum etwas davon abbekomme. Ich höre lediglich, wie er auf die Baumkronen einprasselt. Es ist, wie eine andere Welt zu betreten, und ich meine, Rauch zu riechen, bei dem ich an ein erlöschendes Lagerfeuer denken muss. In der Hoffnung, dass mich dieser Weg auch wirklich zu Ralph Middletons Wohnwagen führt, stapfe ich weiter.

So vergehen zehn weitere Minuten, und meine Zuversicht schwindet zusehends, bis ich endlich auf eine Lichtung stolpere und den Ursprung des Rauchs entdecke, den ich gerochen habe. Ein Lagerfeuer schwelt halbherzig vor sich hin, gleich neben einem kleinen verbeulten Wohnwagen, der kaum mehr als vier Personen Platz bieten kann. Der Fensterrahmen ist verrostet, und hinter der Scheibe hängt schlaff ein Paar hässlicher oranger Vorhänge. Das muss es sein. Ich höre das Geklimper eines Windspiels, das in den Ästen eines nahe stehenden Baumes hin und her schwingt. Der Klang ist unheimlich. Ohne den Schutz des Blätterdachs ist der Regen hier deutlich stärker. Ich umrunde die Feuerstelle. Es sind keine Flammen zu sehen, was angesichts des kräftigen Schauers auch nicht verwunderlich ist, nur verkohlte Holzreste. Davor steht ein alter Campingstuhl, dessen Stoff sich teils vom Metallgestell gelöst hat.

Ich bleibe stehen und halte die Luft an. Aus dem Inneren des Wohnwagens sind laute Stimmen zu hören. Ich zögere und überlege, ob ich wirklich klopfen soll, aber bevor ich Gelegenheit dazu bekomme, fliegt die Tür auf, und ich muss einen Satz zurück machen, um sie nicht ins Gesicht zu bekommen.

Olivia tritt ins Gras hinab, eine schwarze Wollmütze über ihr dunkelblondes Haar gezogen. Sie dreht sich zu mir um, ihr Gesicht bleich und verkniffen, ihre Augen verquollen. Ich mache einen Schritt auf sie zu, aber sie weicht ängstlich vor mir zurück. Ohne ein Wort wendet sie sich ab und marschiert an mir vorbei in die Richtung davon, aus der ich gerade gekommen bin. Mir fällt auf, dass sie leicht humpelt.

Ralph Middleton erscheint in der Tür, und die Verwirrung steht ihm ins Gesicht geschrieben. Sein dünnes Haar ist im Nacken zu einem Pferdeschwanz zusammengebunden. Sein Anblick erinnert an einen alternden Rocker. Er trägt einen weiten schwarzen Pullover zu einer kakigrünen Cargohose und schweren Bikerstiefeln. Sein Blick zuckt von mir zu der sich entfernenden Olivia. Neben ihm steht sein dreibeiniger Hund, der mich aus großen dunklen Augen anschaut.

»Hallo«, beginne ich. »Ich weiß nicht, ob Sie sich noch von gestern an mich erinnern?«

Er runzelt die Stirn, streicht sich über seinen grau melierten Bart, lässt dabei aber Olivias gelben Regenmantel, der zwischen den Bäumen aufblitzt, nicht aus den Augen, bis sie ganz verschwunden ist.

Dann erst dreht er sich zu mir um. »Sie ist wütend«, erklärt er nüchtern.

»Wieso?«

Er berührt seinen Scheitel, da, wo sein Haar schütter wird, und wirkt sichtlich aufgewühlt. »Sie ist wütend«, wiederholt er. »Ich habe sie aufgeregt.«

»Was haben Sie getan?«

Er schüttelt den Kopf. »Kann ich nicht sagen. Darf ich nicht sagen.«

»Haben Sie …? Ralph, haben Sie ihr wehgetan?«

Seine dunklen Augen blicken traurig. »Nein, natürlich nicht. Ich würde ihr niemals wehtun.« Seine Schultern sacken herab, und er tätschelt den Kopf des Hundes.

»Dürfte ich …« Ich räuspere mich, unsicher, wie ich anfangen soll. »… also, ich wollte fragen, ob ich vielleicht reinkommen und mich ein wenig mit Ihnen unterhalten könnte.«

Er sieht mich misstrauisch an. »Warum?«

»Mein Name ist Jenna Halliday.« Ich schenke ihm ein einnehmendes Lächeln und hasse mich zugleich dafür; unbehaglich streiche ich mein langes Haar über die Schulter. Mein Haar, von dem Gavin immer sagte, dass es die Farbe roten Herbstlaubs hätte. »Ich mache einen Podcast über Olivias Unfall und das Verschwinden ihrer Freundinnen und dachte mir, ich könnte Sie interviewen.«

»Warum? Ich weiß nichts.«

»Na ja, weil Sie doch Olivia in jener Nacht gefunden haben. Sie haben ihr das Leben gerettet.«

Er mustert mich, unschlüssig, ob er mir glauben soll. Aber dann tritt er zu meiner Erleichterung beiseite, um mich hineinzulassen. »Ich … Wie gesagt, ich weiß nicht viel.«

Während ich in den Wohnwagen steige, versichere ich ihm, dass das kein Problem sei. Sofort schlägt mir der Geruch von nassem Hund gemischt mit dem von Rinderbrühe entgegen; trotzdem, das Innere ist ordentlich, wenn auch sehr karg eingerichtet. Ich kann ein kleines Schlafzimmer sehen, das an den Wohnbereich anschließt, und daneben eine Toilette. Er zeigt auf den Tisch am anderen Ende des Wohnwagens, und ich schiebe mich an der Kochnische vorbei, um Platz zu nehmen. Die braune Polsterbank ist stellenweise aufgerissen; die Schaumfüllung quillt aus den Ritzen hervor, und eine getigerte Katze hat sich in einer Ecke zusammengerollt.

»Möchten Sie eine Tasse Tee?«, fragt er. »Ich hab aber keine Milch mehr da. Olivia hat den Rest gerade aufgebraucht.«

Ich bemerke zwei grüne Campingbecher aus Plastik auf der Melamin-Arbeitsplatte. »Lieber einen Kaffee, wenn Sie welchen haben. Ich trinke ihn sowieso schwarz.«

Er nickt, öffnet einen kleinen Hängeschrank über seinem Kopf und holt zwei saubere Plastikbecher heraus. Ich bemerke, wie seine Hände zittern, als er den kleinen Wasserkocher anschaltet, und mein Blick wandert zu einem Mülleimer in der Ecke, in dem sich die leeren Bierdosen stapeln.

»Wie lange leben Sie schon hier?«, erkundige ich mich, während er etwas Nescafé in meinen Becher kippt.

»Schon ewig«, erwidert er. »Mein Stiefvater hat mich rausgeschmissen, da war ich siebzehn. Seitdem bin ich hier. Der Wohnwagen gehörte meiner Ma. Ich glaub, sie hatte Mitleid mit mir. Aber nicht genug Mitleid, um diesen, 'tschuldigung, Dreckskerl von einem Ehemann vor die Tür zu setzen.«

Ich sehe zu, wie er das heiße Wasser in die Becher gießt und sie dann zum Tisch trägt. Er wirkt viel zu groß für diesen kleinen Raum, als er sich mir gegenüber auf die Bank setzt und mir einen Becher rüberschiebt. Die getigerte Katze reckt und streckt sich, um sogleich wieder ihre Schlafposition einzunehmen. Ich streichle ihren weichen Kopf. Aus dem Augenwinkel sehe ich etwas unter dem Tisch hervor und in Richtung Schlafzimmer huschen. Erschrocken quietsche ich auf.

»Das ist nur Timmy Willy«, beruhigt er mich grinsend.

»Ist das … eine Maus?«

»Ja. Eine Feldmaus. Olivia hat ihn so getauft. Inspiriert von Beatrix Potter. Er kommt gern zu Besuch, und ich geb ihm was zu futtern.«

Ich schaudere bei der Vorstellung, dass hier Nagetiere einfach so durch den Wohnwagen spazieren, und beäuge verstohlen den Boden, um sicherzustellen, dass keine weiteren pelzigen Freunde auftauchen.

Er lacht. »Er tut Ihnen nichts.«

Ralph hat etwas so Kindliches an sich, und ich spüre einen Kloß im Hals. Seit ich Finn habe, bin ich generell weicher geworden. Vor meinem inneren Auge kann ich den kleinen Jungen sehen, der Ralph einst war, und frage mich, wie er so enden konnte. Wurde er in seiner Kindheit geliebt? Hat seine Mutter genug getan, um ihn zu beschützen? Wer kümmert sich jetzt um ihn? Ich frage mich, ob Olivia das übernommen hat. Besucht sie ihn deshalb? Der Regen peitscht gegen das Fenster, der Wind pfeift durch die Ritzen des Wohnwagens. Dennoch, ich verspüre keine Angst hier bei Ralph, obwohl ich das wahrscheinlich sollte. Schließlich könnte das genau seine Masche sein: seine Opfer herzulocken, indem er sich als einfacher Kerl gibt, der mit seinen tierischen Gefährten zusammenlebt. Als ich mein Handy hervorhole, um unser Gespräch aufzuzeichnen, platziere ich das Pfefferspray griffbereit in meiner offenen Umhängetasche.

»Sind Sie einverstanden, wenn ich Sie aufnehme?«, frage ich, während ich das Handy auf dem Stativ zwischen uns aufstelle.

Er nickt. »Klar.«

»Also, was war der Grund für Olivias Besuch bei Ihnen?« Ich nippe an meinem Kaffee, während ich auf seine Antwort warte.

Er zuckt mit den Schultern. »Sie kommt oft vorbei. Wir sind befreundet. Sie war immer nett zu mir. Ich weiß, was die Leute über mich sagen, aber Olivia hat mich immer wie einen Menschen behandelt, nicht wie eine Witzfigur.«

»Kannten Sie sie schon vor dem Unfall?«

Er schüttelt den Kopf, während seine riesigen Hände seinen Becher umklammert halten. »Erst nachdem ihre Freundinnen verschwanden.« Er schweigt einen Moment und schaut in seinen Kaffee. Dann sagt er: »Das waren nette Mädels, hübsche Mädels.«

Ich kämpfe gegen das Vorurteil an, dass er ein Perverser sein muss, nur weil er allein im Wald lebt und ein bisschen schräg drauf ist. Aber dann fällt mir wieder Olivias verkniffenes bleiches Gesicht ein, ihre verquollenen Augen. Hat er es bei ihr versucht?

»Mochten Sie die Mädchen, Ralph?«, frage ich vorsichtig. »Mögen Sie Olivia?«

Er sieht zu mir auf. »Ich kannte sie nicht. Und wie ich schon sagte, Olivia ist nur eine Freundin.«

»Haben Sie in jener Nacht etwas gesehen? Irgendwas Verdächtiges?«

Er beißt sich auf die Lippe, als müsse er sich davon abhalten, etwas zu sagen, was er besser verschweigen sollte.

»Olivia behauptete, eine Gestalt auf der Straße gesehen zu haben. Deshalb ist sie von der Spur abgekommen. Haben Sie auch etwas gesehen?«

Er zuckt mit den Schultern, vermeidet den Blickkontakt. »Nein. Ich habe niemanden auf der Straße gesehen.«

»In Ihrer Aussage erwähnten Sie etwas von einem hellen Licht«, hake ich nach. »Und widerriefen das später.«

Er seufzt. »Das ist lange her. Ich kann mich nicht erinnern.«

»Haben Sie ein helles Licht gesehen?«

»Olivia hat gesagt, ich soll das nicht erzählen.«

»Was nicht erzählen? Das mit dem Licht?«

»Die Leute würden lachen, meinte sie. Die würden sich über mich lustig machen.«

»Warum?«

»Weil ich an Aliens glaube.«

Oh, stimmt, seine Alien-Theorie. »Hat Olivia das helle Licht auch gesehen?«

Er nickt kaum merklich. »Mit diesem Ort hier stimmt was nicht«, platzt es plötzlich aus ihm heraus. »Das sag ich schon seit Jahren. Hier spukt es.«

»Was glaubten Sie, worum es sich bei dem hellen Licht handelte?«

»Na, um ein UFO natürlich. Es hat mich geblendet. Und dann … und dann ist es einfach irgendwie verschwunden.« Er sieht mich trotzig an. Glaubt er wirklich, was er da gerade sagt?

Ich entscheide mich für eine andere Taktik. »Ralph, warum ist Olivia vorhin weinend von hier fortgegangen?«

Schweigend presst er die Lippen zusammen. Dann steht er abrupt auf, wobei sein Bein gegen die Tischplatte prallt und fast mein Handy-Stativ umwirft. »Ich glaub, Sie sollten jetzt gehen.«

Ich verspüre einen Stich der Enttäuschung. »Ralph, versuchen Sie, Olivia zu beschützen?«

»Ich will nicht mehr über Olivia reden. Sie hat mir gesagt, ich soll nichts sagen. Ich hab es satt, dass alle immer Fragen stellen … dass alle mir die Schuld geben!« Seine Wangen sind rot angelaufen, und Speichel sammelt sich in seinen Mundwinkeln.

»Worüber sollen Sie nichts sagen?«

»Bitte gehen Sie jetzt.« Er stapft durch den Wohnwagen und stößt schwungvoll die Tür auf.

Widerwillig verstaue ich Handy und Stativ in meiner Handtasche und beeile mich, den Wohnwagen zu verlassen.

»Ralph …«, beginne ich noch mal, als ich ins nasse Gras trete, doch er hat mir bereits die Tür vor der Nase zugeschlagen.

14

Der Himmel hat sich während der kurzen Zeit, die ich im Wohnwagen war, stark verdunkelt. Während ich durch den Wald zurückgehe, denke ich über Ralph und unser seltsames Gespräch nach, doch da höre ich hinter mir einen Zweig knacken. Ich bleibe stehen, versteife mich am ganzen Körper und verspüre ein unheimliches Gefühl im Nacken. Ich drehe mich um, aber da ist niemand. Meine Hütte ist nicht mehr weit entfernt, also verfalle ich in Laufschritt, während ich mich frage, ob Ralph mir gefolgt ist, ob ich ihn womöglich falsch eingeschätzt habe und er doch kein harmloser Einzelgänger, sondern ein waschechter Psychopath ist. Erleichterung durchströmt mich, als ich bemerke, dass in Foxglove, der Hütte schräg gegenüber von meiner, ein Licht brennt und eine Silhouette am Fenster vorbeihuscht.

Als ich endlich meine Hütte betrete und das Licht einschalte, bin ich klatschnass und völlig durchfroren. Ich gehe von Fenster zu Fenster und ziehe sämtliche Vorhänge zu, um die Bäume draußen auszusperren, die mich zu umzingeln scheinen, als wollten sie mich verschlucken. Sie erinnern mich an eine *Doctor Who*-Episode, die ich einmal mit Finn angeschaut habe, in der die Bäume unkontrolliert wuchernd aus dem Boden sprießen und drohen, die gesamte Stadt unter einer Decke aus Grün zu begraben. Ich ziehe meine nassen Sachen aus und mache es mir im Sessel vor dem Kamin gemütlich. Dann rufe ich Finn auf FaceTime an.

Als mein Sohn rangeht, befindet er sich im Wohnzimmer. Hinter ihm kann ich die tintenblaue Wand sehen, die ich erst letztes Jahr gestrichen habe. Zwar schenkt er mir sein freches Lächeln, aber er sieht müde aus. Ich hoffe, Gavin lässt ihn nicht zu lange aufbleiben.

Ich erzähle ihm vom Wald und erinnere ihn an die *Doctor Who*-Folge.

Er lacht. »Ganz ehrlich, Mum! Das klingt ziemlich krass!«

»Manchmal kommt es mir so vor, als würden sie mit ihren knorrigen Ästen, die wie Finger aussehen, gleich durchs Fenster kommen und mich packen. Im Ernst, im Grunde genommen wohne ich in einer Holzkiste mitten in der Wildnis.«

Er kichert und will es nun mit eigenen Augen sehen, also gehe ich mit meinem Handy ans Fenster und ziehe einen Vorhang beiseite, um ihm den Wald dahinter zu zeigen. Zwischen den Bäumen meine ich einen Wachsmantel aufblitzen zu sehen.

Ist das Ralph, der mir gefolgt ist? Oder der Bewohner aus der Hütte gegenüber? Ich spähe hinaus, aber durch die Regenspritzer auf der Glasscheibe ist es schwer zu sagen, ob ich mir das nur eingebildet habe. Ich ziehe den Vorhang wieder zu und konzentriere mich lieber auf Finn.

»Wow, ich wär so gern dabei«, sagt er, als ich mich vom Fenster abwende. »Dann könnten wir den Wald zusammen erforschen.« Mein Herz macht einen freudigen Satz. Ich wünschte ebenfalls, er wäre hier bei mit. Oder ich bei ihm. In diesem Augenblick würde ich alles geben, mit ihm zusammen zu Hause zu sein und auf dem Sofa eingemummelt *Doctor Who* zu gucken.

»Das ist hier nicht unbedingt wie die Ferienanlage bei unserem letzten Urlaub«, erwidere ich und denke mit Unbehagen an meinen Ausflug zu Ralphs Wohnwagen. Ich bin einfach nur froh, dass ich es geschafft habe, unser Gespräch aufzuzeichnen.

Wir unterhalten uns noch ein bisschen über die Schule, und ich sehe meine Mutter im Hintergrund herumwuseln, die immer wieder ins Bild kommt, als sie Finn Milch und Kekse bringt. »Kann ich danach mit Nanny sprechen?« Eigentlich möchte ich ihn nach der Frau fragen, die ich heute früh gehört habe, aber ich möchte ihn nicht in eine unangenehme Lage bringen. Er glaubt nach wie vor, dass Gavin und ich uns nur eine kleine Auszeit genommen haben und dass wir alle bald wieder unter einem Dach vereint sind. Das Ganze muss reichlich verwirrend für ihn sein.

Er erzählt noch ein bisschen von der Schule und seinem Lehrer, Mr. Carter, den er vergöttert, während er seinen Keks mampft. Er hat Tinte an den Fingerkuppen, und seine Nägel sind runtergekaut. »Möchtest du jetzt mit Nanny sprechen?«, fragt er schließlich.

Ich nicke, verabschiede mich und werfe ihm einige Luftküsse zu, wobei ich mir wünsche, bei ihm zu sein, um ihn in meine Arme schließen zu können. Das Bild auf dem Display verschwimmt, als er meiner Mutter das iPad reicht. Die obere Hälfte ihres Gesichts erscheint auf dem Bildschirm, sodass ich nicht mehr als ihren rotblonden Pony und ihre grünen Augen zu sehen bekomme.

»Alles in Ordnung bei dir, Liebes?«

»Mum, ich kann deinen Mund nicht sehen!«

»Oh … okay. Warte mal.« Sie bewegt den Bildschirm nach unten. »So besser?«

»Viel besser.«

»Wie kommst du voran? Wie ist es dort?«, will sie wissen, und ich erzähle ihr alles, was sich bisher ereignet hat. Meine Mutter hätte selbst Journalistin werden sollen; sie ist sogar noch neugieriger als ich. Sie bittet mich um eine Führung durch die Hütte, also drehe ich das Handy um, um ihr Küche, Wohnbereich und dann noch das Schlafzimmer zu zeigen. »Sehr elegant«, sagt sie anerkennend.

»Ja, aber ihr fehlt mir alle so sehr. Ich vermisse Finn«, erwidere ich und kehre zu meinem Sessel zurück. Ich war früher schon beruflich unterwegs, normalerweise aber nur über Nacht, und Finn hat sich deswegen nie wirkliche Sorgen gemacht. Aber das hier ist das erste Mal seit der Trennung, und so lange am Stück war ich noch nie fort.

Mum ist mittlerweile in die Küche umgezogen und steht vor meiner hellgrauen Speisekammer im Shaker-Stil. Ich weiß, dass sie Finn allein gelassen hat, damit wir frei reden können. »Am Freitag bist du wieder zu Hause. Mach das Beste draus. Hier ist alles unter Kontrolle.«

»Hast du dich mit Gav unterhalten?«, erkundige ich mich.

»Nur über Finn. Ich hab das Gefühl, er will nicht, dass ich meine Nase da reinstecke.«

Ich unterdrücke ein müdes Lächeln. Mir ist klar, dass sie nichts lieber täte als das. »Ich versuche, ihm Freiraum zu geben. Aber meine Geduld ist langsam am Ende. Ich weiß nicht, was ich tun soll. Und heute früh …« Ich zögere und dämpfe die Stimme. »Ich dachte, ich hätte eine Frau gehört.«

Mum verzieht das Gesicht. »Wie meinst du, eine Frau gehört? Was hat diese Frau getan?«

»Sie hat gelacht. Es war ziemlich früh am Morgen, noch vor der Schule.«

Sie kneift die Augen zusammen. »Hör mal, Gavin ist nicht so blöd, eine Frau hier übernachten zu lassen, falls du darauf hinauswillst. Nicht mit Finn im Haus. Sei nicht so paranoid. Das war wahrscheinlich der Fernseher oder das Radio.« Sie lächelt, aber ihr Tonfall ist streng.

»Du hast recht«, erwidere ich. Mum hat wieder mal dafür gesorgt, dass ich mich besser fühle, so wie sie es seit meinem zwölften Lebensjahr tut, als mir zum ersten Mal das Herz gebrochen wurde, da der Junge, auf den ich stand, mich Rattengesicht genannt hatte. Ja, wahrscheinlich war es nur das Radio. Wie auch immer, im Moment habe ich keinen Kopf dafür.

Kurz nach neunzehn Uhr biege ich auf den Parkplatz des Pubs. Zwar hat es aufgehört zu regnen, aber ich trage dennoch den dicken grünen Pulli und die Jeans von vorhin, wenn auch zu meinem schicken Wollmantel, der wieder trocken ist. Ich schultere meine Tasche und betrete zielstrebig das Raven. Ich lasse den Blick über die Holztische und die gemütlichen karierten Sofas wandern, kann jedoch DS Crawford nicht entdecken, nur ein älteres Paar in der Ecke und zwei Frauen, die sich auf einem der Sofas unterhalten. Also begebe ich mich an die Bar und bestelle bei einem älteren Typen mit Nasenring ein Glas Weißweinschorle. Gerade als ich ihm meine Kreditkarte reiche, geht die Tür auf, und DS Crawford betritt, von einem Schwall frischer Luft begleitet, das Lokal. Er sieht ein bisschen älter aus als auf den Fotos, groß und schlank, und sein Haar vermittelt den Eindruck, als wäre er gerade durch einen Windkanal gelaufen.

Etwas verlegen streicht er es mit der Hand glatt. Er hat generell etwas leicht Derangiertes an sich, als wäre er den ganzen Tag durch die Gegend gehetzt.

Seine haselnussbraunen Augen leuchten auf, als er mich sieht. »Jenna?«

»Hallo, ja genau, Sie müssen DS Crawford sein.«

Er streckt eine Hand aus, um meine zu schütteln. Er riecht nach Regen und Holzrauch. »Bitte, nennen Sie mich Dale. Freut mich, Sie kennenzulernen. Wenn Sie uns schon mal einen Tisch aussuchen würden, besorge ich mir derweil was zu trinken.«

Ich entscheide mich für den Ecktisch neben dem Bleiglasfenster und schiebe mich mit dem Rücken zur Wand auf die gepolsterte Sitzbank, sodass ich die Tür im Blick habe. Ich genehmige mir zwei große Schlucke Wein. Dale durchquert mit einem Pint in der Hand den Raum und nimmt mir gegenüber Platz. Er stellt das Bierglas auf dem Tisch ab und schlüpft aus seinem schwarzen Wollmantel, unter dem ein Hemd samt schief sitzender Krawatte zum Vorschein kommt.

»Also, Jenna. Ich habe von Brenda gehört, dass Sie einen Podcast machen.«

»Das ist richtig.« Ich erzähle ihm ein wenig davon, während er aufmerksam zuhört. »Der Beitrag ist für BBC Sounds, und es ist mein erster, obwohl ich bereits seit über fünfzehn Jahren Reporterin bin.«

»Und Brenda hat Ihnen erzählt, dass ich erst kürzlich mit dem Fall betraut wurde?«

»Ja«, bestätigte Jenna. »Und ich habe mich gefragt, warum ausgerechnet jetzt? Gab es irgendwelche neuen Erkenntnisse?«

Er wölbt eine seiner ausdrucksstarken Augenbrauen. »Nicht wirklich. So etwas passiert hin und wieder. Der Fall wurde nie geschlossen, aber nun, da uns mehr Mittel zur Verfügung stehen …« Er winkt ab. »Ich will Sie nicht mit Bürokratie langweilen.« Er greift nach seinem Glas und genehmigt sich einen ausgiebigen Schluck.

»Und so hat man beschlossen, den Experten für ungelöste Fälle heranzuziehen«, sage ich lächelnd.

Er gluckst. »Ha! Nein. Das Ganze ist schlicht zwanzig Jahre her, es ging mehr um einen unverbrauchten Blick auf die Sache.«

Dale ist bescheiden. Immerhin habe ich über die Fälle gelesen, bei deren Aufklärung er mitgeholfen hat, und einige davon waren von großem öffentlichem Interesse.

»Und Sie selbst kommen aus Stafferbury?« Das habe ich ebenfalls gelesen.

Er senkt sein Glas. »Ja. Mein Vater lebt immer noch hier; er ist in Rente und hat eine kleine Wohnung im Ort. Ich bin schon vor einiger Zeit mit meiner Frau weggezogen … na ja, meiner Ex-Frau.« Er errötet leicht. »Aber nicht weit weg. Ich wohne in Devizes. Sagt Ihnen das was?« Ich schüttle den Kopf. »Als Teenager habe ich hier oft einen gehoben.« Er sieht sich wehmütig um. »Es hat sich ziemlich verändert. Damals war das noch eine echte Spelunke.«

Mit Sicherheit hat er die Mädchen gekannt. Ich versuche, sein Alter zu erraten, aber es ist nicht so einfach – keine Spur von Grau in seinem dichten Haarschopf und auch nur einige wenige Fältchen um die Augen. Er könnte ein paar Jahre jünger sein als ich. Ich beschließe, ihn einfach zu fragen.

»Ja, ich kannte sie ein bisschen.« Er hustet. »Ich war in derselben Jahrgangsstufe wie Kate und Tamzin.« Ich überschlage und komme zu dem Ergebnis, dass er ein Jahr älter sein muss als ich. Ich bin überrascht.

»Und Olivia und Sally?«

Er schluckt, den Blick auf sein Glas gerichtet. »Äh, nicht wirklich, nein. Sie waren eine Klasse unter mit.« Er nimmt eine Speisekarte aus dem Ständer in der Mitte des Tisches. »Ich bin am Verhungern und hatte heute kaum Zeit, etwas zu essen. Stört es Sie, wenn ich mir was bestelle? Wollen Sie auch was?«

Jetzt, wo ich darüber nachdenke, könnte ich auch etwas vertragen.

Wir entscheiden uns für Pizza, und Dale geht zur Bar, um zu bestellen, nachdem er darauf bestanden hat, mich einzuladen. Als er zurückkommt, bemerke ich, dass er hellblaue Socken mit kleinen weißen Pinguinen unter seiner eleganten, wenn auch etwas zu kurzen Anzughose trägt. Aus irgendeinem Grund fühle ich mich bei dem Anblick gleich wohler.

Er lässt sich wieder auf seinen Stuhl gleiten und grinst. »Das dürfte nicht allzu lange dauern.«

»Also«, beginne ich und lehne mich mit dem Rücken gegen die Wand, wobei ich bereue, auf der unbequemen Sitzbank Platz genommen zu haben, »Sie waren gerade dabei, dass Sie mit Katie und Tamzin zur Schule gingen.«

»Ähm. Ja. Das stimmt. Aber dann zog ich direkt im Anschluss zum Studieren nach Edinburgh, und in dieser Zeit sind sie verschwunden.«

Ich drehe den Stiel meines Weinglases zwischen den Fingern. »Es gibt da etwas, das Brenda erwähnt hat und wozu ich Sie gern was fragen würde.«

»Ja?«

»Sie meinte, Olivia habe ausgesagt, dass ihr in den Tagen unmittelbar vor dem Unfall jemand gefolgt sei.«

Er zieht einen Faden aus der Manschette seines puderblauen Hemdes. »Ja. Sie erzählte den Ermittlern, sie habe einen Mann in einem weißen Lieferwagen gesehen. Also verhörte die Polizei sämtliche Männer in der Gegend, die einen weißen Lieferwagen fuhren, doch keiner passte auf die Beschreibung. Allerdings waren zu jener Zeit Bauarbeiten im Gange, daher ist es möglich, dass es kein Einheimischer war. Aber 1998 gab es in Stafferbury praktisch keine Überwachungskameras, und Olivia hatte sich das Kennzeichen nicht gemerkt. Also verlief die Sache im Sand.« Er stockt, als würde er abwägen, ob er fortfahren soll. »Außerdem dachte man womöglich auch, dass sie log, um ihre eigene Schuld zu verschleiern.«

»Hat die Polizei sie damals denn verdächtigt?«

»Ich denke, viele der Einheimischen glauben bis heute, dass sie etwas verheimlicht.«

»Und Sie?«

»Darauf darf ich keine Antwort geben. Ich bin, seit die Ermittlungen wiederaufgenommen wurden, noch nicht einmal dazu gekommen, Olivia selbst zu befragen.«

»Wurden die ...« Ich halte inne, als eine Frau mit schwarz gefärbtem Haar und dick aufgemalten Augenbrauen mit den Pizzen an unseren Tisch kommt. Schinken-Ananas für mich, Peperoni für Dale. Ich warte, bis sie fort ist, bevor ich fortfahre. »Wurden die Mädchen jemals gesichtet?«

Dale beißt von seiner Pizza ab und kaut, dann schluckt er. »Ja. Vor allem in der Anfangszeit gab es mutmaßliche Sichtungen. Hauptsächlich in Großbritannien, und vor etwa zehn Jahren hat sie jemand in Deutschland gesehen.«

»Alle drei?«

Er nickt. »Angeblich wurden sie in München gesichtet. Aber das konnte nie bestätigt werden. Ein anonymer Zeuge behauptete, er habe sie auf dem Gelände von Schloss Nymphenburg herumspazieren sehen. Ich weiß nicht …« Er zuckt mit den Schultern. »… das klingt nicht besonders plausibel. Ein anderes Mal wurde in Thailand eine Frau mit blonden Haaren gesichtet, die auf Tamzins Beschreibung passte. Aber auch da ist nichts bei rumgekommen.« Er verspeist sein Pizzastück mit wenigen Happen. »Tut mir leid.« Er grinst. »Ich hatte keine Zeit zum Mittagessen.«

Ich lächle und beiße meinerseits von meiner Pizza, um so meine Solidarität zu bekunden. »Ich habe heute in der Stadt eine Frau getroffen«, beginne ich ihm von Rita zu erzählen. »Sie meinte, sie habe früher neben Tamzin gewohnt, aber deren Eltern hätten sich getrennt und seien weggezogen.«

Dale nimmt einen Schluck von seinem Bier. »Ja, das ist richtig. Sie haben sich ständig gestritten.« Er senkt den Kopf. »Jedenfalls habe ich das so gehört.«

»Und die Eltern von Sally und Katie?«

»Sallys Eltern sind nach wie vor verheiratet und wohnen in Stafferbury. Katies Vater ist vor ein paar Jahren gestorben, aber ihre Mutter lebt immer noch hier.«

»Glauben Sie, sie wären bereit, sich mit mir zu unterhalten?«

Er wischt sich mit einer Papierserviette den Mund ab. »Fragen schadet nicht. Sie haben sich über die Jahre aber stark zurückgezogen. Keine Presse, keine Interviews – sieht man mal von einem Suchaufruf im Fernsehen kurz nach dem Verschwinden ihrer Tochter ab. Aber der Polizei gegenüber waren sie immer kooperativ.«

Ich erzähle ihm von meinem Besuch bei Ralph Middleton und wie Olivia weinend aus dem Wohnwagen gestürmt war. »Ralph meinte, Olivia habe ihn gebeten, etwas geheim zu halten.«

Seine Miene wird ernst, und er legt die Serviette ab. »Und er hat nicht anklingen lassen, worum es sich dabei handeln könnte?«

Ich schüttle den Kopf. »Als ich nachhakte, hat er mich mehr oder weniger aus dem Wohnwagen geworfen, und … oh …« Ich verstumme mitten im Satz.

Wesley ist gerade durch die Tür geplatzt; außer einem Schwall kalter Luft bringt er einen ordentlichen Schwung Energie mit sich. Er redet ohne Punkt und Komma, und hinter ihm entdecke ich Olivia, die einen deutlich verhalteneren Eindruck vermittelt. Er dreht sich um, um ihr die Steinstufe hinunterzuhelfen, und führt sie behutsam zu einem Tisch. Sie humpelt ziemlich, stärker noch als vorhin vor dem Wohnwagen. Die beiden haben uns nicht bemerkt. Olivia wirkt bedrückt, doch er ist völlig aufgedreht, während er offenbar eine Anekdote von einem feucht-fröhlichen Abend zum Besten gibt. Hier und da schwebt ein »Mensch, haben wir gelacht …« oder »Stan konnte stundenlang nicht aufstehen« zu uns rüber.

»Was ist denn?« Dale verrenkt den Hals, um rüberzusehen, dann dreht er sich mit großen Augen wieder zu mir. »Ich hab schon gehört, dass sie immer noch zusammen sind. Weiß der Himmel, was sie in dem Typen sieht. In der Schule war er ein richtiges Arschloch.« Er räuspert sich. »Tut mir leid, nicht sehr professionell von mir. Aber sagen wir mal so: Wir hatten nicht den gleichen Freundeskreis. Tatsächlich war er damals ein richtiger Schläger. Einmal hat er mich gepackt und gegen die Schließfächer gedrückt.« Dale ist eine gute Handbreit größer, wenn auch schlanker als Wesley. »Ich war mehr so der Spätentwickler«, sagt er lachend, als könnte er meine Gedanken lesen.

Erst als Olivia sich hingesetzt hat, sieht sie uns.

Und in dem Moment bemerke ich das kurze Aufflackern von Angst in ihrem Gesicht.

15

Wesley scheint uns nicht bemerkt zu haben. Olivia sieht hübsch aus in der dunkelrosa Bluse, welche die Farbe ihrer Wangen betont. Sie hat sich richtig schick gemacht. Ich verstehe nicht, wie sie den ganzen Tag mit Pferden arbeiten kann – mir machen diese Tiere mit ihren aufgeblähten Nüstern und großen Zähnen Angst. Wesleys laute, forsche Stimme schallt zu uns herüber.

»Starren Sie doch nicht so rüber«, flüstert Dale mit einem Lachen in der Stimme.

Olivia sitzt mir schräg gegenüber und tut geflissentlich so, als wäre ich nicht da; dennoch ist da etwas in ihrer Miene, das ich nicht zu deuten vermag. Panik vielleicht. Ich löse den Blick von ihr und wende ihn Dale zu. »Benehme ich mich so auffällig? Dabei bin ich nur neugierig.«

»Das sehe ich. Aber detektivisches Feingespür ist nicht so Ihr Ding, was?« Er lacht leise. »Wie schaut's aus, möchten Sie noch was zu trinken?«

»Lassen Sie mich diesmal zahlen. Sie haben schon die Pizza springen lassen.«

»Das macht den Kohl auch nicht mehr fett.« Er grinst. »Also, was trinkst du? Oh, das Du ist mir so rausgerutscht ...«

Ich erwidere, dass wir es gern beim Du belassen können – Dale ist mir sympathisch –, und bitte um noch eine Weißweinschorle. Während er an der Bar bestellt, verspeise ich den Rest meiner Pizza. Wesley, der sich offenbar gern selbst reden hört, quasselt währenddessen ungebremst weiter, ohne von unserer Anwesenheit zu ahnen. Dann sehe ich, wie sein Blick zu Dale an der Bar schweift. Er beugt sich vor und flüstert Olivia etwas zu. Daraufhin drehen sie sich in meine Richtung. Ich lächle, aber sie wenden sich wieder ab.

»Wie ich sehe, hat man uns bemerkt«, sagt Dale, als er mit unseren Getränken zurückkehrt. »Wir sollten ab sofort aufpassen, was wir sagen.«

Mist. »Es gibt noch so vieles, was ich fragen wollte …«

»Heb dir die Fragen fürs nächste Mal auf. Es wird noch Gelegenheit geben. Ich bleibe die nächsten Tage bei meinem Vater in Stafferbury, also bin ich in greifbarer Nähe.«

»Und du wärst einverstanden, wenn ich dich für den Podcast interviewe?«

»Klar. Warum nicht? Aber vielleicht warten wir noch ein paar Tage damit, bis mir mehr Informationen vorliegen.«

Und da ist es wieder, dieses nagende Gefühl, dass es einen guten Grund geben muss, warum der Fall neu aufgerollt wird. Einen Grund, den Dale zum jetzigen Zeitpunkt noch nicht verraten möchte.

»Das Gleiche gilt aber auch für dich«, schiebt er mit leiser Stimme hinterher. »Falls du während deiner Interviews etwas herausfindest, würde ich es begrüßen, wenn du mich auf dem Laufenden hältst.«

»Natürlich.«

Da wir uns nicht weiter über den Fall unterhalten können, beginnt er, mir von seiner Familie zu erzählen. Seine Mutter ist vor ein paar Jahren an Krebs gestorben, und so versucht er, seinen Vater regelmäßig zu besuchen, damit er nicht vereinsamt. Er hat eine Schwester, die in Spanien wohnt und die er zweimal im Jahr sieht. »Und du kommst aus Manchester, ja? Das erkenne ich an deinem Akzent.«

»Ja. Ich habe mein ganzes Leben dort verbracht.«

»Nie daran gedacht wegzuziehen?«

Ich schüttle den Kopf. »Nicht wirklich. Mein Sohn fühlt sich in seiner Schule wohl, und ich möchte uns nicht aus unserem gewohnten Umfeld herausreißen.«

Er wirft einen Blick auf meinen Ehering. »Und was macht dein Mann?«

»Er arbeitet im Finanzwesen. Er ist …« Der Wein brennt in meiner Kehle. »Also, eigentlich leben wir im Moment getrennt.« Sofort bereue ich, das gesagt zu haben. Gavin findet, dass ich oft zu viel Privates preisgebe.

Dale blickt etwas betreten drein. »Tut mir leid, das zu hören.« Dann fügt er sanft hinzu: »Ich hab dasselbe durchgemacht.«

»Das tut mir leid.«

»So ist es nun mal«, erwidert er locker, aber ich lasse mich davon nicht täuschen. Eine zerbrochene Ehe – das wird mir langsam klar – tut höllisch weh.

»Wie lange ist es her?«, frage ich.

»Mittlerweile zwei Jahre.«

»Hast du Kinder?«

»Nein, zum Glück nicht. Das war auch schon ohne Kind hässlich genug.« Er verstummt beschämt. »Oje, entschuldige. Das war unsensibel von mir.«

Ich winke ab. »Kein Problem.« Trotzdem spüre ich einen Kloß im Hals.

»Wie alt ist dein Sohn?«, fragt er.

»Finn ist zehn. Und ich liebe Gav. Also, Gavin, meinen

Mann. Ich bin mit ihm zusammen, seit ich neunzehn war. Mein halbes Leben. Ich wünsche mir wirklich, dass wir noch die Kurve kriegen.«

»Also war das Ganze seine Idee?«

Ich nicke, wobei mir die Tränen in die Augen steigen. Ich sollte nicht trinken. Dafür, dass ich Dale praktisch nicht kenne, habe ich schon zu viel von mir preisgegeben.

»Jody, also meine Ex, na ja … es war auch ihre Idee. Ist richtig beschissen, nicht wahr?«

Ich lache trotz meiner brennenden Augen. »Ja, das ist es.«

»Ich bin mir sicher, dass es wieder wird. Hoffentlich bekommt ihr das auf die Reihe.«

»Das hoffe ich auch.«

Dales Handy vibriert auf dem Tisch. Er wirft einen Blick darauf. »Mist. Entschuldige, das ist die Arbeit. Ich gehe mal lieber ran.«

Ich nicke und nehme einen Schluck von meinem Wein. Auf der anderen Seite des Raums sehe ich, wie Wesley aufsteht, um zur Bar zu gehen.

»Ich verstehe«, sagt Dale in sein Handy, während er mit dem Eck seiner Papierserviette spielt. »Gut. Okay. Ja, ja, ich bin in der Gegend. Ich breche gleich auf.«

»Ist alles in Ordnung?«, frage ich, als er aufgelegt hat.

Er wirkt geistesabwesend, und seine Miene ist ernst. »Es tut mir wirklich leid, Jenna, aber ich muss gehen. Etwas ist passiert.« Er zieht seinen Mantel über, und ich folge seinem Beispiel.

Als wir den Pub verlassen, kann ich Wesleys falsches Lachen hören. Irgendwas daran geht mir gegen den Strich. Draußen schlägt uns die Kälte entgegen, und ich ziehe meinen Mantel fester um mich. »Ich wette, die beiden sind froh, dass wir weg sind. Jetzt können sie in Ruhe ihren Abend genießen«, mutmaße ich.

Dale lacht kurz auf. »Ja, das kann ich mir denken.« Mit großen Schritten steuert er den Parkplatz an, und ich schließe zu ihm auf.

»Sicher, dass du fahren kannst?«, erkundige ich mich, als wir sein Auto erreichen, einen blauen Volvo mit einer Delle in der Stoßstange.

»Ich bin fit. Ich hatte nur ein dünnes Radler und kaum Zeit, mit meinem zweiten Glas loszulegen. Aber danke der Nachfrage.« Seine Mundwinkel zucken. »Vielleicht hättest du Polizistin werden sollen.« Ich frage mich, ob ich ihn beleidigt habe, aber sein heiterer Ton lässt nicht darauf schließen.

Ich zögere, als er den Schlüssel auf sein Auto richtet und die Scheinwerfer angehen. »Darfst du mir verraten, warum du so plötzlich losmusst?«

Er öffnet die Wagentür, und Enttäuschung überkommt mich. Er wird mir nicht antworten. Doch dann scheint er seine Meinung zu ändern. »Ein Mann wurde tot aufgefunden.«

»In Stafferbury?«

Er nickt knapp, bevor er hinter dem Lenkrad Platz nimmt.

Die Journalistin in mir verlangt mehr zu erfahren. »Wer?«

»Kann ich noch nicht sagen. Aber ich melde mich, sobald es geht, dann können wir einen Termin für das Interview ausmachen. Tschüss, Jenna.« Er schließt die Tür, und mir bleibt nichts anderes übrig, als ebenfalls in mein Auto zu steigen.

Ich lasse den Motor an und sehe Dale nach, wie er davonfährt.

Dann folge ich ihm langsam.

16

Olivia

Olivia atmet erleichtert auf, als sie sieht, dass Dale Crawford und diese Jenna den Pub verlassen. Die ganze Zeit über, die sie sich im selben Raum befanden, hatte sie das Gefühl, nicht genug Luft zu bekommen. Sie hat schon gehört, dass Dale Polizist geworden ist und gerade im Fall des Verschwindens ihrer Freundinnen ermittelt, und es ärgert sie, dass Jenna offenbar versucht, mit ihrem Charme Informationen aus ihm herauszukitzeln.

Die Stimmung zwischen ihr und Wes ist inzwischen gekippt. Solange Jenna und Dale noch hier waren, hat er sein gewohnt lebhaftes, fast schon hyperaktives Verhalten rausgekehrt. Jetzt wirkt er geknickt, so als hätten die beiden beim Aufbruch seine ganze Energie mitgenommen und nur eine leere Hülle zurückgelassen.

»Tja, das war mal schräg«, sagt er, wobei er sich vom Tisch erhebt. Er wirkt zerstreut, als er seine Daunenjacke überzieht. Ihre Teller lassen sie halb aufgegessen stehen. Olivia ist der Appetit schon vergangen, als sie eintrat und Dale und Jenna zusammen sah. »Was meinst du, worüber sie geredet haben?«

»Über mich, nehme ich mal an«, sagt sie und legt sich ihre Jacke über die Schultern. Sie versucht, sich nicht anhören zu lassen, wie aufgewühlt sie in Wirklichkeit ist. »Diese Jenna wird versuchen, jeden auszuquetschen, der mit dem Fall zu tun hat.«

»Hmm, na ja, solange sie dich nicht wieder belästigt.«

Dale und Jenna gemeinsam etwas aushecken zu sehen, hat sie beide aus der Fassung gebracht, und ihre unausgesprochenen Sorgen bilden eine Mauer des Schweigens zwischen ihnen. Wie um dem entgegenzuwirken, nimmt Wesley ihre Hand und führt sie aus dem Pub. »Heute Abend bei mir, okay?«

Sie würde lieber nach Hause gehen, um es sich mit ihrer Mutter im Wohnzimmer gemütlich zu machen und Wiederholungen von *Only Fools and Horses* oder *Friends* anzusehen. Irgendetwas Tröstliches, das sie alles andere vergessen lässt – ihre Ängste, ihre düsteren, gequälten Gedanken. Die Stallungen waren für sie immer schon ein Zufluchtsort, um sich vor der Welt zu verkriechen.

»Willst du nicht lieber zu mir kommen?«, schlägt sie daher vor.

»Liv, da sind wir ständig, und bei mir haben wir mehr Privatsphäre.«

»Aber die Wohnung ist so klein.«

»Deswegen müssen wir uns etwas Eigenes suchen. Ich mag ja deine Mutter, aber mir wäre es lieber, wenn wir zwei allein wären.«

Es nieselt, und winzige Regentropfen landen sanft auf Wesleys dunklem Haar. Er hält ihr seinen Arm hin, und sie hakt sich folgsam unter. Dann spazieren sie Richtung High Street. Er gibt sich redlich Mühe, gute Laune zu verbreiten, und erzählt von einer Komödie, die er neulich Abend gesehen hat, doch ihr entgeht nicht die unterschwellige Nervosität in seinem Tonfall. Gerade als sie das Madame Tovey's erreichen, sehen sie Izzy mit ihrem Freund Joe in ihre Richtung schlendern. Izzy schaut verzückt zu Joe auf, und er lacht über etwas, das sie gesagt hat. Izzys Anblick wird Olivia immer den Atem rauben und sie an Sally erinnern, egal, wie viele Jahre vergehen.

Izzy lächelt ihr im Vorbeigehen zu, sagt aber nichts, den Kopf an Joes kräftige Schulter gelehnt. In der Nacht des Unglücks war sie gerade mal neun oder zehn Jahre alt, so viel jünger als Sally – ein »glücklicher Unfall«, wie Mrs. Thorne damals gerne sagte. Seit sie vor Jahren zusammen in Erinnerungen schwelgten, ist Izzy ihr gegenüber immer höflich und freundlich geblieben. Sie hat nie die Straßenseite gewechselt, um ihr auszuweichen, wie ihre Eltern es tun, oder sie, wie Katies Mutter, offen mit finsteren Blicken traktiert. Olivia ist froh, dass wenigstens Tamzins Eltern weggezogen sind, damit sie sich nicht auch noch mit deren Feindseligkeit auseinandersetzen muss.

Als sie die Tür aufsperren, ist es ganz dunkel. Wesley hat die Wohnung von Madame Tovey angemietet, als seine Mutter ihn mit Ende zwanzig rausschmiss. Der ursprüngliche Plan hatte vorgesehen, zusammen einzuziehen, aber Olivia bereitete das Treppensteigen damals noch zu viel Mühe. Manchmal vergisst sie, wie sehr sich ihr Zustand im Lauf der Jahre dank diverser Behandlungen gebessert hat. Zwar wird ihr Bein nie wieder so funktionieren wie vor dem Unfall, aber es hatte auch eine Zeit gegeben, in der sie nicht mehr daran geglaubt hatte, je wieder gehen zu können. Das krumme enge Treppenhaus hielt Wesley jedoch nicht ab, die Bude anzumieten, und sie hat sich oft gefragt, ob es daran lag, dass er tief in seinem Inneren ebenfalls noch nicht bereit war, mit ihr zusammenzuwohnen.

Die Wohnung ist winzig – im Grunde nur ein Raum mit Holzbalkendecke und Küchennische plus ein davon abgehendes Badezimmer. Wesleys Doppelbett ist ungemacht, und ein Haufen Klamotten liegt über dem hässlichen Ledersessel in der Ecke verstreut. Gegenüber vom Sessel und dem riesigen Fernseher steht ein ebenso hässliches schwarzes Ledersofa. Ansonsten ist die Wohnung spärlich eingerichtet und riecht muffig. Sie wird sich hier niemals zu Hause fühlen.

Wesley schmeißt den Wasserkocher an, lässt sich auf das Sofa plumpsen und klopft auf den Platz neben sich.

»Und?«, sagt er, als sie neben ihm sitzt. »Was hältst du davon, wenn wir uns gemeinsam eine Wohnung kaufen? Ich spare schon seit Jahren. Mir ist klar, dass ein Bankangestellter nicht viel verdient, aber ich habe für eine Anzahlung gespart. Sie würde uns gemeinsam gehören. Mit beiden Namen auf der Hypothek.«

Sie betrachtet seine neuen Turnschuhe, die teure North-Face-Jacke, den nagelneuen 49-Zoll-Fernseher an der Wand und den Schrank voller Gaming-Equipment darunter, und presst die Lippen aufeinander. Von dem zwei Jahre alten BMW, den er sich letztes Frühjahr gekauft hat, will sie gar nicht anfangen. Sie hat jetzt keinen Kopf für all das. Es überfordert sie schlichtweg.

»Ich glaube, wir könnten sogar eines dieser schicken Drei-Zimmer-Appartements bekommen, die auf der anderen Seite vom Steinkreis gebaut werden«, fährt er fort. »Und wir könnten uns neue Möbel leisten. Ich weiß, dass du das Sofa nicht magst.«

»Die werden in absehbarer Zeit doch gar nicht fertig. Falls sie überhaupt gebaut werden. Du weißt, dass die Einheimischen dagegen sind.« Sie wünschte, er würde aufhören zu reden und sie in Ruhe eine Flasche Wein trinken lassen, um ihre Sorgen zu ertränken.

»Ich bin sicher, dass Jay Knapton einen Weg findet. Immerhin hat er es geschafft, die Ferienhütten hochzuziehen, auch wenn alle gejammert haben! Du weißt doch, wie die Leute hier sein können. Sie mögen keine Veränderungen.« Er seufzt. »Ich wohne jetzt schon ewig zur Miete, aber ich möchte gerne in was Eigenes investieren.« Er wendet sich ihr mit einem entwaffnenden Lächeln zu. »In uns.«

Beklemmung macht sich in ihr breit. Sie will nicht in einem seelenlosen Neubau wohnen. Eigentlich möchte sie nirgendwo wohnen als in dem etwas maroden Haus, in dem sie aufgewachsen ist – mit dem nächtlichen Wiehern der Pferde und der ländlichen Ruhe drum herum. Sie hat kein Interesse daran, tagein, tagaus auf einen Haufen jahrhundertealter Steinbrocken zu schauen, die sie doch nur gruselig findet. Abgesehen davon kann sie über all das gerade nicht nachdenken. Ihr schwirrt der Kopf nach der Begegnung mit Jenna und Dale. *Worüber haben die beiden sich unterhalten?* »Wes, um ehrlich zu sein, ich habe nicht gerade viel Geld. Für eine Anzahlung auf eine Wohnung reicht es schon gar nicht. Du weißt, dass Mum mir nur einen Hungerlohn für die Arbeit im Stall bezahlen kann. Der Betrieb hält sich gerade so über Wasser, vor allem die letzten Jahre.«

Er verdreht die Augen. »Ich verstehe nicht, warum deine Mutter den Stall nicht einfach verkauft.«

»Natürlich verkauft sie ihn nicht. Er befindet sich seit Generationen im Besitz der Familie. Und wer würde ihn schon kaufen? Stafferbury ist nicht gerade eine florierende Stadt.«

Er zuckt mit den Schultern. »Florierend genug. Und das ist auch gut so. Wie gesagt, ich habe gespart und genug Geld auf der hohen Kante.«

»Aber wie willst du genug gespart haben? Du hast in letzter Zeit eine Menge ausgegeben.« Sofort ist ihr klar, dass das ein Fehler war.

Seine Miene verdüstert sich. »Warum musst du eigentlich immer alles kaputt machen? Ich habe alles im Griff, okay? Ich versuche nur, uns etwas Gutes zu tun, und du kommst mir mit Vorwürfen. Überhaupt, schau dich an. Wie du dahockst in deiner Jacke, wie so eine verfrorene Maus. Mir ist klar, dass die Begegnung mit Dale und dieser Journalistin ein Schock war, aber du hattest schon miese Laune, bevor wir in den Pub sind. Was ist los?«

Angst bohrt sich in ihr Herz. Sie hasst es, wenn Wesley wütend wird. Nicht, dass er ihr jemals wehgetan hätte. Das würde er nie machen. Er schreit sie noch nicht mal an, nicht wirklich. Es ist eher die resignierte Enttäuschung, gefolgt von einem strafenden Schweigen, das er wie ein Gummiband so lange ausdehnt, bis sie es nicht mehr aushält.

»Ich weiß nicht«, lügt sie. »Es ist diese Zeit des Jahres … Es ist einfach ein beschissener Monat.«

Seine Züge werden weicher. »Ich weiß.« Er rückt näher an sie heran. »Warum gehen wir nicht einfach ins Bett? Legen uns früh schlafen?« Er beugt sich vor, um sie zu küssen, aber sie werden vom Scheppern seines Handys auf dem Sofatisch unterbrochen. Irgendein Rap-Song, den Olivia noch nie leiden konnte. »Tut mir leid, Süße«, sagt er und geht ran. »Hallo«, blafft er ins Handy, wobei er zu ihr sieht und die Augen verdreht. Dann steht er auf und geht zum Fenster. »In Ordnung.« Seine Stimme klingt jetzt ernster, und er hat ihr den Rücken zugewandt. »Ich kann in zehn Minuten da sein.«

Wo sein? Sie zieht ihre Jacke fester um sich. In der Wohnung ist es eiskalt. Sie will nur noch nach Hause. Er schiebt sein Handy in die Gesäßtasche seiner Jeans. »Sorry, Süße. Es ist etwas dazwischengekommen.«

Sie runzelt die Stirn. »Wie meinst du das?«

»Ich muss noch schnell los. Ein … Freund hat mich um einen Gefallen gebeten. Du kannst hierbleiben und auf mich warten, oder ich lasse dich zu Hause raus …«

Sie steht vom Sofa auf, und er kommt zu ihr rüber und streicht ihr eine Strähne hinters Ohr. »Welcher Freund?«, will sie wissen.

»Stan«, antwortet er viel zu schnell.

Wesley hat viele Freunde, die sie nicht kennt, und alle haben Spitznamen wie »PJ« oder »Sickboy« oder »Pod«. Selbst Stan ist kein richtiger Name – und sie hat keine Ahnung, wie der Typ in Wahrheit heißt. Im Grunde ist es ihr egal, dass sie seine Freunde nie kennengelernt hat, obwohl sie sich an einige noch aus der Schule erinnert. Sie waren damals unreif und sind es heute noch immer. Wenn sie ihnen mit Wesley mal über den Weg gelaufen ist, dann haben sie sich meist über Fußball oder das neueste PS4-Spiel unterhalten. Sie vermutet, dass Wesley, wenn er nicht bei ihr übernachtet, viel zu viel Zeit vor seiner Gaming-Station verbringt und mit seinen Kumpels via Kopfhörer kommuniziert. Er ist wie ein Siebzehnjähriger im Körper eines Neununddreißigjährigen.

»Ist schon okay.« Sie fragt ihn nicht, was um neun Uhr abends so Wichtiges passiert sein könnte. Tatsächlich stellt sie fest, dass es ihr gerade egal ist, solange es bedeutet, dass sie in ihrem eigenen Bett schlafen kann.

Er kann sie gar nicht schnell genug in sein Auto verfrachten. Sein Privatparkplatz ist auf der Rückseite der High Street, da, wo sich die Liefereingänge und Garagen befinden. Fröstelnd und müde setzt sie sich in den BMW und kann es kaum erwarten, in ihr Bett zu fallen, um Ruhe von ihren rasenden Gedanken zu finden.

Er hält vor ihrem Haus, streift mit seinen Lippen flüchtig ihre Wange und ist fort, noch bevor sie die Haustür erreicht hat. Der Fernseher plärrt, als sie den Flur betritt. Ihre Mutter schaut offenbar eine Sitcom, die von einer Lachkonserve untermalt wird – wahrscheinlich eine Uralt-Folge von *Seinfeld*.

»Hallo, Liebes!«, ruft sie und dreht sich zu Olivia um, die in der Tür stehen bleibt. Im Zimmer ist es dunkel, und der Fernseher taucht alles in bläuliches Licht. »Übernachtest du nicht bei Wesley?«

Olivia geht rüber und lässt sich neben ihr aufs Sofa fallen. »Nein, er musste los, sich mit einem Freund treffen.«

»Ach so«, antwortet sie und wendet sich wieder dem Fernseher zu.

»Glaubst du, Wesley betrügt mich?«, fragt sie. Ist er deswegen heute Nacht abgehauen? Vor ihrem geistigen Auge erscheint ein Bild von Izzy. Schön, jung. So wie Sally gewesen war. Aber nein, sie schüttelt den Gedanken ab. Natürlich betrügt er sie nicht. Warum würde er sie sonst bitten, mit ihm zusammenzuziehen? Wesley mag sie zwar manchmal nerven, aber ohne ihn wäre sie aufgeschmissen, oder etwa nicht? Sie versucht, sich ihr Leben ohne ihn zu imaginieren – aber das ist ihr unmöglich. Die Vorstellung ist so unfassbar wie ein Leben ohne Sauerstoff. Er sagt ihr immer, dass sie ihn braucht. Und das ist auch so.

»Natürlich nicht. Wesley vergöttert dich.« Ihre Mutter lässt den Fernseher nicht aus den Augen, aber sie streckt den Arm aus, um, mit ungewohnter Zärtlichkeit, die Hand ihrer Tochter zu drücken.

17

Jenna

Ich achte darauf, Abstand zu Dales blauem Volvo zu halten, allerdings nicht zu viel, um ihn nicht aus den Augen zu verlieren – was schwerer ist, als es im Fernsehen aussieht. Es regnet schon wieder, und Dales Bremslichter verschwimmen im abendlichen Dunkel. Er fährt auf den Devil's Corridor, biegt aber nicht links zu den Hütten ab, sondern bleibt auf der Hauptstraße. Wohin fährt er? Er hat gesagt, der Tote sei in Stafferbury aufgefunden worden, daher sollte er gar nicht so weit fahren. Dann sehe ich, wie er seinen Blinker setzt und die nächste Abfahrt links nimmt. Interessant – es scheint also noch eine Zufahrt in den Wald zu geben. Mein Puls beschleunigt sich. Ich biege ebenfalls ab, wobei ich mich zurückfallen lasse, damit meine Scheinwerfer nicht in seinem Rückspiegel zu sehen sind. Der Weg ist kurvenreicher und länger als jener, der zu meiner Hütte führt, und ich befürchte schon, Dale verloren zu haben. Langsam fahre ich weiter über die holprige Piste und schalte nur das Standlicht ein, um keine Aufmerksamkeit auf mich zu ziehen, kann aber selbst kaum etwas erkennen.

Nach ein paar Minuten sehe ich Dale in einer Art Parkbucht auf der rechten Seite halten, direkt neben einem Polizeiauto. Ich bremse, stelle den Motor ab und warte im Schutz des Dickichts. Ich bin zu weit weg, um Dale im Dunkel auszumachen, aber ich höre, wie eine Autotür zugeschlagen wird.

Ich warte noch einen Moment, bevor ich den Motor wieder anlasse und im Schneckentempo in die Parkbucht vorfahre, wo ich neben Dales Auto anhalte. Ich habe vor, ganz schnell zu machen – nur um zu sehen, wohin Dale gegangen ist – und wegzufahren, bevor er was mitkriegt. Ich möchte nicht riskieren, dass er mich entdeckt und wütend wird; das könnte seine Bereitwilligkeit dämpfen, mir zu helfen. Der Boden ist morastig, als ich aussteige, aber wenigstens hat es vorerst aufgehört zu regnen. Aus den Untiefen des Waldes ertönt der Schrei einer Eule, und einen Moment lang bin ich gelähmt vor Schreck. Das ist verrückt. Was tue ich hier? Ich sollte in meine Hütte zurückkehren und warten, bis Dale sich bei mir meldet. Aber Geduld ist nicht meine Stärke. Ich muss einfach die Initiative ergreifen. Und was für eine Journalistin wäre ich, wenn ich mich derart zurückhalten würde?

Ich gehe weiter, wobei mir die Taschenlampe meines Handys den Weg leuchtet. Der Pfad ist schmal, mehr schon ein Graben, und Schlamm bespritzt die Rückseite meiner Jeans und sickert in die Sohlen meiner Stiefel. Ich weiß nicht, ob Dale diese Richtung genommen hat, aber ich gehe davon aus, da es der Hauptweg zu sein scheint. Ich konzentriere mich auf den Untergrund vor mir, auf den Halbkreis aus Licht, wo mein Handy hinzeigt, und gebe mir alle Mühe, mich nicht von den Geräuschen der Natur und der Finsternis um mich herum ins Bockshorn jagen zu lassen. Endlich sehe ich eine Lichtung vor mir. Dieselbe Lichtung, auf der ich heute schon war. Mir wird flau im Magen, als ich ein hektisches Treiben in der Nähe von Ralphs Wohnwagen bemerke – in seinem Zentrum ein Zelt und zwei Polizisten, die ein Flatterband darum spannen. Hier und da ist das Aufleuchten einer Taschenlampe zu sehen, und ich meine, Dale zu erkennen, der mit einer Frau das Zelt betritt; sie trägt einen Schutzanzug und hat einen Metallkoffer bei sich.

Ich verstecke mich hinter einem Baum und versuche, mich zu sammeln. Das Knacken eines Zweiges lässt mich erstarren. In meinem Nacken prickelt es, als hätte ich einen Atemhauch gespürt. Ganz langsam drehe ich mich um und erwarte, jemanden hinter mir zu entdecken. Womöglich einen wutentbrannten Dale – obwohl ich mir sicher bin, dass er es war, der ins Zelt gegangen ist. Aber da ist niemand. Es ist wohl besser, wenn ich zum Auto zurückkehre. Ich muss sicherstellen, dass Dale mir gewogen bleibt, damit er mir verrät, was heute Abend hier passiert ist.

Ich folge dem Weg zurück und stolpere beinahe in meiner Hast, mich in den Schutz meines Autos zu flüchten.

Flatterband. Polizei. Spurensicherung.

Ralph wurde ermordet.

Und der Täter könnte immer noch hier im Wald sein.

Mich beobachten.

Wie aufs Stichwort knackt erneut ein Zweig, und ich schnappe erschrocken nach Luft. Jetzt ist es nicht mehr zu leugnen. Jemand ist hinter mir. Ich kann seine Anwesenheit spüren. Ich drehe mich nicht um. Stattdessen spurte ich los, schlittere den schlammigen Pfad entlang. Etwas streift meine Schulter. Eine Hand, die versucht, mich zu packen. Ich schreie auf, meine Beine knicken unter mir weg. Ein greller Schmerz in meinem Kopf, dann wird alles schwarz.

18

Ich höre ein kleines Kind weinen. Schrill und beharrlich. Ist das Finn? *Finn …*

Wo bin ich?

In meinen Kopf ist ein stechender Schmerz, und als ich die Augen aufschlage, sehe ich Bäume, so viele, so hohe Bäume … die dunklen Wipfel im Wind wiegend, die buschigen Kiefernnadeln so dicht, dass sie den Himmel verdunkeln. Dann fällt es mir wieder ein. Ich bin im Wald. Ich liege auf dem Rücken auf der nassen Erde. Ich wurde verfolgt. Mein Schädel wummert. Jemand hat mich niedergeschlagen. Und dieser Jemand könnte noch immer hier sein. Ich muss aufstehen. Ich muss von hier weg … zurück zu meinem Auto.

Als ich versuche, mich hochzustemmen, versinken meine Hände im Schlamm, mein gesamter Körper fühlt sich furchtbar schwach an. Blanke Panik packt mich bei dem Gedanken, dass mein Angreifer vielleicht noch hier ist und wartet. Meine Beine treten hilflos ins Leere, während ich versuche, auf dem Boden festen Halt zu bekommen, doch schließlich gelingt es mir, mich auf die Knie aufzurappeln. Ich brauche Hilfe. Ich blicke hinter mich und erwarte schon halb, den Täter über mir stehen zu sehen, aber da ist niemand.

»Hallo?«, höre ich eine mir vertraute Stimme, dann sehe ich das flackernde Licht einer Taschenlampe zwischen den Bäumen auftauchen und den Boden vor mir erhellen. Gott sei Dank, es ist Dale. Als er näher kommt, kann ich das Missfallen in seinen Zügen sehen. »Jenna? Was tust du hier?« Ich befinde mich immer noch auf Händen und Knien, und er bückt sich, um mir auf die Beine zu helfen. »Was ist passiert? Geht es dir gut?« Ich bin komplett mit Schlamm bedeckt – ich spüre ihn in den Haaren kleben und meine Jeans durchtränken. Dale hält immer noch meinen Ellbogen. »Bist du gestürzt?«

Ich komme mir total bescheuert vor. »Es … es tut mir leid. Ich wollte selbst sehen, was passiert ist. Aber dann, auf dem Weg zurück zum Auto, da hat mich jemand verfolgt und … mich niedergeschlagen …« Ich muss wie eine Komplettidiotin aussehen in meinen verdreckten Stadtklamotten. Was habe ich mir bloß dabei gedacht?

Er lässt meinen Ellbogen los. Selbst im Dunkeln kann ich sehen, dass er wütend ist. »Du solltest nicht hier sein, Jenna.«

Ich habe alles vermasselt. Er wird mir nicht mehr vertrauen und mir auch nicht bei meinem Podcast helfen. Ich zucke zusammen, als der Schmerz meinen Nacken empor und in meinen Hinterkopf schießt.

»Bist du verletzt?«, fragt er sanfter.

»Mein Kopf …« Ich hebe die Hand und berühre ihn. Ich ertaste etwas Klebriges. Entweder ist das Schlamm … oder Blut. Dale muss Mitleid mit mir haben, denn er legt einen Arm um meine Hüfte und hilft mir zurück zu meinem Auto. Der Regen hat wieder eingesetzt, diesmal kräftiger. Ich fühle mich elend und habe Schmerzen. »Hast du das Kind weinen hören?«, frage ich verzweifelt. Ich kann die dunklen Umrisse unserer geparkten Autos sehen.

»Ich denke, du solltest dich durchchecken lassen. Vielleicht hast du eine Gehirnerschütterung.«

»Da war ein Kind …«

Er führt mich zu seinem Auto. Als ich zum Protest anhebe, sagt er: »Jenna, du bist nicht in der Lage, selbst zurückzufahren. Ich bringe dich in die Notaufnahme.«

Alles dreht sich, als ich mich dankbar auf seinen Beifahrersitz sinken lasse, auch wenn mir bewusst ist, dass ich alles einsaue. Wie lange bin ich wohl bewusstlos dagelegen? Eine ganze Weile bestimmt, wenn Dale Zeit hatte, seine Arbeit zu beenden. Vorsichtig berühre ich erneut meinen Hinterkopf, und als ich dieses Mal die Hand wegnehme, kann ich Blut an meinen Fingern sehen.

»Scheiße«, sagt Dale mit besorgtem Gesicht. »Jenna, du blutest ziemlich stark. Hier, nimm das.« Er reicht mir einen Lappen, mit dem er wahrscheinlich die Windschutzscheibe abwischt, und ich drücke ihn an meinen Hinterkopf. »Du denkst, jemand hat dich niedergeschlagen?«

Ich nicke und zucke zusammen, als bei der Bewegung Blitze vor meinen Augen aufleuchten. »Ja. Jemand ist mir gefolgt. Ich habe noch eine Hand auf meiner Schulter gespürt, und dann … dann weiß ich nicht mehr. Ich …« Tränen brennen mir in den Augen, und ich schlucke ein paarmal, um mich zu fassen.

Als Dale aus der Parkbucht zurücksetzt, spähe ich hinaus, halte Ausschau nach jemandem, der vielleicht zwischen den Bäumen lauert. Aber da ist nichts – nur dunkle Schatten, die im Geäst herumhuschen.

»Das war leichtsinnig von dir«, rügt mich Dale, als er auf den Devil's Corridor biegt.

»War das Ralph? Der Mann, der tot aufgefunden wurde?«

»Ja«, bestätigt er leise.

»Was ist passiert?«

»Das ist im Augenblick noch unklar. Nach dem Bericht des Pathologen werden wir mehr wissen.«

»Glaubst du, er wurde ermordet?«

»Jenna«, sagt er in warnendem Tonfall.

Ich presse die Lippen zusammen, und eine Weile sagt keiner von uns beiden was. Trotz meines brüllenden Kopfschmerzes rumort das schlechte Gewissen in mir, bis ich unter Tränen herausplatze: »Es tut mir ja so leid. Das ist das Letzte, was du nach einem so stressigen Tag brauchst.«

»Schon gut, Jenna. Wirklich. Ich möchte nur sichergehen, dass es dir gut geht.«

Wir verfallen wieder in Schweigen, und ich blicke kläglich aus dem Fenster, den Lappen immer noch an meinen Hinterkopf gedrückt. Mir ist ein wenig übel.

»Jenna …«, meldet sich Dale.

Ich drehe mich zu ihm. Ich bemerke einen Schlammfleck auf seiner Wange. Sein Gesicht wirkt durch das Dämmerlicht ausgehöhlt, aber auch so sieht er müde aus. Erneut überkommt mich das schlechte Gewissen, weil er mich jetzt noch ins Krankenhaus fahren muss.

»Ich werde eine offizielle Aussage über dein heutiges Gespräch mit Ralph aufnehmen müssen. Außerdem brauche ich den genauen Zeitraum deines Besuches und muss wissen, was er dir über Olivia erzählt hat.«

»Okay«, sage ich, und meine Übelkeit nimmt zu. Ich bin mir nicht sicher, ob das eine Folge der Kopfverletzung ist, oder doch viel eher die Erkenntnis, dass ich einer der letzten Menschen war, der Ralph Middleton lebend gesehen hat.

19

Nächtlicher Besuch

John-Paul hatte sich nach dem Barbecue und dem Gespräch mit seinem alten Kumpel distanziert verhalten. Stace hatte ihn, kaum dass sie allein waren, darauf angesprochen, aber er hatte es bloß abgetan und gemeint, er sei zu betrunken und fertig vom Jetlag, um zu reden; er wolle einfach nur pennen. Stace wälzte sich nun unruhig hin und her und wünschte sich, sie könnte genauso leicht einschlafen. Das Mondlicht fiel auf den schlafenden John-Paul, beleuchtete seinen gebräunten Rücken, seine breiten Schultern, und sie hob die Hand, um mit dem Finger über seinen Oberkörper zu streichen. Er rührte sich nicht. Was verheimlichte er ihr? Sie hatte geglaubt, ihn so gut zu kennen, aber ihre Liebe, die in den ersten Monaten so intensiv gelodert hatte, war zusehends schwächer geworden, seit sie letztes Jahr zusammengezogen waren. Es war etwas, das sie sich nicht hatte eingestehen wollen, da sie hoffte, dass alles wieder werden würde wie am Anfang. Er hatte nur selten von seiner Vergangenheit oder von Derreck erzählt, und ihr war es nie in den Sinn gekommen, ihn danach zu fragen. Sie waren so sehr im Hier und Jetzt versunken gewesen, eingehüllt in ihrem kleinen Kokon, den sie immer als unantastbar betrachtet hatte. Aber jetzt … jetzt erkannte sie, dass sie naiv gewesen war. Wie gut kannte sie John-Paul wirklich?

Doch das alles brachte nichts. Die Sorgen ließen sie nicht schlafen. Daher schlüpfte sie vorsichtig aus dem Bett, um ihn nicht zu wecken, und zog sich das Sommerkleid über, das sie vorhin ange-

habt hatte. Sie würde in die Küche gehen und sich ein Glas Wasser holen.

Als sie am Fuß der Treppe angelangt war und die erfrischende Kühle der Marmorfliesen unter ihren bloßen Sohlen spürte, sah sie ein Licht von der Terrasse hinter der Küche hereinfallen. Und dort im bernsteinfarbenen Schein der Gartenbeleuchtung saß Derreck mit dem Rücken zu ihr. Sie konnte sehen, dass er eine Zigarette in der Hand hielt, deren Rauch kräuselnd emporstieg und sich in der warmen Nachtluft auflöste. Sie zögerte. Sie hatte keine Lust, allein mit Derreck zusammenzusitzen, einem Mann, den sie kaum kannte. Etwas an ihm beunruhigte sie. Andererseits … sie dachte an sein hitziges Gespräch mit John-Paul zurück. Ob sie es wohl wagen konnte, ihn darauf anzusprechen?

»Hast du vor, die ganze Nacht da herumzustehen?« Seine Stimme war leise, beinahe knurrend, mit einem leicht australischen Akzent.

Sie tapste durch die Küche. Der Raum war wieder in makellosem Zustand, ganz anders, als sie ihn zuvor hinterlassen hatten, und sie überkam das schlechte Gewissen, weil Derrecks Hausmädchen Anya hinter ihnen hatte aufräumen müssen. Sie trat auf die Terrasse. In der Luft hing eine rauchig-süße Note, gar nicht mal so unangenehm. Derrecks Hemd war aufgeknöpft, und eine Strähne seines blonden Haars fiel ihm ins gebräunte Gesicht. Unwillkürlich verspürte sie ein Kribbeln in der Bauchgegend, woraufhin sie sich gleich wieder schuldig fühlte, so als würde allein die Tatsache, dass sie hier mit diesem Mann allein war und ihn attraktiv fand, irgendwie auch schon bedeuten, dass sie ihren Freund betrogen hatte. Er deutete auf die Liege neben sich, wobei die glimmende Spitze seiner Zigarette wie ein Glühwürmchen vor dem samtenen Himmel tanzte. Sie ließ sich darauf nieder. So saßen sie dem Swimmingpool zugewandt da und sprachen ein paar Minuten lang kein Wort, sondern betrachteten einfach nur das sich kräuselnde Wasser im Mondlicht. Der Anblick war friedlich und wunderschön, begleitet vom Zirpen der Grillen und dem Plätschern des Wassers, das sanft gegen den Beckenrand schwappte.

»Konntest nicht einschlafen, hm?«, fragte er schließlich und schnippte seine Kippe ins Gebüsch.

»Zu heiß. Und die Klimaanlage zu laut.«

Sie warf ihm einen verstohlenen Blick zu, aber er sah sie nicht an; sein Kopf ruhte entspannt auf der Lehne. Er trug eine Chino-Shorts und war barfuß. Um sein linkes Handgelenk war ein Wirrwarr aus Lederbändern gewickelt. Sein Teint war goldbraun, ebenmäßig, makellos wie das Fondant auf einer Torte.

»Also«, sagte sie und schwang die Beine herum, sodass sie ihm zugewandt saß. Sie versuchte, sich den winzigen Anflug von Stolz zu verkneifen, als sie bemerkte, wie sein Blick über ihre nackten Waden glitt. »Es ist wirklich nett von dir, uns hierher einzuladen. John-Paul spricht nur in höchsten Tönen von dir.« Sie spürte, wie ihr bei der Lüge die Hitze in die Wangen stieg.

Derreck lachte. »Ich wette, JP hat mich kaum je erwähnt. Coke gefällig?«

»Wie bitte?« Versuchte er ihr etwa Drogen anzubieten? Auf einmal fühlte sie sich total provinziell und überfordert. Etwas an Derreck schüchterte sie ein. Er war so weltgewandt. Dann aber sah sie, wie er in einen Eiskübel zwischen ihren Sonnenliegen griff und eine Dose Cola herauszog. »Danke«, murmelte sie, nahm die Dose entgegen und presste das kühle Metall gegen ihre Brust. »Ehrlich gesagt spricht John-Paul nicht viel über die Zeit, als er auf Reisen war. Also, warum erzählst du mir nicht davon?«

Er kniff die Augen zusammen. »Was genau willst du wissen?«

»Ich habe den Eindruck, John-Paul denkt, dass er … na ja, dass er in deiner Schuld steht, wegen irgendwas, das in Goa passiert ist.«

Sie konnte ihr Herz heftig gegen ihren Brustkorb schlagen spüren. Sah er ihr an, dass sie bluffte? Sie registrierte ein überraschtes Aufflackern in seinen Augen.

»Er hat dir von Goa erzählt?«

»Na ja, nein. Nicht direkt.« Sie öffnete die Dose und nahm einen Schluck, um ihr Unbehagen zu kaschieren.

Er lachte. »Dachte ich mir. JP möchte bestimmt nicht schlecht vor dir dastehen.«

Ihr Herz krampfte sich zusammen. »Was hat er getan?«

»Das musst du ihn fragen.« Er lehnte sich auf seiner Sonnenliege zurück, sodass er wieder zum Pool blickte. »Aber es klingt nicht so, als wäre er dir gegenüber offen gewesen, was seine Vergangenheit betrifft.«

»Hat er was Illegales getan?«

Ein Muskel in seinem Kiefer zuckte, aber er antwortete nicht. Ihr würde übel.

»Hast du Lust zu schwimmen? Vielleicht kühlt dich das ab, und du kannst besser schlafen. Ich weiß, dass diese Hitze etwas gewöhnungsbedürftig sein kann«, brach er plötzlich das Schweigen.

Ohne eine Antwort abzuwarten, stand er auf, zog sein Hemd aus und entledigte sich seiner Shorts. Sie wandte die Augen ab. Aber als sie wieder aufblickte, konnte sie nicht vermeiden, einen kurzen Blick auf seinen nackten Hintern zu erhaschen, als er in den Pool sprang.

Sie spürte, wie sie errötete. Was für ein Spiel spielte er?

Sie musste hier weg. Morgen früh würde sie John-Paul nach Goa fragen. Von Derreck würde sie heute Nacht ohnehin nichts mehr erfahren. Sie stand auf.

»Na, willst du nicht reinkommen?«, rief er ihr von der Mitte des Beckens zu. Er hatte sich das nasse Haar aus dem Gesicht gestrichen. Sie bemerkte, was für eine schöne gerade Nase er hatte. Sie konnte

an nichts anderes denken, als dass er unter der Oberfläche des Wassers nackt war. Das war zu viel für sie.

»Ich … nein, ich muss wieder nach oben. Aber danke.« Hastig, die Coladose an die Brust gedrückt, ließ sie die Sonnenliege hinter sich, ohne sich noch einmal umzudrehen.

TAG DREI

20

Jenna

Sprachmemo: *Mittwoch, 28. November 2018*

Heute jährt sich zum zwanzigsten Mal die Nacht, in der die drei Mädchen verschwanden. Es ist drei Uhr morgens, und ich bin endlich aus dem Krankenhaus zurück. Zum Glück habe ich keine Gehirnerschütterung und musste nur mit einem kleinen Stich genäht werden. Ich kann immer noch nicht fassen, dass Ralph tot ist und dass jemand mich niedergeschlagen hat. Ich bin mir sicher, dass ich ein Kind habe weinen hören. War es real oder doch nur eines jener seltsamen Phänomene, für die Stafferbury so berühmt ist? Ich sollte mich schlafen legen …

Als ich aufwache, habe ich noch immer leichte Kopfschmerzen. Ich höre jemanden in der Küche herumklappern, und die Panik flackert kurz auf, bis es mir wieder einfällt: Dale hat vergangene Nacht angeboten, im anderen Zimmer zu schlafen, nachdem die Krankenschwester gesagt hatte, ich solle, aufgrund der Möglichkeit einer Gehirnerschütterung, nicht allein bleiben. Er hat die drei Stunden Wartezeit in der Notaufnahme an meiner Seite verbracht, mich mit lauwarmem Kaffee aus dem Automaten versorgt und versucht, mich mit Geschichten über seine Jugend in Stafferbury zum Lachen zu bringen. Und er blieb auch bei mir, während ich genäht wurde.

Es klopft leise an der Tür, und ich höre Dales Stimme, die fragt, ob er reinkommen dürfe.

»Jepp, nur zu.« Ich setze mich im Bett auf und ziehe die Bettdecke um mich herum hoch. Ich erinnere mich noch, dass ich gestern Nacht meinen flauschigen Pyjama und meine dicken Bettsocken angezogen habe, aber ich trage noch mein Make-up von gestern.

»Wie fühlst du dich?« Er reicht mir einen schwarzen Kaffee, und ich bin gerührt, dass er sich daran erinnert, wie ich ihn gern trinke. Er steckt in den Klamotten vom Vorabend, und ich verspüre Dankbarkeit für all seine Hilfe.

»Mir geht's gut, danke«, sage ich und nippe an meinem Kaffee. »Ich weiß es wirklich zu schätzen, dass du heute Nacht bei mir geblieben bist.«

In seinen haselnussbraunen warmen Augen zeigt sich ein Lächeln, dann sieht er auf seine Armbanduhr. »Ich sollte langsam los. Muss noch bei meinem Vater vorbei und mich umziehen, bevor meine Schicht beginnt. Was hast du für heute geplant? Wahrscheinlich solltest du es ruhig angehen lassen.«

Das ist völlig ausgeschlossen. Ich habe noch einiges zu erledigen. Ich nehme einen weiteren Schluck Kaffee, ohne mich daran zu stören, dass er noch zu heiß ist. Mein Mund fühlt sich ganz pelzig an. »Ich werde mein Glück bei Katies Mutter versuchen. Und Olivia habe ich auch noch nicht abgehakt. Ich muss sie irgendwie dazu bringen, mit mir zu sprechen.«

Er verlagert sein Gewicht. »Das klingt gut, aber …« Plötzlich wirkt er etwas betreten. »Du glaubst aber nicht wirklich, dass wir den Fall lösen, solange du hier bist, oder? Denn auch wenn ich dich nur ungern enttäusche, aber ich bezweifle ernsthaft, dass du Antworten bekommen wirst. Das Ganze ist zwanzig Jahre her.«

Ich lache. »Wann habe ich behauptet, dass ich vorhabe, den Fall zu lösen? Das ist dein Job.«

Seine Mundwinkel zucken. »Ja, ich weiß. Ich meine damit nur, dass es möglicherweise keine Auflösung für deinen Podcast geben wird.«

Ich schüttle den Kopf und zucke bei der Bewegung sogleich zusammen. »Das ist mir klar. Deswegen bin ich auch nicht hier. Ich hätte einfach nur gerne ein paar mehr Interviews von den Einheimischen. Der Fall ist schlicht zu interessant. Trotzdem wäre es natürlich super, wenn es dir gelänge, ihn zu lösen, solange ich hier bin …« Ich grinse, um ihm zu signalisieren, dass ich scherze.

»Hmm.« Seine Augen blitzen belustigt auf. »Ich rufe dich später an. Sag Bescheid, falls du einen Fahrer brauchst, um dich zu deinem Auto zu bringen.«

»Ich bin eine erwachsene Frau. Am helllichten Tag wird mir schon nichts passieren.«

»Ach ja«, und wieder blickt er etwas verlegen drein, »könntest du beizeiten auf dem Revier vorbeischauen, um eine offizielle Aussage zu deinem Besuch bei Ralph abzugeben?«

»Klar.« Ich schlage die Bettdecke zurück und will aufstehen.

»Nein, bleib liegen«, sagt er. »Ich finde schon hinaus.«

Als er fort ist, greife ich nach meinem Handy. Zeit, Finn anzurufen, bevor er zur Schule geht.

Ich erwähne weder meine Kopfverletzung noch den Mord an Ralph, um Finn und meine Mutter nicht zu beunruhigen. Ich bin überrascht, dass sie schon so früh bei uns ist, und frage, wo Gavin steckt. Mum erklärt, dass er zu einem Frühstücksmeeting ins Büro musste. Ich frage mich, wie er sich fühlen würde, wenn er wüsste, dass letzte Nacht ein anderer Mann bei mir übernachtet hat – wenn auch im Nebenzimmer. Würde es ihn überhaupt stören? Ich denke an das Lachen der Frau, das ich gestern zu hören meinte. Ich kann schlicht nicht glauben, dass Gavin jemanden in unserem Haus übernachten lassen würde. Finn hätte es sicherlich erwähnt. Aber wie kann ich wissen, was Gavin in seiner Mietwohnung treibt? Ich dachte immer, ich wüsste alles über ihn, aber nachdem er eine Auszeit von unserer Ehe eingefordert hat, kommt er mir vor wie ein Fremder. Ich hatte ihm vertraut, aber jetzt kann ich die leise nagende Stimme in meinem Kopf nicht ignorieren, die spottet, dass er nur Abstand von mir wollte, weil er eine andere kennengelernt hat.

Nachdem ich das Gespräch mit Finn beendet habe, lasse ich mich zurück in die Kissen sinken und schließe meine Augen, um den latenten Kopfschmerz zu vertreiben. Olivia und Wesley kommen mir in den Sinn – wie unnatürlich sie gestern Abend wirkten. Olivia hat sich vor Unbehagen regelrecht auf ihrem Platz gewunden. Und Wesley hat sich auch nicht gerade normal verhalten.

Ich muss wieder eingeschlafen sein, denn ich werde von einem dumpfen Schlag gegen mein Schlafzimmerfenster geweckt, so als wäre etwas gegen die Scheibe geschleudert worden. Mit hämmerndem Herzen setze ich mich auf. Was zum Teufel war das? Ich schaue auf mein Handy. Es ist halb zehn. Ich springe aus dem Bett und reiße die Vorhänge auf, voller Angst vor dem, was ich vorfinden könnte. Am Glas läuft eine Blutspur runter. Ich stürze aus dem Zimmer, reiße die Haustür auf und werde von einem kalten Luftstoß erfasst. Niemand zu sehen. Mein Atem steigt in Wolken vor mir auf, als ich die eisigen Steinplatten betrete, und meine Socken bleiben an der dünnen Eisschicht kleben. Ich gehe zurück in den Flur, schlüpfe in meine Gummistiefel und ziehe mir den Mantel über den Pyjama; dann eile ich wieder nach draußen zu meinem Schlafzimmerfenster. Von hier draußen sieht das auf dem Glas verschmierte Blut noch viel schlimmer aus, und ich ziehe scharf die Luft ein. Ein toter Vogel liegt mit verdrehtem Hals zu meinen Füßen. Ich betrachte sein trauriges, blindes Auge, und mich überkommt ein Anflug von Niedergeschlagenheit.

»Ich fürchte, das passiert recht oft«, meldet sich eine Stimme hinter mir, und ich zucke zusammen. »Diese dummen Ringeltauben, die ständig gegen die Fenster fliegen.« Ich drehe mich um und sehe einen Mann in der Einfahrt stehen; fast erwarte ich, dass es sich um den Bewohner der Hütte gegenüber handelt, den ich neulich Abend gesehen habe. Aber dieser Mann hat keinen langen Parka an, der sein Gesicht verbirgt, sondern ist elegant und geschäftsmäßig gekleidet. Er sieht aus wie sechzig, hat kurz geschorenes graues Haar und einen gepflegten Bart und trägt einen teuer aussehenden beigefarbenen Mackintosh-Regenmantel über einem marineblauen Anzug. »Tut mir leid, wenn ich Sie erschreckt habe. Sie müssen Jenna Halliday sein, ja?« Er streckt mir seine große Hand entgegen.

Ich nicke, als ich auf ihn zugehe, und schüttle ihm die Hand. »Und Sie sind?«

»Ich bin Jay Knapton, der Besitzer. Wir haben telefoniert.«

»Oh, ja.« Erleichterung durchströmt mich. »Schön, Sie persönlich kennenzulernen.«

Er lächelt zur Antwort. »Gleichfalls. Ich bin hier, weil

ich die leer stehenden Hütten überprüfen möchte. Ihre ist im Moment die einzige, die besetzt ist. Zurzeit gibt es nicht viel zu tun, aber ich hoffe, dass sich das bis zum Sommer wieder ändert.«

»Was ist mit der Hütte da drüben?« Ich zeige auf die gegenüberliegende mit dem Namen Foxglove.

Er schüttelt den Kopf. »Nein. Hier sind nur Sie.«

»Aber …« Das kann nicht stimmen. »Ist der Gast abgereist?«

Er sieht verwirrt aus. »Welcher Gast?«

»Als ich ankam, war da jemand. Aufgrund der Größe und Statur ging ich von einem Mann aus, aber aus der Ferne ließ es sich nicht erkennen. Gestern habe ich ihn ebenfalls gesehen. Er hatte einen Deutschen Schäferhund bei sich. Wer auch immer es war, er hatte einen langen Regenparka mit Kapuze an.«

Jays Miene verdüstert sich. »Außer Ihnen hat niemand eine Hütte gemietet, und davor war seit Wochen niemand mehr hier. Nur Sie. Ist es möglich, dass Sie sich getäuscht haben? Hier gehen viele Leute mit ihren Hunden spazieren.«

»Nein, ich habe mich definitiv nicht getäuscht. In der Hütte brannte Licht. Außerdem habe ich die Person selbst hineingehen sehen.« Allmählich bekomme ich es mit der Angst zu tun.

»Sind Sie sich da sicher?«, fragt mich Jay ernst.

»Ja. Absolut. Könnte es sich um Hausbesetzer handeln?«

Er richtet sich auf. »Das bezweifle ich. Die Hütten werden regelmäßig kontrolliert, meistens von mir, und wenn ich nicht da bin, dann von meinem Team. Bleiben Sie hier. Ich gehe nachsehen.«

Er marschiert über den unebenen Feldweg auf die Hütte

zu, und ich schließe rasch die Haustür, vergewissere mich, dass ich den Schlüssel eingesteckt habe, und eile ihm hinterher.

Jay zieht eine Art Generalschlüssel von einer Kette und öffnet die Tür. Ich weiche zurück, da ich erwarte, dass ein Hund herausgestürmt kommt, aber nichts geschieht.

»Hallo?«, ruft Jay fast schon theatralisch, während er das Innere der Hütte betritt, die ganz genauso aussieht wie meine. Ich folge dicht hinter ihm. Er stößt die Tür zum Hauptschlafzimmer auf, aber es ist leer. Dasselbe macht er mit dem anderen Schlafzimmer und dann dem Wohnzimmer. Doch auch sie sind leer. Die ganze Hütte macht einen unbewohnten Eindruck.

Jay steht in der weißen Hochglanzküche und sieht in das Wohnzimmer rüber, das auch meines sein könnte, nur dass das Sofa hellgrün ist und an der Wand kein Tierkopf hängt. Stattdessen liegt auf dem Holzboden ein Kuhfellteppich. »Für mich sieht die Hütte leer aus.«

Ich fasse mir verwirrt an die Stirn. »Das verstehe ich nicht. Gestern war noch jemand hier.«

»Tja«, sagt er mit leicht gereiztem Unterton, »jetzt ist aber niemand da.«

Das will mir einfach nicht in den Kopf. Wer auch immer hier war, muss doch Spuren hinterlassen haben. Ich kehre ins Hauptschlafzimmer zurück. Die Decke auf dem Bett ist faltenfrei. Der Kleiderschrank ist leer. Unter dem Bett ist nichts. Schnuppernd ziehe ich die Luft ein. Da ist nicht mal ein Geruch nach Hund. Ich gehe ins Bad, öffne den Schrank unter dem Waschbecken und überprüfe dann die Dusche auf Hinweise, dass sie benutzt wurde. Nichts. Dasselbe mache ich im anderen Schlafzimmer.

»Und?«, fragt Jay, der mit gerunzelter Stirn in der Tür steht.

Ich schüttle den Kopf. »Das ist seltsam. Jemand war hier. Aber keine Spur mehr von ihm.«

»Am Schloss hat sich jedenfalls niemand zu schaffen gemacht. Es gibt keine Anzeichen von Gewalteinwirkung.« Er seufzt. »Solche Dinge passieren hier leider immer wieder.«

Ich sehe ihn an. »Was meinen Sie damit?«

»Ach, einfach seltsame Vorkommnisse. Gerede von übernatürlichen Begebenheiten, paranormalen Erscheinungen.« Er zuckt mit den Schultern, als würde er selbst an nichts davon glauben.

Ich erinnere mich an Ralphs Gerede von Alien-Entführungen. »Ah, ja, darüber habe ich gelesen«, erwidere ich. »Zu Recherchezwecken.«

»Bei unserem Telefonat haben Sie erwähnt, dass Sie einen Podcast über den Fall von Olivia Rutherford machen.«

Ich nicke.

»Nun, wenn Sie ein Interview machen wollen, ich stelle mich gern zur Verfügung. Zwar habe ich nicht hier gewohnt, als Olivias Freundinnen verschwanden – ich zog erst ein Jahr darauf hierher –, aber ich kenne die Stadt sehr gut. Und ihre Bewohner. All die verrückten Theorien und Scharlatane.«

»Die Scharlatane?«, hake ich neugierig nach.

»Oh, wir haben hier ein ›Medium‹, das schwört, etwas zu wissen. Die Dame hat bereits eine Menge Leute hier zum Narren gehalten. Mich nicht, wohlgemerkt. Ich glaube nicht eine Sekunde, dass sie das zweite Gesicht hat, oder was auch immer sie sonst so behauptet.«

Mir fällt das Ladenschild in der High Street ein, das ich

bei meiner Ankunft gesehen habe. »Meinen Sie Madame Tovey?«

»Jepp.« Er drückt sein Klemmbrett an die Brust. »Es könnte sich lohnen, sich mit ihr zu unterhalten, aber nehmen Sie nicht alles für bare Münze, was die Gute vom Stapel lässt.« Er lacht kurz auf. »Sie wird Ihrem Podcast auf jeden Fall … Wie formuliere ich das am besten? Etwas lokale Würze verleihen.«

»Großartig«, sage ich und freue mich, dass jemand wirklich mal Lust hat, interviewt zu werden. »Können wir uns später treffen? Ich muss mein Auto holen gehen. Ich habe es im Wald stehen lassen.«

»Oh?« Er hebt fragend die Augenbrauen.

»Lange Geschichte«, winke ich ab. Ich frage mich, ob er von Ralph Middleton gehört hat, gehe jedoch stark davon aus, da er auf seinem Grund und Boden aufgefunden wurde. Ich beschließe zu warten und ihn erst später danach zu fragen.

»Heute Vormittag habe ich noch ein paar Dinge zu erledigen, aber wenn Sie wollen, schauen Sie doch gegen zwei bei mir im Büro vorbei.« Er öffnet seinen Aktenkoffer und holt eine Karte heraus. »Hier steht die Adresse. Aber wenn Sie einfach der Halfpenny Lane folgen, gegenüber der Reitschule rechts abbiegen und dann bis zum Ende der Straße weiterfahren, finden Sie meine Geschäftsräume im dortigen Gewerbegebiet.«

Ich nehme die Karte entgegen und kehre mit einem paranoiden Gefühl von Unbehagen in meine Hütte zurück. Ich ziehe mich rasch um, ohne zu duschen, und habe es plötzlich eilig, von dieser Hütte, dem Wald und dem ständigen Gefühl, beobachtet zu werden, wegzukommen.

21

Olivia

Als Olivia die Augen öffnet, überkommt sie sofort ein Gefühl drohenden Unheils, durchsetzt von Angst und Bedauern. Und dann fällt ihr auch wieder ein, warum. Heute ist der zwanzigste Jahrestag. Sie wünschte, sie könnte in der Zeit zurückreisen, einfach ihre Augen schließen und an diesem Tag im Jahre 1998 aufwachen. Sie würde so vieles anders machen.

Sie ist gerade dabei aufzustehen, als es an der Haustür klingelt. Ihre Mutter wird um die Zeit bei den Ställen sein und die Pferde füttern. Hastig schlüpft sie in die Reithose und den Pullover vom Vortag und steigt dann die Treppe runter, wobei sie sich am Geländer abstützt.

Als sie die Haustür öffnet und Dale in Begleitung eines jüngeren Kollegen sieht, krampft sich ihr Magen zusammen. Dales Haare stehen in alle Himmelsrichtungen vom Kopf ab, und seine Nasenspitze ist vor Kälte rot angelaufen. »Tut mir leid, so früh zu stören«, sagt er und pustet sich in die Hände. Die Luft ist eisig und weht um ihre nackten Knöchel. »Das ist Detective Constable Liam Stirling. Dürfen wir reinkommen? Wir würden dir gern ein paar Fragen stellen.«

Ihr Mund wird trocken, und sie wünscht sich inbrünstig, sie wäre die Nacht bei Wesley geblieben. Sie glaubt nicht, dass sie dem allein gewachsen ist. Aber ihr bleibt keine andere Wahl, als beiseitezutreten und die beiden hereinzulassen. Sie folgen ihr durch den schmalen Flur in die Küche. Sie wirken deplatziert, wie sie da so an dem kleinen Kieferntisch sitzen: Dale mit seinen seltsamen Socken und dieser DC Liam Stirling mit dem hellblonden Haar und den knabenhaften Grübchen. Er sieht aus, als sollte er auf dem College sein, nicht bei der Polizei.

Sie bietet ihnen Kaffee an, den beide dankend annehmen.

Während sie Kaffeepulver mit kochendem Wasser übergießt, sagt Dale: »Ich fürchte, wir haben schlechte Neuigkeiten.«

Ihre Hand zittert, als sie den Wasserkocher absenkt. Sie traut sich nicht, die Becher an den Tisch zu bringen, aus Angst, dass sie ihr runterfallen oder sie den Kaffee verschüttet.

»Ich denke, du solltest dich hinsetzen«, schlägt Dale vor. Er steht auf und hilft ihr, die Kaffeebecher zum Tisch zu tragen. Als er sich wieder gesetzt hat, wird seine Miene sehr ernst. »Ralph Middleton wurde letzte Nacht tot aufgefunden.« Er gibt ihr einen Moment, um diese Information zu verdauen.

Sie bekommt keinen Ton heraus, während sie sich an ihr letztes Gespräch erinnert. Den Schmerz in seinen Augen. Ihre Tränen. *Oh, Ralph.* Sie spürt das Blut in ihren Ohren rauschen und vergräbt den Kopf in ihren Händen. Sie kann Dales Stimme hören, der ihr sein Beileid bekundet und sie fragt, ob es jemanden gibt, der vorbeikommen und bei ihr sein kann. Sie hebt den Kopf. »Nein. Mir geht's gut.«

»Ich habe gehört, dass du ihn gestern besuchen warst. Gegen vier?«

Sie nickt, ihre Handflächen sind ganz schwitzig. Sie kann ihm nicht sagen, worüber sie gesprochen haben.

»Du wurdest gesehen, wie du seinen Wohnwagen unter Tränen verlassen hast.«

Sie blickt zu DC Stirling hinüber. Bisher hat er kein Wort gesagt, aber er hat ein Notizbuch vor sich auf dem Tisch aufgeschlagen und betrachtet sie eingehend aus seinen hellblauen Augen.

»Ja.« Sie blinzelt die Tränen zurück. »Wir hatten einen dummen Streit. Im Grunde keine große Sache. Ich … ich habe ihm gesagt, dass er weniger trinken muss. Und sich gesünder ernähren. Dass er mehr auf sich achtgeben soll. Ich schätze, mein Pflichtgefühl ist mit mir durchgegangen. Immerhin hat er mir damals das Leben gerettet.«

Sehen sie ihr an, dass sie lügt? Sie war noch nie besonders gut darin gewesen, andere zu täuschen oder Geheimnisse zu bewahren. DC Stirling notiert sich irgendetwas.

»Wie?«, fragt sie und schluckt. »Wie ist Ralph gestorben?«

»Wir glauben, an einer Kopfverletzung, aber mit Sicherheit werden wir es erst nach der Obduktion wissen«, erwidert Dale.

»Ist es möglich, dass er gestürzt ist und sich dabei den Kopf angeschlagen hat?«

Dale verneint. »Im Moment sieht es nach Fremdeinwirkung aus. Es tut mir sehr leid, Olivia. Ich weiß, die Vorstellung, dass jemand Ralph vorsätzlich was antun wollte, ist furchtbar.«

Ihre Brust schnürt sich schmerzhaft zusammen, als ihr bewusst wird, dass Ralph tatsächlich tot ist. Seine Tiere … O Gott, an die hat sie noch gar nicht gedacht. Wo sind Bertie, Tiddles und Timmy Willy und all die anderen? Sie wird sie finden müssen. Sie wird sie hier bei sich aufnehmen. Das ist das Mindeste, was sie tun kann.

»Olivia?« Dales Stimme unterbricht ihre Gedanken. »Ich glaube, ich sollte deine Mum oder Wesley holen. Du solltest jetzt besser nicht allein sein.«

»Ich komme zurecht«, erwidert sie knapp und steht auf, um ein Küchentuch zu holen und sich zu schnäuzen. Ihre Stimme klingt belegt, fremd, so als würden ihre Gefühle in ihrer Kehle feststecken. Sie schluckt. Sie darf nicht zusammenbrechen. Nicht vor ihnen.

»Kann deine Mum dich später aufs Revier fahren, um dort eine offizielle Aussage zu machen?«, fragt Dale, während sie an der Spüle stehen bleibt.

»W… warum muss ich das tun?«

»Das gehört zum üblichen Prozedere.« Seine Stimme ist sanft. »Weil du eine der Letzten warst, die ihn lebend gesehen hat.«

»Kann ich das nicht jetzt gleich tun?«

»Natürlich, wenn du dich dazu in der Lage fühlst.«

Bei der Vorstellung, aufs Polizeirevier zu gehen, wird ihr speiübel. Also setzt sie sich. Dale holt sein Notizbuch hervor und stellt ihr eine Reihe von Fragen zu ihrem Besuch bei Ralph. Während sie antwortet, knautscht sie das Küchentuch in ihrer Hand so fest, dass es ganz feucht wird.

»Und das war alles, weswegen ihr euch gestritten habt? Weil er nicht genug auf sich achtgab?«, hakt Dale nach. Ein Schatten huscht über seine Augen. Skepsis? Oder Unglaube?

»Ja, hab ich doch gesagt«, erwidert sie gereizt. Sie will einfach nur, dass die beiden verschwinden und sie allein lassen.

»Fällt dir vielleicht sonst noch was ein?«, bohrt Dale weiter. »Wer vielleicht ein Interesse daran hätte, Ralph etwas anzutun? Steckte er in Schwierigkeiten? Hat er jemandem Geld geschuldet?«

Sie weiß, dass Ralph Gras geraucht und sich hin und wieder eine Pille eingeworfen hat, aber es widerstrebt ihrem Loyalitätsgefühl, diese Information an die Polizei weiterzugeben.

Dale steht auf, und der College-Knabe folgt seinem Beispiel. »Also gut, vielen Dank für deine Zeit.«

Gott sei Dank, endlich gehen sie. Sie folgt ihnen zur Tür.

Als Dale nach draußen tritt, dreht er sich noch mal zu ihr um und sagt: »Bitte ruf mich an, falls dir noch was einfällt. Egal, wie unbedeutend es scheinen mag.«

Erst als sie die Tür hinter ihnen geschlossen hat, bricht sie weinend zusammen.

Als sie über den Hof geht, fühlt sie sich, als hätte jemand ihr Innerstes ausgehöhlt, während sich in ihrem Kopf Erinnerungen an Ralph, Sally, Tamzin und Katie ballen.

Aus einem der Ställe schallt ihr das Radio entgegen, und sie bleibt wie angewurzelt stehen. Es läuft *Where is My Mind?* von den Pixies, und sie wird von Trauer überwältigt. Das war eines von Sallys Lieblingsliedern. Sie hatte es ständig laufen lassen. Olivia bleibt im Schutz der Stallwand stehen und lauscht mit einem Kloß im Hals. Wie seltsam, dass es ausgerechnet heute, am zwanzigsten Jahrestag, gespielt wird. Sie hat das Lied seit Jahren nicht mehr gehört. Und sofort wird sie wieder zurückversetzt – sie ist vierzehn, in Sallys Zimmer, und sieht dabei zu, wie ihre beste Freundin das Album auf den Plattenteller legt; sie hört das sanfte Knistern der Platte, als sich die Nadel herabsenkt, bevor das eingängige Gitarren-Intro erklingt. Sally spielte diesen Song rauf und runter. Olivia schließt die Augen, während Tausende Erinnerungen sie durchfluten: der Geruch der Mini-

Baisers, die Sallys Mutter im Tesco kaufte und die sie immer direkt aus der Plastikverpackung aßen, der süße, klebrige Geschmack von Dr. Pepper auf ihren Lippen, der blaue Nagellack, das schwarz-weiße Kurt-Cobain-Poster, das an der Raufasertapete hing. Beinahe schon kann sie Sally vor sich sehen, in ihrer ausgebleichten schwarzen Jeans, ihrem geliebten Karohemd und den Lederarmbändchen, die ihren halben Unterarm bedeckten. Ihre erste beste Freundin – und auch ihre letzte.

Sally war nicht einverstanden gewesen, als Olivia anfing, mit Wesley zu gehen. Es hatte, das erste Mal überhaupt, einen kleinen Keil zwischen sie getrieben.

»Aber der Typ ist ein Psycho«, sagte sie, als Olivia ihr davon erzählte. Sie saßen in Sallys Zimmer – Olivia war natürlich sofort zu ihr geeilt, um ihr zu erzählen, dass Wesley sie gefragt hatte, ob sie mit ihm ausgehen wolle.

»Ist er nicht«, hielt Olivia dagegen. »Er ist lustig und beliebt und charmant.«

»Ja, das war er vielleicht an der Schule, aber seitdem ist er schräg drauf«, erwiderte Sally herablassend, was Olivia augenblicklich ärgerte. Sally hatte gut reden mit ihrer todschicken Frisur, ihrer perfekten Haut und den Jungs, die praktisch bei ihr Schlange standen, dachte sie bei sich. Aber für Olivia war es das erste Mal, dass jemand wie Wesley sie um ein Date gebeten hatte, und sie würde auf keinen Fall absagen.

»Erinnerst du dich, wie er mich nicht mehr in Ruhe gelassen hat?«, fragte Sally.

Klar konnte Olivia sich erinnern. Sie war unfassbar eifersüchtig gewesen, als Sally ihr erzählte, dass Wesley ihr das ganze letzte Jahr nachgestellt hatte. Er hatte sie per Post mit

Mixtapes, Liebesbriefen und Rosen bombardiert. Olivia hatte das richtig romantisch gefunden, aber Sally war nicht so angetan gewesen. Tatsächlich wurde sie böse auf ihn, nachdem er ihr einen *Forever Friends*-Teddy zu viel geschickt hatte, und sagte ihm, dass sie zur Polizei gehen würde, wenn er nicht damit aufhörte. Olivia fand das eine etwas harte Reaktion. Wesley war doch bloß in sie verknallt. Das war alles. Wenn doch nur, so dachte sie wehmütig, jemand so starke Gefühle für mich hegen würde.

Irgendwann hörte Wesley schließlich damit auf, und dann, eines Abends im Raven, kam sie mit ihm ins Gespräch; und als er sie nach ihrer Nummer fragte, da wäre sie vor Glück beinahe explodiert. Natürlich hatte sie ihn auf die Geschichte mit Sally angesprochen, aber er hatte es lachend abgetan und, mit knallroten Wangen, gesagt, dass er ein Idiot gewesen sei, aber dass er eben gedacht hatte, sie würde ihn mögen und wolle »umworben« werden. »Ich habe die Zeichen nicht richtig gelesen«, sagte er und senkte seine strahlend blauen Augen, doch alles, woran sie noch denken konnte, war, wie sehr sie ihn küssen wollte – so sehr, dass sie sich wahnsinnig zurückhalten musste, um nicht auf der Stelle die Arme um ihn zu schlingen.

Doch die Situation zwischen ihm und Sally blieb angespannt, also traf sich Olivia ohne ihn mit ihren Freundinnen, und sie erklärten die Samstagabende zu ihren Abenden. Aber dann, nur ein paar Wochen später, passierte der Unfall, und ihr aller Leben veränderte sich für immer.

»Wo steckst du denn? Bei Roxie und Sabrina muss noch ausgemistet werden.«

Olivia schreckt zusammen und reißt beim Klang der Stimme ihrer Mutter die Augen auf. Ihr ist bewusst, dass sie mit der Hand an der Stalltür dagestanden und sich mit geschlossenen Augen hin und her gewiegt hat. Ihre Mutter wird noch glauben, dass sie auf irgendwelchen Drogen ist.

Sie richtet sich auf. »Entschuldige. Es ist nur …« Sie schluckt. »Mum, etwas Schreckliches ist passiert.«

Der Ärger weicht aus dem Gesicht ihrer Mutter und macht der Sorge Platz. »Was denn?«

»Ralph Middleton wurde gestern Nacht tot aufgefunden.« Ein paar Sekunden lang rührt ihre Mutter sich nicht – sie blinzelt noch nicht einmal. Olivia fragt sich, ob sie sie überhaupt gehört hat. »Mum?«

»Ich … Wie?«, fragt sie und scheint zu sich zu kommen. Im Hintergrund ist das Gemurmel des Radio-DJs zu hören. Ihre Mutter umschließt den Cordkragen ihrer Wachsjacke, als wäre er zu eng und drohe sie zu ersticken. Olivia kennt dieses Gefühl sehr gut.

»Eine Kopfverletzung. Sie denken …« Ihre Unterlippe zittert. »Die Polizei vermutet, dass er ermordet wurde.«

»Ach du lieber Gott. Wann?«

»Letzte Nacht. Sie haben nicht gesagt, um wie viel Uhr.«

Ein Windstoß weht durch den Hof und fegt ein Heunetz über den Beton. Ihre Mutter prescht los, um es einzufangen, dann kommt sie mit ernster Miene, das Heunetz über der Schulter, zu Olivia zurückmarschiert. Sie schließt ihre Tochter in die Arme, was nur selten vorkommt. »Das mit Ralph ist wirklich traurig«, murmelt sie in Olivias Haar. »Ich weiß, dass du ihn mochtest. Ich kannte ihn nicht besonders gut, aber ich hatte immer Mitleid mit ihm, weil er so allein im Wohnwagen hauste. Er hatte etwas Trauriges an sich.«

Das sorgt dafür, dass Olivia nur noch mehr weinen muss.

»Dabei ist heute so schon schwierig«, sagt ihre Mutter.

»Mit dem Jahrestag und allem. Da kommen alle möglichen Emotionen wieder hoch.«

Olivia seufzt und löst sich aus der Umarmung. Als sie zum Gesicht ihrer Mutter aufschaut, bemerkt sie da einen Ausdruck, den sie nicht ganz einzuordnen vermag. Vielleicht Trauer, vielleicht auch Schuld.

22

Jenna

Bei Tag sieht der Wald weniger beängstigend aus; das Licht der schwachen Wintersonne fällt in schrägen Strahlen durch das Astwerk der Bäume und bricht sich auf dem frostbedeckten Laub. Der Schlamm ist gefroren, sodass er unter jedem meiner Schritte knirscht.

Nachdem Jay fort war, habe ich im Wählerverzeichnis die Adresse von Katie Burkes Familie recherchiert. Ihre Mutter wohnt nach wie vor in Stafferbury, und sobald ich mein Auto wiederhabe, werde ich sie, nachdem ich meine Aussage bei der Polizei in Devizes getätigt habe, zu Hause aufsuchen. Ob sie bereit ist, mit mir zu sprechen, bleibt abzuwarten. Während ich dem Pfad folge, versuche ich, Dale zu erreichen, um ihm von dem Mann zu erzählen, der sich illegal in der Hütte gegenüber aufgehalten hat, aber so tief im Wald ist der Empfang ziemlich lückenhaft, sodass ich mein Handy wieder einstecke und meine Schritte beschleunige. Die Mutter in mir möchte weglaufen, zurück in die Sicherheit Manchesters, zurück zu meinem wundervollen Sohn, aber die Journalistin in mir weiß, dass ich bleiben und das hier bis Freitag durchziehen muss. Es ist fraglich, ob Ralphs Tod mit dem in Verbindung steht, was 1998 Olivias Freundinnen widerfahren ist, aber es wird dennoch zur düsteren Faszination dieses Ortes und somit auch zu meinem Podcast beitragen. Das dichte Geäst verdunkelt den Himmel, und ein paarmal stolpere ich über Unebenheiten auf dem Weg. Dann erreiche ich die Stelle, an der ich gestern Nacht angegriffen wurde. Da ist eine Art Bodensenke, die teilweise noch immer matschig ist vom gestrigen Regen. Sachte berühre ich meinen Hinterkopf. Die Schwellung ist immer noch sehr schmerzempfindlich, und ich kann die Stelle ertasten, wo ich genäht wurde. Ich bleibe stehen und lausche. Von der Lichtung her kann ich leise ferne Stimmen hören, bei denen es sich um die Polizei handeln muss, die sich nach wie vor am Tatort befindet; abgesehen davon nur das vereinzelte Bellen eines Hundes. Ich schaudere, als ich an die Hand auf meiner Schulter zurückdenke, an das Gefühl, verfolgt zu werden, bevor man mich mit etwas niederschlug. Wer auch immer das war – hatte er vorgehabt, mich umzubringen wie Ralph auch? Oder wollte er mir nur Angst einjagen? Um mich vom Herumschnüffeln abzuhalten?

Was für ein Glück, dass Dale mich gefunden hat. Ich frage mich, ob er meinen Angreifer in die Flucht geschlagen hat. Ich kann nicht sagen, wie lange ich auf dem Boden lag.

Ich gehe rasch weiter, um möglichst schnell zu meinem Auto zu gelangen. Die letzten Meter renne ich fast schon, aber dann bleibe ich abrupt stehen. Etwas wurde unter meinen linken Scheibenwischer geklemmt. Aus der Nähe sehe ich, dass es sich um ein liniertes Blatt Papier handelt, das aussieht, als wäre es aus einem meiner Notizbücher gerissen worden. Ich ziehe es unter dem Scheibenwischer hervor, und mir gefriert das Blut in den Adern, während die Worte vor meinen Augen verschwimmen. Sie sind in akkuraten, leicht nach links geneigten Großbuchstaben verfasst.

VERLASS DIE STADT, ODER DU BIST DIE NÄCHSTE.

23

Überstürzt, als wäre jemand hinter mir her, fahre ich aus dem Wald, wobei mein Kopf beinahe gegen das Wagendach stößt, während mein Auto über die Schlaglöcher auf der Schotterpiste hinweg holpert. Ich weiß nicht, ob ich nach meiner gestrigen Kopfverletzung überhaupt fahren sollte. *Beruhige dich*, ermahne ich mich. Für gewöhnlich lasse ich mich nicht so leicht verängstigen, aber die letzten vierundzwanzig Stunden ist einfach viel passiert. Erst als ich mich wieder auf dem Devil's Corridor befinde, auf dem Weg in die Nachbarstadt, kann ich aufatmen. Es ist eine Wohltat, Stafferbury eine Weile hinter mir zu lassen. Devizes ist deutlich größer und belebter, und ich parke direkt vor dem Polizeirevier.

Als ich eintrete, werde ich von einem jungen Beamten mit Babygesicht begrüßt, der sich als DC Stirling vorstellt und sagt, dass er mich bereits erwartet habe. Es dauert nicht lange, meine Aussage aufzunehmen, und nachdem ich sie unterschrieben habe, bin ich auch schon wieder unterwegs. Die Drohnachricht an meinem Auto habe ich nicht erwähnt, da die Polizei sie sonst vielleicht an sich genommen und irgendwo abgeheftet hätte, ich die Sache aber vorerst für mich behalten möchte. Außerdem, meldet sich eine Stimme in meinem Kopf, könnte sie mir als Verhandlungsinstrument dienlich sein – im Austausch gegen weitere Informationen von Dale.

Es dauert nicht lange, dann befinde ich mich wieder auf dem Devil's Corridor. Ich versuche, mir vorzustellen, wie es in jener Nacht für Olivia gewesen sein muss, im Dunkeln, bei Wind und Regen. Vor mir taucht das WILLKOMMEN IN STAFFERBURY-Schild auf mit dem Hinweis, das Tempo in der Stadt zu drosseln.

Ich fahre die High Street entlang, die in der Wintersonne hübscher aussieht. Auf Höhe des Kriegerdenkmals steht seit heute ein großer Weihnachtsbaum. Ich kann noch nicht einmal an Weihnachten denken, geschweige denn daran, wie es dieses Jahr ablaufen wird. Werden wir den Tag, Finn zuliebe, zusammen verbringen? Als ich in Richtung Blackberry Avenue fahre, wo Katies Mutter wohnt, komme ich auch an dem Reitstall vorbei. Ich kann Olivia sehen, die sich über den Sattel eines Fuchsponys hinweg mit einer mir unbekannten Frau unterhält. *Was verschweigst du?,* frage ich mich. Oder ist es denkbar, dass sie gar nichts über das Verschwinden ihrer drei besten Freundinnen weiß?

Die Blackberry Avenue ist eine kleine Straße, die von einer Reihe Einfamilienhäusern aus unterschiedlichen Epochen gesäumt wird. Die Nummer fünf ist die Nachahmung eines Fachwerks im Tudor-Stil, mit symmetrischen Fenstern, einer Einfahrt und einer angebauten Garage. Das Haus ist klein, aber gepflegt, geradezu nüchtern, und ich frage mich, ob Katie hier aufgewachsen ist. Laut dem Wählerverzeichnis wohnt Sallys Familie nur ein paar Straßen weiter.

Ich parke davor und klopfe an der Tür. In der Straße herrscht Stille, und aus dem Haus ist keinerlei Geräusch zu vernehmen. Die Einfahrt ist leer, eine grüne Tonne liegt umgekippt neben der Haustür. Ich klopfe erneut, doch wieder regt sich nichts. Als ich mich umdrehe, um die Mülltonne aufzuheben, höre ich eine Stimme. »Was tun Sie da?« Ich stehe auf und sehe eine mit einer Steppweste bekleidete Frau durch das Seitentor kommen; sie hält ein Paar Gartenhandschuhe in der Hand und hat ein schwarz-weißes Hündchen bei sich, das anfängt, mich anzukläffen.

»Ich … ähm … Verzeihung. Ihre Mülltonne war umgefallen.«

»Aus, Walter!«, befiehlt sie dem Hund. Die Frau ist groß, hat ein längliches, von Wind und Wetter gezeichnetes Gesicht und hellbraunes, von grauen Strähnen durchzogenes Haar, das sie mit einer Klammer zurückgesteckt hat. Mir ist sofort klar, dass es sich um Katies Mutter handelt: das gleiche spitze Kinn, die gleichen haselnussbraunen Augen. Ihr Gesicht ist von Falten überzogen, die von Jahren der Trauer herrühren. Sie runzelt die Stirn. »Sie sind hergekommen, um meine Mülltonne wieder aufzustellen?«

Ich setze dazu an, mich vorzustellen, aber sie hält eine Hand hoch.

»Das interessiert mich nicht. Ich habe bereits von Ihnen gehört und habe nichts zu sagen«, fällt sie mir ins Wort.

»Aber dieser Podcast wird ein neues Licht auf den Fall werfen. Vielleicht meldet sich jemand, der mehr weiß … Irgendeine Beobachtung aus jener Nacht, etwas, das bisher übersehen wurde, ein Hinweis …«

»Das ist jetzt zwanzig Jahre her«, wirft sie sichtlich müde ein, während sie die schmutzigen Handschuhe von einer Hand in die andere wandern lässt. »Meinen Sie nicht, dass sich jemand in der Zwischenzeit gemeldet hätte.« Das ist keine Frage, und als ich etwas erwidern möchte, fällt sie mir ins Wort. »Ich habe den Glauben daran aufgegeben, dass meine Tochter eines Tages durch diese Tür spaziert kommt. Mein Mann …« Sie holt tief Luft und greift sich an die Brust, als würde sie schmerzen, »… er starb, ohne Gewissheit erlangt zu haben. Genauso wie ich sterben werde. Ich habe noch meinen Sohn, um den ich mich kümmern muss, und meine Enkelin. Ich muss … Ich kann nicht …« Ihre Augen füllen sich mit Tränen, und sie schüttelt den Kopf. »Sie sollten jetzt gehen.«

»Aber …«

Sie kehrt durch das Tor zurück, ihr Hund trottet hinter ihr her. Ich schlucke. Ihren Schmerz kann ich nur erahnen, und als ich an Finn denke, kommen mir ebenfalls die Tränen. Scheiße. Ein Kind zu haben, hat mich wirklich weich gemacht. Mein früheres Ich wäre ihr gefolgt und hätte sie zu überreden versucht. Hätte sie regelrecht bedrängt. Aber das kann ich ihr nicht antun. Die Frau wirkt auf mich, als trüge sie den Kummer der ganzen Welt auf ihren mageren Schultern.

Bei Izzy wird es anders laufen, so hoffe ich, als ich zu meinem Auto zurückkehre. Nicht, dass Izzy nicht ebenfalls gelitten hätte – aber die Trauer einer Mutter … Ich schlucke den Kloß in meinem Hals runter. Ich darf gar nicht daran denken.

Ich bleibe einen Moment hinter dem Lenkrad sitzen und betrachte die ruhige Straße. Mein Hinterkopf pocht immer noch, und ich hole zwei Schmerztabletten aus meiner Tasche, die ich mit einem Schluck aus einer Flasche abgestandener Cola runterspüle, die schon seit Montag in meinem Auto liegt. Dann checke ich mein Handy und bin enttäuscht, als ich sehe, dass weder Izzy noch Dale angerufen haben. Mir ist bewusst, dass Dale, insbesondere jetzt, nach dem Mord an Ralph Middleton, viel um die Ohren haben muss und dass mein Anruf auf seinem Handy vielleicht gar nicht angezeigt wurde, weil der Empfang im Wald so schlecht war. Aber Izzy … Ich sollte so bald wie möglich mit ihr reden. Wenn sie bereit ist, für den Podcast interviewt zu werden, wird sie womöglich auch ihre Eltern überreden können. Tamzins Eltern konnte ich beide nicht im Wählerverzeichnis ausfindig machen.

Es ist noch nicht ganz Mittag, also beschließe ich, es bei Izzy im Café zu versuchen, in der Hoffnung, dass sie nicht zu beschäftigt ist. Ich parke neben dem Feld mit dem Steinkreis und mache mich erneut auf den Weg zu Bea's Tearoom. Oben an der Treppe begrüßt mich die jüngere Bedienung, Chloë – ihr hoch aufgetürmtes Haar ist frisch gebleicht, sodass es beinahe silbern wirkt. Jeden über dreißig würde es alt aussehen lassen, aber ihr verleiht es eine fast schon engelhafte Anmutung. »Tut mir leid«, sagt sie fröhlich, als ich frage, ob ich kurz mit Izzy sprechen könnte. »Sie ist nicht da. Sie hat heute ihren Ausbildungskurs. Kosmetik, glaube ich.« Sie runzelt die Stirn. »Oder Haare. Ich kann mich nicht mehr erinnern.«

»Oh, okay. Weißt du, um wie viel Uhr sie aus hat?«

Sie schüttelt den Kopf, wobei ihr Haarknoten wackelt. »Nein, tut mir leid. Obwohl«, sie wirft einen Blick auf die Uhr, »gestern hat sie gesagt, sie wäre in der Mittagspause bei den Steinen.«

»Den Steinen?«

»Ja.« Sie senkt die Stimme. »Ihre Schwester war eines der Mädchen, die 1998 verschwunden sind, und Izzys Eltern haben dort eine Gedenkbank aufstellen lassen.«

Ich frage mich, warum Sallys Eltern das hätten tun sollen, wenn ihre Tochter genauso gut noch am Leben sein könnte.

Schließlich bekommt man immer wieder Geschichten von jungen Mädchen zu hören, die von einem Psychopathen entführt und manchmal jahrelang in einem Keller festgehalten wurden. Zwar selten, aber es kommt vor.

»Aber gut«, Chloë sieht an mir vorbei zu einem Pärchen mit zwei kleinen Kindern, die hinter mir eingetreten sind, »ich muss weitermachen.«

»Danke«, sage ich, gehe an der Familie vorbei und die Treppe wieder hinunter.

Mir drängt sich der Gedanke auf, dass, wenn Izzy mich bisher nicht angerufen hat, sie auch nicht die Absicht hat, es zu tun. Ich werde einfach bei den Steinen vorbeigehen und schauen, ob sie da ist. Ich möchte sie beim Gedenken an ihre Schwester keinesfalls stören, aber vielleicht kann ich sie ja abfangen, wenn sie geht.

Auf der High Street sind nur wenige Leute unterwegs. Zwei alte Damen bummeln untergehakt vor mir her, und eine Gruppe adrett gekleideter junger Büroangestellter marschiert geschlossen auf den Pub zu. Gemächlich spaziere ich hinter den beiden Rentnerinnen, die über den neuen verwitweten Lover einer Freundin lästern.

Mittlerweile habe ich den Zaunübertritt erreicht. Ich klettere drüber und zerreiße dabei fast mein Mantelfutter. Das Feld ist weitläufig und liegt verlassen da. Die Megalithen ragen aus dem Boden wie in einer *Indiana Jones*-Filmkulisse. Aus der Nähe sind sie riesig, geradezu imposant. Brenda meinte, sie stünden hier seit mehr als fünftausend Jahren. Ich frage mich, von wem sie hergebracht wurden und zu welchem Zweck. An einem Pfosten neben dem ersten Stein ist eine Tafel angebracht, und ich bleibe stehen, um sie zu lesen. Das meiste ist Überlieferung und eine Theorie darüber, dass die Steine am Stand von Mond und Sonne ausgerichtet wurden. Ich gehe weiter, wobei der Boden unter meinen Sohlen knirscht, und wandere zwischen den Megalithen hindurch. Das Feld ist menschenleer, und von meinem Standort aus ist nicht einmal mehr die High Street zu sehen. Aus dem Augenwinkel nehme ich eine hastige Bewegung wahr. Ich drehe mich um in der Hoffnung, dass es Izzy ist, kann aber niemanden sehen. Der Himmel hat sich eine Spur verdunkelt, und die Wolken scheinen tiefer zu hängen. Es kommt mir vor, als bräuchte ich mich nur zu strecken und könnte sie berühren, und das Gefühl hat etwas Bedrückendes. Ich beschleunige meine Schritte und werde den Eindruck nicht los, dass ich nicht allein bin auf dem Feld. Dass da jemand ist, der rastlos zwischen den Steinen hin und her huscht, sodass ich jedes Mal, wenn ich mich umsehe, niemanden zu Gesicht bekomme. Ein makabres Versteckspiel.

Ich konzentriere mich auf meine Umgebung und halte nach der Gedenkbank Ausschau, die Chloë erwähnt hat. Und da, in der hintersten Ecke des Feldes, erblicke ich eine gewaltige Eiche, und neben ihr, halb durch ihre herabhängenden Äste verdeckt, eine Holzbank. Als ich davorstehe, betrachte ich die Messingtafel, in welche die Namen der drei Mädchen graviert wurden, dazu die Worte: *Für immer in unseren Herzen*. Außerdem sehe ich einen Strauß rosa Rosen, den jemand auf der Lehne hinterlassen hat. Izzy muss bereits hier gewesen sein. Ich nehme auf der Bank Platz und seufze. Erst da bemerke ich das linierte Stück Papier, das fast unter den Blättern des Straußes verschwindet. Die Notiz darauf ist in großen Druckbuchstaben verfasst, die sich leicht nach links neigen. Die Schrift kenne ich doch. Ich hebe den Zettel hoch und lese.

KATIE, TAMZIN & SALLY

Darunter nur vier weitere Worte:

ES TUT MIR LEID.

Es ist die gleiche Handschrift wie die auf der Drohnachricht, die an meiner Windschutzscheibe hinterlassen wurde.

24

Olivia

Olivia muss ständig an Ralph denken. Sie weiß, dass die Leute es seltsam finden, dass sie und Ralph befreundet sind. Befreundet *waren*. Waren, waren, waren. Ihr Herz zieht sich schmerzhaft zusammen. Ralph war ein guter Mensch, ein lieber Mensch. Er mochte das einfache Leben, war überraschend klug, und doch hatten ihn die Menschen sein ganzes Leben lang nur ausgenutzt. Am Ende sogar sie selbst. Es gibt so vieles, was sie gerne ändern würde. Ralph hatte ihr einmal gesagt, dass die Wahrheit sie befreien würde. Das war eine für ihn typische Aussage. Er drückte sich gern in solchen Wendungen aus. Aber was das betraf, da lag er falsch. Die Wahrheit würde sie nicht befreien. Ganz im Gegenteil.

Die Wahrheit war eine Büchse der Pandora, und sie musste den Deckel fest geschlossen halten.

Nicht zum ersten Mal wünscht sie, sie hätte jemanden, dem sie sich anvertrauen könnte. Mit einem heftigen Anflug von Trauer wird ihr bewusst, dass Ralph ihr einziger Freund war – der einzige Mensch, dem sie vertrauen konnte. Und jetzt ist er nicht mehr da. Sie fühlt sich einsamer als je zuvor.

Sie schaut auf ihre Uhr. Es ist fünf nach zwölf. Wesley hat gesagt, er würde hier bei den Steinen auf sie warten. Sie würden der Bank ihrer Freundinnen einen Besuch abstatten, ein paar Blumen niederlegen und dann gemeinsam zu Mittag essen, bevor er wieder zur Arbeit muss. Der Strauß fühlt sich schwer in ihren Händen an. Wo steckt er? Doch da sieht sie ihn – er kommt mit seinem vertrauten forschen Gang auf sie zu, eingepackt in seine dicke Daunenjacke, die seinem Oberkörper ein unverhältnismäßig breites Aussehen verleiht, sodass er etwas von einer Spielzeug-Actionfigur hat. Heute früh erst hat er ihr geschrieben, dass sie sich hier treffen sollten, und sie ging davon aus, dass es sich um eine süße fürsorgliche Geste seinerseits handelte, dass er mit ihr des zwanzigjährigen Verschwindens ihrer Freundinnen gedenken wollte. Doch als er näher kommt, kann sie seinem Gesichtsausdruck entnehmen, dass sie falsch gedacht hat. Wesley sieht vielmehr stinkwütend aus.

»Ralph Middleton ist tot«, sagt er knapp, noch während er auf sie zugeht. Er packt ihren Arm und bugsiert sie regelrecht über den Zaunübertritt auf das Feld. »Und du wurdest gestern dabei gesehen, wie du *weinend* seinen Wohnwagen verlassen hast. Was zur Hölle, Liv?«

Es fühlt sich an wie ein Schlag in die Magengrube. Warum ist er so sauer?

»War dieser Scheißkerl Dale schon bei dir? Weil heute Morgen hat er mir einen Besuch abgestattet.«

»Warum sollte er zu dir gehen? Du hast Ralph praktisch nicht gekannt. Und warst du heute früh nicht bei der Arbeit?«

Er fährt sich übers Kinn. »Das war, noch bevor ich los bin«, sagt er eine Spur zu schnell. »Anscheinend bloß Routine.« Seine Augen nehmen diesen harten Ausdruck an, wie immer, wenn er lügt, und geschickt wie ein Tennisspieler schmettert er die Frage an sie zurück. »Was hast du überhaupt gestern in Ralphs Wohnwagen gemacht?«

Woher weiß er das? Hat Dale es ihm erzählt? Ihr Herz

wummert unter ihrer dicken Wachsjacke, und ihr Arm, der den Blumenstrauß hält, fühlt sich ganz taub an. »Ich bin völlig am Ende wegen Ralph«, sagt sie leise. »Und ich werde für immer ein schlechtes Gewissen haben, weil wir im Streit auseinandergegangen sind.«

»Streit – worüber denn?«

Sie stocherte mit ihrer Stiefelspitze im matschigen Gras. Sie steckt noch immer in ihren Reitklamotten. »Nur ein dummes Missverständnis.«

»Liv, er wurde *ermordet*. Hat Dale dir das erzählt?«

Sie hebt den Blick und bemerkt zum ersten Mal die blanke Angst in seinen Augen. »Mehr oder weniger.«

»Dieser Idiot …« Er seufzt, und sie fragt sich, ob er damit Dale oder Ralph meint. Sie weiß, dass Wesley und Dale an der Schule in dieselbe Klasse gingen und sich noch nie ausstehen konnten. Aber Ralph … Wesley kannte ihn gar nicht so gut. Sie war es, die mit ihm Kontakt hielt, die ihn besuchte, um sicherzustellen, dass es ihm gut ging und er in seinem Wohnwagen nicht allzu sehr vereinsamte. Sie war es, die sich um ihn gekümmert hat.

Wesley lässt die Arme hängen und ballt die Fäuste, seine Miene verdüstert sich. »Was verschweigst du mir?«

»Ich verschweige dir gar nichts, Wes«, lügt sie. »Du musst mir vertrauen. Ich frage dich doch auch nicht, wo du letzte Nacht gesteckt hast.«

»Ich habe dir doch gesagt, dass Stan …«

»Es ist mir auch egal«, unterbricht sie im gleichen ruhigen Tonfall. Sie hat mittlerweile gelernt, dass, wenn sie die Stimme hebt, Wesley sich nur noch mehr aufbäumt – ein bisschen wie Sky, der heißblütige Schimmel aus ihrem Stall.

»Ich versuche doch nur, auf dich aufzupassen, dich zu beschützen«, sagt er. »Aber du scheinst mir jedes Mal einen Strich durch die Rechnung zu machen. Ich versteh schon, du bist dünnhäutig, emotional. Heute ist der zwanzigste Jahrestag, und du kannst nicht klar denken. Aber wenn zwischen dir und Ralph etwas lief, muss ich das wissen.«

Sie will ihm ins Gesicht lachen. Etwas lief? Er kann doch nicht allen Ernstes glauben, dass da irgendwas Romantisches zwischen ihnen im Gang war. Aber sie wird sich hüten, Wesley auszulachen.

»Er hat mir nur leidgetan, und ich hatte das Gefühl, ihm etwas schuldig zu sein. Das war alles. Ich war sauer, weil ich wusste, dass er sich nicht ändern würde. Dass er sich mit der Menge an Alkohol umbringen würde … den Drogen.«

Wesley erwidert nichts, presst nur die Lippen zusammen und mustert sie. Sie bemüht sich, ihrem Gesicht nichts anmerken zu lassen, sich nicht zu verraten. Ihr ist bewusst, dass Wesley eifersüchtig und irrational sein kann, dass er nach Anzeichen von Untreue Ausschau hält, sei es auch nur in Form einer hochgezogenen Augenbraue oder dem Zittern einer Lippe. Nach all den Jahren weiß sie damit umzugehen. Ralph – ein einsamer, älterer Mann, der zu viel trank – war ihr einziger Freund, doch selbst den hat Wesley ihr missgönnt. Im Lauf der Jahre hat sie sich oft gefragt, ob sie zusammengeblieben wären, wenn der Unfall nicht gewesen, wenn ihre Freundinnen nicht verschwunden wären. Denn dann wäre sie nicht so abhängig von ihm gewesen. Sally hätte sie wahrscheinlich zur Vernunft gebracht. Doch da überkommt sie auch schon das schlechte Gewissen gepaart mit Mitleid. Wesley ist kein übler Mensch. Und er liebt sie, das weiß sie.

»Wes …«, beginnt sie, aber er wendet sich von ihr ab.

»Ich muss wieder zur Arbeit. Du kannst die Bank auch ohne mich besuchen.«

»Aber ich dachte, wir essen zusammen zu Mittag?«

Er wirbelt herum, und in seinen Augen blitzt es boshaft. »Mir ist der Appetit vergangen. Meine kostbare Mittagspause verbringe ich lieber mit jemandem, der sich auch wirklich für mich interessiert.«

Sie ist verwirrt. »Wovon redest du?«

»Von dir. Und dass du zu Ralph gerannt bist. Dich ihm anvertraut hast. Du hast dich wegen mir bei ihm ausgeheult, stimmt doch, oder? Mir ist schon klar, dass du nicht willst, dass wir zusammen eine Wohnung kaufen. Das ist so was von offensichtlich.«

Ein Mann wurde ermordet, und alles, woran Wesley denken kann, ist er selbst. »Es dreht sich nicht immer alles nur um dich«, hört sie sich sagen.

Seine Augen weiten sich überrascht, sein Gesicht läuft rot an. »Fick dich, Liv.« Und dann stürmt er davon.

»Fick dich selbst«, murmelt sie. Mit vor Wut rasendem Herzen stapft sie über das Feld. Wie kann er es wagen, so mit ihr zu sprechen? Er weiß ganz genau, dass dies ein schwerer Tag für sie ist, und doch hat er sie einfach hier stehen lassen, um die Blumen allein niederzulegen. Wo ist seine Unterstützung, wenn sie sie braucht? Außerdem schmerzt ihr Bein, nachdem sie den ganzen Weg von den Ställen hergelaufen ist. Sie hatte gehofft, Wesley würde sie auf dem Weg zur Arbeit zu Hause absetzen, aber er hat sich einfach verpisst und sie allein gelassen. Tränen des Zorns steigen ihr in die Augen und kullern ihre kalten Wangen hinab. Aber sie drosselt ihr Tempo, als sie sieht, dass sie nicht allein auf dem Feld ist, wie sie zunächst dachte, sondern jemand auf der Gedenkbank unter der Eiche sitzt. Zuerst befürchtet sie, dass es Sallys Eltern, Katies Mutter oder, noch schlimmer, die von Tamzin sein könnten, doch beim Näherkommen erkennt sie die rote Mähne unter der grünen Bommelmütze. Scheiße. Sie kann sich gerade nicht mit Jenna Halliday auseinandersetzen. Sie ist versucht, kehrtzumachen und über das Feld zurückzugehen, aber ihr Bein tut furchtbar weh, und sie ist erschöpft.

Jenna steht auf, als sie sie kommen sieht. Olivia bemerkt, dass sie einen Strauß rosa Rosen in der Hand hält. Die Journalistin hat Blumen mitgebracht?

»Hi«, grüßt Jenna und lächelt verlegen. Sie legt die Blumen auf der Bank ab. »Die waren schon da, als ich kam. Es tut mir leid, wenn ich störe …« Der Kummer in Olivias Gesicht und ihre tränennassen Wangen können ihr nicht entgangen sein. »Geht es Ihnen gut?«

»Ich … muss mich setzen«, bringt sie noch hervor und lässt sich auch schon auf die Bank fallen.

Jenna nimmt ihr behutsam die Blumen ab und legt sie neben die Rosen. »Sie sehen ziemlich blass aus«, merkt sie an. Sie greift in ihre Tasche. »Ich habe eine Flasche Cola dabei. Das könnte helfen.«

Olivia nimmt einen großen Schluck. Die Cola schmeckt abgestanden, trotzdem ist sie dankbar für den Zuckerschub.

Jenna setzt sich neben sie auf die Bank – die Blumen zwischen ihnen.

»Danke«, sagt Olivia und reicht ihr die Flasche zurück. »Mein Bein … es ist ein weiter Weg.«

»Kann ich Sie zu Hause absetzen?«

Olivia würde lieber die ganze Nacht hierbleiben, als sich zu Jenna Halliday ins Auto zu setzen. »Nein, ich komme zurecht, danke.« Sie ist sich bewusst, wie schroff sie klingt.

»Ich habe das mit Ralph gehört, mein Beileid«, sagt Jenna sehr zu Olivias Überraschung. Obwohl es sie eigentlich nicht wundern sollte. Ist ja klar, dass die Journalistin Bescheid weiß. So wie mittlerweile wahrscheinlich die ganze Stadt. Jenna fasst sich an den Hinterkopf. »Ich glaube, es war dieselbe Person, die mich gestern Abend angegriffen hat.«

»Wie bitte?« Olivia starrt sie ungläubig an. »Sie wurden angegriffen?«

Daraufhin setzt Jenna zu einer Schilderung an – wie sie gestern Abend auf ihrer Mission, Dale zu folgen, um an Details zum Mord zu gelangen, durch den Wald gelaufen ist und jemand sie mit einem Schlag gegen den Kopf niedergestreckt hat. »Dale war wirklich nett und hat mich in die Notaufnahme gebracht. Ich musste genäht werden«, beendet sie ihren Bericht.

»Um wie viel Uhr war das?«

Jenna überlegt. »Ich glaube, so gegen zehn. Ich kann mich nicht mehr genau erinnern.«

Olivia fragt sich, wer so etwas tun würde und aus welchem Grund. Sie selbst war um zehn schon zu Hause. Gott sei Dank ist sie nicht zu Fuß von Wesley nach Hause gegangen – obwohl sie das nach Einbruch der Dunkelheit ohnehin nur selten macht.

»Tut mir leid, dass Ihnen das passiert ist. Das muss wirklich beängstigend gewesen sein«, sagt Olivia, als das Schweigen zwischen ihnen zu drückend wird. Sie möchte aufstehen und von dieser Frau wegkommen, ganz egal, wie nett sie im Moment wirkt. Aber sie glaubt nicht, dass ihr Bein sie gerade tragen kann. Sie ist ihr wohl oder übel ausgeliefert. Jenna muss begeistert sein.

»Olivia …«, beginnt Jenna zögernd. »Wenn dieser Podcast von der BBC ausgestrahlt wird, könnte das bei einem der Zuhörer vielleicht eine Erinnerung triggern, zu einem neuen Hinweis führen.«

»Wie zum Beispiel?«

»Oh, alles Mögliche. Vielleicht nur ein winziges Detail, das derjenige damals für unbedeutend hielt. Vielleicht wurde ja jemand gesehen … jemand, der sich im Nachhinein betrachtet verdächtig verhielt. Oder, falls ihre Freundinnen Opfer einer Entführung wurden, wird jemand zu einem Geständnis getrieben. Womöglich erinnert sich ein Familienmitglied, dass Sohn, Ehemann oder Vater sich an jenem Tag merkwürdig benahm. Oder die Tage darauf.«

So hat Olivia die Sache bisher nie betrachtet. Sie sieht Jenna neugierig an. Womöglich hat die Frau recht. Sie seufzt. »Wesley würde durchdrehen, wenn ich mit Ihnen – oder sonst irgendeinem Journalisten – sprechen würde. Er ist strikt dagegen.«

Jenna runzelt die Stirn. »Ach ja? Aber warum?«

»Er hat kein Vertrauen in die Behörden. In die Polizei. Die Presse. Die Regierung.«

»Hmm«, macht Jenna und schlägt dabei die Beine übereinander.

»Er versucht nur, mich zu beschützen.«

»Das verstehe ich ja, aber wir reden hier von einem Podcast, Olivia. Ich schreibe keinen Artikel für die Boulevardpresse. Außerdem wäre es bloß ein kurzes Interview. Über das, was in jener Nacht vorgefallen ist. In ihren eigenen

Worten. Sie und Ralph waren die einzigen Personen vor Ort, als Sie wieder zu sich kamen. Und nun …«

Olivia senkt den Kopf, während Jennas Worte zwischen ihnen in der Luft hängen. Und nun ist da nur noch sie. Olivia. Ihre Worte, ihre Geschichte. Wenn die Worte aus ihrem Mund kommen, wenn sie aufgezeichnet werden, kann niemand mehr was verdrehen, kann niemand mehr Dinge behaupten, die nicht wahr sind. Vielleicht sollte sie sich zu dem Interview bereit erklären. Dann hätte sie endlich eine Stimme, eine Möglichkeit, die Erzählung zu kontrollieren und den Spekulationen der Leute Einhalt zu gebieten. Die Menschen wären gezwungen, sich anzuhören, was sie zu sagen hat. Ja, ihr Wort würde darüber bestimmen, was in jener Nacht passiert ist. *Sie hätte das letzte Wort.*

»Also gut«, hört Olivia sich sagen. »Ich bin bereit. Ich werde das Interview machen.«

Jenna beugt sich mit freudestrahlendem Gesicht vor. »Sie wollen es machen? Oh, das ist ja wunderbar, danke, Olivia.«

»Aber bitte erwähnen Sie Wesley gegenüber nichts davon. Und auch sonst niemandem, ja?«

»Natürlich. Wollen Sie heute Abend vielleicht in meine Hütte kommen? So gegen fünf? Dort sind wir ungestört. Ich kann Sie abholen.«

»Ähm … Ich will eigentlich nicht, dass uns jemand sieht.«

»Okay. Wie wäre es, wenn ich gegenüber vom Hof auf Sie warte? Ich kann ein Stück die Straße runter parken, damit niemand mich sieht.« Jenna wirkt so begeistert, dass Olivia sie nicht enttäuschen möchte. Ihre offensichtliche Freude beschert Olivia ein selten warmes Gefühl, so als hätte sie in der Schule die richtige Antwort gegeben. Doch da überkommt sie schon wieder die Unsicherheit. Darf sie das wirklich tun? Wesley wird wütend auf sie sein. *Aber das ist er doch schon*, erinnert sie eine leise Stimme in ihrem Kopf. *Was für einen Unterschied macht das noch?*

Und ist sie das nicht ihren Freundinnen schuldig? Und Ralph? Dem Helden, der ihr in jener Nacht das Leben gerettet hat? Jeder sollte erfahren, was er getan hat. Beim Gedanken an ihn zieht sich ihr Herz zusammen. Oh, Ralph. Er war der gute Geist des Waldes. Er wusste Dinge, sah Dinge, hütete Geheimnisse.

Schließlich hatte er auch ihres all die Jahre bewahrt.

25

Jenna

»Sicher, dass ich Sie nicht nach Hause fahren soll?«, frage ich Olivia, als ich aufstehe. Bei ihrer Ankunft war sie furchtbar blass, und auch wenn ihre Wangen allmählich wieder etwas Farbe haben, kann ich ihr doch ansehen, dass das Bein ihr Schmerzen bereitet.

Olivia schüttelt den Kopf. »Alles gut. Aber danke schön. Ich rufe gleich meine Mutter an, sie wird mich abholen. Ich würde gerne noch ein Weilchen hier bleiben …« Sie berührt nachdenklich die Blütenblätter einer der rosa Rosen. »War bei den Blumen eine Karte dabei?«

»Ähm … tatsächlich habe ich diesen Zettel gefunden.« Ich ziehe ihn zwischen den Blumen hervor, um ihn ihr zu zeigen. Ich habe bereits ein Foto davon gemacht. »Ich war nur neugierig und wollte wissen, von wem sie sind.« Es wäre mir unangenehm, dass sie mich für unseriös hält. Dass sie sich bereit erklärt hat, für den Podcast interviewt zu werden, ist ein gewaltiger Erfolg für mich, aber ich merke ihr an, dass sie noch etwas unsicher ist; vermutlich braucht es nicht viel, damit sie ihre Meinung wieder ändert. Mir entgeht nicht das Zittern ihrer Hand, als sie den Zettel liest. Erkennt sie die Handschrift?

»Wissen Sie, von wem der stammt? Dieselbe Person hat auch eine Nachricht auf meinem Auto hinterlassen.«

Ihre Augen weiten sich. »Was für eine Nachricht?«

»Darauf stand: ›Verlass die Stadt, oder du bist die Nächste.‹ Sehr charmant.« Ich verdrehe die Augen.

Sie schüttelt den Kopf und sammelt sich. »Das könnte praktisch von jedem stammen. Ich kann mir vorstellen, dass die Sache so ziemlich allen leidtut, und die meisten hier mögen es nicht, wenn Journalisten hier herumschnüffeln. Es heißt noch lange nicht, dass derjenige irgendwie schuldig ist.«

Ihr defensiver Tonfall lässt mich aufhorchen. Ich mustere sie aufmerksam. Den beherrschten Gesichtsausdruck und ihre Finger, die nach wie vor zittern, als sie das Papier zusammenfaltet und wieder in den Strauß steckt. Aber ich will nichts sagen, was sie verärgern könnte. Nach dem Interview kann ich allemal weiter nachbohren.

Als ich die Hälfte des Feldes überquert habe, drehe ich mich um und sehe, dass Olivia den Kopf in ihre Hände gelegt hat. Ich zögere. Soll ich zurückgehen und doch darauf bestehen, dass ich sie nach Hause fahre? Nein. Herrgott noch mal, sie ist eine erwachsene Frau. Nur weil sie so verletzlich wirkt, muss ich sie noch lange nicht wie ein Kind behandeln. Außerdem drängt die Zeit. Ich muss noch zu Jay Knapton fahren.

Als ich in meinen Wagen steige, erfasst mich eine Woge der Aufregung. Jetzt, da Olivia einem Interview zugestimmt hat, wird der Podcast um Längen besser werden. Ich hoffe nur, dass Wesley ihr nicht die Hölle heißmacht, wenn er davon erfährt.

Es sind ungefähr sieben Minuten Fahrt bis zu Jays Büro am Stadtrand, weitab der Lädchen und Gassen von Stafferbury. Hier draußen, in dem Teil der Ortschaft, den die Touristen eher nicht zu Gesicht bekommen, ist es weitaus weniger schmuck: ein Labyrinth aus Sechziger-Jahre-Büroblöcken und Industrieanlagen.

Jays Büro befindet sich in einem unansehnlichen Bau, der sich den Parkplatz mit einigen anderen, ebenso seelenlosen Gewerbekomplexen teilt. So wie es aussieht, befinden sich in dem Gebäude fünf weitere Firmen. Ich drücke auf die Klingel mit der Aufschrift *Knapton Developments*, und sofort geht die Tür mit einem Summen auf.

Es ist kurz nach vierzehn Uhr, aber im Empfangsbereich befindet sich kein Mensch. Außerdem ist er bemerkenswert klein; da stehen nur ein ans schmale Fenster gequetschter Schreibtisch und eine verstaubte Topfpflanze in der Ecke neben einem Aktenschrank, auf dem ein billiger Plastikwasserkocher thront. Vom Vorzimmer geht eine weitere Tür ab, die plötzlich aufgerissen wird. Jay kommt herausgeplatzt, ein ledergebundenes Notizbuch im A4-Format an die Brust gedrückt.

»Oh, hallo«, sagt er und sieht mich an, als hätte er vergessen, wer ich bin, obwohl wir uns erst heute früh begegnet sind. Er schaut zu dem kleinen Schreibtisch. »Wo ist denn Lydia?«

Ich zucke zur Antwort mit den Schultern. »Als ich reinkam, war niemand da, aber irgendjemand hat mir aufgemacht.«

»Ich wette, sie ist wieder eine rauchen gegangen. Dabei sage ich ihr ständig, dass sie nicht so viele Pausen machen soll. Wie auch immer, hereinspaziert, hereinspaziert«, sagt er und führt mich in sein Büro.

Es ist sogar noch kleiner als der »Empfangsbereich« und bietet gerade genug Platz für einen Schreibtisch, zwei Stühle und ein Tischchen in der Ecke, auf dem eine klobige uralte Kaffeemaschine steht. Er wedelt mit seinem Notizbuch in die Richtung. »Wollen Sie einen?«

»Ja, bitte, schwarz. Entkoffeiniert, wenn möglich.« Ich ziehe den Stuhl vor seinen Schreibtisch und nehme Platz. Es herrscht eine klaustrophobische Enge hier drin, außerdem riecht es nach neuem Teppich und altem Aschenbecher.

Er wirft das Notizbuch auf seinen Schreibtisch und entledigt sich seines Jacketts. Er trägt ein kurzärmeliges Hemd, das seine gebräunten Arme zur Geltung bringt. Auf seinem linken Bizeps kann ich den Rand eines Tattoos ausmachen. »Ah, ja, eine dumme Jugendsünde«, sagt er, als er meinen Blick bemerkt. Er zieht den Ärmel hoch, um es mir zu zeigen. Eine Art chinesisches Schriftzeichen.

»Was bedeutet das?«, frage ich.

»Mut. Es sollte mich daran erinnern, Risiken im Leben einzugehen. Etwas zu wagen. Eigentlich albern.«

Ich versuche, mir vorzustellen, was für ein Typ er in seiner Jugend gewesen war, bevor er sich in einen Geschäftsmann in teurem Anzug verwandelte. Er geht zur Kaffeemaschine. Wir schweigen, während die Maschine vor sich hin blubbert; dann reicht er mir einen weißen Becher mit der Aufschrift KNAPTON DEVELOPMENTS. Er schiebt seine Brille die Nase hinauf und lächelt breit. Seine Haut ist extrem gebräunt, so, als ob er ins Solarium geht. Auf seinem Schreibtisch befindet sich nichts Persönliches, nicht mal Familienfotos, und an seinen Händen ist kein Ring zu sehen.

»Stört es Sie, wenn ich das aufnehme?«, frage ich, während ich mein Handy hervorkrame. »Allerdings verwende ich unter Umständen nicht alles, was Sie sagen.« Ich frage mich, ob ich nun, da ich Olivia, Dale und Brenda habe, das

Interview mit Jay überhaupt noch benötige. Er wohnte seinerzeit nicht einmal in Stafferbury, also weiß ich nicht, ob er was Nützliches beitragen kann. Ich hoffe, dass er dem Podcast wenigstens etwas Lokalkolorit verpassen kann – vielleicht einfach Gerüchte über den Fall, die sich bis heute hartnäckig halten. Oder Geschichten über andere unheimliche Vorkommnisse.

»Ähm … ja, natürlich. Klar, das geht in Ordnung«, sagt er, als wollte er sich selbst davon überzeugen.

Ich stelle ihm ein paar Fragen zum Aufwärmen, damit er sich entspannt, so etwa, wie lange er schon in der Stadt lebt – beinahe neunzehn Jahre – und ob er Familie in der Nähe hat. (»Nein, ich war nie verheiratet. Ich habe keine Kinder.«)

»Können Sie mir etwas über die Stadt erzählen? Ich weiß, dass Sie nicht hier wohnten, als Olivia Rutherfords Freundinnen verschwanden, aber es gibt so viele Berichte über seltsame Vorkommnisse. Spuk im Wald. Geschichten von einem weinenden Kind …« Mir fällt wieder ein, dass ich gestern Nacht selbst eines gehört habe. Ich schaudere, und er bemerkt es.

»Sie haben es auch gehört, nicht wahr? Das Schreien des Kindes?« Als ich nicke, legt er los, lebhafter, als ich ihn bisher wahrgenommen habe. »Die Bauarbeiter, die die Hütten hochgezogen haben, haben es auch gehört. Sie haben es mir erzählt. Genauso wie andere Leute im Lauf der Jahre. Ralph Middleton war überzeugt, dass es im Wald spukt. Und er musste es schließlich wissen. Immerhin hat er mittendrin gewohnt. Aber das ist noch lange nicht alles … Unerklärliche Lichter bei den Megalithen. Eine Gestalt, die auf dem Devil's Corridor ihr Unwesen treibt. Sie müssen wissen, dass es auf der Straße zu einigen Unfällen kam.« Er klingt schon fast, als ob ihn dieser Umstand stolz macht. »Der Pub hier im Ort, das Raven, wird von einer grau gewandeten Frau heimgesucht.« Ich möchte ungläubig lachen. Irgendwie ist es immer eine Frau in Grau. »Stafferbury ist landesweit bekannt dafür, dass es hier so viel spukt wie sonst nur an wenigen Orten.«

»Und Sie glauben das alles?«

»Natürlich.« Er verschränkt die Arme und reckt das Kinn. »Es ist schwer, nicht daran zu glauben, wenn man die Dinge selbst gehört oder gesehen hat. Einmal, vor vielen Jahren, als ich noch in der High Street wohnte, da wachte ich in den frühen Morgenstunden auf und sah ein Pony und einen umgekippten Pferdewagen auf der Straße. Bei meinen Recherchen fand ich heraus, dass sich Anfang des neunzehnten Jahrhunderts hier ein tragischer Pferdekutschenunfall ereignet hatte.«

»Und was glauben Sie, ist in der Nacht passiert, als die Mädchen verschwanden?«

»Ich möchte nichts ausschließen«, antwortet er zurückhaltender. »Aber ich weiß, dass Ralph glaubte, dass es sich um eine Entführung durch Außerirdische handelte.« Ich erwarte, dass er lacht oder sich darüber lustig macht, doch er bleibt ernst. Dann fügt er in ebensolchem Tonfall hinzu: »Wie Sie wahrscheinlich wissen, wurde Ralph letzte Nacht tot aufgefunden.« Ich nicke, damit er fortfährt. »Sein Wohnwagen stand auf meinem Grund – mir gehört ein Großteil des Waldes. Und er hat für mich gearbeitet, hat die Gegend für mich im Auge behalten. Über die Jahre hat er mir immer wieder von seltsamen Beobachtungen erzählt. Und da kommen einem schon Fragen, wissen Sie. Bezüglich seines Todes.«

»Was für Fragen?«

»Ob er vielleicht …«, er legt eine dramatische Pause ein, »… eine übernatürliche Ursache hatte.«

Schockiert starre ich ihn an. Glaubt er das wirklich? Als ich klein war und Angst vor Gespenstern unter meinem Bett hatte, sagte meine Mutter immer, es seien die Lebenden, die einem was Böses tun könnten, nicht die Toten.

»Sie müssen wissen«, fährt er fort, »dass vor Urzeiten Menschenopfer bei den Steinen dargebracht wurden.«

Ich erinnere mich, dass Brenda mir davon erzählt hatte.

»Es gibt Gerüchte über eine heidnische Gruppierung, die in Stafferbury ansässig ist. Nicht unbedingt eine Sekte, aber … Ich sage ja nicht, dass sie die Mädchen geopfert haben oder so, aber … das ist schon ein schräger Haufen.«

»Wer könnte Ihrer Meinung nach zu diesem ›Haufen‹ gehören?«

»Nun, es handelt sich natürlich nur um Gerüchte, aber vielleicht Madame Tovey. Und noch ein paar andere. Die meisten von ihnen sind mittlerweile schon älter. Anscheinend veranstalten sie im Sommer gerne so eine Art Zeremonie bei den Steinen.« Er winkt ab. »Mit so was kann ich nichts anfangen. Ich halt nicht viel von diesen Dingen, obwohl ich schon auch zugeben muss, dass eine seltsame Energie von diesen Steinen ausgeht.«

Ich erinnere mich an mein komisches Gefühl vorhin auf dem Feld, als würde ich beobachtet, als würde eine schattenhafte Macht zwischen den Steinen lauern, sage aber nichts weiter dazu. Stattdessen nippe ich an meinem Kaffee und frage Jay, ob er die Familien der vermissten Mädchen kennt.

Er zögert. »Nicht wirklich. Die bleiben sehr für sich. Vor allem die Rutherfords.«

»Was ist mit Ralph? Sie sagten, er habe ein bisschen für Sie gearbeitet, ein Auge auf den Wald gehabt. Was, glauben Sie, ist ihm widerfahren? Hatte er Feinde?«

Er schiebt seinen Stuhl zurück und macht sich an den Jalousien zu schaffen. »Stört es Sie, wenn ich die hochziehe? Hier drinnen ist es dunkel.« Ohne eine Antwort abzuwarten, bringt er die Lamellen in die gewünschte Position. Er fummelt ewig an der Kordel herum, und ich frage mich, ob das so eine Art Verzögerungstaktik ist. Das Licht im Zimmer war vollkommen in Ordnung. Was auch immer er da treibt, es erscheint mir unnötig; doch dann verwerfe ich den Gedanken. Diese Stadt macht mich noch völlig paranoid.

»Also, Ralph?«, hake ich nach, als er an seinen Platz zurückgekehrt ist.

»Oh, er war ein einfach gestrickter Kerl. Ich kann mir nicht vorstellen, dass ihm jemand was antun sollte. Er war harmlos.«

»Aber irgendwer hat ihm offensichtlich was angetan.«

Ein Schatten huscht über sein Gesicht, aber er sagt nichts, und ich schelte mich innerlich für mein unsensibles Vorgehen.

»Wie auch immer«, sage ich abschließend, »ich bedanke mich für das Gespräch.«

Er lächelt erleichtert, als ich die Aufnahme beende und mein Stativ zusammenklappe.

Kaum dass ich bei meinem Auto bin, klingelt mein Handy, und Dales Name erscheint auf dem Display.

»Jenna«, sagt er, sobald ich rangehe, »wir haben etwas in Ralphs Wohnwagen gefunden, das du dir ansehen solltest.«

26

Ich habe mich mit Dale zu einem späten Mittagessen in Bea's Tearoom verabredet. Der Tag war so turbulent, dass ich bisher noch gar nicht dazu gekommen bin, was zu essen. Zum Glück ist um fünfzehn Uhr nicht mehr viel los, und wir ergattern einen Tisch ganz hinten in der Ecke. Nachdem er Coronation-Chicken-Brötchen für uns beide bestellt hat, greift Dale in seine Aktentasche und holt einen Manila-Ordner heraus.

»Das haben wir bei Ralphs Sachen gefunden«, sagt er, öffnet den Ordner und entnimmt ihm eine Klarsichtfolie. Er schiebt sie über den Tisch.

Es sieht aus, als würde sie eine Reihe von etwas körnigen, unscharfen Fotos enthalten; allesamt zeigen sie eine Teenagerin an verschiedenen Orten im Freien. Das eine sieht aus wie eine Tankstelle, das andere wie ein Park, bei dem nächsten scheint es sich um die High Street zu handeln.

Ich betrachte die Fotos eingehender. Das Mädchen ist jung, vielleicht achtzehn; es hat ein rundliches Gesicht und einen Neunziger-Jahre-Stufenhaarschnitt mit karamellfarbenen Strähnchen. »Das ist ja Olivia!«

Dale nickt. »Vor dem Unfall. Schau, hier.« Er deutet auf das Foto von Olivia an der Tankstelle, auf dem sie in eine Kunstpelzjacke gehüllt ein weißes Auto betankt. »Ihr Peugeot 205. Nach dem Unfall ein Totalschaden.«

»Glaubst du, es war Ralph, der ihr damals nachgestellt hat?«

»Warum sonst sollte er diese Fotos besitzen?« Dale fährt sich durch sein ohnehin schon verstrubbeltes Haar. Er sieht erschöpft aus, und mich überkommt erneut das schlechte Gewissen, da er sich wegen mir die Nacht auf der Notaufnahme um die Ohren schlagen musste.

»Hat er denn je einen weißen Lieferwagen gefahren?«

»Ralph konnte nicht fahren.«

Ich halte die Fotos ins Licht, um besser sehen zu können. Sie wurden zusammen durch den Farbkopierer gejagt, um auf eine A4-Seite zu passen. »Ralph war also auf Olivia fixiert und hat ihr vor dem Unfall nachgestellt? Ist es das, was uns diese Fotos sagen sollen?«

Chloë erscheint mit unseren Brötchen und Getränken, und ich drehe rasch die Seite mit den Fotos um. Erst als sie wieder weg ist, drehe ich die Fotos wieder nach oben. Irgendwas daran will nicht so recht passen. »Hätte Olivia Ralph denn nicht erkannt? Wenn er ihr gefolgt wäre?«

»Hmm. Man sieht, dass die Aufnahmen aus ziemlich großer Entfernung gemacht wurden.« Dale beißt ein Stück von seinem Brötchen ab. Cremige Hähnchen-Curry-Füllung quillt an den Seiten heraus und fällt auf seinen Teller. Er schluckt. »Und jetzt frage ich mich, ob es nicht Ralph war, den Olivia unmittelbar vor dem Unfall auf der Straße gesehen hat. Ist er einfach dortgeblieben und hat gewartet, dass sie das Bewusstsein wiedererlangt, um dann so zu tun, als habe er ganz zufällig ihr verunglücktes Auto entdeckt?«

»Mir ist bewusst, dass ich Ralph nur einmal getroffen habe – nun ja, zweimal, wenn man unsere Begegnung auf dem Devil's Corridor mitzählt –, aber er kam mir nicht gerade wie ein hochkriminelles Genie vor. Wäre er denn überhaupt dazu fähig gewesen, so etwas abzuziehen? Einen Unfall verursachen, ja, sicher – aber was ist mit den verschwundenen Mädchen? Wo hätte er sie hingebracht und wozu? Wohl kaum in seinen beengten Wohnwagen … Und wenn er sie getötet hätte, was dann? Soll er ganz ohne jede Hilfe drei Mädchen verscharrt haben?« Ich greife nach meinem Brötchen und beiße hinein, während ich Dales Antwort abwarte. Seine ausdrucksstarken Brauen wandern nach oben, sodass sie beinahe unter seinem Haarschopf verschwinden.

»Ich habe keine Ahnung, was das alles zu bedeuten hat«, erwidert er schließlich. »Womöglich wusste Ralph, was sich damals zugetragen hat, und wurde deshalb umgebracht. Jedenfalls hat er Olivia offensichtlich verfolgt und diese Fotos zwanzig Jahre lang aufbewahrt. Er freundet sich mit ihr an, rettet sie aus dem verunglückten Auto. Vielleicht um den Helden zu spielen.«

»Aber wozu?«, gebe ich zu bedenken. »Und warum sollte jemand zwanzig Jahre damit warten, Ralph zu töten, wenn er tatsächlich die ganze Zeit etwas über den Verbleib der Mädchen wusste?«

Frustriert stößt Dale die Luft aus.

Ich zupfe am Rand meines Brötchens herum. »Habt ihr denn sonst noch was gefunden?«

Dale lehnt sich auf seinem Stuhl zurück. »Ja, schon. Einen ganz schönen Batzen Geld. In einer Kiste.«

Ich reiße die Augen auf. »Wie viel?«

Er beugt sich vor und senkt die Stimme. »Fast zehntausend Pfund.«

Ich schnappe hörbar nach Luft. »Eine ganz schöne Stange

Geld, um sie einfach so herumliegen zu lassen. Woher könnte er es gehabt haben?«

Er seufzt. »Es gibt da einige Dinge, die ich dir nicht verraten darf. Noch nicht. Dinge, die sich mit einem anderen Fall überschneiden, an dem ich gerade arbeite. Momentan sind wir uns aber noch nicht sicher, ob es eine Verbindung gibt.«

Ich verspüre einen Stich der Enttäuschung. Natürlich darf mir Dale nicht alles verraten. Er ist Polizist. Ein Ermittler. Nach allem, was letzte Nacht passiert ist – das lange Warten in der Notaufnahme, unsere Gespräche, wie er mich zum Lachen gebracht hat –, habe ich zwar unsere Rollen als Polizist und Journalistin nicht ganz vergessen, aber doch zugelassen, dass die Grenzen verwischen. Mit ihm fühlt sich einfach alles so leicht und unkompliziert an.

Schweigend esse ich auf. Dale nimmt die Fotos und steckt sie zurück in seine Aktentasche. Dann kippt er den Rest seiner Cola hinunter. »Ich sollte langsam los«, sagt er und stellt sein Glas auf dem Tisch ab.

»Bevor du gehst, ich habe vorhin versucht, dich anzurufen, aber der Empfang war mies.«

»Okay?«

Ich informiere ihn rasch über Jay Knaptons Besuch bei mir und dann über die zwei Nachrichten, die ich gefunden habe und beide die gleiche Handschrift aufwiesen.

»Hast du sie noch?«

»Nur die, die unter meinem Scheibenwischer steckte, aber ich habe sie in der Hütte gelassen«, lüge ich. Ich weiß selbst nicht so genau, warum. »Aber ich habe Fotos gemacht.«

»Kannst du sie mir schicken?«

Noch während er am Tisch sitzt, hole ich mein Handy hervor und schicke ihm die beiden Fotos. »Und dass niemand in der Hütte gegenüber gewesen sein soll, ist schon seltsam, oder?«, fahre ich im Anschluss fort. »Jay meinte, er habe zurzeit keinen Gast außer mir.«

»Und du bist sicher, dass du dich nicht getäuscht hast?«

»Absolut. Das Licht war an, und am Abend meiner Ankunft ist jemand mit einem großen Hund herausgekommen, einem Elsässer oder Deutschen Schäferhund wahrscheinlich.«

Dales Mundwinkel zucken. »Ich glaube, das ist ein und dasselbe.«

»Oh, ja.« Ich lache über meinen Fehler. »Mir sind Katzen ohnehin lieber. Die sind selbstgenügsamer.«

»Dann hast du die von meinem Dad nicht kennengelernt.« Er schaut auf seine Uhr. »Ich muss los, hab in zwanzig Minuten eine Besprechung. Aber ich kann heute Abend bei dir vorbeischauen. Gegen sieben – falls du mich noch immer interviewen willst.« Er sieht sich um, als eine Gruppe von sechs Teenagern hereingestürmt kommt und sich geräuschvoll einen Tisch schnappt. »Dort werden wir ungestörter sein.«

»Okay. Das klingt super. Danke.«

Ich sehe ihm nach, als er davonstapft und beinahe mit einem der Teenager zusammenstößt, der aufgestanden ist, um ein paar Stühle zu holen. Ich leere den Rest meines Getränks, während mir immer noch der Kopf schwirrt von dem Gespräch mit Dale. Etwas an den Fotos verwirrt mich, da ich nach wie vor nicht überzeugt bin, dass es sich bei Olivias ominösem Verfolger um Ralph handelte. Aber da ist natürlich noch das Geld. Um so viel Kohle herumliegen zu haben, muss er in etwas Zwielichtiges verwickelt gewesen sein.

Während ich die High Street entlangfahre, muss ich wieder an Olivia und unser Gespräch vorhin auf der Bank denken. Sie wirkte so traurig, aber da war noch etwas anderes. Beinahe so, als habe sie sich mit ihrem Unglück abgefunden. Sich geschlagen gegeben.

Gerade als ich mich dem Co-op am Ende der Straße nähere, wo sie in den Devil's Corridor übergeht, erblicke ich eine Frau vor mir auf dem Grünstreifen. Sie gestikuliert wild vor einem Mann herum. Ich drossle das Tempo, um die Szene besser verfolgen zu können. Es ist Olivias Mutter. Sie zeigt wütend in Richtung High Street. Der Mann ist groß, hat eine kerzengerade Haltung und trägt einen marineblauen Wollmantel mit hochgestelltem Kragen. Er hat außerdem kurz geschorenes graues Haar, und obwohl ich sein Gesicht nicht sehen kann, bin ich mir sicher, dass es sich um Jay Knapton handelt. Es sieht ganz so aus, als würden sie eine hitzige Diskussion führen. Warum sollte Olivias Mutter derart sauer auf Jay sein? Mir gegenüber hat er zuvor noch behauptet, dass er die Rutherfords so gut wie nicht kenne. Sie schaut an Jays Schulter vorbei, und ihr Blick landet auf meinem Auto. Hat sie mich gesehen? Ich beschleunige wieder, und als ich in den Rückspiegel schaue, sehe ich, wie sie davonstürmt und Jay mit ausgebreiteten Armen stehen lässt.

27
Olivia

Olivia verlässt gerade den Stall, wo sie Sabrinas Heunetz ersetzt hat, als sie bemerkt, wie ein Schatten hinter ihr auftaucht. Ihre Nackenhaare stellen sich auf. Als sie sich umdreht, sieht sie Wesley, der sie beobachtet.

»Wes«, sagt sie überrascht. Sie dachte, er wäre wieder zur Arbeit gegangen. Es ist noch nicht mal sechzehn Uhr. Er hat erst in einer Stunde Feierabend. »Was machst du hier?«

»Du hast mich vorhin wirklich aufgeregt«, sagt er und schiebt die Hände in die Hosentaschen. »Also habe ich mich krankgemeldet.«

»Schon wieder? Ach, Wes. Du wirst noch gekündigt werden.«

»Die werden mich schon nicht rauswerfen. Ich bin viel zu lange dort.« Er scharrt mit der Schuhspitze über den harten Boden. Sie weiß, dass er sich nicht für vorhin entschuldigen wird. Das tut er nie. Stattdessen wird er schmollend um sie herumschleichen, als wäre er das Opfer, und zwar so lange, bis sie nicht anders kann, als sich zu entschuldigen oder es auf andere Weise wiedergutzumachen, auch wenn sie es war, die ungerecht behandelt wurde.

»Ich dachte, wir könnten heute Abend zusammen verbringen.« Wesleys Stimme ist wehleidig. »Heute ist eine wichtige Nacht. Zwanzig Jahre sind es nun. Ich glaube nicht, dass du allein sein solltest.«

Sie schiebt den Riegel an der Stalltür vor und steuert die Sattelkammer an. Sie hört, wie Wesley ihr folgt. Ihr wird flau im Magen, da sie weiß, dass sie ihn gleich anlügen wird. »Ich kann heute Abend nicht. Ich … ich treffe mich … mit Freunden.« Sie nimmt ein Zaumzeug von der Wand und lässt es durch ihre Finger gleiten. Sie muss in Bewegung bleiben, damit Wesley ihr die ins Gesicht geschriebene Lüge nicht ansehen kann. In Zeiten des Kummers und der Angst kommt sie immer hierher. Umgeben von den Sätteln, dem Zaumzeug und den Satteldecken findet sie Ruhe. Sie liebt den Geruch: eine Mischung aus Lederreiniger und dem warmen Muff von Pferdehaar.

»Freunde? Du hast keine Freunde.«

Sie weiß, dass er die Wahrheit sagt, und doch versetzt es ihr einen Stich ins Herz. Vor dem Unfall hatte sie natürlich Freunde, viele Freunde sogar, aber in den Jahren darauf hat sie es zugelassen, dass sie sich allmählich aus ihrem Leben verabschiedeten. Sie gab sich keine Mühe mehr, mit ihnen Kontakt zu halten. Es schien ihr einfacher, mit Wesley zu Hause zu bleiben. Sich zu verstecken. Ihre drei besten Freundinnen waren verschwunden, und sie wollte dasselbe tun. Nur dass sie vor aller Augen verschwand.

»Ich habe kürzlich eine neue Freundin gefunden«, sagt sie, während sie das Zaumzeug an einem anderen Haken aufhängt. »Jemand … ein Mädchen, das im Stall aushilft.« In Anbetracht der Tatsache, dass die Mädchen, die im Stall aushelfen, meist zwischen elf und fünfzehn Jahre alt sind, ist das eine miese Lüge. Die einzige Person in ihrem Alter ist die Reitlehrerin, Mel, die allerdings verheiratet ist und zwei pubertierende Söhne hat; die wenigen Male, die Olivia vorgeschlagen hatte, nach der Arbeit noch was trinken zu gehen, hat sie einen entsetzten Blick von Mel kassiert, begleitet von den Worten, sie müsse dringend nach Hause »zu ihren Jungs«.

»Wirklich? Wie heißt sie?«

»Charlotte.« Der Name kommt ihr spontan aus dem Nichts. Sie hat ihn schon immer gemocht. Früher mal hatte sie gedacht, falls sie je eine Tochter hätte, würde sie sie so nennen.

»Wohin geht ihr?« Er klingt so argwöhnisch, dass sie am liebsten lachen möchte. Glaubt er ernsthaft, dass sie sich mit einem Typen trifft? Er hat jede Woche einen »Männerabend«, wie er es nennt, und weiß Gott, wo oder mit wem er die letzte Nacht verbracht hat, auch wenn er beteuert, dass er bei Stan war. Ihr fällt ein, dass er zu ungefähr der Zeit verschwunden ist, als Jenna angegriffen wurde. Sie holt tief Luft und verdrängt den Gedanken auf der Stelle. Wesley würde nie jemandem wehtun. *Oder etwa doch?* Immerhin weiß sie besser als irgendwer sonst, wozu Menschen in der Lage sind, wenn sie sich in die Ecke gedrängt fühlen.

Aus unerfindlichem Grund füllen sich ihre Augen mit Tränen. Sie richtet den Blick auf die Sattelgestelle an der gegenüberliegenden Wand. Dies ist das Leben, das sie verdient, denkt sie.

Heute vor zwanzig Jahren spazierte sie noch so arglos und glücklich durch ihr Leben. Nicht ahnend, wie bald es sich ändern würde. Sie hatte sich auf ihren wöchentlichen Mädelsabend vorbereitet, sich schick gemacht mit ihren kniehohen Stiefeln, dem karierten Minirock und den hübschen honigfarbenen Strähnen in ihrem durchgestuften Haar, das ihr rundliches, jugendliches Gesicht einrahmte. Sie hatte sich auf ihre Zukunft gefreut, war glücklich gewesen über ihre Beziehung zu Wesley, über ihre besten Freundinnen. Sie war voller Vorfreude gewesen, den neuen Club in der Nachbarstadt auszuprobieren, der mittlerweile schon längst wieder geschlossen ist. Ihr Leben war voller Erwartungen gewesen, voller Farbe, doch heute ist es nur noch schwarzweiß – eine Bleistiftzeichnung, die mit der Zeit verblasst. Ihre Haare sind an den Schläfen grau, sie hat ein paar Pfund zugelegt, und sie kann sich nicht einmal mehr daran erinnern, wann sie sich das letzte Mal wirklich auf etwas gefreut hat. Wie sehr sie doch wünschte, dass sie wirklich eine Freundin namens Charlotte hätte. Eine lebenslustige, witzige Freundin, die sie ermutigen würde, sich zu gewagt anzuziehen; die sie in Clubs schleifen und sie darin bestärken würde, sich heillos zu betrinken und hemmungslos auf der klebrigen Tanzfläche auszutoben.

Wie wäre ihr Leben verlaufen, wenn Sally, Tamzin und Katie nicht vor zwanzig Jahren verschwunden wären? Wären sie jetzt alle verheiratet? Mütter? Wären sie Freundinnen geblieben, oder wären sie weggezogen, hätten sich verändert, wären erwachsen geworden?

»Liv? Träumst du oder was? Ich habe dich gefragt, wohin ihr geht.«

»Das weiß ich noch nicht. Hör mal, ich muss jetzt weitermachen.« Sie dreht sich um und wagt es endlich, ihn anzusehen. »Ich muss hier noch ein paar Sachen erledigen, bevor ich Feierabend machen kann.«

»Und was soll ich dann heute Abend machen?«, jammert er. »Das waren auch meine Freundinnen, das weißt du.« Nein, das waren sie verdammt noch mal nicht, will sie schreien. Sally konnte dich nicht ausstehen! Aber sie presst die Lippen zusammen. Sie will seine Gefühle nicht verletzen.

Weiß der Henker, warum, wo er doch ihre ständig verletzt. »Ich dachte, wir verbringen den Abend zusammen.«

»Tja, da hast du wohl falsch gedacht, was? Ich habe jedenfalls nicht gesagt, dass wir das tun würden. Und nachdem du heute Mittag so abgedampft bist, dachte ich nicht, dass du mich heute noch mal sehen willst.«

Es folgt ein schockiertes Schweigen. »Ist es wegen gestern Abend?«, fragt er mit erstickter Stimme.

Sie seufzt. »Nein, natürlich nicht.«

»Seitdem verhältst du dich mir gegenüber komisch. Außerdem hat mir nicht gefallen, wie du vorhin mit mir gesprochen hast«, sagt er. »Wenn wir zusammenwohnen, kannst du so was nicht bringen, weißt du.«

»Was kann ich nicht bringen?«

Er schiebt seine Hände tiefer in die Taschen. »Einfach ausgehen und in der Gegend herumscharwenzeln. So etwas tun Paare nicht.«

»Ach, wirklich? Also keine Männerabende mehr für dich? Ist es das, was du meinst?«

Er zögert. »Nein … das ist was anderes. Wir treffen uns zum Fußball-Schauen. Es ist nicht so, als ob wir durch die Clubs ziehen oder Mädchen anquatschen würden.«

Sie schließt die Augen. Sie fühlt sich plötzlich unendlich müde. In diesem Moment wird ihr klar, dass ihre Verletzungen Wesley geholfen haben, sie an der Leine zu halten. Er nimmt ihr die Luft zum Atmen, und sie will nur noch rennen, rennen, rennen.

»Wes«, seufzt sie, »es ist doch nur ein Abend. Wir können nicht andauernd aufeinanderhocken. Ich habe dich ja auch nicht gefragt, warum du gestern Abend auf einmal so schnell wegmusstest …«

»Das habe ich dir doch schon gesagt. Stan brauchte meine Hilfe. Beziehungsprobleme.« Doch soweit ihr bekannt ist, sind alle seine Freunde Singles. »Das hat dich noch nie gestört.«

»Tja, jetzt stört es mich aber.«

Er lacht garstig. »Oh, ich verstehe schon. Du hast mich all die Jahre nur benutzt, stimmt's? Und jetzt, wo es dir wieder besser geht, wo sich dein Bein erholt, brauchst du mich nicht mehr. Weißt du, was, fick dich, Olivia. Fick dich.«

»Wes ...«

Er stürmt hinaus. Doch sie folgt ihm nicht.

Sie hockt immer noch zusammengesunken auf der Bank in der Sattelkammer, als ihre Mutter hereinkommt. Das schwindende Licht wirft Schatten auf den gefliesten Boden.

»Warum sitzt du hier so allein rum?«, will ihre Mutter wissen, als sie Olivia entdeckt.

Sie hält ein rotes Putzset in der Hand, aus dem oben ein Hufkratzer herausragt. Sie stellt es zu den anderen ins Regal. Olivia wusste nicht, dass ihre Mutter zurück ist. Sie hatte sie heute Mittag bei den Megalithen abgeholt und nach Hause gebracht und dann gemeint, sie müsse zum Großhändler, um Vorräte zu besorgen. Ihre Mutter war ewig lange weg.

»Hast du Sky vom Feld geholt?«

»Ja, sie ist im Stall.« Olivia streicht ihre Reithose glatt. Ihre Stiefel sind mit Schlamm verkrustet. »Und der Tierarzt war vorhin da und hat sich um Pickles gekümmert.«

Ihre Mutter dreht sich zu ihr um, und ihre Gesichtszüge werden sanfter. »Heute ist ein harter Tag, ich weiß.«

Olivia erwidert nichts. Stattdessen zupft sie die Pferdehaare aus ihrer Reithose.

»Ich liebe dich so sehr, das weißt du doch, oder?«

Überrascht hebt Olivia den Kopf. Zuneigungsbekundungen kommen bei ihrer Mutter selten vor.

»Natürlich. Und ich liebe dich.«

Ihre Mutter nimmt neben ihr Platz, beugt sich vor und tätschelt unbeholfen ihr Knie. »Du weißt, dass ich Wesley mag, aber ich mache mir Sorgen, dass du nicht glücklich bist.«

Es liegt ihr auf der Zunge, mit allem herauszuplatzen, sich ihrer Mutter anzuvertrauen – wie sehr sie an Wesley zweifelt, wie unglücklich sie ist. Und jene Fragen zu stellen, vor denen sie sich immer gefürchtet hat. Aber sobald sie einmal alles ausgesprochen hätte, könnte sie es nie wieder zurücknehmen. Es wäre für immer da draußen, im Äther.

»Stört es dich denn nie, dass unser Leben so … eingeschränkt ist?«, fragt sie stattdessen.

Ihre Mutter rutscht unruhig neben ihr herum. »Eingeschränkt?«

»Es gab immer nur uns zwei. Und dann noch Wesley. Du hattest nie wirklich einen Freund außer meinen Vater, und du hast selbst gesagt, dass ihr nur kurz zusammen wart.«

Ihre Mutter lacht plötzlich auf. »Was? Natürlich hatte ich andere Beziehungen, vor deiner Geburt und auch danach. Ich habe es nur nicht an die große Glocke gehängt. Du kamst für mich immer an erster Stelle.«

»Aber auch normale Freunde. Du triffst dich mit niemandem mehr, seit … na ja, eigentlich seit dem Unfall nicht mehr.«

Ihre Mutter schließt die Augen. »Wie könnte ich? Lass uns jetzt nicht wieder diese alten Geschichten ausgraben, Liebes.« Sie kneift sich mit Daumen und Zeigefinger in die

Nasenwurzel und seufzt. Dann scheint sie sich zu sammeln. »Komm.« Sie steht auf und streckt eine Hand aus. »Wollen wir uns heute Abend zusammen einen Film anschauen, einen richtigen Wohlfühlfilm? Um neun läuft *Während du schliefst*.«

»Ich habe davor noch was zu erledigen. Aber vielleicht später.«

Ihre Mutter nickt und lächelt, doch Olivia entgeht keineswegs die Besorgnis in ihrem Blick. Gemeinsam verlassen sie den Stall und gehen auf das Haus zu. Sie sollte sich besser beeilen – Jenna wird schon warten. Ihre Mutter betritt das Haus, und Olivia geht weiter, bis sie das Ende des Parkplatzes erreicht. Dann zögert sie. Kann sie das wirklich tun? Ja. Ja, sie kann. Sie muss. Sie hat eine Stimme, und zum ersten Mal seit zwanzig Jahren wird sie diese auch einsetzen.

Olivia schließt den Reißverschluss ihres gelben Regenmantels über dem dicken Pulli und der schwarzen Reithose und zieht ihre Pudelmütze fester über den Kopf, wobei ihr Atem in Wolken in der Abenddämmerung vor ihr aufsteigt. Dann verlässt sie den Hof und geht zur Straße gegenüber, auf Jennas wartendes Auto zu.

28

Verdacht

Als Stace am nächsten Morgen aufwachte, stellte sie fest, dass sie allein in dem riesigen Bett lag. Die Balkontüren standen ein Stück offen, die weißen Voilevorhänge flatterten in der sanften Brise, und von unten drangen Stimmen empor. Sie schnappte sich das Kleid, das sie letzte Nacht auf dem Stuhl abgelegt hatte, und zog es sich über den Kopf, dann trat sie hinaus. Das imposante schmiedeeiserne Tor stand offen, John-Paul und Derreck spazierten hindurch, im Schlepptau hatten sie Trevor, Griff und Martin, die durcheinanderquasselten wie ein Haufen aufgeregter Kinder auf Klassenfahrt. Was war da los? Sie wusste noch nicht einmal, wie viel Uhr es war. Sie musste verschlafen haben. Und wo waren die Mädels? Sie war verwirrt und auch ein wenig verärgert, weil John-Paul sie nicht geweckt hatte. Ihr erster Tag in einem fremden Land und er war bereits mit diesem Derreck und den anderen Jungs auf Tour. Sie war versucht, ihnen nachzurufen, wollte aber vor Derreck nicht wie eine nervige Klette rüberkommen. Stattdessen sah sie zu, wie sie auf die belebte Straße traten und ein paar Tuk-Tuks heranwinkten.

Nachdem sie das Kleid gegen Jeansshorts und ein Trägertop gewechselt und sich ordentlich mit Sonnenmilch eingecremt hatte, ging sie nach unten, wobei sie die Kühle der Marmorfliesen unter ihren Fußsohlen genoss. Die Villa hatte zwar etwas von einem Rückzugsort – ihre eigene kleine Oase –, aber ihr war bewusst, dass sich direkt vor dem Tor eine geschäftige, stinkende, stickige Metropole befand, die soeben John-Paul verschluckt hatte. Sie fühlte sich dem noch nicht gewachsen.

»Hey, da ist sie ja!«, rief Hannah, als Stace die riesige Küche betrat. Die Tür zum Garten stand sperrangelweit offen, und sie konnte Maggie in einem kirschroten Bikini am Rand des Pools sitzen sehen, die Beine ins Wasser getaucht, ein Glas Saft an den Lippen und eine große lila Sonnenbrille in ihrem dunklen Haar. Sie sah über die Schulter zu ihnen rüber und winkte. Leonie hatte es sich in einem auffallend geblümten Badeanzug in der Küche gemütlich gemacht, wobei ihr tiefes Dekolleté bereits knallrot war. Hannah stand in einem grünen Bikini in der Tür, ihr Handtuch hatte sie über die Sonnenliege drapiert. Sie war groß, mit einem knabenhaften Körper, die hellbraunen Locken zu einem Pferdeschwanz zusammengebunden. Sie wandte Stace ihr sommersprossiges Gesicht zu. »Warum hast du keine Badesachen an?«

Stace blickte auf ihr Top und ihre Shorts hinab. »Ich wusste nicht, was geplant war. Warum seid ihr alle schon so munter? Mein Körper fühlt sich an wie aus Blei.« Sie schienen kein bisschen unter dem Jetlag zu leiden, aber das lag wahrscheinlich daran, dass sie letzte Nacht zu einer vernünftigen Uhrzeit schlafen gegangen waren – im Gegensatz zu Stace, die bis drei Uhr morgens in Gedanken Derreck angeschmachtet hatte. Das geschah ihr ganz recht. Was würden die anderen sagen, wenn sie ihnen erzählte, dass er sich vor ihr ausgezogen hatte und nackt in den Pool gesprungen war? Dass er sie eingeladen hatte, sich zu ihm zu gesellen, und dass ein Teil von ihr das auch gewollt hatte.

»Café frappé?«, fragte Leonie und bot ihr ein großes Glas an.

Stace verzog das Gesicht. Sie hatte noch nie in ihrem Leben Café frappé probiert und würde hier und jetzt auch nicht damit anfangen. Sie schüttelte den Kopf, woraufhin Leonie einen kleinen Schluck davon nahm.

Sie ließ die Lippen schmatzen. »Schmeckt überraschend gut.«

»Ich hab gesehen, dass die Jungs losgezogen sind. Wohin wollen sie?«

Hannah lachte. »Hast du Angst, John-Paul könnte dir davonlaufen?«, sagte sie neckend, da ihr Stace' Unsicherheiten bekannt waren. »Sie wollten nur zum 7-Eleven an der Ecke.«

Dann verließen sie die Küche, um sich zu Maggie zu gesellen. Stace blieb im Schatten der Holzpergola stehen, während Leonie und Hannah sich auf die Liegestühle fläzten.

Ihr Herz flatterte leicht, als sie an Derreck letzte Nacht im Pool zurückdachte, an das Wasser, das sich über seiner gebräunten Brust kräuselte, und das Mondlicht, das den Glanz seiner kräftigen Schultern einfing. Sie holte tief Luft, angewidert von sich selbst, von der Art, wie ihr Körper sie betrog, wenn sie nur daran dachte. Das kam bloß daher, weil sie wütend auf John-Paul war, sagte sie sich.

»Aber sie sind mit Tuk-Tuks aufgebrochen«, sagte sie schließlich und ließ sich auf der Kante von Leonies Sonnenliege nieder, wobei sie das heiße Holz an der Rückseite ihrer Oberschenkel spürte.

Leonie wackelte mit ihren pummeligen Zehen. Ihre Nägel waren puderrosa lackiert, und sie trug ein silbernes Fußkettchen. »Jetzt entspann dich doch mal, okay? Genieß die Zeit mit uns Mädels, statt dir den Kopf zu zerbrechen, wo dein heiß geliebter John-Paul abgeblieben ist.« Sie schloss die Augen. »Und überhaupt habe ich Derreck und John-Paul heute Morgen reden hören. Klang für mich so, als ob sie mit den Jungs allein sein wollten, um sie etwas zu fragen.«

»Sie was zu fragen?« Panik flammte in Stace auf, als sie an Derrecks und John-Pauls gestriges Gespräch hinter verschlossenen Türen zurückdachte.

»Keinen Plan, aber ich meine, er wollte sie mitnehmen, um einen Kumpel zu treffen«, erwiderte Leonie, das Gesicht in die Sonne gereckt.

Warum hatte Stace das Gefühl, dass Derreck versuchte, sie in etwas hineinzuziehen? In etwas ... Fragwürdiges vielleicht? Sie ver-

scheuchte den Gedanken aus ihrem Kopf. Sie befand sich hier nicht in einem Robert-De-Niro-Streifen. Die Paranoia ging mit ihr durch.

Stace stand auf und ging in die Küche, um sich etwas zu trinken zu holen. Außerdem war sie am Verhungern. Gestern Abend beim Grillen hatte sie nicht richtig gegessen, da ihr alles ein bisschen zu viel gewesen war. Sie wollte unbedingt eine Tasse Tee. Allerdings nicht eisgekühlt, sondern heiß, so, wie sie ihn auch zu Hause trank. Gab es in diesem Haus überhaupt einen Wasserkocher?

»Alles okay bei dir?«, hörte sie Maggie hinter sich fragen. Sie drehte sich um und sah ihre Freundin in der Küche stehen, die Füße und Knöchel noch nass vom Pool. Auf den Marmorfliesen waren feuchte Fußabdrücke zu sehen.

Stace versuchte sich an einem Lächeln. »Klar. Schließlich sind wir hier in diesem Wahnsinnshaus. Ich meine, schau dir das an! Das ist wie ein Palast.«

»Aber?«

Stace' Blick huschte zu Leonie und Hannah, die sich mit geschlossenen Augen leise unterhielten. Dort draußen hatte es beinahe vierzig Grad. Wenn sie nicht aufpassten, würden sie sich einen schlimmen Sonnenstich holen. »Hier merkt man einfach, wie trist es eigentlich zu Hause ist, oder?«

Maggies Augen weiteten sich. »Wie meinst du das?«

Stace führte Maggie weiter in die Küche, damit die anderen außer Hörweite waren. »John-Paul hat seinen Job verloren«, sagte sie. »Ich habe es noch niemandem erzählt.«

»Hat man ihn gefeuert?«

»Nein, nein, das nicht. John-Paul arbeitet wirklich hart, aber die Firma läuft nicht so gut …« Sie versuchte, die Angst zu unterdrücken, die jedes Mal in ihr aufflackerte, wenn sie daran dachte. »Wer zuletzt kommt, fliegt als Erster. So läuft es nun mal.« Sie dämpfte ihre Stimme noch etwas. »Außerdem habe ich John-Paul gestern

Abend bei einem Gespräch belauscht. Es klang, als wollte Derreck, dass John-Paul etwas für ihn tut. Als würde John-Paul ihm etwas schuldig sein.«

»Für was denn?«

»Keine Ahnung, und als ich ihn danach fragen wollte, hat mich John-Paul gestern Abend abgewimmelt.«

»John-Paul ist ein netter Kerl. Er wird schon keine Dummheiten anstellen«, sagte Maggie entschieden.

Stace öffnete den Kühlschrank und goss sich einen Orangensaft ein. »Seit wir hier sind, ist er irgendwie anders. So schweigsam. Mürrisch. Und Derreck wiederum ist so ... so ...«

»Unfassbar heiß. Umwerfend. Sexy. Und stinkreich.«

Stace konnte sich ein Kichern nicht verkneifen. »Ich wollte ja eigentlich selbstbewusst und überzeugend sagen«, erwiderte sie und dachte daran, wie kurz sie gestern Abend davor gewesen war, zu ihm in den Pool zu steigen. »Aber ja, du hast schon recht.«

Maggie hakte sich bei ihr unter. »Komm, lass dir durch deine Sorgen nicht den Urlaub vermiesen. Wir werden wahrscheinlich nie wieder an so einem luxuriösen Ort absteigen. Mach das Beste daraus.«

Zwei Stunden später kamen die Jungs endlich zurück. »Wir haben Vorräte aufgestockt«, rief Derreck und hielt eine gestreifte Plastiktüte hoch, während er die anderen in den Garten führte. Martin, Trev und Griff schienen gut gelaunt – vor allem Griff, der von einem Ohr zum anderen grinste. Sobald Stace' Blick auf Derreck fiel, verspürte sie einen Schauder, eine Mischung aus Erregung und Nervosität. John-Paul bildete das Schlusslicht und wirkte etwas neben sich.

»Ihr habt zwei Stunden gebraucht, um zum 7-Eleven zu gehen?«, kommentierte Leonie von ihrem Platz unter dem riesigen

Sonnensegel, wo sie sich alle niedergelassen hatten. Es war zu heiß, um noch in der Sonne zu bleiben. Vor allem Leonie erinnerte mittlerweile schon stark an einen Hummer.

John-Paul ließ sich neben Stace nieder und rieb ihr das nackte Knie. Er schenkte ihr ein Lächeln, das sie vermutlich beruhigen sollte, aber seine Augen blieben davon unberührt.

»Derreck hat uns auf eine kleine Tour mitgenommen«, kicherte Griff und schlang einen Arm um Leonies Schulter. Sie schüttelte ihn mit den Worten ab, es sei viel zu heiß, um angefasst zu werden. Große Schweißflecke zeichneten sich unter den Achseln seines Pink-Floyd-T-Shirts ab.

»Ja, das hat er wohl«, sagte Trevor, der noch immer seinen albernen Hut aufhatte. Er wechselte einen Blick mit Griff, der daraufhin ein dreckiges Lachen ausstieß. »Wer kommt mit in den Pool?« Er machte sich daran, sein T-Shirt auszuziehen, und Trev folgte seinem Beispiel. Sie sprangen in das kühle blaue Nass, woraufhin Leonie in gespielter Empörung aufkreischte, als sie ein paar Spritzer abbekam.

»Wir müssen reden«, flüsterte Stace John-Paul zu.

»Ich kann nicht …«

»Jetzt«, formte sie lautlos mit den Lippen.

Wortlos erhob er sich und folgte ihr ans andere Ende des weitläufigen Gartens.

»Was ist hier los?«, fragte sie, sobald sie außer Hörweite der anderen waren. Nur Leonies gackerndes Lachen drang hin und wieder zu ihnen rüber.

»Was meinst du damit?«

Sie bemerkte den Schweiß auf John-Pauls Oberlippe. »Lüg mich nicht an. Ich habe dich und Derreck gestern Abend gehört.« John-Paul erblasste. »Was meinte er damit, dass du ihm etwas schuldest? Und wofür?«

John-Pauls große braune Augen weiteten sich wie die eines panischen Tieres. »Das war … eine dumme Sache. Ich bin damals, als wir auf Reisen waren, in Schwierigkeiten geraten. Derreck hat mir rausgeholfen.«

»In Schwierigkeiten geraten? Was für Schwierigkeiten?«

»Das tut nichts zur Sache.«

»Ich dachte, wir würden alles voneinander wissen.« Sie packte seine Hand. »Aber jetzt entdecke ich eine neue Seite an dir. Eine geheimnistuerische Seite. Warum kannst du es mir nicht sagen?«

Er entzog ihr seine Hand und fuhr sich stattdessen durch sein dunkles Haar. »Das spielt keine Rolle. Stace, du musst mir vertrauen.«

»Okay, gut. Was will er, dass du für ihn tust? Aus welchem Grund hat er uns wirklich hierher eingeladen?«

John-Pauls Blick schweifte zu ihren Freunden rüber. Maggie und Martin waren mittlerweile auch im Pool. Derreck, der noch vollständig bekleidet war, stand in ihre Richtung gewandt am Beckenrand und schirmte sein Gesicht mit der Hand ab.

John-Paul seufzte schwer. »Es ist nichts Wildes. Wirklich. Derreck hat zu Hause einen Kumpel, der sich auf exotische Artefakte spezialisiert hat. Er will, dass ich und die Jungs ein paar davon aus dem Land schmuggeln.«

»Wie bitte? Warum solltest du sie rausschmuggeln?«

»Weil Thailand sehr strikte Bestimmungen hat, was die Ausfuhr gewisser Dinge angeht. Buddha-Figuren zum Beispiel. Und Derrecks Freund in England will sie in seinem Laden verkaufen.«

Ihr war am ganzen Körper der Schweiß ausgebrochen, und trotz der vierzig Grad im Schatten fröstelte sie. »Befinden sich in diesen Buddha-Figuren … Drogen?«

»Was?« John-Paul lachte. »Heilige Scheiße, Stace. Natürlich nicht. Das ist nur ein Haufen antiker Plunder.«

Sie runzelte die Stirn. »Bekommst du Geld dafür, wenn du das tust?«

»Ja, klar. Schon. Aber streng genommen bleibt es trotzdem verboten. Die thailändische Regierung ist da ziemlich hinterher. Soweit ich weiß, darf man die Dinger für religiöse Zwecke außer Landes bringen, aber dafür muss man einiges an Papierkram erledigen, eine Lizenz besorgen, und laut Derreck ist das alles ein bisschen umständlich. Also möchte er, dass jeder von uns jeweils zwei mit sich nimmt.«

»Uns?«

»Also, ja. Zwei Buddhas pro Pärchen. Denn falls einer von uns erwischt werden sollte, würde es nur so aussehen, als wären wir ein Haufen dummer Touristen, die die Regeln nicht kennen.«

»Und du hast dem zugestimmt?«

Er zuckte mit den Schultern. »Erst habe ich Nein gesagt. Aber die Bezahlung … Wir könnten die Kohle gut gebrauchen.«

»Wie viel?«

»Hat er noch nicht gesagt.« Er blickte zu Derreck hinüber, dann wieder zu Stace und rieb sich das Genick. »Derreck hat uns heute früh zu dem Typen mitgenommen. Dort waren wir bis gerade eben. Die Jungs meinten, sie würden es sich überlegen und ihre Mädels fragen. Für Derreck ist das nur ein Nebenerwerb.« Er ließ ein hohles Lachen hören. »Ich glaube, er hat eine ganze Menge an Nebeneinkünften, angesichts dessen, wie viel Geld er zu haben scheint.«

»Können wir ins Gefängnis kommen, falls man uns erwischt?«

John-Paul schüttelte nachdrücklich den Kopf. »Gott, nein. Nein … Wahrscheinlich würden wir nur ein Bußgeld kriegen. Aber, nein, ich glaube nicht, dass eine Gefängnisstrafe …«

Stace starrte ihn entsetzt an. »Du glaubst nicht? Ich werde verdammt noch mal nichts tun, was uns in ein thailändisches Gefängnis bringen könnte. Es ist mir scheißegal, wie pleite wir sind.«

In diesem Moment kam Derreck über den Rasen geschlendert,

um sich zu ihnen zu gesellen. Er klopfte John-Paul auf den Rücken und zwinkerte Stace zu. »Was macht ihr beiden hier drüben, so ungesellig?«

Stace hielt seinem Blick stand. »John-Paul hat mir gerade von den Buddhas erzählt.«

»Und, was denkst du?«

»Ich denke, dass das eine ziemlich seltsame Bitte ist.«

Ein Ausdruck, den sie nicht so recht deuten konnte, wechselte zwischen den beiden Männern. Dann lachte Derreck laut. »Da hast du dir aber was ganz schön Misstrauisches angelacht, JP.« Wieder zwinkerte er ihr zu. »Kommt, lasst uns was zu Mittag essen.«

Während sie hinter Derreck zu den anderen zurückgingen, versuchte John-Paul, ihre Hand zu nehmen, doch sie riss sie weg. »Wehe, du lügst mich an«, zischte sie. »Und bevor ich irgendwas zustimme, möchte ich diese Buddhas mit eigenen Augen sehen, ist das klar? Außerdem möchte ich eine Garantie, dass, falls einer von uns erwischt wird, wir maximal eine Geldstrafe bekommen.«

»Natürlich.« Er griff erneut nach ihrer Hand. Diesmal zog sie sie nicht zurück.

29

Jenna

Es ist erst kurz vor siebzehn Uhr, aber die Dunkelheit bricht an diesem Nachmittag schnell herein, so plötzlich, als hätte jemand das Licht ausgeknipst. Ich parke vor meiner Hütte, und wir steigen aus dem Auto. Die Luft ist kühl und riecht nach Lagerfeuer, nach Kiefernnadeln und feuchter Erde. Olivia trägt eine graue Pudelmütze, die das Silber in ihren Augen betont, und hat noch immer ihre Reitklamotten an, denen ein leichter Pferdegeruch anhaftet. Sie lächelt unsicher, wobei ihre weißen ebenmäßigen Zähne zum Vorschein kommen. Auf ihren Wangen liegt ein gesunder Glanz. Zum ersten Mal fällt mir ihr Aussehen auf. Sie ist attraktiv, auf diese Mädchen-von-nebenan-Art, hat ein einnehmendes Lächeln und einen klaren Teint, der selbst im Winter noch gebräunt wirkt. Meiner ist eher milchig-weiß und fängt sich leicht einen Sonnenbrand ein. Irgendetwas ist heute anders an ihr. Sie wirkt irgendwie entschlossener.

»Danke fürs Abholen«, sagt sie noch einmal. Sie steht da und betrachtet die Hütte. »Es ist schön hier. Aber auch sehr abgelegen. Finden Sie es nicht ein bisschen gruselig so ganz allein hier?«

»Das geht schon. Es gibt ja mehrere Hütten.« Vage winke ich in Richtung Foxglove, gebe aber nicht zu, dass sie alle leer stehen.

»Ich ziehe besser meine Stiefel aus«, sagt sie, als sie über die Schwelle tritt. »Die sind voller Dreck.«

Ich lache. »Gerne. Ich schmeiße solange den Wasserkocher an«, doch dann fällt mir wieder der Heißwasserhahn ein.

Als ich mich anschicke, die Tür hinter ihr zu schließen, blicke ich in den finsteren Wald hinaus. In keiner der anderen Hütten brennt ein beruhigendes Licht, und die dicht stehenden Bäume wirken geradezu klaustrophobisch, zumal die dunklen stacheligen Zweige nur das unbehagliche Gefühl verstärken, das mich seit dem Angriff letzte Nacht begleitet – vielleicht auch schon zuvor. Die Dunkelheit scheint sich ins Unendliche auszudehnen, allerdings … Ist das nur meine Einbildung, oder hat sich da drüben zwischen den Bäumen etwas bewegt?

»Und es weiß niemand, dass Sie hier sind?«, vergewissere ich mich, als ich schlussendlich die Tür schließe.

Sie nimmt ihre Mütze ab und schüttelt ihr Haar aus. »Nein, ich habe niemandem davon erzählt.« Sie folgt mir durch das Wohnzimmer in die Küche. »Das ist aber hübsch!«, ruft sie aus, während sie sich umsieht. »Ziemlich luxuriös.«

»Ja, die Hütten sind wirklich schön eingerichtet.« Ich biete ihr einen Tee an.

»Sehr gerne. Mit Milch, ohne Zucker.«

»Wie geht es Ihrem Bein?«, erkundige ich mich, als sie durch die Küche humpelt, um mir einen der Becher abzunehmen.

Heute Mittag bei den Steinen schien sie schlimme Schmerzen zu haben. Ich habe von Olivias Verletzungen gelesen und weiß daher, dass sie noch immer Metallstifte in ihrem linken Bein hat.

Zur Antwort verzieht sie das Gesicht. »Viel besser als früher. Es hilft, es so oft wie möglich zu bewegen. Ich habe den Eindruck, je mehr ich herumsitze, desto steifer wird es. Aber, nun ja, es hätte viel schlimmer kommen können. Falls Katie, Tamzin und Sally tatsächlich entführt wurden, ist es möglich, dass mich mein eingeklemmtes Bein gerettet hat.« Sie stößt ein freudloses Lachen aus. »Aus diesem Grund fühle ich mich zu allem Überfluss auch noch schuldig, weil ich mit halbwegs heiler Haut davongekommen bin.« Sie spricht betont heiter, um ihre Emotionen zu kaschieren, aber mir entgeht nicht, wie sehr sie das mitnimmt.

»Das tut mir leid. Ich kann mir das gar nicht vorstellen«, bekunde ich ehrlich.

Sie zuckt mit den Schultern. »So ist es nun mal.«

Wir gehen ins Wohnzimmer rüber. »Ich habe versucht, ein Feuer zu machen«, sage ich, als ich ihr Frösteln bemerke, »aber ich krieg es einfach nicht an.«

»Wenn Sie wollen, kann ich das übernehmen. Wir haben zu Hause auch einen Kamin.« Sie stellt ihren Becher auf dem Sofatisch aus Eichenholz ab und macht sich vor der Feuerstelle zu schaffen.

Innerhalb weniger Minuten hat sie ein loderndes Feuer zustande gebracht und richtet sich mit zufriedener Miene wieder auf.

»Bei Ihnen schaut das so einfach aus. Keine Ahnung, was ich falsch mache.«

»Sie müssen das Papier gut anzünden«, erwidert sie, »nicht bloß das Holz.« Sie geht zum Sofa, schnappt sich ihren Becher, lehnt sich zurück und streckt die Beine aus.

Ich habe währenddessen mein Handy samt Stativ auf dem Sofatisch aufgebaut. Olivia nippt an ihrem Tee und sieht mir über den Becherrand hinweg zu, wie ich die App anklicke und die Aufnahme starte.

»Also«, sage ich und nehme auf dem Stuhl neben der Terrassentür Platz. »Danke noch mal, dass Sie dem Interview zugestimmt haben. Ich hatte ein bisschen Angst, dass Sie Ihre Meinung noch ändern könnten.« Ich ziehe meine Beine unter mir auf dem Sofa an. Ich möchte, dass auch Olivia sich entspannt und vergisst, dass sie aufgenommen wird. So, als wären wir einfach nur zwei Bekannte, die plaudern.

»Ich kann immer noch nicht glauben, dass ich hier bin«, sagt sie und sieht sich um. »Aber … Nein, das ist wirklich albern.«

»Nein, bitte. Was wollten Sie gerade sagen?«

Sie wärmt ihre Hände an ihrem Becher. Ihre Fingernägel sind runtergenagt. »Alle sagen mir immer, was ich tun soll. Meine Mutter, Wesley. Ich weiß, das kommt daher, dass sie nur mein Bestes wollen, aber es ist beinahe so, als würden sie glauben, ich wäre nach dem Unfall achtzehn geblieben. Dabei bin ich eine erwachsene Frau. Ich habe eine eigene Stimme!«

»Natürlich haben Sie die«, bestätige ich. Ich kann mir gut vorstellen, dass dies ihre Art ist, sich zu wehren, aufzubegehren. Insbesondere gegen Wesley.

»An was können Sie sich von der Unfallnacht denn erinnern?«, beginne ich behutsam, um einen sanften Einstieg ins Interview zu finden.

Sie pustet in ihren Tee, bevor sie wehmütig antwortet: »Wir haben uns so darauf gefreut auszugehen. Wir haben jeden Samstag etwas zusammen unternommen, aber dieses Mal ging es in einen neuen Club in der Nachbarstadt, den wir ausprobieren wollten.« Sie schluckt. »Es war so ein schöner Abend. Jedenfalls zum Großteil. Tamzin hat etwas zu viel getrunken, aber das tat sie oft. Und sie und Katie bekamen sich ein bisschen in die Haare. Ich war mit Sally gerade an der Bar, und als die beiden mit grimmiger Miene aus den Toiletten kamen, meinte Sally nur: ›Oh, nein, nicht schon wieder.‹ Sie haben sich oft gezofft. Sie waren beste Freundinnen, aber eben auch wie Schwestern.«

»Worum haben sie denn gestritten?«

»Keine Ahnung. Wahrscheinlich etwas total Banales. Tamzin führte sich oft ein bisschen daneben auf, wenn sie einen sitzen hatte. Wahrscheinlich hat sie irgendeinen Kommentar zu Katies Outfit abgegeben oder sie aufgezogen, weil sie keinen Freund hatte.« Olivia nippt an ihrem Tee. »Und dann, auf der Rückfahrt, fing es richtig stark zu regnen an.« Ihre Augen nehmen einen glasigen Ausdruck an, so, als sähe sie den leeren Devil's Corridor vor sich – so wie ich mir vorstelle, dass er auf ihrer Heimfahrt ausgesehen haben könnte. »Plötzlich schrie eine von ihnen, dass jemand auf der Straße wäre. Ich riss das Lenkrad herum, und das Auto überschlug sich. Ich wurde ohnmächtig, und als ich wieder zu mir kam, waren sie fort.«

Ich nicke, ohne ein Wort zu sagen, um den Moment nicht zu zerstören. Natürlich ist mir das meiste davon bereits bekannt, aber das hier ist ja auch für die Zuhörer bestimmt.

»Danach saß ich eine Weile so da, verletzt, unfähig, mich zu bewegen, bis ich jemanden aus dem Regen auftauchen und auf das Auto zueilen sah. Ich schrie, weil ich zunächst dachte, es wäre die Gestalt, die ich auch auf der Straße gesehen hatte, aber es war Ralph. Es war nur Ralph. Ich kannte ihn bereits ein bisschen. Ich hatte ihn hier und da in der Stadt gesehen, und wir haben ihm immer Hallo gesagt, wenn wir ihm begegneten. Einmal half er Katie, ihre Katze wiederzufinden. Ich hatte keine Angst vor ihm. Und in diesem Moment wusste ich, dass ich ihm vertrauen musste – denn was blieb mir auch anderes übrig?« Sie lacht betrübt und überkreuzt ihre Knöchel. Eine ihrer Wollsocken ist an den Zehen verrutscht, sodass es aussieht, als hätte sie einen längeren Fuß.

»Und was hat Ralph getan?«

»Er rief einen Krankenwagen, dann setzte er sich zu mir ins Auto, auf den Beifahrersitz, um mit mir auf ihre Ankunft zu warten. Ich habe ziemlich hysterisch geweint, und er hat versucht, mich zu beruhigen, indem er mir versicherte, dass meine Freundinnen bestimmt losgegangen waren, um Hilfe zu holen, aber ich wusste … ich wusste, dass das nicht stimmen konnte, weil Katie ein Handy hatte. Aber dann habe ich mir überlegt, dass vielleicht ihr Akku leer war oder dass es womöglich bei dem Unfall kaputtgegangen war. Also ließ ich mich von ihm überzeugen. Und wenn ich ehrlich bin, war ich in diesem Moment auch mehr mit mir selbst beschäftigt. Mein Bein war eingeklemmt, völlig zerquetscht. Mir war klar, dass man mich aus dem Wagen würde herausschneiden müssen. Ich hatte furchtbare Angst, dass ich nie wieder würde laufen können.«

»Das ist verständlich«, sage ich. »Und Sie sind sich also sicher, dass Ralph nicht die Gestalt war, die Sie auf der Straße gesehen haben?«

»Nein, sicher bin ich mir nicht. Aber Ralph beteuerte mir, dass er es nicht gewesen sei. Er meinte, er sei im Wald gewesen, um irgendein Tier zu verarzten – ich glaube, einen Fuchs, Ralph war ganz vernarrt in Tiere –, als er das Geräusch von, wie er es ausdrückte, explodierendem Metall hörte. Er brauchte etwa zehn Minuten, um zu mir zu gelangen.«

Ich zögere. Sie bemerkt meinen Gesichtsausdruck und runzelt die Stirn. »Was denn?«

Ich erzähle ihr von den Fotos, die man in Ralphs Wohnwagen gefunden hat, und beschreibe sie ihr. »Sie müssen wohl in den Tagen oder Wochen vor dem Unfall aufgenommen worden sein. Auf dem einen Foto sind Sie gerade dabei, Ihren Peugeot 205 vollzutanken, und tragen Winterkleidung. Sie sagten damals aus, dass Sie glaubten, verfolgt zu werden? Ich denke, dass es sich dabei um Ralph gehandelt haben könnte. Falls er Sie verfolgt hat, könnte er auch die Person auf der Straße gewesen sein. Derjenige, der den Unfall verursacht hat.«

»Aber …« Sie starrt mich völlig verwirrt an, so als müsste sie all das, was sie die Jahre über zu wissen glaubte, neu ordnen. »Nein, das kann nicht sein. Ich habe es damals der Polizei erzählt. Der Mann, der mich verfolgte, fuhr einen weißen Lieferwagen. Außerdem hatte er eine Narbe.«

»Eine Narbe?« Weder Dale noch Brenda haben dieses Detail erwähnt.

»Ja. Hier.« Sie berührt ihren Wangenknochen. »Sie war ziemlich auffällig und erstreckte sich von seinem Augenwinkel bis in die Mitte seiner Wange.« Sie beugt sich vor und stellt ihren Becher auf dem Tisch ab.

»Und das haben Sie der Polizei so gesagt?«

»Ja. Natürlich. Ich meine, ich war bis obenhin voll mit Schmerzmitteln – ich war gerade erst operiert worden –, aber sie kamen trotzdem gleich mehrere Male vorbei, um mich zu befragen.«

Ich mustere sie eingehend, unschlüssig, ob sie lügt. Wenn sie den Mann mit der Narbe der Polizei gegenüber erwähnt hätte, dann wäre das doch dokumentiert worden. Ist das jetzt einfach nur etwas, das sie sich für dieses Interview aus den Fingern gesogen hat? Um Ralph zu schützen? Oder haben sowohl Brenda als auch Dale aus irgendeinem bestimmten Grund beschlossen, es mir gegenüber nicht zu erwähnen? Ich nehme mir vor, Dale darauf anzusprechen, wenn er nachher vorbeikommt.

»Also, dieser Mann mit der Narbe«, fahre ich fort, »an was können Sie sich sonst noch über ihn erinnern? Wie alt war er ungefähr?«

Sie verlagert unbehaglich ihren Sitz und ringt die Hände im Schoß. »Das ist so lange her. Aber ich würde sagen Ende vierzig. Ziemlich bullig gebaut. Unrasiert. Ein paarmal sah ich seinen geparkten Lieferwagen, er saß drin und rauchte.«

»Und haben Sie ihn je aussteigen sehen?«

»Nur einmal. Ich glaube, er wollte mich ansprechen. Ich führte gerade eines der Ponys auf eine Weide und sah ihn auf der anderen Straßenseite. Er rief zu mir rüber.«

»Hat er Sie bei Ihrem Namen gerufen?«

»Nein. Nein. Nur ›Hallo‹ … oder so ähnlich. Und da rannte ich mit dem Pony los. Ich hatte total Schiss. Er sah richtig fies aus. Ungepflegt. Aber zum Glück ist er mir nicht nachgelaufen.«

»Und das war das letzte Mal, dass Sie ihn sahen?«

»Ja. Ich glaube, das war am Tag vor dem Unfall.«

Ich lasse diese Information sacken. »Und Sie haben ihn seither nie wieder gesehen?«

»Nein.« Sie blinzelt. »Ich habe Sally gefragt, ob sie ihn mal gesehen hatte. An jenem Abend im Club. Aber ihr war niemand aufgefallen. Und die Polizei hat weder ihn noch seinen Lieferwagen ausfindig machen können.«

»Aber das erklärt noch lange nicht, warum man diese

Fotos von Ihnen in Ralphs Wohnwagen gefunden hat«, sage ich ratlos. »Sie haben den Mann mit der Narbe nie zusammen mit Ralph gesehen?«

Sie schüttelt den Kopf. »Nein. Das ergibt alles keinen Sinn.«

»Ralph hat mir gegenüber etwas von einem hellen Licht am Unfallort erwähnt«, fahre ich fort, um das Interview voranzutreiben. »Haben Sie das ebenfalls gesehen?«

Olivia zieht die Augenbrauen zusammen. »Ich … nein, ich denke nicht. Ich hatte große Schmerzen. Auch nachdem Ralph mich gefunden hatte, verlor ich immer wieder das Bewusstsein. Erst am nächsten Tag, als die Polizei zu mir ins Krankenhaus kam und mir mitteilte, dass meine Freundinnen nicht nach Hause gekommen seien, begann ich mir Sorgen zu machen. Aber selbst da …« Sie hält inne und scheint ihre nächsten Worte abzuwägen. »Selbst die Tage darauf ging ich davon aus, dass sie wieder auftauchen würden. Dass sie mit irgendeiner schrägen Geschichte ankommen würden, wo sie gesteckt hatten.« Sie löst die Füße voneinander.

»Was hat Ralph Ihnen über das helle Licht erzählt, das er angeblich gesehen hatte?« Mich beschleicht das Gefühl, dass sie meiner Frage ausweicht.

Sie gibt ein abfälliges *pah* von sich. »Aliens. Was auch sonst.« Sie lacht. »So war Ralph eben. Er hat an paranormale Phänomene und das Übernatürliche geglaubt.«

»Denken Sie, er hat es sich nur eingebildet?«

»Das muss er wohl.« Ihr Tonfall hat etwas Endgültiges, und ich befürchte, sie zu verlieren, daher frage ich sie stattdessen nach dem fehlenden Geld.

Sie setzt sich aufrechter hin. »Ja. An Tamzins Arbeitsplatz verschwand Geld aus der Portokasse. Ich schätze, sobald die

Polizei Wind davon bekam, gingen sie davon aus, dass Tamzin es geklaut haben und damit abgehauen sein musste.«

»Aber so wie es klingt, war es keine große Summe.«

»Ich weiß. Außerdem gab es keinen Beweis dafür, dass es Tamzin war, die es genommen hatte.«

»War sie nicht diejenige, die für die Portokasse verantwortlich war?«

»Na ja. Schon. Aber das heißt noch lange nicht, dass sie das Geld geklaut hat.«

»Nein«, bestätige ich. »Natürlich nicht.«

Ihre Wangen sind gerötet. »Tamzin war keine Diebin. Sie hätte das Geld nie im Leben genommen. Ich glaube fest, dass jemand anderes es getan und Tamzin die Schuld in die Schuhe geschoben hat. Jemand, der womöglich wusste, dass sie nicht mehr zurückkommen würde.«

Ich starre sie überrascht an. »Wie wer?«

»Das weiß ich nicht. Vielleicht ein Kollege von ihr.«

»Und Sie glauben nicht, dass die drei weggelaufen sind?«

»Es ist völlig ausgeschlossen, dass die drei einfach so abgehauen wären und sich nie weder bei jemandem gemeldet hätten. Vor allem Sally. Wir standen uns so nahe.« Aber sie wirkt sich ihrer Sache nicht so sicher, und ihre Lippen zittern, als hätte sie mit einem tiefen Vertrauensbruch zu kämpfen. »Ich verstehe nicht, warum Ralph diese Fotos von mir besaß. Er kann es nicht gewesen sein, der mir gefolgt ist. Ich meine, warum auch? Ich kapiere das nicht.«

Ich halte inne, da ich meine nächste Frage ganz behutsam formulieren möchte. »Hat Ralph je den Eindruck vermittelt … ein romantisches Interesse an Ihnen zu hegen? Sie … Sie haben gestern geweint, als Sie seinen Wohnwagen verließen.«

Sie blickt entsetzt drein. »Überhaupt nicht! Ralph hat mich behandelt wie eine kleine Schwester. Er hat sich mir gegenüber nie unangemessen verhalten. Er hat mir nie Komplimente gemacht oder mein Aussehen kommentiert oder sonst irgendwas. Nein. Auf keinen Fall.« Sie blickt auf ihre Hände. Sie sind schwielig und trocken. »Das gestern war ein dummer Streit. Ich machte mir Sorgen um ihn, das ist alles. Er nahm zu viele Drogen. Hat nicht auf sich achtgegeben. Ich fand, dass er übel aussah, und habe ihm das auch so gesagt. Aber er hat mich angefahren und gemeint, ich solle mich um meine eigenen Angelegenheiten kümmern. Das war … das sah ihm gar nicht ähnlich, so mit mir zu reden. Normalerweise war er immer so sanftmütig.« Sie schnalzt mit der Zunge. »Ich verstehe schlicht nicht, warum er diese Fotos besaß. Warum er sie gemacht haben sollte und wieso … wieso dann auch noch behalten. Hat Dale sie Ihnen gezeigt?«

Ich nicke. »Er kommt später noch vorbei, um sich interviewen zu lassen. Vielleicht hat er sie noch bei sich. Ich bin mir sicher, dass er sich ohnehin mit Ihnen darüber unterhalten möchte.«

»Er kommt hierher?« Die Vorstellung, ihm über den Weg zu laufen, scheint sie zu verschrecken. Mir fällt ihre Reaktion ein, als sie uns gestern Abend im Pub gesehen hat.

»Erst später.«

»Ich habe gehört, dass er den Fall wieder aufgerollt hat.« Sie starrt ins Feuer. Die Flammen sind dabei zu verlöschen.

»Ja. Anscheinend ist er ein richtiges Ass, wenn es um die Aufklärung ungelöster Fälle geht.«

Olivia presst die Lippen zusammen. Und überrascht mich dann, indem sie sagt: »Ich hätte nicht gedacht, dass das erlaubt ist.«

Ich bin verwirrt. »Wie meinen Sie das?«

Sie beugt sich zu mir vor. »Dann hat er es Ihnen offenbar nicht gesagt. Ich habe mich das schon gefragt.«

Mir wird plötzlich ganz kalt. »Mir was nicht gesagt?«

Sie streicht sich das Haar aus dem Gesicht, und ihre Augen blicken hart. »Dass Tamzin zum Zeitpunkt ihres Verschwindens seine Freundin war.«

30

»Wie bitte?«, pruste ich und verschlucke mich beinahe an meinem Tee.

Olivias Miene ist ernst, als sie die Arme vor der Brust verschränkt, auch wenn ich ihr ansehe, dass sie den Effekt ihrer Eröffnung im Stillen genießt. »Ja, sie waren total verschossen ineinander.«

»Er hat mir erzählt, dass er mit Tamzin und Katie in einer Jahrgangsstufe war, aber bei ihm klang es nicht so, als hätten sie sich besonders gut gekannt. Genau genommen meinte er, dass er an der Uni gewesen sei, als Ihre Freundinnen verschwanden.«

»Als Dale zum Studieren nach Edinburgh zog, haben sie eine Fernbeziehung aufrechterhalten.«

»Wow«, sage ich und fühle mich, als hätte ich einen Schlag in die Magengrube bekommen. Ich hatte Dale vertraut. Mir war zwar bewusst, dass es Dinge über den Fall gab, die er mir nicht mitteilen durfte. Aber mir so etwas vorzuenthalten? Tamzin war seine *Freundin*. Das war keine Nebensache. Noch gestern Abend saß er mit mir im Pub und hat mir erzählt, er hätte sie kaum gekannt. Er hat mir ins Gesicht gelogen.

Ich stehe auf, um meinen Schock zu überspielen. Ich denke, ich habe alles, was ich für den Podcast benötige, also stoppe ich die Aufnahme. »Ich brauch jetzt erst mal einen Wein. Wollen Sie auch ein Glas?«

Sie sieht genauso aus, wie ich mich fühle. »Ehrlich gesagt, ja. Ich hätte gern eins, danke.«

Ich nehme unsere Becher und stelle sie in der Spüle ab, dann öffne ich eine Flasche Chablis, die ich von zu Hause mitgebracht habe. Ich gieße zwei Gläser ein, kippe meins in einem Zug und fülle es erneut. Als die weiche kühle Flüssigkeit meine Kehle runterrinnt, werde ich sofort ruhiger. Ich trage die Gläser ins Wohnzimmer und reiche eines Olivia. Sie nimmt es dankend entgegen. Ich beobachte, wie sie ebenfalls ein paar großzügige Schlucke nimmt.

Was noch hat Dale mir verschwiegen? Er war der einzige Mensch in der Stadt, von dem ich glaubte, ihm vertrauen zu können. Die Enttäuschung über seinen Verrat ist unverhältnismäßig, schmerzhafter, als es sein sollte, aber ich kann nicht anders. Warum sollte Dale mir das mit Tamzin verschweigen? Was versucht er zu verbergen? »Warum müssen Männer immer lügen?«, platze ich heraus.

»Ich nehme an, wir reden hier nicht nur über Dale«, schlussfolgert Olivia scharfsinnig.

Mir war selbst nicht bewusst, dass ich dabei an Gavin dachte. »Mein Mann ist vor ein paar Monaten ausgezogen. Er behauptet, er bräuchte eine Auszeit von unserer Ehe, aber ich glaube nicht, dass er mir gegenüber ehrlich ist. Etwas ist im Busch. Ich kann es fühlen, hier.« Ich lege die Hand auf mein Herz.

Die anderen Dinge, jene, die ich mir selbst erst vor Kurzem eingestanden habe, behalte ich für mich: Wie verzweifelt ich darauf bedacht gewesen war, unsere Ehe am Laufen zu halten, so sehr, dass ich meine wahren Gefühle, meine Zweifel an Gavin über die Jahre verdrängte. Ich hatte in meiner Jugend gesehen, wie schwer es für meine Mutter gewesen war, mich und meinen Bruder Darren ohne Vater großzuziehen. Ich hatte miterlebt, welchen Einfluss das auf Darren hatte, wie er als Teenager vom rechten Weg abkam, weil er zu Hause kein männliches Vorbild hatte. Ich erinnere mich an die Jahre der Ungewissheit und Angst, während derer meine Mutter bis spät in die Nacht aufblieb, voller Sorge, was Darren wohl gerade trieb und bei welchem seiner fragwürdigen Kumpel er wohl pennte. Bis ich dann Gavin kennenlernte – in der Gewissheit, jene Sicherheit gefunden zu haben, nach der ich mich immer gesehnt hatte. Ich würde die Dinge anders machen als meine Mutter, schwor ich mir bei meiner Heirat. Ich würde Finn ein stabiles Zuhause bieten. Eine richtige Familie mit Mutter und Vater. Wie dumm von mir. Wie naiv. Darren ist mittlerweile verheiratet und hat selbst zwei großartige Kinder – ich vergöttere meine Nichte und meinen Neffen. Er hätte auch auf die schiefe Bahn geraten können, wenn mein Vater uns als kleine Kinder nicht verlassen hätte; und als er etwas älter wurde und Tracey kennenlernte, bekam er sein Leben auf die Reihe.

Olivia schweigt eine Weile, dann sagt sie, beinahe schon flüsternd: »Mir geht es genauso. Mit Wes.«

»Sie denken, er belügt Sie?«

Sie nickt bekümmert und erzählt mir dann von dem ganzen Geld, das Wesley neuerdings verprasst hat. »Außerdem scheint er nie bei der Arbeit zu sein. Ich wundere mich, dass er noch nicht gefeuert wurde bei den vielen Tagen, die er in letzter Zeit blaugemacht hat.«

»Was glauben Sie, was er treibt?«

»Ich weiß auch nicht. Er hat einen Haufen Versagerfreunde. Die könnten alles Mögliche aushecken.«

Ich hole tief Luft. »Glauben Sie, es könnte sich um was Illegales handeln?«

Sie zupft am Saum ihres Pullovers. »Ich glaube nicht«, sagt sie in ihren Schoß, doch ihre Wangen verfärben sich rot. Welchen Verdacht hegt sie?

»Dale hat mir außerdem erzählt, dass in Ralphs Wohnwagen eine große Geldsumme gefunden wurde.«

Olivias Kopf schießt hoch. »O Gott.«

»War Ralph in kriminelle Machenschaften verwickelt, wissen Sie da irgendwas? Drogen vielleicht?«

Olivia nippt an ihrem Wein. »Keine Ahnung. Er nimmt Drogen. *Nahm.*« Sie seufzt. »Hauptsächlich Gras, obwohl, manchmal, wenn ich bei ihm vorbeischaute, konnte ich ihm anmerken, dass er auf was anderem drauf war. Andrerseits …« Sie leert ihr Glas und stellt es auf dem Tisch ab. »… ich kenne mich mit Drogen nicht besonders gut aus. Ich hatte ein sehr behütetes Leben.« Sie stößt ein sarkastisches Lachen aus, aber mir entgeht nicht die dahinter verborgene Traurigkeit. Ich biete ihr noch Wein an.

»Nur einen kleinen Schluck«, sagt sie. Ich stehe auf, um ihr Glas aufzufüllen, nehme dann die Flasche mit, setze mich und gieße mir ebenfalls ein.

»Es muss hart gewesen sein, mit achtzehn so schwer verletzt zu werden«, sage ich, an meinem Wein nippend.

Sie nickt. »Wesley war großartig. Er hat mir sehr geholfen.«

Es gibt etwas, das sie mir nicht sagt. »Sind Sie … immer noch glücklich mit Wesley?« Ich schelte mich innerlich, als ich ihren schockierten Blick sehe. Die Frage war wohl doch zu intim. Nur weil ich gern zu viel von mir preisgebe, heißt das noch lange nicht, dass sie das möchte. »Tut mir leid, Sie müssen darauf nicht antworten.«

»Darf ich Ihnen eine persönliche Frage stellen?«, erwidert sie stattdessen.

»Äh … klar …«

»Glauben Sie, Sie und Ihr Mann kommen wieder zusammen?«

Ich drehe das Weinglas zwischen meinen Händen. »Ganz ehrlich, ich weiß es nicht.«

Olivia nimmt einen kleinen Schluck. »Manchmal frage ich mich, ob ich nur mit Wesley zusammenbleibe, weil ich mich so sehr an ihn gewöhnt habe, weil er schon so lange Teil meines Lebens ist und sich um mich gekümmert hat. Oder ob ich ihn wirklich liebe. Sie wollten wissen, ob ich noch immer glücklich mit ihm bin. Aber das ist relativ, nicht wahr? Glück, meine ich. Im Grunde weiß ich nicht, ob ich überhaupt glücklich bin.«

Sie wirkt dabei so niedergeschlagen, dass ich sie am liebsten in die Arme schließen möchte. »Das tut mir leid«, sage ich erneut. »Trotzdem – und ich weiß, ich habe gut reden mit meiner in Scherben liegenden Beziehung … Trotzdem sollten Sie sich nicht auf immer verpflichtet fühlen. Sie dürfen nicht denken, Sie hätten nicht mehr verdient als das.« Ich werfe die Hände in die Luft. »Es steht in Ihrer Macht, die Dinge zu ändern, Olivia. Falls Sie das wollen.«

Ihre Augen weiten sich überrascht. »Danke. Das habe ich gebraucht.« Sie schenkt mir ein strahlendes Lächeln. Ich glaube, es ist das erste echte Lächeln, das ich bei ihr sehe. Und da wird mir bewusst, dass wir nicht mehr nur Interviewpartnerinnen sind. Sondern zwei gleichaltrige Frauen, die sich miteinander unterhalten. Außerdem merke ich, dass ich sie mag. Sie hat etwas so Argloses an sich. Etwas Unverstelltes, Ehrliches. Wir verfallen in ein geselliges Schweigen und nippen weiter an unserem Wein, bis sie sagt: »Wesley will mit mir zusammenziehen. Er möchte, dass wir uns eine Wohnung kaufen. Und ich …« Sie zögert. »Ich will das nicht. Ich kann nicht erklären, warum. Es fühlt sich einfach nicht richtig an.«

Wir werden von einem Klopfen an der Tür unterbrochen. Es ist fast sieben. Das wird Dale sein. Verdammt. Ich bin versucht, ihm abzusagen, aber ich möchte ihn unbedingt noch fragen, ob er von Olivias Aussage, dass ihr Verfolger eine markante Narbe im Gesicht hatte, weiß. Ganz zu schweigen von der Frage, warum er mir verheimlicht hat, dass er mit Tamzin zusammen war. Ich werfe Olivia einen raschen Blick zu.

Lächelnd versucht sie, ihre Anspannung zu kaschieren, aber ihr gesamter Körper ist verkrampft. »Ist das Dale?«

»Ich glaube schon. Tut mir leid, ich habe die Zeit vergessen. Er wird warten müssen, bis ich Sie nach Hause gebracht habe.« Doch da fällt mir ein, dass ich bereits einige Gläser Wein intus habe. Was habe ich mir bloß dabei gedacht? Ich war so in unser Gespräch vertieft, dass ich darüber ganz vergessen habe, dass ich Olivia heimbringen muss.

Ich stehe auf, um Dale die Tür zu öffnen. Olivia folgt mir und macht sich daran, ihre Stiefel anzuziehen. Dale hat seinen Schal bis zum Kinn hochgezogen, seine Hände stecken in den Taschen. Erneut spüre ich den Stich der Enttäuschung, dass er mich bezüglich Tamzin angelogen hat. Hinter ihm wiegen sich die Baumwipfel im Wind.

»Hi«, sagt er mit einem weichen Ausdruck in seinen haselnussbraunen Augen. Doch da bemerkt er Olivia hinter mir. »Oh, hi, Olivia.«

»Dale.« Sie nickt ihm zu. »Ich bin gerade am Gehen.« Sie

nimmt ihren gelben Regenmantel vom Haken und schlüpft hinein.

Ein leichter Nieselregen hat eingesetzt und die Schultern seines Mantels benetzt. Es ist mir peinlich, als ich ihn bitten muss, Olivia zu fahren. »Es tut mir so leid«, entschuldige ich mich bei den beiden. »Ich habe nicht nachgedacht, als wir die Flasche geöffnet haben.«

»Das ist wirklich nicht nötig. Ich kann ein Taxi nehmen.«

»Ich fahr dich gern«, beteuert Dale. Er steht noch immer in der Tür und zückt seinen Autoschlüssel. »Da draußen ist es furchtbar unwirtlich, und für mich sind es nur zehn Minuten.«

»Das ist nett von dir, Dale«, gebe ich widerwillig zu.

»Nein, bitte, das geht schon«, sagt Olivia, der das Ganze unangenehm scheint.

Dale hält eine Hand hoch. »Du zahlst mir auf keinen Fall ein Taxi.« Er dreht sich zu mir um und grinst. »Bin gleich wieder zurück. Ich würde mich über einen starken Kaffee bei meiner Rückkehr freuen.« Er zwinkert mir freundlich zu.

Und schon geleitet er eine offensichtlich peinlich berührte Olivia zur Tür hinaus.

31

Olivia

Bildet sie sich das nur ein, oder hat es zwischen Dale und Jenna ein wenig gefunkt? Sie ist sich sicher, dass er ihr gerade zugezwinkert hat. Sie kann sich zwar denken, dass Jenna nach der Zurückweisung durch ihren Mann sehr verunsichert ist, aber trotzdem – sie kennt Dale doch so gut wie gar nicht. Nicht, dass Olivia viel Erfahrung mit Männern vorzuweisen hätte, wo sie immer nur mit Wesley zusammen war.

Olivia beschließt, dass es sie nichts angeht, bedankt sich bei Jenna und folgt Dale die Einfahrt entlang. Als sie auf dem unebenen Weg stolpert, muss sie sich an Dales Arm festhalten.

»Oha«, sagt er. »Alles gut bei dir?«

»Nein, die Beleuchtung hier draußen ist echt mies«, sagt sie und löst verlegen ihre Hand von seinem Arm.

»Ja, ziemlich spärlich«, pflichtet er ihr bei. »Pass hier auf, da ist ein großer Stein.«

Sie geht vorsichtig hinter ihm her und ist froh, als sie sein Auto erreichen.

»Also«, beginnt Dale, als sie die Beifahrertür schließt und nach dem Sicherheitsgurt greift. Er lässt den Motor an, fährt allerdings nicht los. »Ich bin doch überrascht, dass du einem Gespräch mit Jenna zugestimmt hast.«

»Es war an der Zeit. Ich hoffe nur, dass etwas Gutes dabei rumkommt.«

Er nickt knapp, den Blick geradeaus gerichtet. »Das freut mich. Und ich weiß, wir haben bereits über Ralph gesprochen, aber ich würde gerne noch mal offiziell mit dir über den Unfall reden. Vielleicht morgen? Ich habe bei deiner Mum ein paar Nachrichten hinterlassen.«

Das wundert sie nun doch. Ihre Mutter hat nichts davon erwähnt. »Ich habe doch seinerzeit meine Aussage gemacht. Ist es wirklich nötig, dass wir das noch mal durchgehen?«

»Ja, in der Tat.« Sein Tonfall ist jetzt knapp, förmlich.

»Na schön, von mir aus.«

Dale fährt los, woraufhin das Radio losplärrt; er stellt es rasch leiser. »Entschuldige.« Er grinst. »Wenn ich allein unterwegs bin, drehe ich gerne auf. Meine Mum meinte früher immer, dass ich noch taub werden würde.«

Olivia schweigt, während Dale aus dem Wald nach rechts auf den Devil's Corridor biegt. Wie sie diese Straße hasst.

Schließlich sagt sie: »Jenna hat mir von den Fotos erzählt, die du in Ralphs Wohnwagen gefunden hast. Hast du sie dabei? Ich würde sie gerne sehen.«

Sein Kiefer verspannt sich. »Darüber wollte ich mich morgen mit dir unterhalten.«

»Ich würde sie gerne jetzt sehen, wenn das möglich ist.«

»In Ordnung.« Sein Mund verzieht sich zu einem Lächeln. »Ich zeige sie dir gleich, sobald wir angehalten haben. Also … worüber hast du sonst noch mit Jenna gesprochen?«

Er versucht, beiläufig zu klingen, doch sie lässt sich nicht täuschen. »Ich habe ihr erzählt, dass du mit Tamzin zusammen warst, falls du darauf hinauswillst.« Sobald die Worte über ihre Lippen sind, bereut sie sie auch schon wieder. Die Stimmung im Auto ändert sich schlagartig, und als er antwortet, ist seine Stimme belegt.

»Okay.« Und wieder dieser knappe, unpersönliche Tonfall.

Verstohlen mustert sie sein Profil. Er hat die Lippen fest aufeinandergepresst. Sie fand schon immer, dass Dale auf eine schlampige Art und Weise gut aussah. Nicht im herkömmlichen Sinn attraktiv, aber er hat diese funkelnden haselnussbraunen Augen und tolles Haar, auch wenn es immer ungekämmt ist. Wenn er früher mit Tamzin ausging, trug er immer nur Adidas-Samba-Turnschuhe und Retro-T-Shirts. Darum ist es seltsam, ihn jetzt so elegant gekleidet zu sehen. Sie erwartet fast schon, Turnschuhe unter seiner Anzughose zu sehen.

Auf der Straße ist sonst niemand unterwegs, und sie muss unwillkürlich an jene Nacht vor zwanzig Jahren zurückdenken. Sie krallt die Hände in die Kanten ihres Sitzes. Seit damals hat sie sich nie wieder hinters Steuer gesetzt, ungeachtet der Beteuerungen der Ärzte, dass ein Wagen mit Automatik ihr linkes Bein nicht allzu sehr belasten würde. Es ist schon schlimm genug, Beifahrerin zu sein. Sie würde lieber zu Fuß gehen oder reiten, auch wenn sie weiß, dass das völlig irrational ist, da Reiten alles andere als ungefährlich sein kann.

Die Stimmung zwischen ihnen hat sich gewandelt, und sie will nur noch aus dem Auto raus. Sie hätte ihm das nicht sagen sollen. Hat sie es getan, um ihm eins auszuwischen? Wahrscheinlich schon. Wenn sie ehrlich ist, hat sie ihn noch nie wirklich leiden können. Ihr ist klar, dass Wesley ein dreistes Gehabe an den Tag legt, und eine Menge Leute halten ihn für arrogant, aber er ist, wie er ist. Bei Wesley weiß man, woran man ist – zumindest meistens. Dale Crawford hingegen hat sich schon damals Mühe gegeben, ein bestimmtes

Image zu pflegen und es allen unter die Nase zu reiben. Ein Bild, das, wie sie fand, nicht seinem wahren Selbst entsprach. Dabei ist sie sich bewusst, dass sie diese Meinung vielleicht nur gebildet hat wegen Tamzin und der nicht gerade feinen Art, wie er sie behandelte, als er zum Studieren wegzog; womöglich aber auch, weil sie nach dem Unfall das Vertrauen in die Polizei verlor. Es ist also nicht ausgeschlossen, dass ihr Urteil über Dale ungerecht ist. Aber wie dem auch sei, sie will einfach nur noch aus diesem Auto raus.

»Du kannst mich hier aussteigen lassen«, sagt sie, als sie die High Street erreichen.

Zu ihrer Erleichterung hält er an. »Bist du sicher? Es macht mir nichts aus, dich zu Hause abzusetzen.« Doch dann nickt er. »Ah, dann übernachtest du heute bei Wes.«

Wesleys Wohnung liegt nur ein paar Häuser entfernt. Auch wenn sie nicht vorhat, zu ihm zu gehen, brummt sie unverbindlich. Sie weiß, dass Dale und Wes sich nicht riechen können – sie sind so verschieden wie Katz und Maus. Wobei sie sich nicht sicher ist, wer von beiden was ist.

Er beugt sich zu ihrem Fußraum vor, um seinen Aktenkoffer hervorzuziehen, und legt ihn auf seinem Schoß ab. »Hier«, sagt er und überreicht ihr eine A4-Klarsichthülle. »Wir haben Fotokopien angefertigt.«

Sie nimmt ihm die Hülle ab und betrachtet stirnrunzelnd die Fotos, immer noch schockiert, dass man sie in Ralphs Wohnwagen gefunden hat. Wie jung und sorglos sie auf ihnen ausschaut. In seliger Unwissenheit, wie plötzlich sich ihr Leben ändern würde. Sie kann sich sogar noch daran erinnern, wie sie an die Tankstelle fuhr. Das war am Tag vor dem Unfall gewesen, und sie wollte fürs Wochenende volltanken. Hatte sie da das Gefühl gehabt, beobachtet zu werden? Sie kann sich nicht mehr erinnern. Obwohl ... da ist eine Aufnahme, die ihr etwas sagt.

»Hier«, sagt sie und zeigt auf ein Foto, auf dem sie eine junge Rotschimmelstute, um die sie sich nur eine kurze Zeit lang gekümmert hatten, am Halfter einen Feldweg entlangführt. »Ich erinnere mich noch, dass ich da den Mann mit der Narbe gesehen habe. Er saß in einer Parkbucht in seinem Lieferwagen, hat eine Zigarette geraucht und mich beobachtet. Dann stieg er aus und rief mir nach.« Das war der Vorfall, von dem sie auch Jenna erzählt hat. »Er muss dieses Foto gemacht haben.«

»Und du hast niemanden bei ihm gesehen? Niemanden auf dem Beifahrersitz?«

Sie denkt zurück. Es ist zwar lange her, aber, nein, sie ist sich sicher, dass im Lieferwagen nur ein Mann saß. »Er war allein. Da bin ich mir ganz sicher.« War Ralph ebenfalls in der Nähe, gewesen? War das ein bloßer Zufall? »Ich wünschte, ich könnte mich an mehr erinnern«, sagt sie und reicht ihm die Kopie zurück.

»Falls dir was einfällt, dann lass es mich bitte wissen. Wir sehen uns morgen.«

»Danke fürs Fahren«, sagt sie und steigt aus.

Sie sieht ihm nach, als er vom Bordstein wegfährt, dann ist sie allein. In der High Street herrscht Ruhe, obwohl es gerade mal Viertel nach sieben ist. Die zwischen den Telegrafenmasten aufgehängten Weihnachtslichter funkeln rot und silbern vor dem tiefschwarzen Himmel. Sie schiebt die Hände in die Taschen ihres Regenmantels und läuft los. Als sie an der Pizzeria vorbeikommt, sieht sie, dass einige der Tische am Fenster besetzt sind; an einem sitzt ein junges Pärchen, das sie nicht kennt, am anderen Sallys Mum und

Dad. Das Licht fällt von innen auf den Bürgersteig, und Olivia senkt rasch den Kopf und eilt vorbei, bevor sie sie noch sehen. Sie ist auf Höhe von Wesleys Wohnung, hastet jedoch weiter, da sie nur noch nach Hause will. Sie hätte sich von Dale die restliche Strecke fahren lassen sollen, aber sie fühlte sich klaustrophobisch mit ihm im Auto. Sie biegt nach links in die Seitengasse und kommt am Raven vorbei – selbst im Pub ist heute Abend nichts los. Sie lässt die Geschäfte und Häuser hinter sich, ab hier kommen nur noch Wiesen und Felder. Bildet sie sich das nur ein, oder hört sie Schritte hinter sich? Sie hat unterschätzt, wie ängstlich sie allein im Dunkeln sein würde, obwohl es nicht besonders spät ist. Noch nicht einmal halb acht. Eigentlich ist der Fußweg von der High Street zu den Ställen nicht weit, aber sie ist es nicht gewohnt, ihn nachts zu gehen. Sie hat nicht bedacht, wie beklemmend die dunkle Landschaft zu beiden Seiten des Weges wäre, wie sehr sie die fehlende Straßenbeleuchtung verunsichern, wie ihr eigener Gang in der absoluten Stille widerhallen würde, sodass es sich anhört, als wäre jemand hinter ihr.

Aber nein. Das ist keine Einbildung. Über das Hämmern ihres Herzens hinweg kann sie schwere Schritte näher kommen hören.

Wenn ihr heute Nacht – am zwanzigsten Jahrestag des Unfalls – etwas zustoßen würde, so hätte das fast schon etwas Schicksalhaftes. Etwas Unvermeidliches. Und da wird ihr klar, dass sie ihr ganzes Leben auf diesen Moment gewartet hat.

Und dennoch erstarrt sie, als sie eine Hand auf ihrem Mund spürt.

Ihr erstickter Schrei wird von der Finsternis verschluckt.

32

Jenna

Während ich auf Dales Rückkehr warte, räume ich die Weingläser auf. Seit dem Sandwich mit ihm in der Mittagspause habe ich nichts mehr gegessen, und der Alkohol schwappt unangenehm in meinem leeren Magen herum. Nur gut, dass Dale angeboten hat, Olivia nach Hause zu fahren. Ich inspiziere die Schränke, obwohl ich weiß, dass sie leer sind, und wünschte, ich hätte im Co-op in der High Street ein paar Lebensmittel besorgt. Mir entgeht nicht, dass mein Fokus auf Alkohol und Süßigkeiten statt gesundem Essen lag. Ich muss mehr auf mich achtgeben. Ich kann nicht zulassen, dass meine Gesundheit genauso den Bach runtergeht wie meine Ehe. Ich habe schließlich immer noch Finn, an den ich denken muss. Und diesen Job. Ich brauche das Geld. Ich habe noch nicht einmal darüber nachgedacht, was ich tun würde, wenn Gavin und ich uns trennen sollten. Könnte ich es mir leisten, das Haus zu behalten? Ich bezweifle, dass ich das allein mit meinem Gehalt schaffe.

Mit schwirrendem Kopf lasse ich mich in den Sessel sinken. Dale braucht ewig. Das Feuer flackert noch schwach im Kamin und macht mich schläfrig. Ich kann kaum noch die Augen offen halten. Ich bin den ganzen Tag herumgehetzt, hatte kaum Zeit für eine Pause, und der Wein war auch nicht gerade hilfreich. Für das Interview mit Dale benötige ich einen klaren Kopf. Ich werde einfach kurz die Augen schließen, während ich warte.

Ich muss eingeschlafen sein, denn plötzlich klopft es laut an der Tür. Scheiße. Ich blicke auf meine Uhr. Es ist fast Viertel nach acht. Dale hat gesagt, er bräuchte zehn Minuten, um Olivia nach Hause zu bringen, aber das ist jetzt fast eine Stunde her.

Er steht mit einer Plastiktüte vor der Tür, und bei dem Geruch nach Essig und Pommes frites, der davon aufsteigt, läuft mir das Wasser im Mund zusammen. »Tut mir leid. Ich habe noch beim Fish-and-Chips-Laden angehalten. Da war eine Riesenschlange. Ich dachte, du brauchst vielleicht etwas, um den Alkohol zu neutralisieren. Hier drin riecht's wie in einer Kaschemme.« Er grinst. »Ich habe auch noch nichts gegessen.«

»Hey, so viel habe ich gar nicht getrunken.« Er hat mich ziemlich aus dem Konzept gebracht. Eigentlich wollte ich sauer auf ihn sein, weil er mich angelogen hat, aber ich bin so dankbar für das Essen, dass ich nicht anders kann, als mich davon erweichen zu lassen. »Danke, Dale. Ich bin am Verhungern.«

Er holt zwei Thermoboxen aus der Tüte. »Kannst du zwei Teller bringen?«

Ich tue wie mir geheißen.

»Herrlich, guten Appetit«, sagt er, während er panierten Kabeljau und dick geschnittene Pommes aus den Schachteln auf die Teller schaufelt. »Ich hoffe, das ist okay.«

»Das ist sogar perfekt.« Ich schnappe mir eine Fritte und schiebe sie mir in den Mund.

Dann tragen wir unsere Teller zum kleinen Esstisch, und ich hole noch das Besteck aus der Schublade. Dale hat bereits seinen Mantel ausgezogen und scheint sich wie zu Hause zu fühlen, als er mir gegenüber am Tisch sitzt und sein Essen mampft. Eine Weile essen wir so schweigend, und nur das Geräusch des gegen die Fenster prasselnden Regens ist zu hören.

»Also«, beginne ich. Ich muss es jetzt ansprechen, denn auch wenn ich dankbar für das Essen bin, muss ich mich doch fragen, warum er in Bezug auf Tamzin gelogen hat. »Tamzin war deine Freundin?«

Er errötet und schluckt seinen Happen Fisch runter. »Olivia hat mir gesagt, dass sie es dir erzählt hat. Tut mir leid, dass ich das gestern Abend im Pub nicht erwähnt habe. Ich wollte nicht, dass es ... äh ... alles andere überschattet.«

»Überschatten? Ich verstehe nicht so recht.«

»Das, na ja ... ich finde das ist etwas sehr Persönliches.« Jetzt ist er knallrot angelaufen. »Ich wollte professionell auf dich wirken. Ich wollte nicht, dass du denkst, mein Urteilsvermögen wäre in irgendeiner Weise getrübt.«

»Das hätte ich nicht getan.« Aber stimmt das? Hätte ich ihn mit anderen Augen betrachtet? Hätte ich gemutmaßt, dass er emotional zu befangen wäre?

»Dabei warst du mir gegenüber in Bezug auf Gavin so offen«, fährt er fort. »Ich hätte ... nun, ich hätte ehrlicher sein sollen. Tamzin war meine erste richtige Freundin. Wir dachten, wir wären verliebt, aber als ich an die Uni ging, entwickelte sich alles anders. Tamzin und ich hatten uns vor dem Unfall monatelang nicht gesehen. Ich war Anfang September nach Edinburgh gezogen.« Er zuckt mit den Schultern. »Wie auch immer. Wir waren noch halbe Kinder.«

Ich beobachte ihn aufmerksam, während unzählige Emotionen über sein Gesicht huschen: Schuld, Verlegenheit, Trauer. »Weiß dein Chef davon?«

Er isst noch einen Happen Fisch. »Ja. Was das angeht, herrscht absolute Transparenz. Keine Sorge. Ich galt nie als Verdächtiger. Ich war in der Nacht des Unfalls in Edinburgh. Hatte ein Alibi und alles.«

»Es tut mir leid. Das muss eine schreckliche Zeit gewesen sein. Ich kann mir nicht ausmalen, wie …« Ich versuche, mich in seine Lage zu versetzen.

Alles Draufgängertum fällt von ihm ab wie ein Mantel, und vor meinen Augen verwandelt er sich in einen ungleich verletzlicheren, authentischeren Mann. »Diese Sache … Das war der Grund, warum ich Ermittler werden wollte«, sagt er leise und senkt seine Gabel. »Es war mir schlicht unbegreiflich, wie jemand einfach so verschwinden konnte.«

Ich strecke die Hand aus und berühre seinen Arm. Unsere Blicke begegnen sich, und etwas passiert zwischen uns. Es ist so flüchtig, dass ich mich frage, ob ich es mir nur eingebildet habe. Ich wende als Erste den Blick ab, stehe auf und räume unsere Teller weg. »Okay. Wir sollten mit dem Interview loslegen«, sage ich betont munter. »Kaffee?«

»Ja, bitte.« Jetzt, da er sich wieder in der Rolle des Ermittlers befindet, klingt er gleich viel entspannter.

Wir nehmen unsere Kaffees ins Wohnzimmer mit. Erneut baue ich mein Handy auf. Ich kann Dales Blick auf mir spüren, während ich mich an meinem Equipment zu schaffen mache. Vielleicht ist mir ja nur der Wein zu Kopf gestiegen, aber ich habe das Gefühl, dass sich etwas zwischen uns verändert hat, und ich weiß nicht, wie, oder wann, das passiert ist.

»Ich lege direkt mit der Aufnahme los und werde dich zu diesem Zweck auch wieder siezen. Ich werde das Ganze dann später beim Schneiden mit einer Einführung versehen, in Ordnung?«

Dale lehnt sich auf dem Sofa zurück, trinkt seinen Kaffee und lacht. »Ich habe keine Ahnung, wie man einen Podcast macht, also, was auch immer du tust, ich bin so oder so beeindruckt.«

Ich schiebe mir auf dem Sessel noch ein Kissen in den Rücken, dann lege ich los. »Wenn ich Ihnen einige Fragen zu Ralph Middleton stellen dürfte? Glauben Sie, sein gewaltsamer Tod hängt mit dem zusammen, was 1998 mit Olivias Freundinnen passiert ist?«

»Im Augenblick schließen wir nichts aus.«

»Ralph wurde ermordet, nachdem er sich gestern mit mir unterhalten hat – Sie sagten, gegen siebzehn Uhr dreißig. Das ist nur eine Stunde nachdem ich ihn verlassen habe. Glauben Sie, jemand hegte die Befürchtung, dass er sich erneut mit mir unterhalten könnte? Dass er mir etwas verraten könnte?«

»Durchaus möglich«, sagt Dale stirnrunzelnd. »Zudem bringen einige der Beweisstücke, die am Tatort gefunden wurden, ihn in Verbindung zu Olivia Rutherfords Unfall im Jahr 1998.«

Ich lasse Dale die Zuhörer über die Fotografien in Kenntnis setzen. Als er geendet hat, bitte ich ihn, die Todesursache zu rekapitulieren, was er dann auch tut.

»Laut Obduktionsbericht wurde der Tod durch Einwirkung eines stumpfen Gegenstands auf seinen Hinterkopf herbeigeführt. Außerdem wurden Drogen in seinem Blut gefunden.«

»Marihuana?«

»Nein. Härteres Zeug. Crack, Kokain.«

Ich bin überrascht und frage mich, ob er daher all das Geld hatte. »Glauben Sie, er war ein Dealer?«

»Das weiß ich wirklich nicht«, erwidert Dale, wobei sein Blick kurz zu meinem Handy huscht. Ich spüre, dass er mir etwas vorenthält.

»Olivia sagte, der Mann, der sie damals in einem weißen Lieferwagen verfolgte, hatte eine Narbe im Gesicht. Das passt nicht zu Ralphs Beschreibung.«

»Ah, ja. Der Mann mit der Narbe«, sagt er geringschätzig.

Ich hebe eine Augenbraue. »Sie wussten davon?«

»Ja. Das war eine der ersten Aussagen von Olivia.«

»Sie behauptete, dass sie ihn immer wieder gesehen habe. Also mehr als nur einmal.«

»Trotzdem hat man die Fotos in Ralphs Wohnwagen gefunden.« Er verschränkt die Arme vor der Brust. »Während der Mann mit der Narbe in dem weißen Lieferwagen nie ausfindig gemacht oder von jemandem gesehen wurde.«

»Glauben Sie, sie hat ihn sich nur eingebildet oder erfunden?«

Er setzt sich aufrechter hin. »Hören Sie, das kann ich nicht sagen. Aber offenbar glaubt sie daran, ihn gesehen zu haben.«

»Aber Sie nicht?«, hake ich nach.

Ein ärgerlicher Ausdruck huscht über Dales Gesicht. »Das habe ich nicht gesagt. Wir mussten schlicht mit dem arbeiten, was wir hatten. Und bezüglich dieses weißen Lieferwagens oder des Mannes mit der Narbe lagen uns nun mal keinerlei Hinweise vor. Keine weiteren Zeugen.« Er hält seine Hände hoch. »Was soll ich noch sagen?« Seine Züge entspannen sich. »Erinnerungen können durcheinandergeraten, insbesondere nach einem so traumatischen Unfall, wie Olivia ihn erlebt hat. Und heute, angesichts der Fotos, die in Ralph Middletons Wohnwagen gefunden wurden … Nun ja …« Er seufzt. »… das wirft ein ganz neues Licht auf die Sache.«

Vielleicht hat er recht. Schon seltsam, dass niemand sonst diesen Mann je gesehen hatte.

Wir unterhalten uns noch eine Weile, und ich stelle ihm weitere Fragen, aber mit Olivia habe ich das meiste davon thematisch bereits abgedeckt. Ich stoppe die Aufnahme, und Dale leert seinen Kaffee.

»Tut mir leid, dass ich wegen des Mannes mit der Narbe so nachgebohrt habe«, entschuldige ich mich. »Olivia hat sehr darauf beharrt, als ich mit ihr sprach.«

»Vorhin im Auto, als ich ihr die Fotos zeigte, hat sie ihn ebenfalls erwähnt«, räumt er ein. »Aber es ergibt nun mal keinen Sinn.« Er steht auf, bringt seinen Becher zur Spüle und lehnt sich dann mit überkreuzten Knöcheln an die Arbeitsplatte. Auch heute trägt er ein Paar flippiger Socken – dieses Mal schwarz mit rosa Flamingos. Er bemerkt meinen Blick. »Hat mir eine alte Freundin gekauft.« Er lacht. »Sie sind wirklich bequem.«

»So sehen sie auch aus.«

Er erwidert meinen Blick eine Spur zu lange, dann sagt er: »Es tut mir leid, das war sicherlich nicht das tollste Interview. Es gibt noch vieles, was ich nicht verraten darf. Dinge, die sich mit einem anderen …«

»… Fall überschneiden. Ja, so viel hast du immerhin schon angedeutet. Du bist echt gut darin, einen heißzumachen!« Ich laufe feuerrot an, als mir klar wird, wie sich das gerade angehört haben muss.

Er stößt ein heiseres Lachen aus. »Tut mir leid, ich weiß, wie frustrierend es ist. Sobald ich mehr verraten darf, werde ich das auch tun.«

Ich bin versucht, ihn weiter zu bedrängen, aber ich muss mir Dales Gunst erhalten. Stattdessen plaudern wir noch zehn Minuten über Stafferbury, seine Jugenderinnerungen an die Stadt und auch über Tamzin.

»Kanntest du Olivia denn gut?«, frage ich, als wir zur Haustür gehen und er in seinen Mantel schlüpft. »Und jetzt keinen Quatsch. Nicht so wie gestern Abend.«

»He, das war nicht alles Quatsch. Ich habe Tamzins Freunde wirklich nicht so gut gekannt. Manchmal ging ich in den Pub, und Tamzin war dort – normalerweise mit Katie, Sally und Olivia. Manchmal saßen wir auch alle zusammen und haben Trinkspiele gespielt. Olivia war wahrscheinlich die Stillste von ihnen, aber Tamzin konnte ganz schön aufdrehen.« Er wickelt sich seinen Schal um den Hals und zupft an den Enden. Dann hält er, die Hand auf der Türklinke, noch mal inne. »Ich hätte nie gedacht, dass ich zwanzig Jahre später noch hier sein würde, ohne zu wissen, was mit ihnen passiert ist.«

Ich lächle mitfühlend. Wie sehr ihn Tamzins Schicksal wohl geprägt hat?, frage ich mich. Ich kann mir nicht vorstellen, wie das sein muss, wenn die erste große Liebe spurlos verschwindet. Obwohl meine erste große Liebe Gavin war. Und auf gewisse Weise fühlt es sich an, als wäre auch er verschwunden, da er schlicht nicht mehr der Mensch ist, in den ich mich verliebt habe. Er ist mir vollkommen fremd geworden.

»Manchmal verfolgt es mich richtig«, sagt er so leise, dass ich ihn kaum hören kann. »Dann frage ich mich, ob Tamzin in irgendwelchen Schwierigkeiten steckte. Ob sie, wenn ich nicht fortgezogen wäre, immer noch hier wäre.«

»Dale, du kannst dir keine Vorwürfe machen. Du warst selbst noch so jung.«

»Schuld. Reue. Das ganze Programm.« Er schüttelt den Kopf. »Warum geißeln wir uns selbst so sehr?«

»Ich kenne das Gefühl. Gavin verlässt mich, aber ich bin diejenige, die sich fragt, was sie falsch gemacht hat.« Unsere Blicke treffen sich, und da ist ein spürbares Knistern zwischen uns. Ich halte unwillkürlich die Luft an.

Er öffnet den Mund, um etwas zu sagen, scheint es sich aber anders zu überlegen. »Ich …« Er räuspert sich. »Nun, ich sollte besser gehen und sicherstellen, dass mein Dad von Doris von nebenan nicht auf dumme Gedanken gebracht wird. Sie hat es definitiv auf ihn abgesehen.«

Ich lache, und als ich nach der Klinke greife, um ihm die Tür zu öffnen, berühren sich unsere Hände. Ein Windstoß weht herein, gerade als er über die Schwelle treten will. Doch da sehe ich es.

»Halt!«, rufe ich, packe ihn am Arm und zerre ihn zurück.

»Was ist? Ich …« Da sieht er es auch.

Auf der Betonstufe liegen drei tote Krähen, die Hälse in seltsamen Winkeln verdreht, so als hätte sie jemand absichtlich dort hingelegt.

Und dieses Mal, so wird mir klar, besteht kein Zweifel. Das ist eine Warnung.

33

Ziergegenstände

Auf dem gestärkten Laken von Derrecks Himmelbett ausgebreitet sah Stace eine Ansammlung von sieben oder acht Buddha-Köpfen aus glattem Mahagoni. Nicht die pausbäckigen Buddhas, die man gewöhnlich sah, sondern mit einer spitzen Kinnpartie und feinen Nase. Ein majestätisches Profil. Sie konnte John-Paul hinter sich spüren, seinen heißen Atem in ihrem Nacken. Links von ihr standen Griff, Trevor und Martin. Allesamt in derselben Haltung: breitbeinig und mit vor der Brust verschränkten Armen.

Sie waren mittlerweile seit vier Tagen hier, und die gesamte Zeit über hatte sie den Eindruck gehabt, dass John-Paul alles tat, um nicht mit ihr allein zu sein. Wenn Derreck einen Ausflug mit ihnen unternahm, um ihnen die Sehenswürdigkeiten zu zeigen, schloss er zu ihr auf, um sie über den riesigen goldenen Buddha oder den königlichen Palast zu informieren, während John-Paul sich zurückfallen ließ, um mit den Jungs hinterherzutrotten. Ungeachtet ihrer Bedenken bezüglich Derreck konnte sie nicht abstreiten, dass sie ihn interessant und kultiviert fand, außerdem auch attraktiv.

Jetzt stellte sich Derreck vor den Buddhas auf, und seine Stimme hatte einen ernsten Unterton, als er ihnen noch einmal eintrichterte, was er von ihnen erwartete.

»Nee. Ich bin da raus. Maggie ist nicht einverstanden«, verkündete Martin und trat zurück. »Dafür ist sie viel zu gesetzestreu.«

Stace bemerkte, wie Griff und Trevor Blicke tauschten. »Alter, das ist viel zu riskant«, fügte Griff hinzu. Was Stace überraschte, da sie wusste, dass er im Pub schon Hehlerware gekauft hatte – obwohl sie einräumen musste, dass das weitaus weniger gefährlich war.

»Ja«, pflichtete Trevor ihm bei. »Ich hab keine Lust, in einem thailändischen Knast zu landen. Die sollen ziemlich brutal sein.«

Derreck lachte auf die für ihn so typische herablassende Art. »Ihr werdet in keinem Knast landen. Das sind doch nur ein paar Ziergegenstände. Solltet ihr erwischt werden, bekommt ihr höchstens eine Geldstrafe.« Dann richtete er seinen Blick auf sie und John-Paul. »Mein Kumpel kann es nicht riskieren, eine Sondergenehmigung zu beantragen, da sie aller Wahrscheinlichkeit nach abgelehnt wird. Die Behörden sind sogar noch strenger, wenn die Buddhas nicht ihre ursprüngliche, vollständige Form haben, und, na ja ...« Er deutete auf die Buddhas, die, wie sie so ohne ihren Körper dalagen, einen makabren Anblick boten, »... schaut sie euch einfach nur an.«

Unter einem Gemurmel von Entschuldigungen und Ausflüchten verdrückten sich die Jungs aus dem Zimmer, und Stace war durchaus versucht, ihnen zu folgen. Aber irgendwas hielt sie zurück. War es das Geld? Oder war es das Druckmittel, das Derreck offenbar gegen John-Paul in der Hand hatte?

Er war so aufgeregt gewesen, als er ihr zum ersten Mal von der Reise erzählt hatte, doch jetzt lief er herum, als würde ein Todesurteil über ihm schweben. Da sie die letzten beiden Nächte keinen Schlaf gefunden hatte, war sie stattdessen runter auf die Terrasse gegangen und hatte sich neben Derreck auf eine der Sonnenliegen gelegt, Cola getrunken und sich mit ihm über alles Mögliche unterhalten: Filme und Bücher, die sie liebten – Derreck war, im Gegensatz zu John-Paul, überraschend belesen, genau wie sie. Das einzige Thema, das tabu zu sein schien, war John-Paul.

Vielleicht, wenn sie sich des Geldes wegen darauf einließen, würde sich zwischen ihr und John-Paul alles wieder einrenken. Wenn er nicht bald einen Job fand, blieb ihm nichts anderes übrig, als das Land zu verlassen.

Aber sie wusste, dass das nicht alles war. Sie wollte es auch für Derreck tun – um ihn glücklich zu machen, um seine strahlend blauen Augen zum Leuchten zu bringen.

Stace trat auf das Bett zu, nahm einen der Köpfe hoch und drehte ihn zwischen den Händen. War sie naiv? Handelte es sich hierbei um mehr als bloß um ein paar Buddhas? Sie untersuchte den Kopf auf Anzeichen dafür, dass er mit etwas anderem gefüllt war, Drogen oder Geld oder dergleichen. Aber die Oberfläche war vollkommen ebenmäßig und wies keinerlei Pfropfen oder Nähte auf. Er fühlte sich zudem schwer an, massives Holz von guter Qualität. »Ich wäre bereit, einen oder zwei zu nehmen, aber nicht mehr.« Sie konnte Derrecks Blick auf sich spüren, als sie sich mit dem schweren Gegenstand in den Händen auf die Bettkante niederließ. Sie verspürte einen leichten Freudenschauer, als sie sah, wie er übers ganze Gesicht strahlte.

»Das ist großartig«, sagte er, eilte zu ihr und schloss sie in eine Umarmung, die, da sie saß, etwas ungelenk ausfiel. Doch allein ihm so nahe zu sein, hatte etwas Berauschendes. Er roch nach sonnengetrockneter Wäsche und dem Duft von Sommertagen, nach Zitrone, Chlor und Kokosöl, und ihr Magen vollführte einen Purzelbaum. Sie lachte, um ihre Verlegenheit wie auch ihr Verlangen zu kaschieren, und stieß ihn spielerisch von sich. »Ist ja gut. Ich mache das nur fürs Geld.« Auch wenn sie wusste, dass das nicht ganz der Wahrheit entsprach.

Derreck lachte ebenfalls, richtete sich wieder auf und wandte sich John-Paul zu. »JP? Was ist mit dir?«

»Wenn Stace damit einverstanden ist, warum nicht?«, sagte er kläglich. »Aber wir nehmen jeder nur einen. Wenn wir mehr einpacken, wird es schwieriger, die unschuldige Touristenkarte auszuspielen, falls man uns erwischt.«

Die Begeisterung, die Derreck nur wenige Augenblicke zuvor an den Tag gelegt hatte, zerrann wie der Sand in einer Sanduhr. »Oh, nun ja, also ehrlich gesagt ist das ein bisschen problematisch. Mein Kumpel wird gut bezahlen, aber nur, wenn sie alle nach England gebracht werden. Alle acht. Sie sind ziemlich viel wert, aber einer allein lohnt sich dann doch nicht. Also …« Er warf einen Blick zur Tür, durch die Griff, Trevor und Martin gerade abgezogen waren. »Ihr werdet eure Freunde überzeugen müssen. Wenn ihr alle einen nehmt, ist bei der Aktion viel Kohle drin. Sie sehen vielleicht nicht nach viel aus, aber diese Figuren sind antik – der Kontakt meines Kumpels in Großbritannien ist bereit, einen Haufen Geld dafür hinzulegen.«

Und das war der Moment, in dem sich Stace' Verdacht bestätigte. Aus diesem Grund waren sie zu dieser Reise eingeladen worden. Acht Freunde. Acht Buddhas. Job erledigt.

34

Olivia

Olivia ist ganz benommen. Sie versteht nicht, wo sie sich befindet und warum ihr so kalt ist. Die Luft riecht nach nasser Erde und noch etwas anderem … eine Art Weihrauch. Als hätte jemand ein Räucherstäbchen angezündet. Feuchtigkeit dringt durch ihre Reithose, und ihr Rücken lehnt an etwas Hartem. Sie sitzt im Gras. Sie blinzelt, während ihre Augen sich an die umgebende Dunkelheit gewöhnen, und dann wird ihr langsam klar, wo sie ist. Sie befindet sich bei den Megalithen. Aber was macht sie hier? Das Letzte, woran sie sich erinnert, ist, wie sie allein nach Hause ging. Sie weiß, dass sie bei Jenna ein bisschen getrunken hat, aber ganz sicher nicht so viel, um einen Blackout zu haben. Wie also ist sie hier gelandet?

Sie kämpft sich auf die Füße, wobei sie sich an dem großen Stein festhält, gegen den sie gelehnt war. Sie kann von hier aus gerade so den beruhigenden Schein der Straßenlaternen in der High Street sehen, auch wenn die Weihnachtsbeleuchtung ausgeschaltet wurde. Es muss also spät sein. Eisige Kälte macht sich in ihrer Brust breit. Sie erinnert sich noch, dass sie Angst hatte. Dass ihr jemand folgte. An eine Hand auf ihrem Mund, an ihren erstickten Schrei. Von Angst erfüllt, wirbelt sie herum. Ist ihr Angreifer gerade hier? Wurde sie hergebracht, um sie … Ja, was? Sie zu entführen? Zu ermorden? Sie als Menschenopfer zu verwenden? Sie muss hier weg. Sie muss auf der Stelle von diesem

Feld verschwinden. Sie stolpert vorwärts. Ihr Kopf ist noch ganz benebelt, doch sie versucht, so gut es geht, zu rennen, allerdings rutscht sie immer wieder auf dem nassen Gras weg, und auch die schweren Stiefel bremsen sie. Sie hat diesen Ort schon immer gehasst – seine unheimliche Atmosphäre. Sie hastet zwischen den Steinen hindurch, wobei sie schon halb damit rechnet, dass jemand hinter ihnen hervorgesprungen kommt. Es gibt keinen richtigen Pfad, der von diesem Feld wegführt, und die Dunkelheit erschwert die Orientierung. Sie konzentriert sich auf die vor ihr liegenden Straßenlichter. Sie muss es nur über den Zaunübertritt schaffen, dann ist sie hier weg. Sie muss einfach …

Und dann sieht sie ihn. Wie er ihr den Weg versperrt. Eine große, in Dunkelheit gehüllte Gestalt. Genau wie in jener Nacht. Er ist zurückgekehrt – dieses Phantom, dieser Dämon –, um sie dieses Mal mitzunehmen. Sie schreit auf und fällt auf die Knie. Nein, nein, das kann nicht wahr sein. Sie senkt den Kopf und hält sich die Ohren zu.

Nein, nein, nein, nein.

»Olivia?«

Seine Hände liegen schwer auf ihren Schultern, so als wolle er sie zu Boden drücken, in die kalte Erde, um sie zu begraben.

Sie hört nicht auf zu schreien und zu kämpfen.

»Olivia. Stopp. Hör auf. Ich bin's. Ich bin es.«

Sie erkennt die Stimme und hört auf, um sich zu schlagen. Sie hebt den Kopf. Ein Mann starrt auf sie hinab, ein Mann mit haselnussbraunen Augen und zerzaustem Haar. Es ist Dale. Was macht er hier? Ist er ihr gefolgt, nachdem er sie abgesetzt hatte? Sie rückt von ihm ab. War er derjenige, der sie hierhergebracht hat?

»Lass mich in Ruhe!«, schreit sie. Sie traut ihm nicht. Sie weiß, dass er Polizist ist, aber er hat Jenna angelogen. Außerdem hat sie *Line of Duty* gesehen. Sie weiß, dass nicht alle Polizisten gute Menschen sind.

»Lass mich dir aufhelfen«, sagt er und kommt auf sie zu, aber sie weicht auf ihren Fersen zurück. »Olivia, ich werde dir nichts tun. Bitte, vertrau mir.« Er streckt eine Hand aus, aber sie ergreift sie nicht. »Ich bin die High Street entlanggefahren und habe dich gesehen – na ja, natürlich war ich nicht sicher, dass du es bist. Aber ich meinte, deinen Mantel zu erkennen, und habe mich gewundert, warum du allein unterwegs bist, obwohl du doch zu Wes wolltest. Schau, mein Auto ist gleich da vorne, auf der anderen Seite des Zauns.«

Verwirrt starrt sie ihn an. »Wie spät ist es?«

»Fast Viertel vor zehn.«

Wo sind die letzten zwei Stunden geblieben? Sie hat Angst und beginnt zu zittern, kämpft gegen die Tränen an. »Ich weiß nicht, wie ich hierhergekommen bin«, nuschelt sie. »Ich bin nach Hause gelaufen, nachdem du mich abgesetzt hast … da waren Schritte hinter mir, dann eine Hand auf meinem Mund, und das Nächste, woran ich mich erinnere, ist, dass ich hier aufwache.«

Er zieht seine Hand zurück und hält ihr stattdessen seinen Arm hin. Sie zögert. Kann sie ihm vertrauen? Doch im Moment hat sie gar keine andere Wahl. Also hakt sie sich bei ihm ein, um sich über den Zaunübertritt helfen zu lassen.

»Ich hätte dich nach Hause bringen sollen«, sagt Dale. »Ich habe angenommen, du würdest zu Wesley gehen. Was ist passiert? Habt ihr euch gestritten?«

Sie schüttelt den Kopf. Die Bewegung schmerzt. »Nein, ich habe es mir in letzter Minute anders überlegt.« Wesley.

Sie hätte zu ihm gehen sollen, nachdem Dale sie abgesetzt hatte. Wie dumm von ihr, ausgerechnet heute Nacht allein nach Hause zu laufen. In seiner Wohnung sieht sie Licht brennen. Plötzlich will sie nichts mehr, als bei ihm zu sein. Bei jemandem sein, dem sie vertraut, der sie trösten kann. Dale mag ihr zwar gerade geholfen haben, aber vertrauen tut sie ihm noch lange nicht.

Dale lässt sie als Erste über den Zaunübertritt klettern, doch sobald ihre Füße den Asphalt berühren, überquert sie die Straße und steuert Wesleys Wohnung an, ohne auf ihn zu warten.

»Olivia?«, ruft Dale verdutzt und überquert hinter ihr die Straße.

»Ich komme ab jetzt allein zurecht, danke, Dale«, erwidert sie, eilt weiter und klopft an Wesleys Haustür.

Dale bleibt ein Stück entfernt auf dem Bürgersteig stehen, die Hände in die Hüften gestemmt, und beobachtet sie.

Wesley öffnet die Tür und scheint vollkommen verdattert, als er sie sieht. »Liv? Was machst du denn hier?« Sein Blick wandert an ihr vorbei zu Dale, dann wieder zurück zu ihr, und er mustert eindringlich ihr Gesicht. »Was ist los?«

»Kann ich reinkommen?«

»Natürlich.« Er öffnet die Tür, und sie ist so unfassbar erleichtert, in vertrauter Umgebung zu sein, dass alle Kraft aus ihr weicht. Sie bricht auf der untersten Stufe seiner Treppe zusammen. Er schließt die Tür und dreht sich um, um sie anzusehen. »Mein Gott, geht es dir gut?«

»Oh, Wes, ich weiß nicht, was passiert ist. Ich glaube … ich glaube, jemand hat mich angegriffen.«

»Was?« Er sieht entsetzt aus. »Wie meinst du das? Bist du verletzt?«

»Nein, ich glaube, es geht mir gut. Ich verstehe einfach nur nicht, was passiert ist.« Sie bricht in Tränen aus. Wesley eilt zu ihr und schließt sie in seine Arme. »Es tut mir so leid, dass ich dich vorhin so angefahren habe«, weint sie in die Schulter seines Kapuzenpullovers hinein. »Ich weiß nicht, was im Moment mit mir los ist.«

»Komm schon, Dummerchen«, sagt er und hilft ihr die Treppe hinauf. »Alles ist gut. Bei mir bist du in Sicherheit.« Er führt sie durch die Tür zu dem hässlichen Ledersofa, das sie immer gehasst hat, das ihr jetzt aber vorkommt wie eine Rettungsinsel. »Lass mich dir eine Tasse Tee machen. Willst du heute Nacht hierbleiben?«

Sie nickt dankbar. »Ich sollte Mum Bescheid sagen.«

»Ich gebe Ana Bescheid, keine Sorge.«

Sie zittert so sehr, dass ihre Zähne klappern.

Wesley holt ihr eine Decke. Er quetscht sie nicht darüber aus, was passiert ist, sondern brüht ihr geduldig eine Tasse Tee mit extra viel Zucker auf und schreibt ihrer Mutter eine Nachricht. Alle Zweifel, die sie die letzten Wochen an Wesley hatte, sind verflogen. Er mag vielleicht nicht perfekt sein, ja, ganz bestimmt ist er das nicht, aber er hatte immer nur ihr Bestes im Sinn.

»Jenna meinte, dass sie letzte Nacht im Wald ebenfalls angegriffen wurde.« Olivia putzt sich die Nase, ihre Hände sind so kalt. »Glaubst du, das war dieselbe Person, die mir das angetan hat?«

Wesley legt sein Handy auf den Tisch, dann greift er nach der Decke und legt sie ihr über die Knie. Normalerweise würde sie diese Geste in ihrer Übertriebenheit ärgern, aber jetzt ist sie dankbar dafür. Es gibt ihr das Gefühl, geliebt zu werden. Wäre es wirklich so schlimm, mit Wesley zusammenzuziehen?, fragt sie sich. Sie kann schließlich nicht für immer bei ihrer Mutter wohnen bleiben. Sie muss erwachsen werden.

Er nimmt ihre Hand, und seine Miene verdüstert sich. »Was hast du gerade gesagt, über Jenna? Wann hast du mit der Journalistin gesprochen?«

Zu spät erkennt sie ihren Fehler. »Oh, ich … ähm … ich habe jemanden im Co-op darüber reden hören«, lügt sie. Sie will ihm nicht von dem Interview erzählen. Noch nicht. Sie weiß, dass er dann wütend werden wird.

»Liv, was ist passiert? Du zitterst, und deine Hände sind eisig.«

Sie erzählt ihm von ihrem Heimweg, dem Gefühl, verfolgt zu werden. Als sie fertig ist, sagt er: »Glaubst du nicht, dass du vielleicht einfach zu viel getrunken hast und dann … keine Ahnung … irgendwie zu den Megalithen gestolpert bist? Vielleicht hattest du einen Filmriss? Du bist Alkohol nicht gewohnt.«

»Ich war mir aber sicher, dass mir jemand folgt.«

Er drückt sanft ihre Hand. »Vielleicht hast du dich da nur in etwas reingesteigert.« Er sieht sie stirnrunzelnd an, als es ihm dämmert. »Warum warst du überhaupt allein unterwegs? Ich dachte, du triffst dich mit einer Freundin?«

»Wir haben uns nur auf ein Glas getroffen …«

»Aber warum war dann Dale bei dir?« Seine Stimme ist voller Misstrauen.

»Er hat mich bei den Steinen gefunden.« Sie schildert ihm alles.

Er schweigt, während sie spricht, und sie kann den Unglauben in seinen Augen sehen.

»Ist etwas zwischen dir und Dale gelaufen?«

»Was?«, fragt sie fassungslos.

Er steht auf und beginnt auf und ab zu gehen. »Lass es mich anders ausdrücken: Ist Dale der Freund, mit dem du einen heben warst, Liv? Fickst du mit ihm?«

Sie glaubt, sie muss sich gleich übergeben. »Nach allem, was ich heute Abend durchgemacht habe, glaubst du … glaubst du, dass ich dich betrüge? Und das mit ihm?« Sie spürt, dass sie dabei ist, hysterisch zu werden.

Aber es scheint, als würde er ihr glauben, denn plötzlich macht er einen Rückzieher, geht zu ihr, schließt sie in seine Arme und küsst sie auf den Kopf wie ein Vater, der es bereut, sein Kind angeschrien zu haben.

»Es tut mir leid. Aber allein euch beide zusammen zu sehen, hat mich so … so eifersüchtig gemacht. Und ich weiß ja, dass es zwischen uns gerade nicht so gut läuft. Du warst in letzter Zeit emotional so unausgeglichen.«

Während er mit ihr redet, wiegt er sie hin und her, und sie ist so erschöpft, so verängstigt von dem, was ihr heute Abend zugestoßen ist, dass ihr die Kraft fehlt zu widersprechen. Sie lässt sich ins Bett bringen und, obwohl sie immer noch Reithose und Pullover anhat, von ihm zudecken. Sie kann kaum noch die Augen offen halten – sie ist vollkommen ermattet. Sie schläft zu dem melodischen Klang von Wesleys Stimme ein, der ihr das Haar aus dem Gesicht streicht und ihr erklärt, wie sehr er sie liebt und wie sehr sie ihn braucht.

35

Jenna

Nachdem wir die toten Vögel entdeckt hatten, wollte Dale bleiben, und ich war wirklich versucht, ihn abermals im Gästezimmer schlafen zu lassen. Das Letzte, was ich gerade möchte, ist, allein in der Hütte zu sein. Aber ich konnte es nicht erlauben. Es war zu einer subtilen Veränderung in der Chemie zwischen uns gekommen – die tiefen Blicke, die Berührung seiner Hand an meinem Rücken, das Augenzwinkern.

Ich mag zwar getrennt von meinem Mann leben, fühle mich aber durchaus noch als verheiratete Frau; und obwohl ich nicht leugnen kann, dass ich Dale attraktiv finde, möchte ich nicht, dass er auf falsche Gedanken kommt. Oder vielleicht traue ich auch nur mir selbst nicht. Ich weiß es nicht.

Dale wirkte enttäuscht, als ich sagte, dass ich allein zurechtkommen würde, aber er nahm mir das Versprechen ab, ihn anzurufen, falls irgendwas wäre. »Egal, wie spät. Ich bin bei meinem Vater, also nicht besonders weit weg.« Ich bin ihm dankbar. Er macht meinen Aufenthalt in Stafferbury um einiges erträglicher, und ich bin mir bewusst, wie viel er für mich getan hat.

Ich habe die Haustür doppelt abgesperrt und mir noch eine Tasse Tee gemacht. Ich beruhige mich, indem ich mir sage, dass sich so niemand Zutritt verschaffen kann. Solange diese Person nichts Schlimmeres anrichten kann, als Tierkadaver vor meiner Tür abzulegen, kann es mir egal sein. Die Vorhänge habe ich ebenfalls zugezogen, was mir ein kokonartiges Gefühl von Sicherheit vermittelt. Ich werfe ein weiteres Holzscheit ins Feuer, gehe daneben in die Hocke und fache es mit dem Schürhaken ein wenig an. Dann setze ich mich aufs Sofa, lege das Schaffell über meine Beine und mein Handy in den Schoß.

Eine Sache ist mir inzwischen klar geworden: Ich habe die letzten vier Monate in einem Schwebezustand verbracht. Es ist nicht fair von Gavin, mich so im Unklaren zu lassen. Ich weiß nicht, ob es am Wein liegt oder daran, dass ich fern von Manchester bin, aber zum ersten Mal kommt mir der Gedanke, ob ich mich von Gavin nicht genauso schikanieren lasse, wie Wesley es bei Olivia tut.

Bevor mich der Mut verlassen kann, greife ich nach dem Handy, wobei mir das Adrenalin durch die Adern rauscht. Ich muss es tun. Ich muss Gavin zur Rede stellen. Es ist an der Zeit. Ich habe mich seit Wochen nicht mehr richtig mit ihm unterhalten – die meisten Absprachen, was die Betreuung unseres Sohnes betrifft, laufen über meine Mutter, als wäre sie so etwas wie unsere persönliche Unterhändlerin.

Ich schaue auf die Uhr. Es ist fast zehn. Gavin geht nie vor Mitternacht ins Bett. Er gehört zu diesen Menschen, die versuchen, noch den letzten Moment des Tages voll auszuschöpfen, bevor sie sich gezwungenermaßen schlafen legen. An den meisten Abenden, insbesondere seit Finns Geburt, ging ich vor ihm zu Bett und schlief bereits, wenn er sich, meist gegen zwei Uhr, neben mich legte. Er ging nur dann früher zu Bett, wenn er Sex wollte. Und im Verlauf des letzten Jahres ist das immer seltener vorgekommen.

Das Telefon klingelt und klingelt. Ich stelle mir vor, wie

er sich im Fernsehen ein Fußballspiel oder eine Doku anschaut, das Handy neben sich auf der Lehne abgelegt, wie mein Name auf dem Display aufleuchtet, er es aber geflissentlich ignoriert. Gerade als ich denke, dass das Tuten verstummen oder die Mailbox rangehen wird, höre ich seine Stimme am anderen Ende der Leitung – schroff, vertraut –, und mein Herz zieht sich zusammen.

»Jenna? Alles in Ordnung bei dir?«

»Mir geht es gut«, erwidere ich. »Ich … ich dachte einfach nur, dass wir uns unterhalten sollten.«

»Was? Jetzt?«

»Gav, das geht jetzt seit vier Monaten so. Ich habe dir deinen Freiraum gegeben, aber ich brauche auch Gewissheit. Ich kann so nicht weitermachen, in diesem … diesem Schwebezustand.«

»Hast du getrunken?« Ich höre einen Anflug von Missbilligung in seiner Stimme.

»Nur ein, zwei Gläser. Ich arbeite, ich bin nicht beschwipst.«

Es folgt ein Augenblick unbehaglicher Stille. Dann sagt er: »Du hast recht. Wir müssen reden. Vielleicht nach deiner Rückkehr. Bist du Freitag zurück?«

»Ja, das hoffe ich.«

»Du hoffst es?« Er hat diese Gereiztheit in seiner Stimme, so als würde jedes Wort von mir ihn nerven. Jetzt, wo ich darüber nachdenke, verhält er sich schon eine ganze Weile so – schon Monate, bevor er verkündete, dass er eine Auszeit brauche.

Ich schlucke. »Na ja, die Situation ist gerade etwas vertrackt. Diese Geschichte, über die ich berichte, hat eine unschöne Wendung genommen. Ein Mann wurde ermordet.«

»Was?«

»Ein Einheimischer. Ich weiß noch nicht, ob eine Verbindung besteht, aber er war in den Fall verwickelt, an dem ich dran bin, also könnte es wichtig sein. Wie auch immer, Freitag sollte dennoch passen. Ich denke nur laut nach.« Ich vermisse es, mich mit ihm über die Arbeit zu unterhalten, über unsere Ambitionen und Träume. Er weiß praktisch nichts über diesen Podcast, ahnt nicht, was für eine große Sache es für mich ist, dieses Projekt machen zu dürfen und vom schnöden Verfassen von Pressemitteilung in Teilzeit zu etwas von diesem Format zu wechseln. Und nicht zuletzt wahrscheinlich zum ersten Mal seit meiner Elternzeit 2008 beruflich wieder ernst genommen zu werden.

Aber andererseits hat mein Job gegenüber dem seinen immer eine untergeordnete Rolle gespielt. Das war verständlich, da er der Besserverdienende war, doch er schien sich nie bewusst, wie klein ich mich zuweilen dabei fühlte, wie unbedeutend. Er würdigte nie, was für einen Balanceakt ich veranstaltete, und wenn ich mich mal beschwerte, sagte er so Dinge wie: »Tja, du wolltest doch wieder arbeiten.« Als ob ich allein verantwortlich für unseren Sohn wäre und er nicht; als ob es an mir allein läge, Arbeit und Kindererziehung erfolgreich unter einen Hut zu kriegen.

»Gut. Ich hoffe nur, du bist vorsichtig«, sagt er knapp, und ich frage mich, wie es so weit kommen konnte. Wie *wir* es so weit kommen lassen konnten. Was ist nur mit uns geschehen – mit dem lustigen, jungen, sorglosen Pärchen, das wir einst waren, bevor die Ressentiments aufkamen, bevor das Gezanke darüber begann, wer im Haushalt mehr machte, wer beschäftigter und wer gestresster war, als wäre das Ganze ein Wettbewerb? Wo ist das Pärchen, das über dieselben

Witze lachte, das sich auf dem Sofa aneinanderkuschelte, um sich uralte Folgen von *Frasier* anzusehen, und zusammen auf Konzerte ging? Wo ist der Mann, der mich so sehr liebte, dass er mich während der Schwangerschaft wie eine Prinzessin behandelte und mich keinen Finger rühren ließ, als wäre ich aus Porzellan? Wohin ist der warmherzige, liebevolle, freundliche, lustige Gavin verschwunden? Der Mann, mit dem ich mich heute unterhalte, ist wie ein Fremder. Haben sich die ersten Risse schon gezeigt, nachdem wir Finn bekommen hatten? Habe ich all die Liebe, die ich zuvor Gavin zuteilwerden ließ, stattdessen meinem Sohn gewidmet? Ist unsere Liebe während der letzten zehn Jahre langsam und unmerklich versickert wie bei einem lecken Wasserrohr?

Eine Träne kullert mir über die Wange, ein Schmerz legt sich so schwer auf meine Brust, dass ich einige Sekunden kein Wort mehr herausbekomme. Ich halte das Telefon von meinem Ohr weg und unterdrücke ein Schluchzen. Ich möchte nicht, dass er merkt, dass ich weine.

»… das können wir dann alles persönlich besprechen«, endet er gerade, als ich das Handy wieder ans Ohr drücke.

»Jepp«, sage ich betont munter.

»Und falls es am Freitag doch nicht klappt, muss ich das wissen. Ich bin …« Er klingt unbehaglich. »Also, ich habe Pläne für Samstagabend.« Ich denke an das Frauenlachen, das ich gestern früh gehört habe. Doch ich kann mich nicht dazu durchringen, ihn danach zu fragen – ich habe zu viel Angst vor der Antwort.

»Mum kann das Wochenende auf Finn aufpassen, sollte ich hier nicht früher wegkommen, aber keine Sorge, ich denke, ich bin am Freitag wieder da.«

»Okay, gut. Gloria hat viel für uns getan.«

Ja, mehr als deine Mutter, möchte ich sagen, lasse es aber. Seine Eltern und die Tatsache, dass ich immer das Gefühl hatte, dass sie auf mich herabsahen, war im Lauf unserer Beziehung ein ständiger Streitpunkt gewesen, weshalb ich das Thema gemieden habe. Und die Wahrheit ist, dass es mir egal ist, ob Sidney und Cassandra mich mögen oder nicht. Ich wünschte nur, sie wären bessere Großeltern für Finn. Doch so wie es aussieht, verbringen sie ihre gesamte Zeit lieber mit Gavins Schwester Marcie und deren drei Kindern, wohingegen sie Finn nur zu besonderen Anlässen oder dem gelegentlichen Sonntagsessen in ihrem großen, picobello aufgeräumten Haus sehen, in dem Finn und ich ständig Angst haben, irgendwas anzufassen. Trotzdem mag ich Marcie und ihre süßen Kinder sehr, und sollte es zur Trennung kommen, hoffe ich, dass sie immer noch mit mir befreundet sein will.

»Bist du noch da?«

Gavin hat weitergesprochen, während ich im Geist abgeschweift bin. Ich blinzle und versuche, mich zu sammeln. »Ich bin noch da«, antworte ich rasch.

Er seufzt. Und dann sagt er sanft: »Jen, es tut mir leid.«

»Was?«

»Alles. Die Auszeit. Dass ich unsere Familie zerreiße.«

Die Tränen sind wieder da. Das Ende unserer Ehe – denn hierum handelt es sich, da kann ich mir nichts mehr vormachen – fühlt sich an wie ein Tod. »Mir tut es auch leid.«

»Menschen verändern sich«, fährt er fort. »Ich habe mich verändert.«

»Ich weiß. Ich auch.« Und vielleicht ist das das Problem: Wir mögen die Person, in die sich der jeweils andere verwandelt hat, nicht besonders.

Er räuspert sich. »Wie auch immer. Wir können uns vernünftig unterhalten, sobald du zurück bist. Und Jenna ...«

Ich nicke, obwohl er mich nicht sehen kann.

»Pass auf dich auf, ja? Mach keine Dummheiten. Wenn da ein Mörder frei herumläuft ...«

»Ich komme klar. Mach dir keine Sorgen.«

»Na gut, dann, tschüss.«

»Tschüss.«

Ich höre ihn einige Sekunden am anderen Ende der Leitung atmen, immer noch verbunden, da keiner von uns beiden als Erster auflegen will – genauso, wie es am Anfang zwischen uns war.

Dann lege ich als Erste auf und breche in Tränen aus.

Ich gehe ins Bad und wasche mir die Tränen aus dem Gesicht. Ich muss mich zusammenreißen, die Gedanken an Gavin vorerst beiseiteschieben und mich auf das konzentrieren, weswegen ich hier bin. Ich ziehe mich aus, schlüpfe in meinen Pyjama und kehre zurück, um mir eine heiße Schokolade zu machen. Das Feuer ist mittlerweile fast niedergebrannt. Ich bleibe im Sessel sitzen, bis es ganz verloschen ist. Ich habe es nicht eilig, schlafen zu gehen. Aus irgendeinem Grund fühle ich mich sicherer, solange ich hier sitze, solange alle Lichter brennen und mein Telefon in Reichweite ist.

Gedankenverloren starre ich in den Kamin, und da landet mein Blick auf einem Stückchen Papier neben dem Rost, das nicht ganz verbrannt, aber an den Rändern verkokelt ist. Ich stehe auf und gehe vor der Feuerstelle in die Hocke. Die Flammen haben den Großteil der Schrift verschlungen, aber die letzten beiden Worte sind immer noch zu lesen: DIE NÄCHSTE. Das war die Nachricht, die unter meinem

Scheibenwischer steckte. Ich hatte sie in der Küche neben dem Laptop liegen lassen, unter dem Buch, das ich gerade lese. Wie ist sie in den Kamin gelangt?

Das müssen entweder Dale oder Olivia gewesen sein. Aber wer von beiden?

Und warum?

36

Olivia

Als Olivia aufwacht, stellt sie fest, dass Wesley nicht bei ihr im Bett liegt, obwohl es draußen noch stockfinster ist. Sie beugt sich zu ihrem Handy, um die Uhrzeit zu checken. Es ist kurz nach Mitternacht. Sie hat also keine zwei Stunden geschlafen.

Die Erleichterung, die sie empfand, als sie vorhin in Wesleys Wohnung ankam, sich in Sicherheit wusste, ist verflogen, und nun fühlt sie sich einfach nur noch ermattet. Darüber hinaus hat sie dröhnende Kopfschmerzen. Sie war zwar nie eine große Trinkerin, hatte vorhin aber nur zwei Gläser Wein. Was definitiv nicht ausreichen dürfte, um dieses seltsam benommene Gefühl bei ihr auszulösen. Auch ihr Bein schmerzt mehr als gewöhnlich. Sie streckt die Hand aus und berührt es. Sie hat zwar noch ihre Reithose an, aber sie kann eine Beule ertasten. Sie schlägt die Bettdecke zurück und richtet das Licht ihres Handys auf die Stelle. Da ist ein kleines Loch in der Reithose, und als sie sie herunterzieht, erblickt sie einen Bluterguss auf ihrem Oberschenkel. Es sieht fast aus wie eine Injektionsstelle: ein roter Punkt in der Mitte und ein blasserer Hof, der sich drum herum ausbreitet. Ist sie betäubt worden? Das würde ihre Bewusstlosigkeit vorhin erklären, ihre Benommenheit. Sie hat noch nie in ihrem Leben Drogen genommen, weiß also nicht, wie sich das anfühlen würde, aber ungefähr so stellt sie es sich vor. Sie schwingt die Beine aus dem Bett, steht auf und tastet nach dem Lichtschalter, während Panik sich in ihr breitmacht. Was zur Hölle ist mit ihr passiert? Und wo steckt Wesley? Sie drückt auf den Schalter, und das Zimmer wird von grellem Licht geflutet. Sie fragt sich, ob er vielleicht im Bad ist, doch ein kurzer Blick verrät, dass er nicht in der Wohnung ist. Er ist ausgegangen. Sie kann es nicht glauben. Nach allem, was sie heute Abend durchgemacht hat, hat er sie einfach allein hier zurückgelassen.

Ihre Finger zittern, während sie zu seiner Nummer scrollt. Ein stumm geschaltetes Handy auf Wesleys Nachttisch beginnt zu vibrieren. Sie greift danach und sieht ihre eigene Nummer aufleuchten. Was zum Teufel? Ihre Gedanken überschlagen sich. Warum sollte Wesley rausgehen, sein Handy aber in der Wohnung liegen lassen? Sie lässt sich aufs Bett fallen, ihr Telefon in der einen Hand, das seine in der anderen. Wütend wirft sie ihres beiseite, das dumpf auf der Bettdecke landet, und macht sich daran, sich Zugang zu Wesleys zu verschaffen. Aber er hat eine PIN, und obwohl sie drei Kombinationen ausprobiert, will keine passen. Frustriert legt sie es zurück auf den Nachttisch. Was geht hier vor sich? Wesley hat sein Handy immer bei sich. Es sei denn …

Sie tritt ans Fenster und zieht die hässlichen braunen Vorhänge beiseite. Von hier kann sie die High Street überblicken, aber sie ist menschenleer. Besitzt Wes noch ein anderes Telefon? Sie schluckt. Sie hat schon von Wegwerfhandys gehört, hat sie in Krimis im Fernsehen gesehen. Vielleicht betrügt er sie ja doch und hat ein heimliches Ersatzgerät, um seine andere Freundin anzurufen. Nein. Nein, sie ist paranoid. Er ist wahrscheinlich nur schnell los, um Milch oder sonst irgendwas an der Tankstelle zu besorgen, und hat sein Handy hier vergessen. Alles ganz harmlos.

Das Licht im Zimmer ist zu grell, einer dieser billigen Papierlampenschirme, der einst weiß war und mit der Zeit vergilbt ist. Olivia steht auf und macht es aus, sodass sie wieder in Dunkelheit gehüllt ist. Was sich irgendwie symbolhaft anfühlt. Ist sie nicht immer diejenige, die im Dunkeln gelassen wird? Sie bleibt auf der Armlehne des Sofas hocken, wo ein Streifen matten nächtlichen Lichts auf ihren Oberschenkel fällt. Sie will nicht ins Bett gehen, solange Wesley nicht wieder zu Hause ist.

Kurz darauf hört sie das Heulen eines Krankenwagens und muss erneut an jene Nacht vor zwanzig Jahren zurückdenken. Um diese Uhrzeit müssten sie noch im Club gewesen sein, nicht ahnend, welche unerwartete Wendung ihr Leben plötzlich nehmen würde. Es sei denn, die anderen wussten es. Es sei denn, sie hatten geplant, sie zurückzulassen.

Die Zeit nach dem Unfall war so merkwürdig, so verschwommen gewesen. Sie befand sich in einer schlimmen Verfassung und machte sich so furchtbare Sorgen um ihr Bein, dass jene ersten Monate nach dem Verschwinden ihrer Freundinnen wie im Flug vergingen. Aber es gab da noch etwas anderes, weswegen sie nur ungern auf die Stunden vor dem Unfall zurückblickte. Ihr schlechtes Gewissen. Denn es muss ungefähr diese Uhrzeit gewesen sein, als Olivia an jenem Abend im Club stand und böse Gedanken hegte.

Eigentlich war es ein ganz normaler Ausgehabend mit den Mädels gewesen. Sally war in heller Aufregung wegen Mal, diesem Jungen, auf den sie stand, da sie meinte, dass er kurz davor war, sie um ein Date zu bitten. Und Tamzin und Katie hatten sich vorgenommen, sich gehörig zu betrinken. Ob

Tamzin etwas mehr als sonst mit dem Geld um sich warf? Olivia kann sich nicht mehr erinnern. Aber zumindest weiß sie noch, dass sie den Club früher verließen als üblich, und obwohl Katie und Tamzin sich gezofft hatten, machten die beiden auf der Heimfahrt einen friedlichen Eindruck. Olivia hat noch dieses Bild vor sich, wie Tamzin zur Bar getorkelt kam, wo sie allein herumstand, während Sally mit Mal knutschte und Katie mit ein paar Leuten tanzte. Schwermütig gestimmt hielt sie sich an ihrem Glas Wein fest, während die Chemical Brothers über ihr aus den Boxen dröhnten, und dachte an Wesley und daran, wie sehr sie sich wünschte, er wäre auch hier; außerdem – und heute tut ihr das leid – grollte sie Sally, weil sie ihm gegenüber so offen feindselig war. Sie machte sich Sorgen, wie ihre Beziehung zu Wesley funktionieren sollte, wenn ihre beste Freundin ihren Freund nicht ausstehen konnte. Außerdem verspürte sie auch einen Anflug von Eifersucht, als Sally immer wieder ihre glänzende dunkle Mähne über die Schulter schwang, während sie mit Mal knutschte und flirtete, da die Jungs ihr zu Füßen lagen, während Olivia nur Wesleys zweite Wahl gewesen war.

»Hey«, sagte Tamzin und schlang ihren Arm um Olivias Schultern, »pass auf, dass ich heute Nacht nicht zu viel trinke. Ich hab später noch ein heißes Date.«

»Heißes Date?«

Sie legte den Finger an die Lippen und versuchte, so was wie ein *Pst!* hervorzubringen, wobei ihre Hand sich immer wieder von ihrem Gesicht wegbewegte, weil sie so schwankte. Sie gab auf und ließ sich stattdessen auf einen Barhocker plumpsen.

Mit wem hatte Tamzin sich treffen wollen?

Olivia schüttelt den Kopf, während sie sich genauer zu erinnern versucht. Ist ihr diese Szene zuvor schon einmal in den Sinn gekommen? Bisher hat sie es sich nie wirklich gestattet, diese Nacht in allen Einzelheiten durchzugehen – zum einen, weil es schlicht zu schmerzhaft war, aber auch, weil sie nach Monaten im Krankenhaus und zig OPs vom Morphium völlig benebelt gewesen war. Bildet sie sich dieses Gespräch mit Tamzin jetzt nur ein? Das ist das Problem mit Erinnerungen. Zumal nach zwanzig Jahren. Wie kann man sich überhaupt sicher sein, was wahr ist und was nur ein Hirngespinst? Auf diese Nacht zurückzublicken, ist wie der Versuch, eine alte VHS-Kassette anzuschauen, die schon so oft abgespielt wurde, dass ein Teil des Bandes ganz ausgeleiert ist.

Eine Bewegung – ein Aufblitzen von Kleidung – auf dem Steinfeld gegenüber holt sie in die Gegenwart zurück. Sie schiebt den Vorhang weiter auf, und ihr Puls beschleunigt. Ist das Wesley? Aber nein, der Gang passt nicht zu ihm. Dieser Typ ist groß und drahtig. Er klettert über den Zaunübertritt auf den Bürgersteig, wobei sein Gesicht von der Straßenlaterne erleuchtet wird. Sie erstarrt vor Überraschung. Es ist Dale. Was macht er um diese Zeit bei den Steinen? Unbewusst berührt sie die Stelle an ihrem Oberschenkel, wo sich der Bluterguss gebildet hat. Ja, Dale hat sie vorhin gefunden, aber war er vielleicht auch derjenige, der sie überhaupt erst dort hingebracht hatte? Hatte er sie unter Drogen gesetzt? Nein – das ergibt keinen Sinn. Warum sollte er ihr das antun? *Um dich dafür zu bestrafen, weil du Jenna von der Sache mit Tamzin erzählt hast*. Sie verdrängt den Gedanken. Das ist lächerlich. Dale würde so etwas nicht tun. Er hatte seine Gründe, Jenna nicht zu erzählen, dass er damals Tamzins Freund war. Es sei denn … Ihre Gedanken überschlagen sich. *Ein heißes Date*. So hatte sich Tamzin ausgedrückt. Mit wem wollte sie sich in jener Nacht noch treffen? Könnte es sich um Dale gehandelt haben? Hat er gelogen, als er behauptete, nicht in Stafferbury gewesen zu sein? Wer hat das überprüft? Er selbst gehörte damals nicht zu den Verdächtigen, oder doch?

Das Geräusch eines Schlüssels im Schloss lässt sie erschrocken vom Sofa aufspringen. Wesley ist zurück. War er draußen, um sich mit Dale zu treffen?

Rasch zieht sie den Vorhang wieder zu und erwägt kurz, wieder ins Bett zu gehen und sich schlafend zu stellen, aber nein. Das wird sie nicht tun. Sie wird ihn zur Rede stellen. Sie steht mitten im Raum im Dunkeln. Zunächst bemerkt Wesley sie nicht. Er trägt eine Art Schuhkarton in den Händen, den er auf dem Küchentresen abstellt. Das alles macht er so leise, als würde er eine Pantomime aufführen.

Sie wartet und beobachtet, wie er seine Schlüssel vorsichtig auf die Schachtel legt und seine Turnschuhe abstreift. Dann zieht er etwas aus seiner Manteltasche. Es leuchtet in seiner Hand auf, und ihr wird schwer ums Herz. – Es ist ein Handy. Also besitzt er tatsächlich zwei. Sie kann nicht glauben, dass er sie immer noch nicht bemerkt hat. Er öffnet das Schrankfach über dem Kühlschrank – das, von dem er weiß, dass sie nur schwer rankommt –, und schiebt dann die Schachtel und das Handy hinein. Während er ihr den Rücken zugekehrt hat, trifft sie eine rasche Entscheidung: Sie wird sich ins Bett legen und so tun, als hätte sie geschlafen. Denn wenn sie ihn zur Rede stellt, wird er ja doch nur lügen. Oder gemein werden. Oder sie der Paranoia bezichtigen. So aber wird er nicht ahnen, dass sie gesehen hat, wo er die Schachtel verstaut hat. Morgen kann sie dann immer noch nachsehen, was drin ist.

Gerade als sie sich unter die Decke legt, dreht er sich um. Sie tut so, als würde sie sich im Schlaf regen, und hält die Augen geschlossen, spürt aber, wie er zu ihr rüberkommt.

»Liv?«, sagt er leise und streicht ihr das Haar aus dem Gesicht, während die Matratze unter seinem Gewicht einsinkt. »Bist du wach?«

Sie gibt einen stöhnenden Laut von sich, öffnet aber nicht die Augen. Soll er doch denken, dass sie immer noch ganz benommen ist. Sie wird ihn erst zur Rede stellen, wenn sie genauer weiß, womit sie es hier zu tun hat. Sie spürt, wie er sich mit dem Rücken zu ihr ins Bett legt. Es dauert nicht lange, dann hört sie ihn schnarchen. Sie wird warten, bis er morgen zur Arbeit geht, und dann nachsehen, was genau er da treibt. Ihr Handy neben ihr leuchtet auf und erhellt kurz ihre Ecke des Zimmers. Sie verkrampft, fragt sich, ob Wesley was mitbekommen hat, aber er rührt sich nicht. Also greift sie nach ihrem Handy. Wer würde ihr mitten in der Nacht eine Nachricht schreiben?

Es ist ihre Mutter. Als ihr Blick über den Text schweift, gefriert ihr das Blut in den Adern. Es handelt sich nur um eine Zeile. Um etwas, wovon sie nie gedacht hätte, dass ihre Mutter es je sagen würde.

Wir müssen über deinen Vater reden.

37

Jenna

Seit ich die Nachricht im Kamin entdeckt habe, finde ich keinen Schlaf. Heute Abend waren nur zwei Personen hier – Dale und Olivia. Einer von ihnen muss den Zettel ins Feuer geworfen haben. Ich denke daran, wie zuvorkommend Dale heute Abend war, indem er anbot, Olivia für mich nach Hause zu fahren, und mir was zu essen mitbrachte. Das war nett von ihm. Aber jetzt frage ich mich, ob er Hintergedanken dabei hegte. Könnte es sein, dass er die Nachricht an sich genommen hat, als ich Teller und Besteck holen war? Oder war sie da schon nicht mehr an ihrem Platz? Hat Olivia sie entdeckt, als ich auf der Toilette war, und versucht, sie zu entsorgen? Frustriert wälze ich mich im Bett hin und her.

Plötzlich höre ich ein Geräusch wie das Schlagen einer Autotür. Ich springe aus dem Bett, schnappe mir meinen Bademantel und ziehe ihn über, während ich die Vorhänge öffne. Draußen ist es dunkel, nur die Umrisse der Bäume in einiger Entfernung sind zu sehen. Selbst die Bodenfluter und die kleinen Lichter in den Baumkronen gegenüber wurden ausgeschaltet. Ich atme tief durch und versuche, mich zu beruhigen. Das muss ein Traum gewesen sein. Nichts weiter. Ich will gerade wieder zu Bett gehen, als ich ein Bellen höre und dann eine Bewegung wahrnehme. Es sieht aus wie zwei Schatten, die sich wie einer bewegen, und als ich blinzelnd in die Dunkelheit spähe, kann ich die Silhouetten eines Mannes und eines Hundes ausmachen. Eines großen Hundes. Wie ein Deutscher Schäferhund. Mein Herz rast, während ich sie beobachte. Sie gehen auf die gegenüberliegende Hütte zu, und dieses Mal bilde ich es mir definitiv nicht ein: Hinter dem schmalen rechteckigen Fenster brennt ein Licht. Ich bin überzeugt, dass es sich um den Mann handelt, den ich bei meiner Ankunft gesehen habe. Ich bin mir nicht sicher, ob er allein ist. Wartet jemand drinnen auf seine Rückkehr? Ich überprüfe die Uhrzeit auf meinem Handy. Es ist kurz nach Mitternacht. Ich überlege, ob ich ein Foto machen soll, aber da es zu dunkel ist, scrolle ich stattdessen durch meine Kontakte, bis ich zu Dales Nummer gelange. Doch dann zögere ich. Kann ich ihm vertrauen? Wütend auf mich selbst schüttle ich den Kopf. Ich muss ihm vertrauen. Er ist Polizist. Und ein netter Kerl. Außerdem bleibt mir nicht viel anderes übrig.

Er geht sofort ran. »Hi«, meldet er sich. »Alles klar bei dir?«

»Der Mann, von dem ich dir erzählt habe. Der mit dem Schäferhund. Er ist wieder da«, platze ich heraus. »Ich sehe ihn jetzt, in diesem Moment. Er ist auf dem Weg in die Hütte gegenüber.«

»Okay, ich komme vorbei.« Er legt auf, und ich halte weiterhin am Fenster Ausschau.

Der Mann ist gerade dabei, die Hütte zu betreten, dreht sich allerdings noch mal um und schaut in meine Richtung. Er trägt einen Parka mit Kapuze, aber selbst ohne diese ist er zu weit weg, als dass ich seine Gesichtszüge erkennen könnte. Ich ziehe die Vorhänge zu und schlinge die Arme um meinen Oberkörper, da ich auf einmal friere bis ins Mark. Ist das der Mörder, der Ralph auf dem Gewissen hat, derjenige, der mich angegriffen und die Tierkadaver auf meiner Veranda hinterlegt hat? In was bin ich hier nur reingeraten? Ich husche ins Wohnzimmer, wo ich mich sicherer fühle, und laufe auf und ab, während ich auf Dale warte. Auf einmal bin ich hellwach, während das Adrenalin durch meinen Körper pumpt. Ich kehre ins Schlafzimmer zurück und ziehe mir Jeans und Pulli über meinen Pyjama. Dann eile ich wieder in die Küche für den Fall, dass mir in den zwei Minuten, die ich weg war, etwas entgangen ist, doch durch das Fenster ist weder Licht noch Bewegung in der Hütte gegenüber auszumachen. Die gesamte Außenwelt scheint in eine unnatürliche Schwärze gehüllt. Ganz anders als in Manchester. Hier hat die Dunkelheit etwas Dichtes, etwas Endloses. Etwas Erdrückendes.

Plötzlich durchbrechen zwei Scheinwerfer die Dunkelheit, hüpfen über die Unebenheiten des Weges und erleuchten den feinen Nieselregen. Es ist Dale, Gott sei Dank. Er hält hinter meinem Auto und steigt aus. Er hat eine klobige Taschenlampe bei sich und schwenkt den hellen Strahl auf die Hütte gegenüber. Ich renne zur Tür und reiße sie auf, als er gerade auf Höhe meiner Motorhaube ist. Er senkt die Lampe.

»Meintest du die Hütte da drüben?«, fragt er und richtet, ohne auch nur ein Hallo zu äußern, den Strahl auf Foxglove.

»Ja. Warte, lass mich meinen Mantel holen.«

»Nein. Bleib hier. Es ist vielleicht nicht sicher.«

Ich ignoriere ihn und steige rasch in meine Gummistiefel, doch er stapft bereits in Richtung Hütte davon, wobei der Schein seiner Taschenlampe alles in ein diesiges Braun taucht. Ich schließe die Tür und eile ihm hinterher, wobei ich beinahe ausrutsche, als ich gleichzeitig versuche, meinen Mantel überzustreifen.

»Ich hab doch gesagt, du sollst drinnen bleiben«, murmelt er, als ich ihn eingeholt habe. »Herrgott noch mal, Jenna. Das ist kein Spiel. Tust du nie, was man dir sagt?«

Ich antworte nicht. Stattdessen halte ich mich hinter ihm, taste in meinen Manteltaschen nach meinem Pfefferspray und entspanne mich sofort ein wenig, als meine Finger es umschließen. Ich ziehe es heraus und halte es in der Hand bereit. Um die Vorhänge des vorderen Fensters ist ein schwacher Lichtschimmer zu erkennen. Mein Herz schlägt wie wild, und ich umklammere das Spray fester.

Die Tür wird von einem verärgert dreinschauenden Mann aufgerissen, dessen Kopf von einem wirren grau melierten Haarkranz geziert wird. Er sieht aus wie Mitte sechzig, hat wettergegerbte Haut und tiefdunkle Augen, die uns erzürnt anblitzen. Er ist nicht, was ich erwartet habe.

»Tut mir leid, Sie so spät noch zu stören. Ich bin Detective Sergeant Dale Crawford«, stellt sich Dale vor und hält seine Dienstmarke hoch.

»Es ist halb eins in der Nacht«, sagt der Mann und streicht sich über die Bartstoppeln an seinem Kinn. »Ist etwas passiert?«

»Uns wurde gemeldet, dass sich jemand illegal in dieser Hütte aufhält«, erklärt Dale.

Der Mann runzelt die Stirn. Hinter ihm kann ich eine Frauenstimme hören; dann erscheint sie in der Tür, das blonde Haar zu einem Knoten aufgetürmt, bekleidet mit einem Nicki-Jogginganzug, die Hosenbeine in ihre Ugg-Stiefel gestopft.

»Was ist los?« Sie hat einen ausländischen Akzent, den ich nicht so recht zu verorten vermag.

Er dreht sich zu ihr um. »Der Detective scheint zu glauben, dass wir uns hier illegal aufhalten«, erklärt er. »José, hol den Ausdruck, ja?«

Sie verschwindet aus dem Blickfeld.

»Dürfte ich Ihre Namen aufnehmen?«, fragt Dale, senkt seine Lampe und holt sein Notizbuch aus der Brustinnentasche. Er scheint es überallhin mitzunehmen.

Ich höre einen Hund bellen, und ein gelber Labrador streckt seinen Kopf an den Beinen des Mannes vorbei. Ein Labrador. Kein Deutscher Schäferhund. Ich schwanke zwischen Erleichterung und Verlegenheit.

»Wir heißen Samuel und Josephine Molina«, sagt der Mann, wobei er die Arme verschränkt. Er ist groß und auf robuste Ältere-Herren-Weise auch attraktiv. »Wir sind gerade erst angekommen. Aber wir haben bis Sonntag gebucht.«

Josephine ist zurück und drückt Dale ein Stück Papier in die Hand. »Wir mussten heute beide noch arbeiten und sind deswegen erst so spät angekommen«, erklärt sie. Sie blickt an Dale vorbei, als würde sie mich erst jetzt bemerken. »Wir wollten hier niemanden stören.«

Ich spüre, wie ich rot werde, aber hoffentlich ist es zu dunkel, als dass sie es bemerken. »Überhaupt nicht«, winke ich ab. »Das war nur eine kleine Verwechslung, nichts weiter.«

»Okay«, sagt sie, aber ihr Gesichtsausdruck ist immer noch verwirrt, und ihre blauen Augen huschen zurück zu Dale.

Dale gibt ihr das Papier zurück. »Es scheint alles in Ordnung zu sein. Entschuldigen Sie die Störung«, sagt er. »Aber ich glaube, ich sollte Sie dennoch darauf aufmerksam machen, dass am Dienstagabend in diesem Wald ein Mann tot aufgefunden wurde.«

Das Gesicht der Frau zeigt blankes Entsetzen. »Was? Davon hat uns niemand was gesagt. Was ist passiert?«

»Die Ermittlungen laufen noch. Falls Sie also jemand Verdächtiges sehen sollten, dann geben Sie mir oder einem meiner Kollegen Bescheid.« Er reicht ihr eine Visitenkarte, die sie zögernd entgegennimmt.

»Wer … wer war der Tote?«, fragt sie und wirft ihrem Mann einen besorgten Blick zu, bevor sie uns wieder ansieht.

»Ein gewisser Ralph Middleton. Kannten Sie ihn vielleicht?«

Ihre Erleichterung ist fast schon körperlich spürbar. »Nein, noch nie von ihm gehört«, antwortet Samuel. Hatten sie erwartet, dass es sich um jemand anderen handelt?

Josephine nickt zustimmend, und ihr Mann legt beruhigend einen Arm um ihre Schultern.

»Und falls Sie irgendetwas brauchen sollten, ich bin gleich in der Hütte da drüben. Bluebell«, sage ich und zeige in die Richtung meiner Unterkunft. »Ich bin Jenna.«

Sie nicken wortlos und schließen die Tür.

»Wie seltsam«, bemerke ich leise, als wir uns auf den Rückweg begeben und Dale uns mit seiner sperrigen Taschenlampe den Weg erhellt. »Als ich mich heute Nachmittag mit Jay unterhalten habe, hat er gar nicht erwähnt, dass jemand die Hütte gebucht hat.«

»Alles scheint in bester Ordnung.«

»Warum sollte Jay die Leute in dieser Hütte einquartieren, wo er doch weiß, dass ich den Verdacht hatte, dass da jemand illegal abgestiegen ist?«

»Keine Ahnung. Vielleicht war das die einzige, die verfügbar war.«

»Sie sind alle verfügbar.«

»Jenna.« Er klingt verärgert. »Hör auf, Dinge zu sehen, wo keine sind. Jay muss nicht jede Buchung erst von dir absegnen lassen.«

Ich bin gekränkt. »So habe ich das auch nicht gemeint.«

Inzwischen haben wir die Haustür erreicht. Ich zögere und überlege, ob ich ihn hereinbitten soll. Aber als mir die halb verbrannte Nachricht in meinem Kamin einfällt, entscheide ich mich dagegen.

Ich sperre die Tür auf und betrete die Hütte. Dann drehe ich mich um und mustere ihn. Er sieht durchfroren aus, wie er seine Taschenlampe umklammert, und mich überkommt ein Anflug von Mitleid. »Danke, dass du vorbeigekommen bist«, sage ich. »Tut mir leid, dass es sich als Missverständnis entpuppt hat.«

Er lächelt schief. »Ein gutes Missverständnis«, sagt er. »Ich bin froh, dass es was Harmloses war.«

»Ich schätze, wir werden nie herausfinden, wer sich da einquartiert hat und warum.«

»Jenna, im wahren Leben läuft es nicht wie in den Büchern. Es wird nicht alles erklärt und mit einer hübschen kleinen Schleife verpackt dargeboten. Diese Welt ist chaotisch, kompliziert …« Er seufzt. »Aber ist schon okay. Ich helfe gerne.« Er zögert. Und da ist es wieder. Etwas Unausgesprochenes zwischen uns. »Na los. Geh und leg dich schlafen, es ist reichlich spät.«

Widerwillig schließe ich die Tür und lasse ihn draußen stehen. Es ist besser so, sage ich mir, während ich in mein Bett zurückkehre. Ich denke an Ralph, der in seinem Wohnwagen ermordet wurde, daran, wie mich jemand im Wald verfolgt hat, und an den mysteriösen Kerl, der sich mit seinem Deutschen Schäferhund hier bei den Hütten herumgetrieben hat.

In dieser Stadt ist es besser, keinem zu vertrauen.

38

Kein Zurück mehr

Die Tage verstrichen, und Stace hatte das Gefühl, dass John-Paul sich immer mehr von ihr entfernte. Jedes Mal, wenn sie mit ihm zu reden versuchte, antwortete er einsilbig wie ein übellauniger Teenager. Einen Großteil der Zeit verbrachte sie lesend neben Maggie auf einer der Sonnenliegen. Manchmal lag auch Derreck bei ihnen auf der Terrasse, auch wenn er immer eher das Gespräch mit ihr suchte als mit Maggie. Er hörte aufmerksam zu, wenn sie ihm erzählte, wie sehr sie es bedauerte, nicht länger an der Schule geblieben zu sein, dass sie sich verpflichtet gefühlt hatte, stattdessen im elterlichen Betrieb mitzuhelfen – aber dass sie eben auch eine begeisterte Leserin war, die Literatur förmlich in sich aufsog. Er hatte Ähnliches erlebt und erzählte ihr, wie er die Highschool abgebrochen hatte, um auf Reisen zu gehen. Aber je mehr sie mit Derreck plauderte, desto reservierter wurde John-Paul.

»Ich verstehe nicht, was mit ihm los ist«, sagte Stace zu Maggie, nachdem sie schon fast eine Woche in Thailand waren.

»Liegt das an dieser Buddha-Geschichte?«

Obwohl Stace versucht hatte, die anderen dazu zu überreden, die Figuren außer Landes zu bringen, hatten sie sich bisher geweigert. Was Stace sauer aufstieß. Was sollte daran schon so schlimm sein? Aber die anderen waren auch nicht so auf das Geld angewiesen wie sie und John-Paul. Trevor, Martin und Griff hatten gute Jobs im Rechnungs- oder Ingenieurwesen. Maggie schlug sich gut als Kosmetikerin, Hannah war Buchhalterin, und Leonie arbeitete in einem Pflegeheim.

»Daraus wird sowieso nichts«, erwiderte sie, während sie sich die Schienbeine mit Lichtschutzfaktor fünfzig eincremte. »Derreck meinte, es müssten entweder alle mitmachen, oder die Sache platzt.«

»Tut mir leid.« Maggie errötete unter ihrer Bräune. »Ich fühle mich einfach nicht wohl dabei …«

»Schon okay. Die Kohle wäre zwar nett gewesen, aber ich versteh dich.«

»Ich bin erstaunt, dass du überhaupt dazu bereit warst. Du bist sonst immer so … so vorsichtig.«

Was sollte sie darauf sagen? Dass sie das Geld brauchten? Dass sie es satthatte, niemals etwas zu riskieren? Dass sie Derreck gefallen und ihm den Eindruck vermitteln wollte, dass sie mehr war als ein Nullachtfünfzehn-Mädchen aus der Provinz?

Maggie zögerte, als wollte sie noch etwas sagen. Schließlich gestand sie: »Ich traue Derreck nicht.«

»Wie meinst du das?«

»Ich kann es selbst nicht so genau sagen. Ich glaube … ich denke, diese Geschichte mit den Buddhas ist zwielichtiger, als er es darzustellen versucht. Und woher hat er überhaupt all das Geld? Ich würde die Finger davon lassen, wenn ich du wäre. John-Paul sieht das schon richtig.«

Stace runzelte die Stirn und rückte ihren Strohhut zurecht. »Hat er etwas dazu gesagt?«

Maggie zog ihre Beine an und fächelte sich Luft zu. Schweiß rann an ihren Oberschenkeln hinab. »Nein, das ist einfach nur so ein Gefühl von mir. Er scheint scharf auf dich zu sein.«

Stace' Herz pochte los. »Was? Wer?«

»Du weißt schon, wer. Sei einfach vorsichtig, Stace. Das ist alles, was ich sage.«

Erregung durchrieselte Stace. Also hatte sie es sich doch nicht nur eingebildet.

Da war etwas zwischen ihr und Derreck. Eine starke Anziehung. Ein Verlangen. Spürte John-Paul das ebenfalls? War das der Grund, warum er sich von ihr zurückzog?

»Ich weiß nicht, was du meinst«, log sie und zog Der große Gatsby *aus ihrer Tasche, um ihr Lächeln hinter dem Buch zu verbergen.*

Sie machten es sich zur Gewohnheit, sich nachts zu treffen, wenn alle anderen bereits schliefen, um sich dann über alles Mögliche zu unterhalten – ihre Kindheit, ihre Träume und Ziele fürs Leben. Sie hatte das Gefühl, mehr über Derreck zu wissen als über ihren eigenen Freund, und ihr war schon jetzt klar, dass sie ihn vermissen würde, wenn sie in vier Tagen nach England zurückkehrte. Ihr wurde bewusst, dass dies ihr liebster Teil des Urlaubs war – so neben ihm auf der Terrasse liegend, an einem Drink nippend, eingehüllt vom schweren, moschusartigen Duft exotischer Blumen, die verlöschende Glut des Grills betrachtend, dem Zirpen der Grillen lauschend. So blieben sie wach, bis die Sonne aufging und den Himmel mit einem Flickenteppich aus Rosa- und Gelbtönen überzog.

»Ich dachte immer, ich wäre glücklich«, vertraute sie ihm in der Nacht nach ihrem Gespräch mit Maggie an. Sie lagen wie immer auf benachbarten Sonnenliegen, doch im Gegensatz zur ersten Nacht standen diese nun nah beieinander, so nah, dass sie die abstrahlende Hitze von Derrecks Körper spüren konnte. »Ich habe immer geglaubt, ich wäre mehr so der häusliche Typ, ohne große Ambitionen, aber jetzt habe ich das Gefühl, als hätte sich alles verändert.« Einschließlich meiner Gefühle für John-Paul – allerdings sprach sie das nicht aus. Wenn sie ehrlich zu sich war, ging es mit ihrer Beziehung schon seit Monaten bergab, noch bevor er seinen Job verlor. Als gut aussehender Fremder in ihrer kleinen Stadt hatte John-Paul eine romantisch anziehende Wirkung auf sie gehabt, aber er war unglück-

lich. Und es hatte diesen Urlaub gebraucht, um ihr klarzumachen, dass es ihr nicht anders ging.

»Ich weiß kaum etwas über ihn«, sagte sie nun. »Er weigert sich, mir zu erzählen, was in Goa passiert ist.«

Derreck seufzte leise. »Ich möchte keine Grenzen überschreiten. JP ist mein Kumpel. Andererseits …« Ihre Körper waren einander zugewandt, ihre Gesichter nur Zentimeter voneinander entfernt. Gott, wie schön er war. »Ich empfinde immer mehr …« Er legte eine Hand auf sein Leinenhemd und senkte den Blick. »… nun, du weißt schon.«

Sie schluckte, während ihr Herz überzuquellen drohte. Hatte sie es nicht schon gewusst, als sie ihn, wie Gatsby, zum ersten Mal vor seiner Villa stehen sah? Dass es auf der Stelle zwischen ihnen gefunkt hatte? Ja, wahrscheinlich hatte sie das.

Derreck streckte seine Hand aus und berührte leicht ihre Finger, was Wogen des Verlangens durch ihren Körper jagte. Seine Stimme war leise, heiser. »Du musst über JP wissen, dass sein Charakter verschiedene Seiten hat. Er hatte früher in Spanien Ärger mit der Polizei. Wegen diverser Dummheiten. Einbruch. Autodiebstahl. Und als wir dann zusammen auf Reisen waren, hat er sich mit einigen zwielichtigen Leuten eingelassen.« Warum hatte John-Paul ihr das nie erzählt? Sie hatte ihn für eine sanftmütige, arglose Seele gehalten. Wie naiv sie gewesen war. Derreck fuhr leise fort: »Ich hab ihn ein bisschen unter meine Fittiche genommen. Er war einfach … auf die falsche Spur geraten, würde ich sagen. Er hatte ein furchtbares Verhältnis zu seinem Vater, der wohl ein sehr brutaler Mann war.« Für Stace war das alles neu. »Wir sind eine Weile zusammen herumgereist, und dann … dann kam es zu dem Vorfall in Goa. Ich gab ihm ein Alibi, aber er verlor trotzdem die Nerven und haute deshalb nach Großbritannien ab.«

Eine innere Kälte ergriff von Stace Besitz, und sie zog die Knie an ihre Brust, wobei ihre Hand noch immer in Derrecks ruhte. In dieser embryonalen Stellung wartete sie in dem Wissen, dass sie nun endlich erfahren würde, was sich damals zugetragen hatte.

Er flüsterte jetzt, und sie musste ein Stück näher an ihn heranrücken, um ihn zu verstehen. »Er war mit einer Gruppe Touristen auf einer Strandparty gewesen. Junge Leute … Teenager, Studenten. JP meinte, er habe einem von ihnen gerade etwas gegeben – eine Pille … Ich bin mir nicht mal sicher, was genau.«

»Du meinst … Drogen?«, fragte sie ebenfalls flüsternd.

Derreck nickte und hielt ihre Hand fester, wie um sie zu trösten, wobei er mit dem Daumen sanft über ihre Haut strich. »Also hat er dir tatsächlich nie was davon erzählt?«

»Nein«, gab sie zu. »Ich erfuhr erst davon, als ich euch an unserem ersten Abend hier über Goa reden hörte. Ich habe John-Paul danach gefragt, aber er hat mich abgewimmelt.«

»Er hätte es dir sagen sollen. Ich ertrage es nicht, dass er dich anlügt.«

»Und was ist danach passiert?«

»Der Junge hatte eine Überdosis. Er war erst achtzehn. Die Drogen waren mit irgendwas Gefährlichem gestreckt worden … Wie gesagt, ich kenne die Details auch nicht alle. Nur dass JP panisch und heulend zu mir ins Hostel kam. Er nahm mir das Versprechen ab, dass, falls jemand fragen sollte, ich behaupten müsse, dass er die ganze Zeit bei mir gewesen sei. Und …« Er senkte den Kopf. »Zu meiner Schande muss ich gestehen, dass ich es ihm gab. Er sagte mir, er hätte nicht gewusst, dass die Drogen gestreckt waren. Das alles lag an den Leuten, mit denen er rumhing. Sie hatten keinen guten Einfluss auf ihn. Direkt darauf fand ich eine Nachricht von ihm, in der er mir mitteilte, dass er abgereist sei. Später dann schrieb er mir noch einmal, um mich wissen zu lassen, dass er sich in England niedergelassen und dort ein nettes Mädchen kennengelernt habe, und …«

Sie entzog ihm ihre Hand. Sie wusste nicht, was sie davon halten sollte. John-Paul war nicht der Mann, für den sie ihn gehalten hatte. Aber hatte sie das nicht schon immer geahnt? Er hatte ihr eine Version seiner selbst vorgespielt, von der er wusste, dass sie ihr gefallen würde. Gleich einem romantischen Hauptdarsteller in einem Film. Der exotische Held, der in das langweilige Leben einer jungen Frau platzt und es vorübergehend aufregender macht, bis die schnöde Realität wieder über sie hereinbricht und ihre Fantasien zu Staub zerfallen lässt.

Sie stöhnte. »Ich komme mir so dumm vor. John-Paul war, was seine Reisen anging, immer so verschlossen, aber ich dachte, das läge daran, dass er sich diese Zeit zurückwünschte. Mir war nicht klar, dass er auf der Flucht war, sich bei mir versteckte.« Sie drehte sich wieder zu ihm um. »Glaubst du, das ist der Grund, warum er jetzt so unglücklich ist? Weil der Aufenthalt hier ihn wieder an jene Zeit erinnert?«

»Niemand kam je, um nach JP zu suchen. Dass er sich gleich aus dem Staub gemacht hat, lag nur an seiner Paranoia«, sagte Derreck. »Er hat mir erzählt, dass er seinen Job verloren hat und pleite ist. Ich habe die Tickets bezahlt, damit ihr herfliegen könnt.«

»Aber John-Paul meinte, er hätte was auf die Seite gelegt.« Ihr gesamter Körper brannte vor Scham.

»Stace, er hatte gar nichts«, erwiderte er sanft. »Er bereute es, aus Indien abgehauen zu sein. Deshalb habe ich ihn hierher eingeladen – ich dachte, die Sache mit den Buddhas könnte euch beiden helfen. Aber jetzt …« Er streckte die Hand aus und strich über ihre Wange. »… bin ich einfach nur froh, dass ich dich kennenlernen durfte. Es tut mir leid, falls das, was ich sage, unangebracht ist, aber ich glaube …« Sein Blick fing ihren auf. »Ich hoffe, du empfindest genauso.« Das Verlangen knisterte zwischen ihnen, und Stace merkte, wie sie den Atem anhielt.

Sie wusste, was als Nächstes passieren würde, und sie unternahm nichts, um es aufzuhalten, als er sie nach oben in sein Zimmer der Villa führte. Sie sprachen kein Wort, als sie sich gegenseitig die Kleidung abstreiften, wobei sie den Blick nicht voneinander lösten. Das einzige Licht kam von den Balkontüren, die einen Spaltbreit offen standen. Ihr war bewusst, dass sie eine Grenze überschritten hatte – ihre Zukunft war nicht festgeschrieben, wie sie immer gedacht hatte. Und jetzt gab es kein Zurück mehr.

TAG VIER

39

Jenna

Sprachmemo: *Donnerstag, 29. November 2018*

Ich habe eine weitere Nacht überlebt, obwohl ich im Lauf der Tage mehr Fragen als Antworten erhalten habe. Wer war der Mann, der sich illegal in der Hütte gegenüber aufhielt? Wer war der Verfasser der Nachricht an meinem Auto und in dem Blumenstrauß? Und wer hat sie ins Feuer geworfen? Ganz zu schweigen von der Frage, wer Ralph getötet und mich im Wald niedergeschlagen hat. Ich kann es kaum erwarten, diesen Ort zu verlassen – aber ich weiß, dass die Geschichte von Olivia und ihren Freundinnen mich verfolgen wird.

Nach dem Aufstehen beschließe ich, mich mit Madame Tovey zu unterhalten. Ja, ich weiß, dass Jay und Dale sie als Scharlatanin beschrieben haben, aber sie ist so was wie eine Institution in dieser Stadt und wohnte zum Zeitpunkt des Verschwindens der Mädchen in Stafferbury. Sie bietet sich als Interviewpartnerin für den Podcast förmlich an.

Es ist ein weiterer kalter Morgen, der Himmel gleicht einer weißen Decke. Der Bürgersteig ist mit einer dünnen Eisschicht überzogen. Ich habe den Mantelkragen hochgeschlagen, um mich vor dem Wind zu schützen, und als ich die High Street überquere, erblicke ich Olivia vor Madame Tovey's Lädchen. Sie wirkt abgespannt, ihr Gesicht bleich und müde. Sie hat eine kastanienbraune Mütze auf, die bei ihrer kränklichen Blässe nicht gerade vorteilhaft ist.

»Olivia!«, rufe ich und beschleunige vorsichtig meine Schritte, um nicht auf dem frostigen Asphalt auszurutschen. »Ist alles in Ordnung mit Ihnen?«

»Nein, nicht wirklich«, erwidert sie und blickt dabei zu dem Fenster über Madame Tovey's empor, das zu Wesleys Wohnung gehören muss. Sie sieht aus, als hätte sie kaum geschlafen.

»Soll ich Sie nach Hause fahren?« Ich kann Olivia absetzen und dann immer noch wiederkommen, um Madame Tovey einen Besuch abzustatten. Ist ja nicht so, als ob ich einen Termin hätte. »Mein Auto steht gleich da drüben«, sage ich und zeige zum Ende der High Street, wo ich es an der Parkuhr abgestellt habe.

Sie zögert. Hinter dem Fenster bewegt sich ein Schatten. Mir ist klar, dass sie sich Sorgen macht, dass es Wesley nicht recht ist. Doch dann huscht ein trotziger Ausdruck über ihr Gesicht. Sie reckt das Kinn, nickt und nimmt mein Angebot dankend an. Wir gehen zu meinem Auto, ohne ein Wort zu wechseln, bis wir drinnen in der Wärme sitzen.

Ich starte den Motor. »Ist zwischen Ihnen und Wesley alles in Ordnung?«, frage ich und erinnere mich an unser Gespräch von gestern Abend.

Sie nimmt ihre Mütze ab, und die statische Aufladung lässt ihre Haare vom Kopf abstehen. Zerstreut fährt sie mit den Händen drüber. »Letzte Nacht ist etwas Seltsames passiert«, beginnt sie, als ich vom Bordstein rolle und mich hinter einen vorbeifahrenden Vauxhall einreihe. Es herrscht kaum Verkehr; genau genommen scheint hier nie viel los zu sein.

»Ach ja?« Ich möchte sie nach dem Zettel mit der Nachricht fragen – ob sie ihn ins Feuer geworfen hat –, aber ich weiß nicht, wie ich es ansprechen soll, ohne dass es wie eine Anschuldigung klingt. Und falls Olivia sich irgendwas zuschulden hat kommen lassen, könnte es mir einen Vorteil verschaffen, nicht preiszugeben, dass ich von der verbrannten Nachricht weiß.

Ich bin entsetzt, nachdem sie mir erzählt hat, was ihr gestern Nacht widerfahren ist. »Wollen Sie damit sagen, dass man Ihnen ein Betäubungsmittel injiziert hat?«

Sie blinzelt, und ich kann sehen, dass sie den Tränen nahe ist. »Ja.«

Als Journalistin habe ich schon mal einen Artikel zu dem Thema geschrieben, wobei es in diesen Fällen meist um junge Frauen in Nachtclubs ging, die unter Drogen gesetzt wurden. »Mein Gott, Olivia. Sind Sie zur Polizei gegangen?«

»Ich weiß nicht, was ich tun soll«, klagt sie. »Ich war völlig neben mir, als Dale mich fand.«

»Dale hat Sie gefunden?«, entfährt es mir erstickt.

Sie erzählt mir, dass er plötzlich bei den Megalithen aufgetaucht sei, und ich umklammere mit klopfendem Herzen das Lenkrad.

Dann, gerade als ich denke, dass es nicht schlimmer werden kann, berichtet sie, wie Wesley mitten in der Nacht verschwunden und irgendwann mit einem Schuhkarton und einem Ersatzhandy nach Hause gekommen sei. »Ich weiß nur«, sagt sie schluchzend, »dass er in irgendwas Übles verwickelt ist. Und ich hatte gehofft, er würde vor mir zur Arbeit aufbrechen, damit ich die Schachtel rausholen und nachsehen könnte, was er darin versteckt, aber er konnte mich heute Morgen nicht schnell genug loswerden. Als ich vorschlug, später zur Arbeit zu gehen und hinter mir abzuschließen, wollte er nichts davon hören. Es ist offensichtlich, dass er mich nicht allein in seiner Wohnung haben wollte.«

»Aber vergangene Nacht hat er Sie allein gelassen?«

»Ja, weil er dachte, ich wäre vollkommen weggetreten. Aber trotzdem … mich einfach so liegen zu lassen, nach allem, was passiert war.«

Beginnt sie allmählich zu sehen, was mir von Anfang an klar war? Dass der einzige Mensch, der Wesley wirklich interessiert, er selbst ist?

Ich biege links von der High Street ab und fahre am Raven vorbei, wo weniger Gebäude stehen und die Gegend immer ländlicher wird.

»Es war ungefähr hier«, sagt sie und deutet auf einen Abschnitt des Gehwegs. Hier gibt es nur gar keine Häuser mehr, nur Hecken und Felder zu beiden Seiten der Straße, die sich bis zum Reitstall erstrecken. »Das Letzte, woran ich mich erinnere, ist, dass ich hier entlanglief und dann plötzlich eine Hand auf meinem Gesicht spürte … Das muss der Moment gewesen sein, in dem man mir die Spritze verpasst hat. Ich denke …« Sie runzelt die Stirn. »Ich weiß noch, dass ich jemandem in die Arme gesunken bin. Aber ich … ich krieg die Erinnerung nicht zu fassen.«

Ihre Stimme ist leise, verletzlich, und sie tut mir von ganzem Herzen leid. Manchmal vergesse ist, dass sie so alt ist wie ich, da sie viel jünger wirkt. So naiv und unschuldig. Doch dann fällt mir die Nachricht im Kamin wieder ein. Vielleicht ist es mit ihrer Unschuld ja doch nicht so weit her. Habe ich mich in ihr getäuscht? Ist das bloß ein manipulatives Spielchen, damit alle Welt sie unterschätzt?

»Das alles ist so verwirrend«, sagt sie, während ich in ihre

Einfahrt biege und neben dem Land Rover ihrer Mutter anhalte. »Und jetzt«, sie senkt die Stimme, »hat meine Mutter urplötzlich verkündet – und zwar per Textnachricht –, dass wir uns über meinen Vater unterhalten müssen.«

Ich wende mich ihr überrascht zu. »Was?«

»Sie hat mir nie viel über ihn erzählt, außer dass sie eine Weile zusammen waren, sich aber trennten, als sie schwanger wurde. Niemand sprach je über ihn. Ich meine, ich erinnere mich, wie ich einmal Sallys Mutter nach ihm fragte – sie ist eine wirklich gute Freundin meiner Mum, oder zumindest war sie das bis zu dem Unfall –, aber die sagte nur, dass er ein ›schlimmer Finger‹ gewesen sei und dass ich ohne ihn allemal besser dran wäre. Ich fing schon an mich zu fragen, ob meine Mutter mich vielleicht anlog – dass es gar keinen Freund gegeben hatte und sie vergewaltigt worden wäre oder etwas ähnlich Schreckliches.«

»Ach du lieber Gott, glauben Sie, das könnte der Fall sein?«

»Ganz ehrlich, ich weiß es nicht.« Sie senkt den Blick auf die Mütze auf ihrem Schoß. »Ich habe schon fast Angst, es zu erfahren.« Sie macht keine Anstalten auszusteigen.

»Es wird schon alles gut«, versuche ich, sie zu trösten, auch wenn ich keine Ahnung habe, ob das stimmt.

»Ich frage mich nur, warum sie das alles ausgerechnet jetzt erzählen will«, sagt sie mehr zu sich selbst. Sie seufzt schwer. »Gut. Ich geh dann mal besser und finde es heraus.« Sie schenkt mir ein gequältes Lächeln und setzt ihre Mütze auf. »Eigentlich hätte ich heute früh die Pferde füttern sollen, also wird sie sauer auf mich sein.«

»Mein Gott, Olivia. Sie wurden angegriffen. Eigentlich sollten Sie zur Polizei gehen. Soll ich Sie begleiten?«

»Nein, ist schon okay. Das erledige ich später.«

»Passen Sie auf sich auf«, sage ich, als sie aussteigt. »Sollten Sie das Bedürfnis haben zu reden, also vertraulich, unter Freunden …«

»Danke.«

Ich sehe ihr nach, wie sie mit hängenden Schultern und schleppendem Gang auf die Stallungen zugeht. Sie sieht aus wie eine zum Tode Verurteilte.

Während ich zu Madam Tovey's Lädchen zurückfahre, denke ich nach über Olivia und das, was ihr widerfahren ist, aber auch darüber, dass Dale es war, der sie gefunden hat. Etwas Seltsames geht hier vor sich. Ich glaube nicht, dass es sich dabei um etwas Mystisches oder Übernatürliches handelt, egal, was einige der Einheimischen hier denken mögen. Vielmehr denke ich, dass es sich um ein kalkuliertes Vorgehen handelt, das mit den Geschehnissen rund um das Verschwinden der drei Mädchen zu tun hat.

Die Fassade des Madame Toveys's ist in einem aufdringlichen Lila gestrichen, das sich von den gedämpften Tönen der anderen Gebäude abhebt. Ein Glöckchen bimmelt, als ich die Tür zum Laden aufschiebe. Er ist klein und von einem muffigen Duft nach Weihrauch, alten Stoffen und zu stark aufgebrühtem Tee erfüllt. In den Regalen reihen sich Tarotkarten-Sets und barocker Schmuck. Quastenbesetzte Taschen aus Knautschsamt hängen an einem Ständer am Schaufenster. In der hinteren Ecke befindet sich, zwischen zwei großen Lehnstühlen, ein mit dunkelgrünem Satin bedeckter Tisch samt einer großen Kristallkugel drauf. Ich betrachte staunend das Ambiente und frage mich, wie viel Kundschaft Madame Tovey wohl hat.

Eine Seitentür geht auf, und eine Frau in einem langen

fließenden Gewand, die Arme bis zu den Ellbogen mit Armreifen behangen, tänzelt in den Raum. Sie ist Mitte sechzig, wenn nicht älter, und hat dichtes dunkles Haar. Sie trägt ein Tablett mit einer Teekanne und zwei Tassen, das sie neben der Kristallkugel abstellt. Ich bin nicht sicher, ob sie vorhat, damit aus den Teeblättern zu lesen oder doch nur den Inhalt zu trinken.

»Hallo, meine Liebe«, grüßt sie lächelnd. Sie trägt zu knalligen roten Lippenstift, der sich in den Fältchen um ihren Mund festgesetzt hat. »Wie kann ich Ihnen helfen?«

Ich stelle mich vor und erkläre, warum ich hier bin, während sie mich unumwunden anstarrt, ohne auch nur einmal mit ihren dunklen Augen zu blinzeln. Was mich tatsächlich ziemlich irritiert.

»Ich wusste, dass Sie kommen«, sagt sie, als ich geendet habe.

Ich widerstehe dem Drang, mit den Augen zu rollen. Jetzt, da ich vor ihr stehe, ist es ein Leichtes für sie, das zu behaupten.

»Nehmen Sie Platz.« Sie setzt sich auf den Stuhl hinter dem Tisch, und ich lasse mich auf dem gegenüber nieder. »Wollen Sie einen Tee?« Sie stellt eine Porzellantasse samt Untertasse vor mich hin und beginnt, aus der hübschen silbernen Teekanne einzugießen, noch bevor ich die Gelegenheit habe zu antworten. Skeptisch beäuge ich die braune Flüssigkeit. Sie nimmt einen Schluck und sieht mich über den Rand ihrer Tasse hinweg an. »Also, wollen Sie mich jetzt interviewen?«

»Wenn Sie Zeit haben?«

»Natürlich.« Sie trippelt mit einem Rascheln ihres Gewands zur Tür und dreht das Schild auf GESCHLOSSEN.

»So, jetzt sind wir ganz ungestört.« Sie schenkt mir ein breites Lächeln und kehrt an ihren Platz zurück.

Ich krame mein Handy hervor und scrolle zu der App, um das Interview aufzuzeichnen. Neben der riesigen Kristallkugel gibt mein Handy auf seinem kleinen Stativ einen seltsamen Anblick ab.

Ich stelle ihr ein paar Aufwärmfragen, unter anderem, wie lange sie schon in Stafferbury lebt – »Dreißig Jahre, meine Liebe« – und wie lange sie schon ein »Medium« ist – »Seit ich ein Kind war und meine tote Tante mit mir reden hörte«.

»Sie lebten also schon hier, als die drei Mädchen verschwanden?«

»Ja, sicherlich.« Sie pustet auf ihren Tee. »Ich habe sogar bei der Polizei ausgesagt.«

»Wirklich?«

»Ja, ich hielt es für meine moralische Pflicht. Die Karten haben mir dazu geraten, verstehen Sie. Nicht, dass die Polizei mir Glauben geschenkt hätte.«

»Was haben Sie der Polizei gesagt?«

»Oh, vieles.« Sie schmunzelt, führt ihre zarte Porzellantasse an die Lippen und nippt vorsichtig daran.

Zunehmend genervt warte ich, während sie ihren Tee trinkt und dann die Tasse wieder behutsam auf ihrer Untertasse abstellt.

»Aber die sind blind, verstehen Sie.«

»Blind?«, frage ich.

»Dem gegenüber, was in dieser Stadt vor sich geht.«

Erwartungsfroh rutsche ich auf meinem Sitz vor. »Und was genau geht hier vor sich?«

»Da sind Kräfte am Werk. Unsichtbare Kräfte. Die Megalithen, sie wurden auf Ley-Linien errichtet und rufen eine sehr starke Energie hervor. Schlimme Dinge haben sich im Laufe der Geschichten bei diesen Steinen ereignet. Opfer, Rituale …«

Ich unterdrücke meine Enttäuschung. Ich dachte, sie würde mit Fakten aufwarten, nicht mit einem Haufen Hokuspokus über Ley-Linien und schlechte Energien.

»Trinken Sie aus, meine Liebe«, fordert sie mich auf und wedelt in Richtung der Tasse, sodass ihre Armreife klimpern.

Einen verrückten Moment lang frage ich mich, ob sie mir etwas in den Tee getan hat, doch dann ermahne ich mich, mich nicht lächerlich zu machen. Das hier ist kein Fernsehkrimi und sie ganz sicher kein schlecht kostümierter Bösewicht. Ich nehme einen Schluck. Der Tee schmeckt nach Anis und ist gar nicht mal so übel.

»Also, was haben Sie damals der Polizei erzählt?«, frage ich, um sie zum eigentlichen Thema zurückzubringen. »Was stand in den Karten?«

»Ein Mann mit einer Narbe.«

Ich setze mich auf, und mein Puls beschleunigt. »Was ist mit einem Mann mit einer Narbe?« Hat Olivia dieser Frau von ihm erzählt, oder hat Madame Tovey ihn wirklich in den Karten »gesehen«?

»Er ist noch immer hier. Ich kann seine Anwesenheit spüren.« Sie berührt eine Rubinbrosche auf ihrer Brust. »Er ist der Schlüssel zu dem Verschwinden der Mädchen.«

»Und das haben Sie der Polizei gesagt?«

»Ja. Kurz nach dem Unfall.«

»Wissen Sie seinen Namen?«

»Leider nein.«

»Und haben Sie ihn jemals selbst in der Stadt gesehen?«

Sie schüttelt den Kopf. Eine Strähne löst sich aus ihrem Dutt und legt sich über ihren hohen Wangenknochen.

»Und … die Mädchen«, frage ich weiter, die Antwort fürchtend. »Wissen Sie, was mit ihnen passiert ist?«

»Nur dass sie hier sind. Sie sind immer noch hier.« Sie streicht die lose Strähne hinter ihr Ohr.

Ich ziehe scharf die Luft ein. »Sind Sie sich sicher?«

»Das haben mir die Karten gesagt.«

»Meinen Sie damit, dass sie noch immer hier auf der Welt sind? Oder dass sie hier in Stafferbury sind?«

Sie nippt an ihrem Tee. Ist sie verrückt? Oder nur eine Spinnerin? Oder ein wenig von beidem? Oder – der Tee brennt siedend heiß in meiner Kehle – will sie damit sagen, dass sie tot sind und hier vergraben? »Und was ist mit dem Mann mit der Narbe?«

»Wie gesagt, der ist ebenfalls noch hier. Ich sage immer, man muss nur die Augen öffnen.« Sie stellt die Teetasse zurück auf das Tellerchen. »Verstehen Sie, was ich meine?«

»Nicht wirklich. Der Mann mit der Narbe hat Olivia angeblich vor dem Unfall nachgestellt.«

»Ja, das hat er. Was das betrifft, hat sie nicht gelogen.«

Ich verspüre einen Stich der Enttäuschung. Also hat sie mit Olivia gesprochen. Haben sie diese Geschichte zusammen ausgeheckt? Hat Olivia gehofft, man würde ihr Glauben schenken, wenn sie Madame Tovey davon erzählte und sie bat, dies der Polizei gegenüber zu bestätigen? Wie gut kannten sie sich zu jener Zeit?

Letzteres will ich dann auch von ihr wissen. »Oh, nicht sehr gut. Zumindest damals nicht. Mittlerweile sehe ich sie natürlich regelmäßig, weil ihr Freund über dem Laden wohnt. Allerdings ist er nicht oft hier.«

Mir fällt ein, was Olivia mir über den Schuhkarton erzählt hat. »Was wollen Sie damit sagen?«

»Na ja, das geht mich eigentlich nichts an. Nur dass er zu unmöglichen Zeiten kommt und geht.«

»Wohnen Sie denn auch hier? Im Geschäft?«

»Da hinten drin«, sagt sie. »Ein nettes kleine Studio. Gerade richtig für mich. Kommen Sie«, sie streckt die Hand aus und ergreift die meine, »lassen Sie mich Ihre Karten lesen. Ich berechne auch nichts dafür.«

Innerlich seufze ich. Ich will nicht unhöflich sein, also lasse ich mich darauf ein. Sie lässt meine Hand los, schnappt sich einen Stapel Tarotkarten und teilt sie vor mir aus. Die Todeskarte erscheint zuerst. Natürlich, was auch sonst. Sie bemerkt, wie ich die Karte anschaue. »Es ist nicht das, was Sie meinen«, sagt sie mit einem milden Lächeln. »Die Todeskarte ist nichts Schlechtes. Sie bedeutet einen Neuanfang. Eine Erneuerung.« Ich denke an Gavin und das Ende unserer Ehe und spüre einen Kloß im Hals. »Sie machen gerade etwas Schmerzhaftes durch, aber es wird sich alles fügen, meine Liebe. Sie werden es hinter sich bringen, und danach wird alles besser sein.« Sie tätschelt meine Hand, bevor sie eine weitere Karte herauszieht. Die Liebenden. »Ooh, das ist interessant«, sagt sie. »Neue Beziehungen. Sie müssen eine Wahl treffen.«

Ich schlucke. Ich weiß nicht, ob ich damit weitermachen möchte, also schiebe ich meinen Stuhl zurück und stehe auf. »Vielen Dank«, sage ich und nehme meine Tasche. »Das ist wirklich nett von Ihnen, aber ich muss jetzt los.«

»Sie haben Angst«, stellt sie ruhig fest. »Und das ist auch in Ordnung, Jenna. Aber man muss sich seinen Ängsten stellen. Sie dürfen keine Angst vor Veränderungen haben.«

»Ich bin nicht hier, um über mich zu sprechen«, erwidere ich, wobei ich langsam zurückweiche. »Ich bin hier, um etwas über den Mann mit der Narbe und die vermissten Mädchen zu erfahren …«

»Die Liebenden«, sagt sie seufzend. »Bei dieser Karte geht es nicht nur um Sie.«

Ich runzle die Stirn. Das klingt jetzt tatsächlich interessant. »Wie meinen Sie das?«

»Damit nahm alles seinen Anfang. Das ist der Kern der ganzen Geschichte.«

Ich verspüre eine Woge von Frust. Ich will keine Rätsel hören. Wenn sie etwas weiß, warum sagt sie es mir nicht einfach? »Und der da wäre?«

»Meine Liebe, ich bin nur das Gefäß. Ich weiß nicht, was das alles zu bedeuten hat. Ich sage Ihnen nur, was in den Karten steht. Das ist alles.«

Ich starre sie an und bin verwirrter als zuvor. »Okay, dann lassen Sie uns das noch mal zusammenfassen: Sie sagen also, der Mann mit der Narbe ist zurück in Stafferbury und hat etwas mit den drei vermissten Mädchen zu tun.«

»Er hat mit allem zu tun, was die drei Verschwundenen betrifft.«

»Und die Karte der Liebenden – inwiefern ist die von Belang?«

»Die Liebenden, sie waren es, die die ganze Sache ins Rollen brachten. Aber noch einmal, mehr weiß ich auch nicht. Nur dass sie eine wesentliche Rolle in dieser ganzen traurigen Angelegenheit spielen.«

»Na gut. In Ordnung. Danke, Sie waren mir eine große Hilfe.«

Sie hebt eine Augenbraue. »Jenna, öffnen Sie Ihren Geist.

Erlauben Sie sich zu glauben, dass es Dinge gibt, die schlicht unerklärlich sind.«

Ich verschränke die Arme vor der Brust. »Und was ist mit Ralph Middleton? Hat sein Tod auch damit zu tun?«

»Oh, ja, das würde ich wohl sagen.« Als ich zusammenpacke, fügt sie leise, kaum hörbar hinzu: »Vertrauen Sie niemandem. Das ist es, wovor die Karten Sie warnen, Jenna. Alle lügen.«

40
Olivia

Die Pferde sind immer noch auf der Weide. Olivia runzelt die Stirn. Um elf Uhr ist Unterricht, und drei der Pferde müssen davor noch reingebracht werden. Ihre Mutter hätte das schon längst erledigen sollen. Das schlechte Gewissen plagt sie. Sie hätte hier sein sollen, um zu helfen. Ihre Mutter wird schließlich auch nicht jünger.

Sie schluckt ihre Nervosität hinunter. Sie wird sich allem stellen müssen, was ihre Mutter über ihren Vater zu sagen hat.

Olivia sieht in dem kleinen Schuppen nach, den sie als Büro nutzen, aber er ist leer, also geht sie zur Sattelkammer am anderen Ende des Hofes, um nachzuschauen, ob ihre Mutter vielleicht dort steckt. Als sie feststellt, dass sie auch dort nicht ist, beginnt sie sich Sorgen zu machen. Der Land Rover ihrer Mutter steht in der Einfahrt; sie muss also im Haus sein. Doch als sie durch das Tor geht, vibriert ihr Handy. Sie zieht es hervor in der Annahme, dass es sich um ihre Mutter handelt, doch stattdessen leuchtet Wesleys Name auf. Normalerweise ruft er sie nie von der Arbeit aus an.

»Hey, Wes. Alles okay?«

»Nein, nicht wirklich«, erwidert er gedämpft. Er klingt außer Atem, und dem Geräusch vorbeirauschender Autos nach schließt sie, dass er an einer befahrenen Straße entlanggeht.

»Warum bist du nicht bei der Arbeit?«

»Weil ich den ganzen beschissenen Weg bis nach Devizes fahren musste, darum.«

»Nach Devizes? Warum das denn?«

»Gerade als ich zur Arbeit aufbrechen wollte, kam ein Anruf. Von der Polizei.«

Olivias Herz schlägt schneller. »Die Polizei. Wieso?«

»Ich soll anscheinend irgendwelche Fragen beantworten.«

»Aber du wurdest doch nicht verhaftet?«

»Herrgott, Liv, natürlich wurde ich nicht verhaftet. Sie haben mich nur aufs verschissene Revier zitiert, und genau dahin gehe ich gerade. Ich bin ein braver Junge.« Er klingt stinkwütend, aber Olivia hört auch eine Spur Angst aus seiner Stimme heraus.

»Worüber wollen sie denn mit dir reden?«

»Das kann ich dir danach sagen.«

Geht es um gestern Nacht? Um die Schachtel, die er bei sich hatte? Das Ersatzhandy? Ihr Verdacht, dass er in etwas Zwielichtiges verwickelt ist, verstärkt sich.

»Ich hoffe, alles wird sich klären.«

»Sicher wird es das«, erwidert er, klingt allerdings nicht sehr zuversichtlich. »Ich ruf dich später an.«

Er legt abrupt auf. Olivia hat keine Zeit, sich darüber den Kopf zu zerbrechen. Es gibt Dringenderes, über das sie nachdenken muss.

Ihre Mutter sitzt am Kieferntisch in der Küche und trinkt eine Tasse Tee. Sie hat ihre Steppweste und ihre Reitstiefel an. Auf ihrer Wange klebt ein Schlammstreifen, und ihr Haar, normalerweise ein glatter grauer Bob, ist zerzaust.

Sie weiß, dass ihre Mutter diese Arbeit liebt und gerne

draußen in der Natur ist, dennoch ist es ein körperlich fordernder Job.

Olivia sagt ihr immer wieder, dass sie einen Verwalter für den Hof oder zumindest eine Aushilfe einstellen sollten, aber ihre Mutter beharrt darauf, dass sie sich das nicht leisten können, da die Einnahmen den Laden kaum am Laufen halten. Nicht dass Olivia eine Ahnung davon hätte. Schließlich darf sie die Geschäftsbücher nicht mal anfassen.

»Mum«, sagt sie und zieht einen Stuhl hervor, um gegenüber von ihr Platz zu nehmen, »ich habe deine Nachricht bekommen. Ist alles in Ordnung?«

Ihre Mutter blickt aus müden, verquollenen Augen zu ihr auf. »Ich muss mit dir reden. Kann ich dir was zum Frühstück bringen?«

Olivia kann gerade unmöglich was essen. Sie will das jetzt hinter sich bringen. Es verdammt noch mal kurz und schmerzlos hinter sich bringen. »Erzähl es mir einfach«, sagt sie mit leiser Stimme.

»Ich mache dir einen Kaffee«, erwidert ihre Mutter, steht auf und geht rasch zum Wasserkocher, als könne sie ihre Nervosität kaum im Zaum halten. *Sie hat Angst davor, es mir zu sagen. Warum?* Olivia beobachtet, wie ihre Mutter einen der altmodischen rustikalen Küchenschränke öffnet, um einen Becher herauszuholen. Das gesamte Haus bedürfte einer Rundumerneuerung, aber ihre Mutter hat noch nie Wert auf Modisches gelegt. »Genügsam«, »geradeheraus«, »tüchtig« oder auch »bodenständig« sind Worte, mit denen die Leute sie beschreiben. Olivia betrachtet ihren aufrechten, stolzen Rücken, das Pferdehaar, das an ihrer Steppweste klebt, und spürt einen Kloß im Hals. Sie will diesen kurzen Moment auskosten, denn sie weiß, nach diesem Gespräch wird alles anders sein.

Es ist wahr, was man sagt. Unwissenheit ist ein Segen.

Ihre Mutter reicht ihr den dampfenden Becher und setzt sich an den Tisch. Vor ihr steht bereits ein Kaffee, der aber kalt zu sein scheint, so als hätte sie eine halbe Ewigkeit in der Küche gesessen und nur darauf gewartet, dass Olivia nach Hause kommt.

»Na dann los, fang an«, fordert Olivia sie auf, wobei sie sich innerlich zugleich wappnet.

Jetzt ist der Moment gekommen, in dem sie erfahren wird, dass ihr Vater eine Art Monster, ein Vergewaltiger oder ein Psychopath ist.

»Ich glaube, es ist möglich, dass dein Vater in der Stadt ist«, beginnt sie, und Olivia ist so überrumpelt, dass sie beinahe ihre Tasse umwirft. »Er wurde gesehen.«

»Was? Wer hat ihn gesehen?«

Sie winkt ab. »Das spielt keine Rolle. Und es tut mir leid, dass ich dir nie von ihm erzählt habe. Die Wahrheit ist, ich habe deinen Vater geliebt. Damals dachte ich wirklich, ich würde ihn über alles lieben. Aber es kam zu einem … Zwischenfall, und wir trennten uns. Danach erst erfuhr ich, dass ich mit dir schwanger war.« Ihr Blick verfinstert sich, und Olivia ahnt, dass ihre Mutter sich an den Schmerz zurückerinnert, der ihr zugefügt wurde.

»Warum hast du beschlossen, mir das ausgerechnet jetzt zu erzählen?«

»Weil ich glaube, dass er dich kennenlernen möchte. Man hat mir gesagt, dass er hier in Stafferbury sei, und der einzige Grund, warum er überhaupt herkommen sollte, ist, dich zu sehen.« Sie hat etwas so Verzweifeltes an sich, wie Olivia es noch nie erlebt hat. Normalerweise ist sie immer so gefasst.

»Warum sollte er mich jetzt sehen wollen, wo er doch jahrelang kein Interesse hatte? Wo er dich schwanger hat sitzen lassen?« Ihr Kopf dröhnt. Das ist alles zu viel.

»Na ja, er war lange fort.« Ihre Mutter wischt sich ihren Pony aus den Augen. Olivia bemerkt, dass ihre Hand zittert.

Sie verlagert ihr Gewicht auf dem Stuhl. »Wo war er?«

»Darum geht es ja … Deshalb habe ich dir nichts davon erzählt.« Sie schließt ihre Finger um den Becher. »Er war im Gefängnis. Eine sehr lange Zeit.«

»Was hat er getan?«

Bei den darauffolgenden Worten ihrer Mutter überkommt Olivia eine Eiseskälte.

»Er hat jemanden umgebracht.«

41

Jenna

Als ich vor meiner Hütte anhalte, bin ich in Gedanken immer noch bei meinem Gespräch mit Madame Tovey. Etwas zerstreut steige ich aus dem Auto und erschrecke, als ich jemanden an meiner Tür stehen sehe. Ich fasse mir an die Brust, das Herz klopft mir bis zum Hals, doch dann entspanne ich mich, als mir klar wird, dass es Samuel ist, der Mann aus der Hütte gegenüber.

Er pustet in seine Hände und stampft mit den Füßen auf. Der Boden ist fleckig von Frost. »Ich wollte Sie nicht erschrecken. Tut mir leid, falls José und ich letzte Nacht unhöflich waren. Wir sind spät angekommen, waren müde und vielleicht etwas grummelig«, entschuldigt er sich mit einem breiten Lächeln.

»O nein, überhaupt nicht. Das war ganz allein meine Schuld.« Als ich ihm das Missverständnis erkläre, verdüstert sich seine Miene.

»Also, lassen Sie mich das noch mal zusammenfassen«, sagt er, als ich geendet habe. »Sie sind gestern Nacht rübergekommen, weil Sie zuvor einen Mann in der Hütte gesehen haben, der nicht hätte dort sein sollen, und dachten, er wäre zurück?«

Ich nicke und rücke den Riemen meiner Tasche auf der Schulter zurecht.

»Wie sah der Mann aus?«

»Ähm …« Ich denke zurück an den ersten Abend hier. »Er hatte einen langen Parka mit Kapuze an – Sie wissen schon, so einen, wie Angler ihn tragen. Ich konnte im Dunkeln sein Gesicht nicht sehen. Jedenfalls nicht richtig. Er war groß. Ich nehme zumindest an, dass es sich um einen Mann handelte, aber ich schätze, es hätte auch eine große Frau sein können.«

»Darf ich Sie bitten, sich das mal anzusehen?« In diesem Moment bemerke ich, dass er ein Foto in der Hand hält, das er mir mit etwas zittriger Hand reicht. Die Aufnahme zeigt ihn in jüngeren Jahren in Begleitung eines anderen Mannes. Sie haben beide das gleiche dunkle Haar, die gleichen dunklen Augen, aber der andere Typ wirkt schlanker. »Könnte es dieser Mann gewesen sein? Natürlich ist er jetzt älter. Mitte sechzig.«

»Ich weiß nicht. Also vielleicht. Ich habe das Gesicht des Mannes nicht aus der Nähe gesehen. Wer ist das?«

»Das ist mein Bruder – na ja, Halbbruder. Wir hatten denselben Vater, aber wir haben vor Jahren den Kontakt verloren. Doch dann erfuhr ich, dass er sich in Stafferbury aufhält, also sind wir aus Cumbria hergefahren, um ihn zu treffen. Ich hatte jemanden beauftragt, ihn ausfindig zu machen, und vor ein paar Tagen gab es hier in Stafferbury wohl eine Buchung unter seinem Namen in einem Bed & Breakfast im Ort. Aber als ich dort war, um mich zu erkundigen, meinten sie, er sei nicht aufgetaucht.«

Ich versuche, mir den Mann älter und in einem langen Regenparka vorzustellen. Ich gebe ihm das Foto zurück. »Ist ihr Bruder groß?«

»Knapp eins fünfundachtzig.«

Das könnte hinkommen. Aber warum sollte der Mann

sich hier draußen verstecken, wenn er ein B&B gebucht hatte? Vielleicht hatte er kein Geld, dachte, die Hütten stünden leer, und beschloss, sich in einer von ihnen einzuquartieren. Ein weiterer Gedanke kommt mir: Könnte er derjenige sein, der mich in der Nacht von Ralphs Tod angegriffen hat?

»Sollte er hier gewesen sein, dann wahrscheinlich nur auf der Durchreise«, sagt Samuel. »Im Lauf der Jahre war ich manchmal ganz nah dran, ihn aufzuspüren, aber er entwischt mir ständig. Es ist beinahe«, er blickt etwas beschämt auf seine Füße, »als ob er nicht gefunden werden möchte. Letztendlich war ich ihm auch kein besonders guter Bruder.«

Er greift in seine Gesäßtasche nach seinem Portemonnaie. »Außerdem habe ich noch das hier. Das wurde am selben Tag aufgenommen; es war das letzte Mal, dass wir uns gesehen haben, vor zwanzig Jahren. Wobei das kein gutes Foto von ihm ist.« Er reicht es mir. Es ist zerknittert, und dieses Mal sitzt der Mann allein auf einer alten Steinmauer, mit einem traurigen Ausdruck in seinen Augen. Eine Zigarette hängt ihm aus dem Mundwinkel. Der Mann sagt mir nichts. Gerade will ich das Foto zurückgeben, als mir etwas an seinem Gesicht auffällt. Ich schaue genauer hin.

»Was ist das da?«, frage ich und zeige auf einen dunklen runzligen Fleck auf seiner linken Wange. Auf dem ersten Foto war er aufgrund der abgewandten Haltung des Mannes nichts zu sehen gewesen.

»Oh, das. Ja, ein paar Jahre davor war er in eine Schlägerei geraten. Das ist eine Narbe. Eine ziemlich üble Verletzung – er hätte sein Auge verlieren können.«

Eine Narbe.

»Wie heißt Ihr Bruder?«, frage ich. Ich weiß nicht, wie das alles miteinander zusammenhängt, aber es könnte wichtig sein.

»John-Paul«, erwidert er. »Sein Name ist John-Paul Molina.«

42

Jenna

Ich bin keine zehn Minuten in der Hütte zurück, als es an der Tür klopft. Ich öffne und erwarte, dass es wieder Samuel ist, doch stattdessen steht da Dale. Sein Haar ist zerzaust, und er lächelt mich mit seinen sanften haselnussbraunen Augen an, woraufhin mein Magen einen komischen kleinen Satz vollführt. Herrje, Jenna, lass gut sein, ermahne ich mich. Mir ist bewusst, dass das bloß eine Reaktion auf die Kränkung durch mein gestriges Gespräch mit Gavin ist, auf die Endgültigkeit seiner Worte. Abgesehen davon hallen immer noch Madame Toveys Worte in meinem Kopf nach. *Alle lügen*.

Ich widerstehe dem Drang, sein Lächeln zu erwidern. »Dale«, begrüße ich ihn knapp. »Alles gut?«

Ein verwirrter Ausdruck huscht über sein Gesicht. »Ich wollte nach gestern Abend noch mal nach dir sehen. Zuerst die toten Vögel. Dann die Verwechslung mit dem Mann von nebenan …«

»Mir geht's gut«, versichere ich. »Aber ich habe heute früh Olivia getroffen.« Ich berichte ihm, was sie mir erzählt hat. »Sie sagte, du hättest sie bei den Steinen entdeckt. Was hast du dort gemacht? Und warum hast du mir gestern Nacht nicht erzählt, dass du sie in einem solchen Zustand aufgefunden hast?«

Er verschränkt die Arme aufgrund der Kälte. Seine Nasenspitze ist gerötet. »Ich war noch auf der High Street unterwegs, nachdem ich mich von dir verabschiedet hatte, und habe gesehen, wie Olivia allein zwischen den Steinen herumlief. Sie schien völlig neben sich, aber als ich ihr helfen wollte, hat sie mich recht brüsk stehen lassen und ist zu Wesley.«

»Olivia glaubt, dass man sie unter Drogen gesetzt hat.«

Seine Miene verdüstert sich. »Das ist genau das, was ich befürchtet habe. Kann ich reinkommen? Hier draußen ist es schweinekalt.«

Er muss mein Zögern registriert haben, denn er hebt die Hände, als habe er eine Grenze überschritten, von der ich noch nicht einmal wusste, dass ich sie gezogen hatte. »Kein Problem. Vielleicht sollten wir uns lieber an einem anderen Ort treffen.«

Mir ist bewusst, dass ich ihm widersprüchliche Signale sende. In einem Moment rufe ich ihn noch an und bitte ihn um Hilfe, im nächsten stoße ich ihn von mir weg. Es ist albern, irgendwas von dem zu glauben, was Madame Tovey vom Stapel lässt. Sie ist Schwindlerin von Berufs wegen. Dale war von Anfang an nett zu mir, rufe ich mir in Erinnerung. Ich habe schon zuvor mit Ermittlern für irgendwelche Artikel zusammengearbeitet, aber keiner war, was das Teilen von Informationen angeht, so zuvorkommend wie Dale.

»Nein, entschuldige, komm rein.« Ich trete zur Seite, um ihn hereinzulassen. Er riecht nach kühler Herbstluft und Zitronenshampoo. Ich muss ihm vertrauen. Wer bleibt mir sonst noch?

Er folgt mir in die Küche und nimmt auf einem der Barhocker Platz, während ich uns einen Kaffee aufbrühe. Ich reiche Dale die Milch, und er kippt einen Schuss in seinen

Becher. »Es ist viel passiert«, sagt er. Er hat sein kleines schwarzes Notizbuch vor sich liegen, das er aufschlägt.

Sofort muss ich an die zwei Nachrichten denken, und unter dem Vorwand, nach der Milch zu greifen, rücke ich etwas näher, um einen besseren Blick auf seine Handschrift zu erhaschen, wobei ich fast in seinen Schoß falle.

Er sieht mich verdutzt an. »Was machst du da?«

»Tut mir leid, bin ausgerutscht. Ich brauche nur die Milch«, murmle ich mit glühend heißen Wangen, während ich zu meinem Hocker zurückkehre.

Er runzelt die Stirn und reicht mir die Milch, und ich tue so, als würde ich etwas davon in meinen Kaffee kippen, obwohl ich ihn immer schwarz trinke.

»Ich weiß, ich war ein bisschen verschlossen«, sagt er bedauernd, »aber ich arbeite in engem Kontakt mit einem Kollegen von der Drogenfahndung. Sie ermitteln gerade in der Gegend und haben schon seit geraumer Zeit Stafferbury im Visier.«

Ich setze mich auf und vergesse ganz, dass ich Dales Handschrift ausspähen wollte. »Was? In diesem Kaff?«

»Es sind gerne solche Kleinstädte«, erklärt er nüchtern. »Nicht immer die großen Metropolen. Hier gibt es einen Drogenring, der mit Crack handelt. Bei Ralph wurde eine hohe Dosis im Blut festgestellt, und das Geld, das wir in seinem Wohnwagen gefunden haben, lässt darauf schließen, dass sein Tod mit Drogen zu tun haben könnte.«

»Du meinst, er ist an einer Überdosis und nicht an dem Schlag auf den Kopf gestorben?«

»Nein. Es war der Schlag auf den Kopf, der ihn tötete. Ich meine damit, dass er als Dealer missbraucht wurde. Er war ein leichtes Opfer. Wir kennen noch nicht alle Details, aber wir gehen davon aus, dass er von einem anderen Mitglied der Bande ermordet wurde.«

Mir fällt ein, was Olivia heute früh in Bezug auf Wesley erzählt hat, dass er mitten in der Nacht mit einem Schuhkarton und einem Ersatzhandy nach Hause gekommen sei. Ich berichte Dale davon. »Denkst du, er könnte auch in die Sache verstrickt sein?«

Er holt tief Luft. »Er gehört definitiv zum Personenkreis, den die Polizei ins Auge gefasst hat.«

Olivia tut mir so leid. Sie hat so schon zu viel durchgemacht.

»Noch etwas«, sagt er und sieht in seinem kleinen schwarzen Büchlein nach. Ich werfe noch mal einen Blick drauf. Diesmal ist es einfacher, die Handschrift zu sehen. Sie ähnelt nicht jener auf den Nachrichten, was mich zu der Vermutung bringt, dass es eher Olivia gewesen sein muss, die versucht hat, sie im Feuer zu entsorgen. Trotzdem ergibt das keinen Sinn. Falls sie die Absicht hatte, dass ich die Nachricht finde, warum sollte sie sie dann wieder beseitigen? Ihr muss doch auch klar gewesen sein, dass ich ein Foto davon gemacht habe. Es sei denn, sie hat sie nicht selbst geschrieben. Weiß sie etwa, wer der Verfasser ist?

Ich wende meine Aufmerksamkeit wieder Dale zu und merke, dass ich den Anfang seines Satzes nicht mitbekommen habe. »… erhielt heute früh einen Anruf von dem Mann aus der Hütte gegenüber, Samuel Molina. Er sucht hier nach seinem Bruder.«

»Warum hat er gerade dich angerufen?«

»Weil er von gestern Abend meine Visitenkarte hatte. Er muss gedacht haben, ich könnte ihm helfen, seinen Bruder zu finden.«

Ich erzähle ihm von meinem Gespräch mit Samuel vor Dales Eintreffen und auch von dem Foto. »Sein Bruder hatte eine Narbe. Das muss der Mann gewesen sein, von dem Olivia meinte, er habe sie nach dem Unfall verfolgt.«

»Ja. Nachdem Samuel ihn mir beschrieben hat, habe ich ein bisschen recherchiert.« Er klappt sein Notizbuch zu und greift in die Manteltasche nach seinem Handy. Er wischt über den Bildschirm und zeigt mir ein Foto von einer Art Vertrag. Er tippt mit dem Finger darauf. »Das ist die Kopie eines Mietvertrags, der 1979 von einer gewissen Miss Anastacia Rutherford und einem Mr. John-Paul Molina unterzeichnet wurde.«

Ich runzle die Stirn. Rutherford. »Ist Anastacia mit Olivia verwandt?«

»Ja. Das ist ihre Mutter. Und auch wenn ich es nicht mit Sicherheit sagen kann, so vermute ich, aufgrund der Tatsache, dass Olivia im August 1980 zur Welt kam, dass John-Paul ihr Vater ist.« Er schweigt einige Sekunden, damit ich die Information verdauen kann.

»Weiß Anastacia, dass Samuel in der Stadt ist und nach seinem Bruder sucht?«

»Hmm. Nun, als ich Samuel nach Anastacia Rutherford fragte, meinte er, noch nie von ihr gehört zu haben. Er wusste nicht, dass sie einst die Lebensgefährtin seines Bruders war. Jedenfalls wohnten die beiden zusammen über dem ehemaligen Waschsalon in der High Street, wo sich heute ein Juweliergeschäft befindet. Und John-Paul wurde 1980 wegen Drogenschmuggels verurteilt.«

»Was?« Mir schwirrt der Kopf. Erst der Schock, dass der Mann mit der Narbe Olivias Vater sein könnte, und jetzt auch noch eine Verurteilung wegen Drogenschmuggels.

»Weiß Olivia davon?« Ihre familiäre Verbindung muss der Grund gewesen sein, warum er sie 1998 verfolgte. Aber warum nicht einfach sagen, wer er war? Und warum all die Jahre untertauchen und sie im Unklaren lassen?

»Das weiß ich nicht. Die ganze Sache ist ziemlich undurchsichtig.«

»Und was ist mit diesem John-Paul passiert, nachdem er zuletzt 1998 in Stafferbury gesehen wurde? Olivia hat behauptet, ihn seither nie wieder gesehen zu haben.«

Dale steckt sein Notizbuch wieder ein. »Ich habe recherchiert, aber es gibt keinerlei Aufzeichnungen, die belegen, dass John-Paul wieder ins Gefängnis gekommen wäre oder Großbritannien verlassen hätte.« Dale nippt an seinem Kaffee; meiner steht noch unangetastet vor mir. »Das ist genau das, was wir gerade versuchen herauszufinden. Warum so lange von der Bildfläche verschwinden? Und warum ausgerechnet jetzt wiederkehren?«

»Wir müssen unbedingt mit Olivia sprechen«, sage ich. »Ihr Vater ist zurück, ein verurteilter Dealer, und sie wurde gestern Abend angeblich betäubt. Ralph hatte Drogen in seinem Blut und Bargeld in seinem Wohnwagen; und dann sind da noch Wesley und das heimliche Ersatzhandy. Stecken sie alle zusammen unter einer Decke? Hat Olivia sich das nur ausgedacht, dass sie unter Drogen gesetzt wurde?«

»Irgendwas an der ganzen Sache will so gar nicht passen«, pflichtet er mir nachdenklich bei. »Ich habe meine Theorie, aber …« Er zuckt mit den Schultern und sieht mich an. »Ich denke, Olivia weiß viel mehr, als sie zugeben möchte.«

Ich fühle mich ganz zittrig, als hätte ich zu viel Koffein getrunken, und es gelingt mir nicht, mein auf und ab hüpfendes Knie ruhig zu halten.

Alle lügen.

Hat Olivia mich die ganze Zeit angelogen?

»Sie hatte die Möglichkeit, Ralph die Drogen zu geben, als sie ihm an seinem letzten Nachmittag einen Besuch abstattete«, resümiere ich. »Beziehungsweise das Geld. Haben sie sich deswegen gestritten? Hat sie aus diesem Grund geweint? Vielleicht ist sie Teil dieses Drogenrings.« Ich springe von meinem Hocker. »Ich werde bei ihr vorbeifahren. Mal schauen, was ich herausfinden kann.«

Dale schüttelt den Kopf. »Nein, Jenna, das ist keine gute Idee. Ich hatte vor, im Anschluss selbst hinzufahren. Ich habe ihr gestern gesagt, dass ich vorbeischauen würde, um mich mit ihr über die Unfallnacht zu unterhalten.«

»Bei dir wird sie nicht mit der Sprache rausrücken, bei mir vielleicht schon.«

Dale schaut skeptisch drein. »Ich weiß nicht so recht …«

»Komm schon, Dale. Dir würde sie doch nie im Leben was erzählen, sondern komplett dichtmachen. Das weißt du auch.«

Geschlagen senkt er den Kopf.

»Ich bin gut darin, Menschen dazu zu bringen, sich zu öffnen. Das ist mein Job.« Ich zögere. Zu gern möchte ich Dale vertrauen, aber seit Olivia mir erzählt hat, dass Dale sie gestern Abend gefunden hat, nagt diese Frage an mir. »Was hast du gestern Nacht noch bei den Megalithen gemacht? Warum bist du nicht nach Hause gefahren, nachdem du bei mir warst?«

Er seufzt. »Das habe ich dir doch gesagt. Ich war noch unterwegs und habe Olivia zwischen den Megalithen herumwanken sehen. Ich wollte nachschauen, ob alles mit ihr in Ordnung ist.« Er wendet den Blick ab und greift stattdessen nach dem Becher, um seinen Kaffee zu leeren. Wieder überkommt mich das Gefühl, dass er mir nicht alles erzählt. »Also gut.« Er steht auf und trägt unsere Becher zum Spülbecken. »Ich sollte besser los.«

Er folgt mir in den Flur und sieht zu, als ich in meine Stiefel schlüpfe.

»Jenna«, sagt er leise, nachdem ich die Tür geöffnet habe. Unsere Blicke begegnen sich, und er sieht mich eindringlich an. »Sei einfach vorsichtig. Wir wissen nicht, inwieweit Olivia da hineinverstrickt ist.«

Mit glühenden Wangen senke ich den Kopf. »Ich passe auf, versprochen.«

Ich sperre die Haustür hinter uns ab und sehe Dale nach, der zügig zu seinem Auto geht, wobei sein Mantel hinter ihm herflattert. Als ich in meinen Audi gestiegen bin, sehe ich im Rückspiegel, wie er am Steuer sitzt und sein Handy ans Ohr drückt. Eindringlich redet er auf jemanden ein und schaut dabei in meine Richtung, bevor er den Blick wieder abwendet. Dann legt er auf und setzt aus der Einfahrt zurück.

43

Olivia

Entgeistert starrt Olivia ihre Mutter an, während sie zuhört, wie diese den Charakter ihres Vaters sowie ihre Beziehung beschreibt, aber sie kann nicht aufhören, an das zu denken, was alles andere überschattet.

»Mein Vater hat jemanden umgebracht?«

Ihre Mutter verstummt, nickt und blickt auf den Kieferntisch.

»Und es kam dir nie in den Sinn, mir davon zu erzählen?« Der Raum um sie herum gerät ins Wanken. Noch ein Geheimnis. Noch eine Lüge. »Wen … wen hat er getötet?«

»Spielt das eine Rolle?«, antwortet ihre Mutter traurig.

»Aber wie? Ich meine, warum? Ich will einfach …« Olivia schiebt ihren Stuhl zurück. Sie bekommt keine Luft. Ein Schmerz schießt von ihrem Knie in ihre Hüfte hoch. Nach den Ereignissen der vergangenen Nacht hat sie heute früh vergessen, ihre Medikamente zu nehmen. »Ich muss hier raus«, stößt sie hervor und stolpert zur Tür. Sie schnappt sich ihre Jacke aus dem Windfang und eilt in die kalte Novemberluft hinaus.

Mel biegt gerade in die Auffahrt; sie steigt aus und winkt Olivia zu. Olivia ringt sich ein Lächeln ab. Die Pferde sind noch nicht fertig, obwohl drei Erwachsene eine Unterrichtsstunde um elf Uhr gebucht haben. Mel wird sauer sein.

»Wir sind heute ein bisschen hinterher!«, ruft Olivia ihr zu. »Aber wird nicht lange brauchen.«

Sie wartet Mels Antwort gar nicht erst ab, sondern steuert die Sattelkammer an, um Zaumzeug und Sättel für Roxie und Prince zu holen. Für Petals Ausrüstung wird sie noch mal zurückkommen müssen. Sie kann an nichts anderes denken als an ihren Vater. *Er ist zurück in der Stadt. Er ist ein Mörder. Ein ehemaliger Sträfling*. Zuerst sattelt sie Prince, einen stämmigen braunen Wallach. Sie beruhigt sich etwas, während sie ihm die Zügel über den Kopf streift, indem sie ihm die Finger in die Maulwinkel drückt, um die Trense zwischen sein Gebiss zu schieben. Sie hört Schritte auf dem Hof und sieht ihre Mutter mit dem Sattel für Petal kommen. Es gibt so vieles, was sie über ihren Vater fragen möchte. Bisher war er immer bloß ein gesichtsloses Wesen, ein Mann ohne Namen, ohne Persönlichkeit. Im Grunde ein Gespenst. Ein herzloser Mistkerl, der ihre Mum während der Schwangerschaft hat sitzen lassen. Aber jetzt ... jetzt hat er einen Namen. John-Paul. Und einen Charakter – laut ihrer Mutter sanftmütig, aber auch verschlossen und voller Probleme. Das muss wohl in der Familie liegen.

Und er hat einen Menschen getötet.

Sie geht weiter zu Roxie. Als sie den Sattelgurt befestigt, gesellt Mel sich zu ihr. »Ich übernehme. Laurie wartet schon«, sagt sie und nimmt Olivia die Zügel ab. An der anderen Hand hält sie bereits Prince fest.

Olivia nickt und sieht ihr hinterher, als sie beide Pferde mit sich führt, dann versteckt sie sich in Roxies Box, bis die Kunden Mel mit ihren Pferden auf den Übungsplatz gefolgt sind.

»Liebling?« Sie blickt auf und sieht ihre Mutter über die Boxtür spähen. »Wir müssen reden.«

»Ich kann jetzt nicht. Wir haben zu tun«, blafft Olivia sie an und ignoriert das schlechte Gewissen, weil sie gemein zu ihrer Mum ist.

»Es tut mir wirklich sehr leid, dir das alles aufzubürden. Aber bitte erzähl vorerst niemandem davon, weder Wesley noch sonst wem.«

Olivia murmelt ein Ja und wendet ihr unter dem Vorwand, Roxies Box auszufegen, den Rücken zu. Sie wartet, bis sie die sich entfernenden Schritte ihre Mutter hört, bevor sie die Sicherheit des Stalls verlässt.

Mels laute gestelzte Stimme, welche die Kunden zum Leichttraben auffordert, wird vom Wind herübergetragen, als Olivia auf das Büro zugeht. Sie kommt gerade rechtzeitig, um zu sehen, wie der alte Land Rover ihrer Mutter aus der Einfahrt fährt. Ein Gefühl von Traurigkeit und Melancholie tut sich in ihrem Inneren auf, nachdem sie hinter dem Schreibtisch Platz genommen und den Terminkalender vor sich aufgeschlagen hat. Sie sollte sich … na ja, nicht unbedingt glücklich fühlen. Wie kann sie glücklich sein, wo sie gerade erst herausgefunden hat, dass sie einen Verbrecher zum Vater hat? Aber neugierig, das schon. Trotzdem regt sich bei der Vorstellung, dass sie einen lebenden, atmenden Vater hat, der sich in der Nähe befindet und sie kennenlernen möchte, nichts in ihr.

Beim Geräusch von Autoreifen auf Schotter richtet sie sich unwillkürlich auf. Ist er das? Ihr wird schlecht. Sie weiß nicht, ob sie dafür bereit ist. Doch es ist Jenna, die schließlich in der Tür erscheint, die Wangen gerötet und das wunderschöne kupferfarbene Haar vom Wind zerzaust.

Ungeachtet allem, was passiert ist, freut sich Olivia, sie zu sehen, und kann ein Lächeln nicht unterdrücken. Ihr erstes echtes Lächeln, seit sie das mit ihrem Vater erfahren hat.

»Hast du Zeit für einen Kaffee?«, fragt Jenna, als sie mit einem Selbstbewusstsein ins Büro gerauscht kommt, um das Olivia sie nur beneiden kann.

Olivia versucht, sich nicht anmerken zu lassen, wie willkommen ihr diese Unterbrechung ihrer unablässigen trüben Gedanken kommt. Auch nicht, wie es sie insgeheim freut, dass Jenna zum Du übergegangen ist. Mel wird noch mindestens eine Dreiviertelstunde mit ihrem Kurs beschäftigt sein, also sagt sie »sicher«, nimmt zwei hässliche rote Nescafé-Becher vom Regal und brüht ihnen einen löslichen Kaffee auf. Sie erinnert sich, dass Jenna ihren gerne schwarz trinkt.

Jenna nimmt den Becher dankend entgegen und setzt sich Olivia gegenüber, wobei sie in ihren Kaffee pustet. In der Ecke steht zwar ein Heizlüfter, aber er trägt nicht viel dazu bei, den Raum aufzuwärmen. »Wie fühlst du dich?«

»Schon ein bisschen menschlicher«, erwidert Olivia und hebt ihren Becher, obwohl das eine glatte Lüge ist. Denn jedes Mal, wenn ihr Vater ihr in den Sinn kommt, wollen auch die Tränen kommen.

Jenna wirkt mit einem Mal unbehaglich und rutscht nervös auf ihrem Stuhl herum. »Ich muss dir aber etwas erzählen«, beginnt sie in einem Tonfall, bei dem Olivia bang wird. »Ich … also, ich habe … Gott, ich weiß nicht, wie ich das sagen soll.«

»Was?«

Olivia lauscht wie gebannt, als Jenna ihr von Samuel Molina und John-Paul berichtet. »Olivia, dieser John-Paul hatte eine große Narbe auf einer Seite seines Gesichts. Ich glaube, er ist der Mann im Lieferwagen, den du in den Tagen vor dem Unfall gesehen hast. Außerdem ist es möglich, dass John-Paul dein Vater ist.«

Entsetzen macht sich in Olivia breit; ihr wird heiß und kalt zugleich.

Der Mann mit der Narbe war John-Paul Molina? Ihr Vater?

Und dann, obwohl sie ihrer Mutter versprochen hat, es nicht zu tun, erzählt sie Jenna alles, was sie heute erfahren hat.

»Wow«, ruft Jenna aus, nachdem sie geendet hat.

»Ich frage mich, ob meine Mutter weiß, dass sein Bruder nach ihm sucht.«

Jenna scheint darüber nachzudenken. »Vielleicht«, sagt sie schließlich. »Ich meine, es ist schon ein bisschen merkwürdig, dass er gestern Abend hier ankommt und deine Mutter sich genau diesen Zeitpunkt aussucht, um über deinen Vater auszupacken.«

»Aber wie hat sie erfahren, dass er zurück ist?« Olivia seufzt. So viele Fragen. Sie hätte vorhin nicht aus der Küche stürmen dürfen. Sie hätte bleiben und sich anhören sollen, was ihre Mutter zu sagen hatte. »Und warum ist er mir in den Tagen vor dem Unfall gefolgt? Warum ist er nicht einfach rüberkommen und hat mir gesagt, wer er ist? Gott!« Sie stößt den Terminkalender in einem plötzlichen Wutausbruch von sich. »Das alles macht mich fertig!«

Jenna senkt den Blick. »Es tut mir leid.«

»Das ist ja nicht deine Schuld. Aber danke, dass du es mir gesagt hast.« Und wieder füllen sich Olivias Augen mit Tränen. »Ich befürchte, dass mein Vater etwas mit dem Unfall zu tun hat. Wenn er der Mann mit der Narbe ist, den ich in dem weißen Lieferwagen gesehen habe …« Sie schluckt. Beinahe hätte sie zu viel verraten. Sie versucht, sich an die Einzelheiten ihres vorherigen Gesprächs mit ihrer Mutter zu erinnern. »Mum meinte, dass er ins Gefängnis kam. Aber ich weiß nicht genau, wann.«

»Das war 1980«, sagt Jenna leise. »Dale hat es mir vorhin erzählt. Wegen Handels mit harten Drogen. Ich glaube, er hat achtzehn Jahre abgesessen.«

Verwirrt setzt sich Olivia aufrechter hin. »Nein, das ist nicht, was meine Mutter sagte. Sie hat mir erzählt, dass er ins Gefängnis kam, weil er jemanden getötet hat.«

»Jemanden getötet?« In Jennas Stimme schwingt Besorgnis mit. »Wen? Wen hat er getötet?«

Noch bevor Olivia antworten kann, nimmt sie einen Schatten an der Tür wahr; dann steht ihre Mutter dort, mit vor der Brust verschränkten Armen und einem seltsamen Ausdruck auf ihrem Gesicht.

»Sie können es ruhig auch erfahren«, sagt sie, und Olivia will beinahe schon lachen über Jennas schockierte Miene, als sie auf ihrem Stuhl herumwirbelt, um zur Tür zu sehen. »Er hat Derreck getötet, den Mann, den ich liebte.«

44

Die Liebenden

Arm in Arm und nackt bis auf ein Laken, das ihre untere Körperhälfte bedeckte, waren sie eingeschlafen. Stace hatte kaum Zeit, die Augen zu öffnen, sich zu strecken und zu realisieren, wo sie sich befand, als sie bereits Geschrei aus dem unteren Stockwerk hörte. Stace spürte, wie Derreck sich neben ihr regte, und ihr Herz zog sich krampfhaft zusammen, als ihr klar wurde, dass das Geschrei von John-Paul stammte. Sie hatte nicht gewollt, dass er es auf diese Weise herausfand. Sie spürte, wie Derrecks Arm sich fester um sie legte, und stützte sich auf ihre Ellbogen hoch, um in seine aquamarinblauen Augen zu sehen. »Ich bereue nichts«, flüsterte sie. »Was auch immer als Nächstes geschieht.«

Seine Miene war eindringlich, sein Blick wich nicht von ihrem. »Ich auch nicht. Ich habe noch nie zuvor so für jemanden empfunden. Das war die beste Nacht meines Lebens.«

Sie küsste sanft sein Gesicht. Wie war es möglich, dass sie sich in einen Mann verliebt hatte, den sie kaum mehr als eine Woche kannte?

Und da kam John-Paul hereingestürmt – vollständig bekleidet, mit wirrem Haar, die eine Wange voller Kissenfalten, als wäre er gerade erst aufgestanden. Dicht hinter ihm folgten Griff und Trevor.

»Verdammte Scheiße, ich hab's doch gewusst!«, brüllte er. »Ich wusste, dass zwischen euch beiden was läuft. Du!« Er deutete auf Stace, die, das Laken bis zum Kinn hochgezogen, im Bett kauerte. »Glaubst du etwa, ich hätte nicht gemerkt, dass du dich jede

Nacht wegschleichst? Und du ...« Er wandte sich an Derreck, »... du bist angeblich mein Kumpel.« Er stieß einen Laut aus wie ein verwundetes Tier, der Stace mitten ins Herz fuhr. Sie fühlte sich wie der schlimmste Mensch der Welt. Der allerschlimmste. Sie hatte nie vorgehabt, ihn zu verletzen. Derreck rückte näher an sie heran.

Stöhnend bedeckte John-Paul sein Gesicht mit den Armen, wie um sich vor dem Anblick, der sich ihm bot, zu schützen. Griff und Trevor standen betreten in der Tür. Und dann war das Geräusch nackter Füße auf den Marmorfliesen zu hören, als die anderen ins Zimmer gestürmt kamen und Maggie John-Paul sanft zur Seite nahm. »Komm«, sagte sie leise. »Sie sind es nicht wert. Lass uns einen Moment hinausgehen ...« Sie warf Stace einen derart angewiderten Blick zu, dass er ihr fast so sehr das Herz brach wie John-Pauls Schmerz. Gemeinsam eilten sie, John-Paul wie einen menschlichen Schutzschild abschirmend, hinaus; nur Trevor blieb kurz stehen, um ihnen einen finsteren Blick zuzuwerfen, bevor er die Tür hinter sich zuschlug. Doch ihre unausgesprochene Missbilligung hallte noch im Zimmer nach, nachdem sie es bereits verlassen hatten.

Stace' Mund wurde ganz trocken, als ihr das entsetzliche Ausmaß dessen dämmerte, was gerade passiert war. »O Gott«, sagte sie, kletterte aus dem Bett und zog sich das Kleid vom Vortag über. »Ich hätte nicht einschlafen dürfen. Ich hätte es ihm sagen sollen, anstatt dass er es auf diese Weise erfährt ...«

Derreck zog ein düsteres Gesicht. »Mir tut es auch leid. JP ist mein Kumpel. War mein Kumpel. Aber ... hey, Stace.« Er kroch zum Bettende und umfasste ihre Schultern. Sie weinte mittlerweile. Große, bittere Tränen der Schuld, die jedes Mal wieder hervorquollen, wenn sie an die Qual auf John-Pauls Gesicht dachte, an den kehligen Laut, den er von sich gegeben hatte. »Es wird sich alles re-

geln. Keine Reue, schon vergessen? Du bist es wert, dass ich wegen dir meinen Kumpel verliere.« Er schloss sie in seine Arme, und sie wusste, dass sie dasselbe empfand. Ohne ihn zu sein war ihr unerträglicher, als John-Paul Schmerz zuzufügen. Das war die Wahrheit. Ihr blieben noch drei Tage, bevor sie wieder nach Großbritannien zurückflogen, und sie wollte jede Minute davon mit Derreck verbringen. Doch damit das geschehen konnte, hatte John-Paul das mit ihnen erfahren müssen.

Er küsste sie leidenschaftlich, voller Begierde.

»Derreck«, murmelte sie. »Ich kann nicht. Ich muss mit John-Paul reden.« Sie entzog sich ihm widerwillig, obwohl es sie alle Kraft kostete.

Noch immer nackt, sein wunderschönes blondes Haar verwuschelt, lehnte er sich auf dem Bett zurück. Sie durfte ihn nicht ansehen, sonst wäre es um ihre Entschlossenheit geschehen, und John-Paul brauchte eine Erklärung.

»Ich warte hier auf dich«, sagte er.

Sie beugte sich vor und küsste ihn, dann verließ sie eilig das Zimmer, bevor sie ihre Meinung ändern konnte.

John-Paul saß im Garten unter dem Sonnensegel, und ihre Freunde drängten sich um ihn. Mit frostigen Mienen sahen sie zu ihr auf, als sie sich näherte. John-Paul starrte auf den Pool und wich ihrem Blick aus. Wäre sie doch nur früher wach geworden, dann hätte sie mit John-Paul reden, ihm alles erklären können, bevor die anderen aufgestanden wären. Ja, auch dann wäre er am Boden zerstört gewesen – aber sie so mit einem anderen Mann im Bett zu sehen, seinem Kumpel zudem … Gott, sie fühlte sich schrecklich.

Stace stand vor der Gruppe, als würde sie den Schuldspruch eines Gerichts erwarten. Leonie saß mehr oder weniger auf John-Pauls Schoß, ihre Brüste halb in seinem Gesicht; Maggie hockte auf der

Armlehne der Sonnenliege, und Hannah stand hinter ihm und rieb seine Schultern. Die Jungs knieten um ihn herum, als wäre er eine Art Kaiser.

»Er will nicht mit dir reden«, zischte Leonie mit zu Schlitzen verkniffenen Augen. »Wie konntest du nur? Was stimmt nicht mit dir? Bist du ein Tier oder was?«

Stace ließ den Kopf hängen. War sie das? Was war los mit ihr? Wie hatte sie das dem Mann antun können, von dem sie geglaubt hatte, ihn zu lieben?

»Ich dachte, du würdest mehr Respekt vor mir haben«, sagte John-Paul, womit er das erste Mal das Wort an sie richtete und ihr in die Augen sah.

»Es tut mir so leid«, entschuldigte sie sich. »Ich wollte dir wirklich nicht wehtun.«

John-Paul erhob sich, und die anderen fielen regelrecht von ihm ab. Seine Augen waren rot und geschwollen. Er schritt auf die Villa zu, und Stace ging ihm hinterher. Zum Glück blieben die anderen, wo sie waren. Sie folgte ihm durch die Küche ins Wohnzimmer an der Vorderseite des Hauses, das sie sonst nur selten benutzten. Die Fensterläden waren geschlossen, und in dem mit dunklem Holzparkett und cremefarbenen Sofas eingerichteten Zimmer herrschte Kühle. John-Paul schloss die Tür hinter ihnen und blieb vor ihr stehen. Panik überkam sie. Sie war gefangen.

»Wer bist du?« Er schüttelte den Kopf, und seine Augen nahmen einen harten Ausdruck an. »Ich hätte nie gedacht, dass du mir das antun würdest. Nie und nimmer. Wie konntest du nur, Anastacia? Wie konntest du das tun? Ich dachte, du liebst mich.«

Erneut fing er an zu weinen, und bei seinem Anblick, wie er so gebrochen dastand, brachen auch ihre Dämme. Tränen rannen ihr über die Wangen. In den achtzehn Monaten, die sie zusammen gewesen waren, hatte sie ihn nie weinen gesehen. »Es tut mir leid. Es tut mir ja so leid. Ich wollte dich nicht verletzen, John-Paul, aber … ich kann es selbst nicht erklären. Ich habe noch nie zuvor so empfunden … Ich hab nur …«

»Oh, vielen Dank. Du willst also sagen, dass du für diesen Typen, den du seit gerade mal zwei Minuten kennst, mehr empfindest als für mich nach verfickten anderthalb Jahren? Was hat er, was ich nicht habe? Hm? Oh, ja, stimmt ja.« Er fuchtelte mit den Armen in der Luft herum, als wüsste er die Antwort bereits. »Geld!«

Aber es war nicht das Geld. Das hätte sie nicht weniger kümmern können. Wie konnte sie ihm erklären, dass es schlicht und einfach Chemie war – eine kraftvolle, berauschende sexuelle Chemie. Dass sie sich auf eine Weise zu ihm hingezogen fühlte, die sie nicht kontrollieren konnte. Als wäre er ihr Seelenverwandter. Sie musste mit ihm zusammen sein, auch wenn sie allen anderen damit wehtat. Doch sie schwieg. Alles, was sie hätte sagen können, wäre zu schmerzhaft für John-Paul gewesen.

Er musterte sie eindringlich. »Liebst du mich denn nicht?«

»Ich … ich dachte, das tue ich. Ja, wirklich. Aber wie kann das sein, wenn ich so für Derreck empfinde?«

Er stieß einen jaulenden Laut aus. »Verfickte Scheiße. Ich kann das nicht glauben. Ich meine, ich hab gesehen, wie er sich dir gegenüber verhalten hat. Ich hab gesehen, wie du dich jeden Abend rausgeschlichen hast, wenn du dachtest, ich würde schlafen. Ist es das, was du jede Nacht getrieben hast? Ihn gefickt?«

Sie erbleichte. Es sah John-Paul nicht ähnlich, so derbe Ausdrücke zu benutzen. »Nein, bis auf letzte Nacht ist nichts zwischen uns passiert. Und du!« Ein Schluchzer blieb in ihrer Kehle stecken. »Du hast mich von dir gestoßen! Du wolltest mir nicht von Goa erzählen. Schlussendlich hat es Derreck getan. Du hast Geheimnisse vor mir gehabt, und als ich dich danach fragte, hast du dich geweigert, mit mir zu sprechen.« Sie hob verzweifelt die Arme.

»Oh, ich wette, dass er dir das nur zu gern erzählt hat. Um mich als den Bösewicht darzustellen.«

»Ich wünschte nur, du hättest es mir selbst gesagt …«

»Und hat dein kostbarer Derreck auch schon den wahren Grund verraten, weshalb er uns hier haben wollte?«

»Die Buddhas …«

Er stieß ein bitteres Lachen aus. »Von wegen verfickte Buddhas. Die sind voller Drogen.«

Schockiert starrte sie ihn an. »Das sind sie nicht. Ich habe sie selbst überprüft. Sie … die sind aus massivem Holz.« Aber ein Teil von ihr hatte es schon immer gewusst, oder nicht? Und vielleicht auch die anderen.

»Oh, ja. Derreck hatte vor, uns alle in Gefahr zu bringen. Uns dazu zu überreden, sie außer Landes zu schmuggeln. Selbst dich, Stace. Selbst dich.«

»Aber du hast doch zugestimmt? Obwohl du es wusstest.«

»Ich hätte das niemals getan. Niemals, wo ich doch mit absoluter Sicherheit wusste, was sie enthielten.«

Ihr fiel die Sache mit den Drogen in Goa ein. »Aber das wäre nicht das erste Mal gewesen. Oder nicht? Ist es das, was du und Derreck so auf euren ›Reisen‹ getrieben habt?«

Er schüttelte den Kopf. »Wer bist du eigentlich?«

»Und wer bist du?«, schoss sie wütend zurück. »Offenbar kannten wir einander kein bisschen.«

Seine dunklen Augen blitzten auf, er packte ihre Oberarme und schüttelte sie. Doch dann ließ er sie so plötzlich los, dass sie das Gleichgewicht verlor und auf den harten Parkettboden fiel. Sie schrie auf, allerdings mehr vor Schreck als sonst was.

Da kam Derreck in Boxershorts und T-Shirt ins Zimmer geplatzt. »Lass sie in Ruhe!«, brüllte er. »Ich konnte sogar noch oben hören, wie du sie anschreist.«

Alles geschah wie in einem Nebel. John-Paul machte einen Satz auf Derreck zu und traf ihn seitlich mit der Faust am Kiefer. Stace wich zurück, als John-Paul Derreck einen weiteren Schlag auf die andere Seite seines Gesichts verpasste.

Entsetzt schrie sie auf, als Derreck zu Boden stürzte, sein Kopf gegen das harte Holz knallte und Blut von seinen Lippen spritzte.

»Nein!«, rief sie und drängte sich an John-Paul vorbei, um sich neben Derrecks reglosen Körper zu knien. »Was hast du getan?«

45

Jenna

»Und was Sie betrifft!«, wendet Anastacia sich mit schroffer Stimme an mich, nachdem sie ihre Geschichte beendet hat. »Das hier bleibt unter uns. Das Ganze passierte 1980 in Thailand. Ich kannte nicht mal Derrecks Nachnamen.«

Ich frage mich, warum sie es mir dann überhaupt erzählt hat. »Also kam John-Paul ins Gefängnis? In Thailand?«, hake ich nach.

»Ja.«

»1980?«, vergewissere ich mich. Dale hat nichts von einem thailändischen Gefängnis erwähnt. Darum ging ich davon aus, dass er in Großbritannien inhaftiert gewesen war.

»Ja«, wiederholt Anastacia und verschränkt die Arme vor der Brust. »Für achtzehn Jahre.« Sie steht immer noch in der Tür, und die eisige Außenluft dringt in den Schuppen.

Irgendwas daran will keinen Sinn ergeben. »Ich dachte, John-Paul säße wegen Drogenschmuggels im Gefängnis.« Ich kann regelrecht Olivias bohrenden Blick auf mir spüren, sehe aber nicht zu ihr. Stattdessen konzentriere ich mich auf die Frau in der Tür.

»Tja, da haben Sie falsch gedacht.« Allerdings wendet sie den Blick ab, als sie das sagt.

»Mum«, sagt Olivia, woraufhin ich mich zu ihr drehe. Sie wirkt klein und verängstigt hinter dem Schreibtisch. »Das hört sich so an, als hätte John-Paul … mein Vater … 1998 nach mir gesucht. Aber wo war er seitdem? Kam er wieder ins Gefängnis?«

»Ich weiß es nicht«, erwidert ihre Mutter gereizt. »Er tauchte auf der Bildfläche auf und verschwand wieder. Ich kann diese Fragen momentan auch nicht beantworten. Ich weiß nicht viel mehr als du. Und Sie, Jenna«, sie fixiert mich mit ihren grauen Augen, »ich habe schon viel zu viel preisgegeben. Sie sollten besser gehen.«

Ich schaue zu Olivia, doch sie senkt den Kopf. Also bücke ich mich, schnappe mir meine Tasche und mache, dass ich wegkomme, während die beiden mir angespannt schweigend zusehen.

Als ich zu meinem Auto gehe, bin ich mir zumindest einer Sache ganz sicher.

Anastacia Rutherford lügt.

Ich setze mich hinters Steuer, checke mein Handy und sehe, dass ich zwei verpasste Anrufe und eine Mailboxnachricht von einer mir unbekannten Nummer habe. Ich höre sie mir an und stelle erfreut fest, dass sie von Izzy Thorne ist: »Es tut mir sehr leid, dass ich nicht früher angerufen habe, aber ich wollte zuerst mit meiner Mutter darüber sprechen. Sie möchte sich ebenfalls mit Ihnen unterhalten. Ich weiß, es ist kurzfristig, aber ich habe heute frei, daher würden wir uns freuen, wenn Sie vorbeikommen könnten, falls Sie Zeit haben.« Sie nennt ihre Adresse, dann endet die Nachricht. Überrascht starre ich auf mein Handy. Bei allem, was sich die letzten Tage zugetragen hat, hatte ich fast vergessen, dass ich Izzy meine Nummer gegeben habe. Und nun sucht auch ihre Mutter das Gespräch. Das hätte zu keinem besseren Zeitpunkt kommen können.

Ich rufe zurück, um Izzy Bescheid zu geben, dass ich bereits auf dem Weg bin, und fahre direkt zu der genannten Adresse. Fünf Minuten später stehe ich vor einem Achtziger-Jahre-Einfamilienhaus mit einer Doppelgarage. In Gedanken bin ich noch immer bei Anastacia Rutherford und den Widersprüchen in ihrer Geschichte. Warum sollte sie mir erzählen, dass John-Paul 1980 einen Typen namens Derreck getötet hätte, wo er doch im selben Jahr wegen Drogenschmuggels ins Gefängnis kam? Nicht wegen Mordes. Und wenn sie dahingehend lügt – aus welchem Grund?

Ich klopfe bei der Nummer fünf, und eine attraktive Frau mit markanten Wangenknochen und dunklen Augen öffnet mir. Sie ist schlank, muss Mitte sechzig sein und trägt eine dunkle Jeans zu einem langärmligen blau-weiß gestreiften Shirt. Sie ist eine ältere Version von Izzy. Und von Sally, schiebe ich in Gedanken hinterher.

»Sie müssen Jenna sein«, begrüßt sie mich freundlich und schüttelt meine Hand. »Izzy hat mir von Ihnen und Ihrem Podcast erzählt.«

Izzy erscheint mit einer großen flauschigen Katze hinter ihr, die allerdings mit einem Satz von ihren Armen springt und ins Obergeschoss davonflitzt. »Sie ist nicht besonders gesellig.« Izzy lacht. »Kommen Sie herein.«

Ich folge ihnen ins Wohnzimmer an der Vorderseite des Hauses. Es ist groß und recht kitschig eingerichtet, mit himmelblauen Leinensofas, zitronengelben Wänden und dicken Veloursvorhängen vor dem Fenster. Der Kaminsims ist vollgestellt mit gerahmten Fotos von Izzy und Sally. Izzys Mutter bemerkt meinen Blick und nimmt eines in die Hand: Es zeigt eine pubertierende Sally mit ihrer vier oder fünf Jahre alten kleinen Schwester. Izzy hat die pummeligen Ärmchen fest um den Hals der kichernden Sally geschlungen. Sie sehen so glücklich aus. »Das ist mein Lieblingsbild«, sagt sie mit einem traurigen Lächeln.

»Es tut mir so leid«, erwidere ich mit erstickter Stimme.

Tränen schimmern in ihren Augen, als sie den Kopf schüttelt. Ich bemerke eine graue Strähne vorne in ihrem dunklen Haar wie bei Mrs. Robinson in *Die Reifeprüfung*. Sie stellt das Foto wieder zurück und nimmt dann neben Izzy Platz, die es sich bereits im Schneidersitz auf dem Sofa neben dem Fenster bequem gemacht hat. Ich setze mich in den Ohrensessel gegenüber.

»Möchten Sie eine Tasse Tee?«, bietet Mrs. Thorne an und macht schon wieder Anstalten, sich zu erheben.

»Nein, danke. Ich habe heute schon zu viel getrunken. Würde es Ihnen was ausmachen, wenn ich Sie für den Podcast aufnehme?«

»Natürlich nicht. Nur zu.«

Ich baue mein Handy auf dem Sofatisch auf und stelle dann meine Tasche zu meinen Füßen ab.

Mrs. Thorne beginnt zu erzählen – langsam, bedächtig, als wollte sie kein unnötiges Wort von sich geben –, wobei ihr Blick immer wieder verunsichert zu meinem Handy huscht. Ich hoffe, dass sie es bald vergisst und sich etwas natürlicher verhält. Izzy sitzt neben ihr, hört schweigend zu und nickt hin und wieder. Mrs. Thorne erzählt von Sally, beschreibt ihre Art, wie lustig, aber auch strebsam und gewissenhaft sie war. »Sie wäre niemals weggelaufen, ohne uns zu sagen, wohin sie geht«, schließt sie entschieden. »Tamzin vielleicht. Aber Katie, nein, und meine Sally schon gar nicht.«

»Was glauben Sie, ist mit den Mädchen geschehen?«, frage ich sanft.

Mrs. Thorne tupft mit einem Taschentuch über ihre Augen, und Izzy greift nach der Hand ihrer Mutter, um sie zu drücken. »Ich glaube, dass etwas Schlimmes passiert sein muss. Es ist nun so lange her, ohne dass wir je ein Wort von ihr gehört haben. Aber da ist immer noch dieser kleine Hoffnungsschimmer – verstehen Sie? Wir haben in ihrem Zimmer nichts verändert. All ihre …« Ihre Stimme gerät ins Stocken. »… all ihre Sachen sind immer noch an ihrem Platz.«

»Ich gehe manchmal hinein«, sagt nun Izzy. »Und stelle mir dann vor, dass ich wieder acht bin und dass meine Schwester einfach nur ausgegangen ist.«

Es folgt ein Moment der Stille, bevor ich frage: »Sagt Ihnen der Name John-Paul Molina irgendwas?«

Mrs. Thorne runzelt die Stirn. »Meine Güte, diesen Namen habe ich seit Jahren nicht mehr gehört. Er war früher mal mit Olivias Mutter zusammen.«

»Wissen Sie, was mit ihm geschehen ist?«

»Warum wollen Sie das wissen?« Sie klingt nicht verärgert, eher neugierig.

Ich berichte, was Dale mir erzählt hat, und darüber hinaus auch von meinem Gespräch mit Anastacia und Olivia.

Sie stößt hörbar die Luft aus. »John-Paul ist zurück in der Stadt? Nach all den Jahren?«

»So scheint es. Wann haben Sie ihn das letzte Mal gesehen?«

»Anfang 1980, in Thailand.«

46

Überrascht starre ich Mrs. Thorne an. »In Thailand?«

»Ja. Im Januar 1980, um genau zu sein. Wir waren dort als Clique zusammen im Urlaub.«

Ich rutsche auf meinem Sitz vor. »Der Urlaub, in dem Anastacia Derreck kennenlernte?«

»Ja.« Sie streicht sich eine Haarsträhne hinters Ohr. »Er hat uns zu sich eingeladen, obwohl wir ihn eigentlich nicht kannten; da lief es zwischen Anastacia und John-Paul schon nicht mehr so toll. Sie hatten bereits vor der Abreise Probleme, und Derreck wiederum war so charmant. So gut aussehend. Dieses Haar … Wie ein junger Robert Redford. Und Stace – so nannten wir Anastacia – verliebte sich Hals über Kopf in ihn. Der arme John-Paul hatte keine Chance. Er tat mir furchtbar leid. Und dann war da noch diese ganze schreckliche Angelegenheit am Flughafen bei der Heimreise.«

»Ist John-Paul dort verhaftet worden?«

Sie nickt und wirft ihrer Tochter einen raschen Blick zu. Izzy starrt ihre Mutter an, als hätte sie diese Geschichte noch nie zuvor gehört – und wahrscheinlich hat sie das auch nicht. Das alles fand lange vor ihrer Geburt statt. »Er hat versucht, Drogen außer Landes zu schmuggeln. Das war eine so unfassbar dumme Aktion von ihm.«

Bei der Vorstellung, wie John-Paul verhaftet wird und

achtzehn Jahre in einem thailändischen Gefängnis absitzen muss, wird mir elend zumute. »Anastacia hat mir das ganz anders dargestellt. Sie sagte nicht, dass John-Paul wegen Drogen hinter Gitter kam. Sondern, dass er jemanden getötet hätte.«

Mrs. Thorne blickt verwirrt drein, doch dann scheint ihr etwas zu dämmern. »Ah, ja, da gab es eine ziemlich üble Geschichte. Ich erinnere mich noch, wie Stace sie mir auf dem Rückflug erzählte. Anscheinend hatte John-Paul während seiner Zeit in Goa den Tod eines Jungen verschuldet, weil er ihm irgendwelche gestreckten Drogen verkauft hatte. Wie es schien, hatte er früher ein bisschen gedealt, was wir damals natürlich nicht wussten. Aber …«, sie kräuselt die Stirn, »… soweit ich weiß, wurde er dafür nie belangt.«

»Mir hat sie erzählt, er habe Derreck in einem Anfall von Eifersucht umgebracht.«

»Was?« Sie lacht ungläubig. »Derreck? Nicht dass ich wüsste. John-Paul hat ihn ziemlich schlimm verprügelt, nachdem er Stace mit ihm im Bett erwischt hatte – eine hässliche Sache. Aber als wir Thailand verließen, war Derreck quicklebendig. Auch wenn er uns nicht zum Flughafen begleitet hat, um sich zu verabschieden. Zu viel böses Blut zwischen ihm und John-Paul. Wir standen kurz vor dem Abflug nach Hause, aber während wie darauf warteten, an Bord zu gehen, wurden in John-Pauls Rucksack Drogen gefunden. Es war alles sehr dramatisch und …« Sie greift mit der Hand an ihre Halskette. »… wirklich beängstigend. Sie haben ihn regelrecht weggeschleift. Es blieb uns keine andere Wahl, als ohne ihn nach Hause zu fliegen. Stace war am Boden zerstört. Es war schrecklich, einfach nur schrecklich.«

Ich runzle die Stirn, während mir die Gedanken nur so

durch den Kopf schießen. »Aber warum sollte sie ihrer Tochter erzählen, dass John-Paul Derreck umgebracht hätte? Es sei denn, er hat es später getan. Ich bin mir allerdings sicher, dass sie 1980 gesagt hat.«

»Ich habe Derreck nie wiedergesehen oder etwas von ihm gehört, daher könnte er, was meinen Wissensstand angeht, genauso gut tot sein. Was ich jedoch mit Sicherheit weiß, ist, dass John-Paul 1980 wegen Drogen verhaftet wurde. Nicht wegen Mordes. Schon seltsam, dass Anastacia Ihnen das erzählt hat.« Sie dreht sich zu Izzy um, die ebenso ratlos mit den Schultern zuckt.

Wir werden vom Klingeln des Telefons neben dem Fernseher unterbrochen.

»Entschuldigung, ich gehe nur kurz ran«, sagt sie und steht auf. »Danach mache ich uns einen Tee. Ich habe das Gefühl, dass das ein langes Interview wird. Wir haben gerade erst angefangen.«

»Das wäre großartig, danke, Mrs. Thorne.«

»Bitte«, sagt sie, nach dem Telefon greifend. »Nennen Sie mich doch einfach Maggie.«

Maggie verlässt den Raum, um sich mit wem auch immer zu unterhalten, und Izzy streckt ihre Beine aus.

»Wow«, sagt sie. »Bisher wusste ich nichts von Thailand oder diesem John-Paul. Ich war noch so jung, als Sally verschwand. Woran ich mich aber erinnern kann, ist das ganze Theater mit Wesley und seinem stalkermäßigen Verhalten – wie er Nachrichten am Auto meiner Schwester hinterließ und sie mit Blumen und Teddys bombardierte. Ich war gerade mal neun, darum fand ich das damals total romantisch, aber heute …« Sie schüttelt sich. »Das war echt zu viel des

Guten. Er war richtig besessen. Ich weiß noch, wie unser Vater eines Abends rausging, um ein ernstes Wörtchen mit ihm zu reden und ihm zu verklickern, dass Sally nichts von ihm wissen wollte und er die Polizei rufen würde, falls Wesley sich noch mal blicken ließ.« Sie zupft an ihrem Pferdeschwanz. Sie hat glitzernde Gelnägel, trägt große Creolen und eine High-Waist-Jeans. Izzy ist ein wunderhübsches Mädchen, genauso hübsch, wie Sally es gewesen sein muss.

»Und ist die Botschaft bei ihm angekommen?«

»Jepp. Er hat sie nie wieder belästigt. Ein paar Monate später kam er mit Olivia zusammen. Ich kann mich noch erinnern, wie Sally in ihrem Zimmer Tamzin davon erzählte.« Sie kichert. »Ich hab damals gern ihre Gespräche belauscht. Aber so wie ich das verstand, machte meine Schwester sich Sorgen um Olivia. Sie hielt Wesley für einen Psycho.«

Maggie kommt mit einem Tablett mit Tee und einem Teller Vanillecremekekse ins Wohnzimmer zurück. »Entschuldigung, das war Martin, mein Mann«, sagt sie, während sie das Tablett auf dem Tisch abstellt. »Er macht sich ständig Sorgen. Seit Sally … Nun ja, er ruft eben gern von der Arbeit an, um zu hören, wie es uns geht. Milch?«

»Nur einen Klecks, danke.«

Sie reicht mir die Tasse und bietet mir einen Keks an. Ich widerstehe dem Drang, ihn in den Tee zu tunken.

»Also gut«, beginne ich erneut, nachdem sie Platz genommen hat. »Wurde Anastacia in Thailand schwanger?«

»Nein, sie war schon schwanger, bevor wir aufbrachen. Allerdings wusste sie das zu diesem Zeitpunkt nicht. Erst als sie fast schon in der sechzehnten Woche war, fand sie es heraus, weil sie bis dahin nach wie vor ihre Periode bekam. Wie auch immer, angesichts des Zeitraums war das Baby definitiv von John-Paul«, stellt sie klar, als hätte sie meine Gedanken gelesen. »Die arme Stace war untröstlich. Sie war zurück in Stafferbury, mit gebrochenem Herzen, weil sie Derreck zurücklassen musste, und voller Schuldgefühle wegen dem, was John-Paul widerfahren war. Sie war gezwungen, wieder bei ihren Eltern einzuziehen.«

»Und Sie sind weiterhin miteinander befreundet geblieben?«

»Ja. Ich habe ungefähr zur gleichen Zeit festgestellt, dass ich mit Sally schwanger war – das hat uns verbunden. Leonie und Hannah hatten bereits Kinder, die hatten früher losgelegt. Sie ließen sie bei den Großeltern, als sie nach Thailand aufbrachen, was mich schon etwas entsetzte, weil Tamzin und Katie noch nicht mal ein Jahr alt waren, und …«

»Moment mal«, unterbreche ich sie stirnrunzelnd, während ich versuche, das Gehörte zu verarbeiten. »Das heißt, die anderen Freunde, die mit Ihnen zu Derreck nach Thailand flogen, waren …?«

»Hannah und Trevor Burke und Griffin und Leonie Cole. Die Eltern von Katie und Tamzin.«

47

Sie waren alle zusammen in Thailand gewesen.

»Und Sie waren befreundet?«, frage ich.

»Richtig. Gut befreundet sogar. Nicht so sehr mit John-Paul, da er noch nicht so lange mit Stace zusammen war, aber mit dem Rest auf jeden Fall. Ich glaube, Katies Mutter, Hannah, haben Sie bereits kennengelernt, oder? Sie hat mir erzählt, dass Sie bei ihr waren. Leider ist ihr Mann, Trev, vor ein paar Jahren gestorben. Prostatakrebs. Und Leonie und Griff haben sich getrennt. Sie sind beide weggezogen, und wir haben keinen Kontakt mehr.« Wehmütig blickt sie zum Kamin. »Stace und ich waren beste Freundinnen. Wir standen einander sehr nahe, als die Mädchen klein waren, blieben es auch bis … na ja, bis zu dem Unfall. Danach schien Stace sich zurückzuziehen und mir, Leonie und Hannah aus dem Weg zu gehen. Olivia wurde bei dem Unfall so schwer verletzt, und Stace hatte alle Hände voll damit zu tun, sie zu pflegen und sich um den Reitstall zu kümmern … Dabei hegte ich keinen Groll gegen sie. Ich wusste, dass Olivia niemals etwas getan hätte, um meiner Sally zu schaden. Aber es kam mir vor, als wäre Stace nicht in der Lage, mir, Hannah oder Leonie gegenüberzutreten.« Sie blickt auf ihre Hände hinab und dreht an einem ihrer Ringe herum. »Ich glaube, sie fühlte sich schuldig, weil ihre Tochter immer noch da war, während unsere … es nicht mehr waren.« Sie seufzt, und Izzy rückt näher zu ihr heran. »Jedenfalls« – Maggie hebt den Kopf – »bin ich schockiert, dass John-Paul wieder in der Stadt ist.«

»Angeblich hat Olivia vor dem Unfall einen Mann mit einer Narbe gesehen, der sie verfolgte. Wie ich heute erst erfahren habe, hat John-Paul sich bei einer Prügelei eine ebensolche Narbe zugezogen.«

Maggie greift sich an ihre Kehle. »Sie meinen also, das könnte er gewesen sein?«

»Zumindest hört es sich so an.«

»Und wo hat er seitdem gesteckt?«

Ich beuge mich vor, um meine Teetasse auf dem Tisch abzustellen. »Tja, das ist genau der springende Punkt. Niemand scheint das zu wissen. Anscheinend hat sein Bruder seit Jahren versucht, ihn aufzuspüren. Und die Spur hat hierher zurückgeführt.«

»Ich frage mich, ob er jemals versucht hat, Stace zu kontaktieren«, sagt sie und nippt an ihrer Tasse. »Sie hat mir erzählt, dass sie John-Paul einmal ins Gefängnis geschrieben hatte, um ihm von Olivia zu berichten, aber sie erhielt nie eine Antwort. Sie war sich noch nicht mal sicher, ob er den Brief erhalten hatte.«

»Und wie ging es zwischen Stace und Derreck weiter? Hat sie ihn je wiedergesehen?«

Maggie nippt wieder an ihrem Tee und bietet mir einen weiteren Keks an, den ich dankend annehme. »Was ihn betrifft, hat sie sich tatsächlich immer sehr verschlossen gegeben, aber ich hatte immer das Gefühl, dass sie in Kontakt geblieben waren. Ab und an verschwand sie, ohne Olivia, übers Wochenende, um sich mit einem mysteriösen Mann zu treffen. Mir sagte sie, dass sie, nun, da sie Mutter war, die verschiedenen Bereiche ihres Lebens getrennt halten wollte, und das respektierte ich. Aber sie war damals so vernarrt in Derreck – so hatte ich sie nie zuvor mit irgendwem erlebt –, daher fragte ich mich schon, ob er derjenige war, mit dem sie sich traf. Ich kann mich noch daran erinnern, dass sie und Derreck am letzten Tag unseres Thailandurlaubs für einen Tag verschwanden. Ich denke, Sie können sich vorstellen, was für eine Stimmung in der Villa herrschte – der arme John-Paul. Die Jungs kümmerten sich sehr um ihn, nahmen ihn auf Sauftour mit. Wie auch immer, als Stace und Derreck schließlich zurückkamen, erzählte sie mir, dass sie sich das gleiche Tattoo hatten stechen lassen; sie bat mich, es den anderen nicht zu verraten. Sie hatten es sich beide an der gleichen Stelle stechen lassen, hier …« Sie zeigt auf ihren Oberarm. »Ein chinesisches Schriftzeichen, das sie daran erinnern sollte, Wagnisse einzugehen, sich ihren Mut zu bewahren. Es war ihnen also wohl ernst mit ihrer Beziehung. Das war mehr als nur eine Urlaubsromanze.«

Ein chinesisches Schriftzeichen. Etwas klingelt bei mir, und ich versuche, mich daran zu erinnern, bei wem ich in jüngster Vergangenheit so ein Tattoo gesehen habe. Da fällt es mir urplötzlich wieder ein. Das war bei Jay. Ich erhaschte einen Blick darauf, als ich in seinem Büro saß und er nach den Jalousien griff. Das Tattoo befand sich auf seinem Oberarm. Was war seine Übersetzung dafür gewesen? *Mut*.

Ein Bild von Jay und Anastacia, die sich am Straßenrand streiten, kommt mir wieder in den Sinn. Dabei hatte er behauptet, er würde Olivias Mutter kaum kennen. Etwas verschiebt sich in der ganzen Geschichte und fällt an seinen Platz.

»Dale, kann ich dich um einen Gefallen bitten?«, spreche ich in mein Handy, kaum dass ich wieder im Auto sitze. »Was weißt du über Jay Knapton?«

»Warum fragst du?« Er klingt verwirrt.

»Sie waren alle zusammen in Thailand.«

»Wer alle?«

Ich gebe wieder, was ich soeben von Maggie erfahren habe. »Sie waren alle miteinander befreundet. Die Eltern von Katie, Tamzin, Sally und Olivia. Und sie waren alle zusammen in Thailand, als John-Paul am Flughafen festgenommen wurde.« Ich erzähle ihm, wie Anastacia und Derreck John-Paul betrogen und sich dann das gleiche Tattoo hatten stechen lassen. »Ich weiß nicht, wie Jay Knapton in das alles hineinpasst, aber ich habe gesehen, dass er die gleiche Art von Tätowierung …«

»Moment, ich bin gerade auf dem Revier. Lass mich nur kurz nachschauen, ob er sich in unserer Datenbank befindet. Okay …« Ich höre, wie er auf einer Tastatur herumtippt. Im Hintergrund ist ein geschäftiges Treiben aus Stimmengewirr und klingelnden Telefonen zu vernehmen. »Ja. Also, er ist fünfundsechzig. Geboren 1953 in Australien. Oh, interessant. Sieht aus, als wäre er verhaftet und wegen Besitzes von weichen Drogen sowie der Absicht, diese zu verkaufen, 1982 in Dover angeklagt worden. Allerdings ist er um eine Freiheitsstrafe herumgekommen.«

»Wie lautet sein vollständiger Name?«, frage ich.

»Ähm … mal schauen. Hier steht er – sein vollständiger Name lautet Derreck Jason Knapton.«

Derreck.

»Ich wusste es! Ich checke zwar nicht so ganz, was da vor sich geht, aber Anastacia Rutherford ist definitiv eine Lügnerin. Mir und Olivia gegenüber hat sie behauptet, John-Paul hätte in Thailand einen Mann namens Derreck getötet. Aber die Sache mit den Tattoos … Bei Derreck aus Thailand und Jay Knapton muss es sich ganz sicher um ein und dieselbe Person handeln. Er muss schlicht seinen Vornamen abgelegt und Jason zu Jay abgekürzt haben. Angeblich war Anastacia vollkommen nach ihm verrückt. Außerdem hat Jay bei unserem Gespräch behauptet, er würde Olivias Mutter nicht kennen, aber gestern erst sah ich sie am Straßenrand miteinander streiten.« Ich hole tief Luft.

»Okay. Warte mal. Ich muss das mit meinen Kollegen besprechen, dann rufe ich dich wieder an.« Er legt auf, bevor ich noch was fragen kann.

Mein Herz pocht schneller. Mit schwirrendem Kopf lasse ich den Motor an. Ich weiß zwar nicht, wie oder warum, aber ich glaube, das alles führt direkt zu Olivia und ihren verschwundenen Freundinnen.

Der Himmel verdunkelt sich, und es beginnt zu hageln; so schnell und heftig, dass meine Scheibenwischer nicht mehr hinterherkommen. Ich bleibe mit laufendem Motor stehen und warte im Schutz des warmen Autos darauf, dass der Schauer nachlässt, während ich dem Hin und Her der Scheibenwischer und dem Getrommel der Hagelkörner auf Windschutzscheibe und Motorhaube zuschaue. Im Kopf gehe ich noch mal alles durch, was ich seit meiner Ankunft hier in Erfahrung gebracht habe. Wie ist das alles miteinander verknüpft?

Als der Hagelschauer endlich nachlässt, verlasse ich Maggies Straße. Ich fahre die High Street und dann den Devil's Corridor entlang. Es ist wirklich eine unheimliche, einsame Straße. Wie die, die man in Fernsehkrimis zu sehen bekommt, wo die Täter anhalten, um eine Leiche zu entsorgen. Ich schaudere, biege links auf den Feldweg ab, der zu den Hütten führt, und halte vor meiner an. Wenigstens geht es morgen wieder nach Hause. Einerseits bin ich froh, da ich Finn unbedingt wiedersehen möchte, aber andererseits beginnen die Dinge gerade erst, sich ineinanderzufügen; ich hoffe nur, Dale hält mich weiterhin auf dem Laufenden. Als ich aussteige, sehe ich Samuel mit seinem Hund. Ich grüße ihn freundlich und erkundige mich, ob es Neuigkeiten zu John-Paul gibt.

Er schüttelt den Kopf. »Ich war vorhin in der Stadt, um mich umzuhören, aber niemand scheint etwas zu wissen.«

Kurz überlege ich, ob ich ihm von der Beziehung zu Anastacia Rutherford erzählen soll, besinne mich dann aber eines Besseren.

»Ach ja«, sagt er und greift in seine Manteltasche, »das hier habe ich in der Hütte gefunden.« Er zeigt mir eine knallorange Karte. »Da steht *A. Rutherford* drauf. Wissen Sie, wem die gehört?«

Mir gefriert das Blut in den Adern. »Ja«, erwidere ich und nehme sie entgegen. Es scheint eine Treuekarte für eine Art Reitbedarfsgeschäft. Wie bitte kommt Anastacias Karte in die Hütte? Es sei denn … Mir wird übel. Die ganze Zeit bin ich davon ausgegangen, dass ein Mann sich darin einquartiert hätte, was aber, wenn sie es war?

»Kann ich die haben? Ich weiß, wem sie gehört.«

»Sicher. Ich habe sie unter dem Bett gefunden.« Er tippt sich zum Abschied an die Stirn, bevor sein Hund ihn schon wegzerrt. Ich stehe da und sehe ihm nach, wie er sich tiefer in den Wald aufmacht, wobei er den Kragen gegen die beißende Kälte hochstellt.

Erneut setzt ein starker Schauer ein, also beeile ich mich, in meine Hütte zu kommen, und drücke die Tür gegen den auffrischenden Wind zu. Anastacia will mir nicht aus dem Kopf. Was geht hier nur vor sich? Ich stecke die Treuekarte in meine Hosentasche, dann ziehe ich meine Stiefel aus und schlüpfe wegen der Kälte in meine Sneakers. Die Säume meiner regenfeuchten Jeans sind schlammverkrustet. Ich friere, und kleine Hagelkörner rieseln von meinem Mantel, als ich ihn aufhänge. Meine Gedanken erscheinen mir brüchig, zerstückelt, so als würde ich sie in einem zerbrochenen Spiegel betrachten. Ich kann zwar die unterschiedlichen Teile sehen, aber ich verstehe nicht, wie sie zusammengehören.

In der Hütte ist es dunkel, und einen Moment lang verstehe ich nicht, warum. Dann realisiere ich, dass alle Vorhänge zugezogen sind. Das ist seltsam. Ich habe sie heute Morgen beim Aufstehen geöffnet.

Ich befinde mich auf halbem Weg ins Wohnzimmer, als ich sehe, dass ich nicht allein bin.

»Hallo, Jenna«, sagt eine tiefe Männerstimme, die ich wiedererkenne.

Es ist Jay.

48

Olivia

Olivia braucht zwanzig Minuten, um durch die Stadt in den Wald zu laufen. Sie nimmt eine Abkürzung durch den Steinkreis und die Wiesen und Felder dahinter. Als sie schließlich vor Jennas Hütte ankommt, ist sie nass bis auf die Knochen, und ihr Bein schmerzt. Sie hofft, dass Jenna da ist. Sie hat versucht, sie anzurufen, aber es sprang nur die Mailbox an.

Nachdem Jenna vorhin gegangen war, hatte sie versucht, ihre Mum nach Derreck und John-Paul auszufragen, aber das Handy ihrer Mutter klingelte, und sie musste das Gespräch annehmen. Also blieb Olivia allein in dem eiskalten Büro sitzen, sich und ihren düsteren Gedanken ausgeliefert. Sie würde ihre Mutter ein für alle Mal wegen der Lichter zur Rede stellen, die sie nach dem Unfall gesehen hatte. Außerdem würde sie ihr jene Frage stellen, vor der sie bisher immer zurückgeschreckt war: *Warst du auch dort?*

Sie fragt sich, ob ihre Mutter ihr Lügen auftischen wird. Immerhin hat sie Olivia ihr ganzes Leben lang belogen. Das hat ihr Ralph gesagt. Und jetzt ist da diese Sache mit John-Paul, der sowohl ihr Vater als auch der Mann mit der Narbe ist, und sie hat den starken Verdacht, dass ihre Mutter abermals lügt, wenn sie behauptet, dass er wegen Mordes ins Gefängnis musste.

Sie muss noch einmal mit Jenna reden, dieses Mal ohne ihre Mutter. Das ist der Grund, warum sie nun hier ist und mit schmerzendem Bein und schwerem Herzen durch den Schlamm stapft.

Sie ist erleichtert, als sie Jennas Auto in der Einfahrt sieht. Jenna ist die Einzige, die ehrlich zu ihr war. Dabei entgeht ihr keineswegs die traurige Tatsache, dass der einzige Mensch, dem sie vertrauen kann, eine Journalistin ist, die sie erst wenige Tage kennt. Was sagt das über ihr Leben und die Menschen darin aus?

Olivia klopft an die Tür und wartet. Von drinnen hört sie einen Hund bellen, und sie verspürt einen Anflug von Unbehagen. Jenna hat keinen Hund. Als niemand öffnet, klopft sie erneut, diesmal kräftiger. Sie versucht, durch das Schlafzimmerfenster zu spähen, doch die Vorhänge sind zugezogen; dann ertönt ein weiteres Bellen. Irgendetwas stimmt hier nicht. Erneut versucht sie es auf Jennas Handy, doch sie geht nicht ran.

Olivia schleicht hinter die Hütte zu der frisch angelegten Rasenfläche, um einen Blick durch die Terrassentür zu werfen, aber auch hier sind die Vorhänge zugezogen. Warum sollte Jenna tagsüber alle Vorhänge schließen? Es sei denn … Sie errötet bei dem Gedanken. Hat Jenna vielleicht einen Mann bei sich? Womöglich Dale? Selbst ihr ist nicht entgangen, dass er was für sie übrighat. Geht sie deshalb nicht ans Handy? Aber das erklärt nicht den Hund.

Sie will sich gerade zum Gehen wenden, als sie durch den Vorhangspalt den Knöchel eines Mannes erblickt: das Hosenbein eines marineblauen Anzugs und elegante schwarze Schuhe. Wer auch immer das ist, scheint auf und ab zu gehen, und ja, da ist auch ein Hund. Ein großer Hund.

»Olivia?«

Als sie die Stimme hinter sich hört, wirbelt sie herum.

Ihre Mutter steht im Garten. Sie muss ihr gefolgt sein. »Was ist hier los?«

Das Gesicht ihrer Mutter ist vor Sorge zerfurcht. »Er fühlt sich in die Ecke getrieben. Ich glaube, er hat den Verstand verloren.« Sie packt Olivias Hand und versucht, sie von der Tür wegzuziehen. »Es ist hier nicht sicher. Bitte, wir müssen gehen.«

»Was? Wer?« Von wem spricht ihre Mutter überhaupt?

»Jay. Er ist durchgedreht.«

Olivia starrt ihre Mutter entsetzt an. »Jay Knapton? Was passiert hier? Will er Jenna etwas antun? Bitte, Mum. Das darfst du nicht zulassen.«

Plötzlich wird die Terrassentür aufgerissen, und Jay steht vor ihnen. Ihre Mutter lässt Olivias Hand fallen.

»Wird auch Zeit«, sagt Jay kühl zu ihrer Mutter. »Warum kommst du nicht rein und erklärst alles, Stace?«

Stace? Nur Maggie hat sie je so genannt. Alle anderen, einschließlich Wesley, kürzen ihren Namen zu Ana ab.

Olivia steht wie versteinert da, als ihre Mutter widerwillig die Hütte betritt. Erst da sieht sie Jenna auf dem Sofa sitzen, verängstigt und mit weit aufgerissenen Augen, die Arme wie zum Schutz vor der Brust verschränkt.

Jay wendet sich mit boshaftem Blick an ihre Mutter. »Willst du ihnen von der Unfallnacht erzählen? Oder soll ich?«

49

Die Nacht des Unfalls

Es war spät. Sie hätte längst im Bett sein sollen, aber Stace wartete gern, bis Olivia nach Hause kam. Ihre Tochter war erst achtzehn und bisher nie besonders ausgehfreudig gewesen. Erst die letzten Monate hatte sie das Trinken und Feiern für sich entdeckt. Stace war sich sicher, dass das Tamzins Einfluss war. Seit Leonie und Griff sich getrennt hatten, schlug ihre einzige Tochter noch mehr über die Stränge.

Nach Thailand war es zwischen Stace und ihren alten Freunden nie mehr gewesen wie zuvor. Natürlich hatte die Clique weiterhin zu ihr gehalten – wahrscheinlich aus Mitleid, weil sie allein und schwanger war, während John-Paul in einem thailändischen Knast einsaß –, aber sie hatte immer das Gefühl gehabt, einen Teil von sich vor ihnen zu verbergen.

Oder besser gesagt jemanden.

Derreck Jason Knapton. Ihren Jay. Die Liebe ihres Lebens.

Nach jener Nacht, in der sie miteinander geschlafen und nachdem John-Paul ihn verprügelt hatte, hatte Derreck ihr alles erzählt: von den Drogen, die sich in den Buddha-Köpfen befanden, von den Geschäften, in die er verwickelt war – dem wahren Grund, warum er so viel Geld hatte. »Es tut mir so leid, dass ich es dir nicht früher gesagt habe«, hatte er im Schlafzimmer beteuert, während sie seine Wunden versorgte. »Ich hätte nie gedacht, dass ich mich derart in dich verlieben würde.« Wenigstens war er ehrlich zu ihr, hatte sie bei sich gedacht. Sie bestand darauf, dass er ihr alles erzählte, und das tat er dann auch. Er hatte jahrelang Drogen geschmuggelt, hauptsächlich Kokain. Allerdings hatte er, laut seiner Aussage, nie damit gedealt. Das war John-Pauls Job gewesen, und so hatten sie sich dann auch kennengelernt. Er hatte John-Paul gebeten, nach Thailand zu kommen, damit sie weiter zusammenarbeiten könnten – aber John-Paul hatte sich dagegen verwehrt. Und blieb bei seinem Entschluss. Die Episode in Goa hatte sein Selbstvertrauen erschüttert. Also hatte Derreck ihn überreden wollen, stattdessen in den Schmuggel mit einzusteigen. Und ja, er hatte auch Stace und ihre Freunde benutzen wollen, da er dachte, es wäre weniger riskant, wenn jeder von ihnen nur einen der Buddhas transportierte – sozusagen als Souvenir an einen gemeinsam verbrachten Urlaub.

Bevor sie Derreck kennenlernte, hatte sie ihr Wissen über Drogen aus Fernsehkrimis und Kinofilmen bezogen. Aber Derreck öffnete ihr die Augen dafür, dass, was dort gezeigt wurde, nicht unbedingt der Realität entsprach, und dass normale, ganz gewöhnliche Menschen mit dem, was er als »Vertrieb« bezeichnete, eine Menge Geld machen konnten.

Und zwar weitaus mehr Geld, als sie jemals im Reitstall ihrer Eltern hätte verdienen können; aber sie wusste, dass dies nicht der Hauptgrund war. Vielmehr war sie Derreck so verfallen, dass sie alles getan hätte, worum er sie bat.

Als sie dann nach England zurückkehrte – sich nach Derreck verzehrend, zugleich voller Schuldgefühle wegen dem, was mit John-Paul geschehen war –, stellte sie fest, dass sie schwanger war. Als sie Derreck die Nachricht am Telefon überbrachte, versicherte er ihr, dass sich dadurch nichts an ihrer Beziehung änderte – er wolle noch immer mit ihr zusammen sein. Dass er sie liebte. Nicht lange darauf verlagerte er seinen »Vertrieb« nach Großbritannien, damit sie zusammen sein und sich regelmäßig in verschiedenen Ferienunterkünften am Meer treffen konnten. Sie wollte Derreck und seine Geschäfte von Olivia fernhalten, und so wurde er zu ihrem Geheimnis. Selbst Maggie und ihren Freunden erzählte sie nicht davon, sodass sie sich zu guter Letzt beinahe selbst schon davon überzeugen konnte, dass Derreck lediglich nebenbei Kurierdienste leistete – ein gut bezahlter Lieferant, weiter nichts. Nach seiner Verhaftung 1982 in Dover nannte er sich nur noch bei seinem zweiten Vornamen, Jason. Bis sie vorschlug, ihn zu Jay abzukürzen. Wie ihr Romanheld, der große Gatsby. Sie liebte ihn so sehr, dass sie die Augen vor seinem zwielichtigen Business, aber auch den diversen anderen Geschäften verschloss, die er gründete, um damit das verdiente Geld zu waschen.

Die letzten acht Monate war er sogar dazu übergegangen, sie ab und zu in Stafferbury zu besuchen – obwohl sie peinlich darauf achteten, nie zusammen gesehen zu werden, und sich normalerweise in dem kleinen Ferienappartement verkrochen, das er unter falschem Namen anmietete. Sie freute sich schon darauf, ihn morgen Abend wiederzusehen, da er »geschäftlich« in Stafferbury war. Zuerst hatte sie befürchtet, ihre Freunde könnten ihn wiedererkennen, aber seit Thailand waren fast achtzehn Jahre vergangen, und er hatte sich sehr verändert. Den Großteil seiner schönen blonden Haare hatte er verloren und sich einen Bart stehen lassen. Trotzdem war er nach wie vor sexy. Das würde er immer bleiben.

Gerade als sie den Fernseher ausschaltete, schweiften die Scheinwerfer eines Autos durch das Wohnzimmer. Olivia war später zurück als gewöhnlich. Stace trat in den Flur in der Erwartung, den Schlüssel im Schloss zu hören. Sie wartete, aber es kam nichts. Da sie nicht wollte, dass Olivia dachte, sie würde sie abpassen, schlich sie auf Zehenspitzen zum Windfang, um nachzusehen, was ihre Tochter dort draußen trieb. Vielleicht hatte sie einen Jungen bei sich im Auto – vielleicht diesen Wesley Tucker, mit dem sie sich in letzter Zeit traf. Eigentlich wollte Stace ihr nicht hinterherspionieren, aber als sie die Hände seitlich ans Gesicht legte und durch die Scheibe spähte, sah sie statt Olivias kleinem Peugeot einen weißen Lieferwagen. Sie fragte sich, ob es vielleicht Derreck war, aber er wäre wegen Olivia nie einfach so aufgetaucht. Vielleicht würde sie Olivia eines Tages von ihm erzählen, aber sie wusste, dass er – genau wie sie – es vorzog, ihre Beziehung von allem anderen fernzuhalten. Derreck war nicht der Typ fürs Heiraten, und das ging für sie in Ordnung, solange er Teil ihres Lebens war. Andere Pärchen verloren ihre Leidenschaft und ihre Lust aufeinander, aber sie beide nicht, und das lag unter anderem auch daran, dass sie nicht hinter ihm herräumen und seine dreckigen Unterhosen waschen musste. Sie lebten ihre Liebe in luxuriösen Hotelzimmern oder idyllischen kleinen Ferienhäusern aus, wo sie Sex in der Badewanne hatten und der Champagner schon griffbereit stand.

Jemand stieg aus dem Lieferwagen. Es war ein Mann, den sie nicht sofort erkannte, obwohl sein Gang, die Rundung seines Rückens, die schlaff herabhängenden Arme ihr irgendwie bekannt vorkamen. Doch dann blieb er stehen und richtete den Blick seiner gehetzten braunen Augen auf sie, und sie wusste sofort, wer er war. Ein Geist aus ihrer Vergangenheit.

Sie schnappte sich ihre Jacke vom Haken und eilte in Pantoffeln nach draußen.

Warum war er hier?

»John-Paul? Bist du das?«

»Stace …« Er sprach mit belegter Stimme, als wäre er dehydriert. Als er näher trat, erhellte das Licht aus dem Windfang sein vernarbtes Gesicht, seine eingefallenen Wangen, sein kurz geschorenes Haar und die Bartstoppeln. Sie hatte ihn seit jenem schrecklichen Nachmittag, als er am Flughafen abgeführt worden war, nicht mehr gesehen. Das war fast neunzehn Jahre her.

»Was … was machst du hier?« Es gelang ihr nicht, ihren Schock zu verbergen.

»Es tut mir leid … Ich habe etwas Dummes getan. Etwas wirklich Dummes. Ich wusste nicht, wo ich sonst hätte hingehen können.«

Eine Kälte überkam sie. »Was willst du damit sagen? Wo ist Olivia?«

»Sie ist meine Tochter, und du hast mir nie von ihr erzählt«, schluchzte er. »Ich habe sie die letzten Tage beobachtet. Ich habe Fotos gemacht.« Er tippt auf seine Tasche. »Ich weiß, dass sie von mir ist. Das gleiche Kinn, die gleiche Nase.«

»Ich habe dir von ihr erzählt. Ich habe dir ins Gefängnis geschrieben, als ich es herausfand«, sagte sie bemüht ruhig, obwohl Panik in ihr aufstieg. Nach allem, was in Thailand passiert war, war sie ihm zumindest das schuldig gewesen. »John-Paul, was ist passiert? Wo ist Olivia?«

»Ich habe nie einen Brief erhalten.« Er stieß ein seltsames Heulen aus, wobei sein Atem in einer Wolke aufstieg und sich in der klammen Luft auflöste. »Ich habe dir die Schuld gegeben. Ich habe euch allen die Schuld gegeben. Ich bin zurückgekehrt, um eine Erklärung zu bekommen, und da habe ich sie gesehen. Ihren Namen herausgefunden. Olivia …«

»John-Paul, wo ist sie? Wo ist Olivia?«, rief sie. Sie hatte so viel Angst wie noch nie in ihrem Leben. Mit der runzligen Narbe und der ungepflegten Erscheinung wirkte John-Paul wie ein Geistesgestörter.

»Es gab einen Unfall …«

»Wo? Wo ist sie?« Stace tastete nach den Autoschlüsseln in ihrer Jacke.

»Auf dem Devil's Corridor. Stace, sie ist verletzt. Ich habe sie nicht aus dem Auto bekommen, aber ich habe die anderen.«

Sie hastete an ihm vorbei zu ihrem Jeep, warf den Motor an und bog so scharf aus der Einfahrt, dass der Kies unter den Reifen aufspritzte. Im Rückspiegel konnte sie sehen, wie er dastand und ihrem

Auto hinterherblickte. Doch in diesem Augenblick konnte sie nicht über ihn nachdenken. Sie musste zu ihrer Tochter. Sie fuhr, so schnell sie konnte, durch die dunklen Gassen, dann die High Street entlang, bis sie den Devil's Corridor erreichte. Ein dichter Nebel machte es unmöglich, klar zu sehen, doch dann brachen sich ihre Scheinwerfer auf der Motorhaube von Olivias Auto auf der gegenüberliegenden Straßenseite, die ansonsten völlig leer war. Sie lenkte den Wagen auf die andere Fahrbahn, sodass sie vor Olivias Peugeot zum Stehen kam. Sie konnte ihre Tochter auf dem Beifahrersitz sehen, offensichtlich bei Bewusstsein, da sie, vom grellen Scheinwerferlicht geblendet, blinzelte. Bei ihr im Auto befand sich ein Mann. Es war dieser Spinner Ralph, der Kerl, der im Wohnwagen wohnte. Aber wo waren die anderen?

Olivia hatte ihr erzählt, dass sie mit Sally, Tamzin und Katie ausgehen würde.

Doch dann fielen ihr John-Pauls Worte ein. Ich habe die anderen. *Was hatte er damit gemeint? Inwiefern hatte er die anderen? Es war ja wohl nicht so, als hätte er sie ins Krankenhaus gebracht.*

Ihr gefror das Blut in den Adern, als ihr seine anderen Worte wieder einfielen. Darüber, dass er ihnen allen die Schuld gab. War er gekommen, um sich zu rächen?

Da hörte sie das ferne Heulen einer Polizeisirene. Hilfe war unterwegs. Man würde sich um Olivia kümmern. Wie es aussah, sprach sie mit Ralph, er war bei ihr.

Stace zögerte. Alle ihre Instinkte brüllten sie an, zu ihrer Tochter zu gehen – aber was war mit den anderen? Was hatte John-Paul mit Olivias Freundinnen gemacht? Sie musste eine Entscheidung treffen, und zwar schnell. Also setzte sie zurück, machte eine Kehrtwende und gab Gas. Während sie nach Hause fuhr, rief sie Jay von ihrem Autotelefon aus an. »Es ist dringend, du musst zum Hof kommen. So schnell du kannst. John-Paul ist wieder da. Ich glaube, er hat etwas … etwas Schreckliches getan.«

Innerhalb von fünf Minuten war sie daheim. John-Paul stand immer noch an der Stelle, wo sie ihn zurückgelassen hatte. Als ob seither keinerlei Zeit verstrichen wäre.

»John-Paul, wo sind die anderen drei Mädchen?«

Mit gequälter Miene hob er den Kopf. »Ich hatte nicht vor, ihnen was anzutun. Ich wollte sie einfach nur mitnehmen … für eine kurze Zeit. Ich dachte, wenn ich sie für ein paar Stunden, höchstens einen Tag, mitnehme, würde dir das Angst einjagen. Euch allen Angst einjagen. Und dann würdet ihr endlich auspacken. Einer von euch würde zugeben, was ihr getan habt. Es war eine Kurzschlusshandlung.«

»Ich … ich verstehe nicht. Du redest wirres Zeug.«

»Einer von euch hat mich in Thailand reingelegt. Ich weiß, dass es nicht Derreck war, weil er nicht am Flughafen war. Und als ich die Villa verließ, waren keine Drogen in meiner Tasche. Dessen hatte ich mich gründlich vergewissert. Denn ich habe dem Bastard nicht getraut, nach dem, was er mit dir abgezogen hatte. Also hat jemand anderes diese Köpfe am Flughafen in meine Tasche getan.«

»John-Paul, bitte. Wo sind sie? Wo sind die Mädchen?«

Er warf ihr einen seltsamen Blick zu, bevor er zu seinem Lieferwagen ging. »Hier drin«, sagte er und öffnete die Tür zum Laderaum. »Ich war nicht sicher … Ich wusste nicht, wie schwer verletzt sie waren …«

Zunächst konnte Stace den Anblick, der sich ihr bot, nicht fassen. Tamzin, Katie und Sally. Sie waren bewusstlos.

Sie drängte sich an ihm vorbei. »Du Vollidiot, du gnadenloser Vollidiot. Was hast du nur getan? Sind sie am Leben?«

»Ich … ich weiß es nicht.« Er sah aus, als müsse er sich übergeben. »Das war eine dumme Kurzschlusshandlung. Ich bin Olivia nach der Disco gefolgt, befand mich direkt hinter ihr, aber es fing so heftig zu regnen an, dass ich langsamer fahren musste, und ich über-

legte, dass sie ohnehin hierher zurückfahren würde … aber dann sah ich plötzlich ihr verunglücktes Auto. Sie kann keine ein, zwei Minuten vor mir gewesen sein. Ich habe hinter dem Wagen angehalten und gesehen, dass die Mädchen alle bewusstlos waren, und da kam mir diese dumme, diese irre Idee.« Er fasste sich an den Kopf. »Ich weiß nicht, was ich mir dabei gedacht habe. Sie waren am Leben, als ich sie aus dem Auto gezogen habe, das schwöre ich. Sie waren bewusstlos, aber am Leben.«

Stace kletterte in das Heck des Lieferwagens und kniete sich neben die Mädchen; Entsetzen machte sich in ihr breit, als sie bei keiner von ihnen einen Puls erspüren konnte.

»John-Paul, du musst einen Krankenwagen rufen. Auf der Stelle!«

»Ich kann nicht. Wie soll ich erklären, warum ich sie in meinen Wagen gepackt habe? Wie soll ich erklären, dass ich an der Unfallstelle keinen Notarzt gerufen habe? Da waren sie noch am Leben. Vielleicht hätten die Sanitäter sie retten können. Sie werden sagen, dass ich sie auf dem Gewissen habe. Ich kann nicht …« Unruhig wippte er mit den Füßen auf und ab, in seinem Gesicht blanke Angst und Qual. »Ich kann nicht zurück ins Gefängnis.«

Auch Stace packte die Angst. Das war nicht der Mann, den sie in Thailand zurückgelassen hatte. Der John-Paul von damals hätte keiner Fliege was zuleide getan. Doch dann fiel ihr wieder ein, wie brutal er Derreck zusammengeschlagen hatte. Wie er hinausgestürmt war und ihn blutend auf dem Boden hatte liegen lassen. Dass er, bevor sie ihn kennenlernte, in Goa mit Drogen gehandelt hatte, wodurch ein Teenager zu Tode gekommen war. Außerdem hatte er achtzehn Jahre in einem thailändischen Gefängnis verbracht und dort schreckliche Dinge erlebt, von denen sie sich keinen Begriff machen konnte.

Angewidert starrte sie ihn nun an. Auf der Ladefläche seines

Lieferwagens lagen drei leblose Mädchen, tot, und das nur wegen eines kopflosen Plans, sich für die Taten eines ihrer Elternteile zu rächen.

Und das alles für nichts und wieder nichts. Denn Hannah und Trev, Leonie und Griff, Maggie und Martin traf keine Schuld. Sie waren alle unschuldig.

»John-Paul, du verdammter Vollidiot«, schluchzte sie, während sie den Lieferwagen wieder verließ. Sie wollte es in den kalten nächtlichen Himmel hinausschreien: »Ich war diejenige, die dich reingelegt hat. Ich habe die Drogen in deine Tasche getan! Nicht sie. Ich!«

Zu spät begriff sie, was für einen schrecklichen Fehler sie begangen hatte, indem sie zugab, dass er wegen ihr beinahe zwanzig Jahre in einem Gefängnis in Bangkok abgesessen hatte. Seine Mimik veränderte sich. Seine einst so warmen Augen nahmen einen kalten, harten, wütenden Ausdruck an.

Und dann stürzte er sich auf sie.

50

Jenna

Ich sitze wie festgefroren auf dem Sofa, während sich die Ereignisse vor meinem geistigen Auge entfalten, als wäre ich die einzige Zuschauerin eines grotesken Bühnenspiels. Als ich Jay vorhin mit einem Deutschen Schäferhund zu seinen Füßen im Sessel sitzend vorgefunden habe, begann sich alles zu einem schlüssigen Ganzen zu fügen, während er sich bei mir über Olivias Mutter ausließ und ihr die gesamte Schuld an allem gab. Er verhielt sich eher wie ein Geistesgestörter, nicht wie der coole, gefasste Geschäftsmann, als der er bei unserer ersten Begegnung erschienen war. Und alles, woran ich denken konnte, war die Frage, wie ich von hier entkommen könnte. Als Olivia mit ihrer Mutter auftauchte, war ich zunächst erleichtert. Aber jetzt, nachdem ich mir Anastacias Geschichte angehört habe, dämmert mir, dass ich mich werde glücklich schätzen können, wenn ich lebend hier rauskomme. Sie haben mir schon zu viel verraten.

Olivia lässt sich in den Sessel neben dem Kamin fallen, als könnten ihre Beine sie nicht länger tragen. Sie bedeckt ihr Gesicht mit den Händen. Anastacia geht im Wohnzimmer auf und ab, während sie ihre Version der Ereignisse zum Besten gibt und Jay mit seinem Hund auf der anderen Seite des Kamins steht.

»Also sind sie tot?«, fragt Olivia, wobei sie die Hände von ihrem erblassten Gesicht löst und zu Jay aufblickt.

»Natürlich sind sie tot«, blafft Jay. »Falls sie je eine Überlebenschance hatten, so hat John-Paul, dieser Idiot, sie zunichtegemacht.«

»Aber warum seid ihr dann nicht einfach zur Polizei gegangen?«, klagt Olivia. »Es ist ja nicht so, als ob Mum die Schuld daran gehabt hätte. John-Paul war es, der sie von der Unfallstelle weggebracht hatte.«

Anastacia bleibt stehen und wechselte einen Blick mit Jay. »Er war nicht bei Verstand«, sagt sie leise zu Olivia. »Und ich hätte ihm durchaus zugetraut, dir auch etwas anzutun. Damals, in jener Nacht … Ich weiß nicht, ob er dich nicht auch mitgenommen hätte, wenn du nicht eingeklemmt gewesen wärst.« Die Schuldgefühle stehen Anastacia ins Gesicht geschrieben.

Ich beobachte, wie sie Jay eindringlich in die Augen schaut, und seiner wütenden Miene sowie dem kaum merklichen Kopfschütteln entnehme ich, dass er schweigend mit ihr kommuniziert. Und da wird mir mit einem Schlag klar, warum sie nicht zur Polizei gegangen ist.

»Sie haben ihn umgebracht, nicht wahr?«

»Nein!«, schreit Olivia. »Das kann nicht sein. Er ist wieder da. Er wurde in Stafferbury gesehen.«

Aber der Blick, den Jay und Anastacia wechseln, sagt mir, dass ich richtigliege.

»Das war Notwehr«, unterbricht Jay. »Er ging auf sie los, nachdem sie ihm gestanden hatte, dass er wegen ihr in Bangkok mit den Drogen erwischt worden war.«

Ein Schluchzen entweicht Anastacias Lippen. »Ich stand unter Schock. Er hatte völlig die Kontrolle verloren.« Ihrem Gesicht sehe ich an, dass sie die Wahrheit sagt. »Ich hatte in Thailand eine solche Wut auf ihn, weil er Jay so schrecklich zusammengeschlagen hatte.« Der Blick, den sie Jay zuwirft, ist zärtlich, doch es schwingt noch etwas anderes darin mit. Ein Hauch von Scham vielleicht. »Außerdem wollte ich dich beeindrucken«, sagt sie zu ihm, »also habe ich zugestimmt, drei der Buddhas mitzunehmen.« Mit gequälter Miene dreht sie sich wieder zu Olivia um. Ein Geständnis von Mutter zu Tochter. »Mir war bewusst, dass das nicht so ganz den Vorstellungen des Abnehmers entsprach. Er wollte alle acht Buddhas. Aber es wäre zumindest ein bisschen Geld gewesen, und außerdem für mich auch die Möglichkeit, Jay zu beweisen, wie sehr ich ihn liebte. Aber dann, in letzter Minute, im Minivan auf dem Weg zum Flughafen, verlor ich die Nerven. Als wir aus dem Wagen stiegen, stopfte ich die Köpfe in John-Pauls Tasche. Ich dachte keine Sekunde daran, dass er ernsthaft erwischt werden würde. Und ich dachte, selbst wenn, waren die Drogen so gut darin versteckt …« Sie stöhnt. »Aber dann … er wurde aus der Schlange gezogen und seine Tasche durchsucht. Und da habe ich … Ich wollte nicht, dass es passiert«, weint sie. »Bitte, glaub mir das, mein Schatz«, sagt sie zu Olivia. »Es war einfach nur Pech …«

Niemand spricht, nicht einmal Jay, obwohl ich seinem Gesichtsausdruck entnehmen kann, dass er das alles schon mal gehört hat. In diesem Moment sind wir alle wie erstarrt, bis Anastacia erneut das Wort ergreift. Ich weiß, was sie jetzt sagen wird, und mir wird speiübel.

»Nachdem ich es ihm gestanden hatte … in jener Nacht … da ging er auf mich los. Ich musste um mein Leben rennen. Er verfolgte mich bis in die Ställe und schrie, dass er mich umbringen würde. Mir war klar, dass er nicht mehr bei Sinnen war. Und ich …« Sie erbleicht. »Ich schnappte mir das

Nächstbeste, was ich finden konnte, eine Mistgabel, und … ich rammte sie in ihn hinein. Das war keine Absicht. Es ging ums Überleben. Und dann … Jay …« Ich kann sehen, dass sie zittert. »Jay tauchte auf und …« Sie sieht Olivia flehentlich an. »Es war falsch, das zu vertuschen. Aber ich hatte solche Angst, dich zu verlieren. Du hattest sonst niemanden. Wenn ich die Polizei gerufen hätte, wäre ich womöglich ins Gefängnis gekommen, und was wäre dann gewesen?«

Olivia schüttelt benommen den Kopf. »John-Paul ist also gar nicht zurück in Stafferbury? Warum hast du das dann behauptet? Warum hast du mir erzählt, dass er nach mir sucht?«

»Ich … Wir …« Ihr Blick huscht zu Jay und dann wieder zurück zu ihrer Tochter. »Wir wollten, dass die Leute glaubten, John-Paul sei noch am Leben. Darum buchten wir im Lauf der Jahre immer wieder Unterkünfte unter seinem Namen. Nur für den Fall, dass jemand nach ihm suchte. Wir haben das eine ganze Weile nicht mehr getan, aber dann …«

»Ist das der Grund, warum Sie sich in der Hütte gegenüber einquartiert haben?«, werfe ich ein. »Um mich glauben zu machen, es könnte sich bei dem Fremden um John-Paul handeln?« Ich ziehe das Kärtchen, das Samuel mir gegeben hat, aus meiner Hosentasche und halte es hoch. »Das hier hat man in der Hütte gefunden.«

Anastacia schnappt sie sich und dreht sie in ihrer Hand. Dann lässt sie den Kopf hängen.

Also war sie es, die mit dem Hund in der Hütte ein und aus gegangen ist. Jay muss eingeweiht gewesen sein – vermutlich gab er ihr erst den Schlüssel und tat dann so, als wüsste er nicht, wovon ich rede, als er neulich früh hier vorbeischaute.

»Aber du hast alles ruiniert, als du dummerweise dieses Zimmer in der High Street unter seinem Namen gebucht hast«, fährt Jay sie an. »Das hat seinen Bruder überhaupt erst hierhergeführt.«

»Ich wusste doch noch nicht einmal, dass er einen Bruder hat!«, jammert Anastacia. »Woher hätte ich wissen sollen, dass das passieren könnte?«

»Also hast du Panik bekommen«, schlussfolgert Olivia mit erstickter Stimme, »und hast mir erzählt, dass er zurück sei.«

Anastacia blickt beschämt drein. »Ich musste mir etwas einfallen lassen, als ich herausfand, dass sein Bruder aufgekreuzt war.«

»Und warum hast du mir erzählt, er hätte Derreck umgebracht?«

»Das war dumm ... Ich hatte Angst, dass du herausfinden könntest, dass es sich bei Derreck in Wirklichkeit um Jay handelt. Und ...«

Ich erinnere mich an Dales Kommentar zu den laufenden Ermittlungen der Drogenfahndung in der Gegend, einem in Stafferbury operierenden Drogenring und Jays früherer Verurteilung. Ich hege keinerlei Zweifel daran, dass Jay – oder Derreck oder wie auch immer er sich sonst nennt – darin verwickelt ist.

Olivia kneift die Augen zusammen. »Deine Freunde ... Maggie ... sie verdienen es, die Wahrheit darüber zu erfahren, was wirklich passiert ist.« Dann wendet sie sich an Jay. »Das ist alles deine Schuld«, faucht sie. »Ich wette, du warst es, der geholfen hat, das alles zu vertuschen.«

»Ja, habe ich. Und seither bin ich unentwegt damit beschäftigt, ihr verdammtes Chaos wieder aus der Welt zu schaffen.« Sein gebräuntes Gesicht ist wutverzerrt. »Du«, fährt er mich an. »Wenn du nicht hergekommen wärst, um hier herumzustochern, wäre nichts von alledem passiert. Dir habe ich es zu verdanken, dass die Polizei ihre Nase in meine Angelegenheiten gesteckt und in meinen Geschäften herumgeschnüffelt hat.«

»Das hat nichts mit mir zu tun«, erwidere ich und versuche, ruhig zu bleiben. »Wie es scheint, wird schon eine ganze Weile gegen Sie und den Drogenring ermittelt.«

Anastacia wirft Jay einen vernichtenden Blick zu. »Als hätte ich dich nicht auch gedeckt. Bei deinen Drogengeschäften. Aber du musstest ja Wesley mit ins Boot holen. Ich hab dir gesagt, dass du das nicht tun sollst. Und dann Ralph …«

»Halt den Mund. Du hast schon zu viel gesagt.«

»Halt!« Olivia steht auf. »Hört auf. Es ist zu Ende. Das alles hat hier und jetzt ein Ende …« Sie stößt ein gequältes Schluchzen aus. »Bitte, Mum. Sag der Polizei doch ganz einfach, was du getan hast. Das mit John-Paul war Notwehr. Und was die anderen angeht …« Eine Träne läuft ihr übers Gesicht. »Ihr Tod war nicht deine Schuld.«

Anastacia eilt zu Olivia und ergreift ihre Hand. »Es tut mir so leid.«

»Bitte, sag es ihnen. Tu es für mich.«

Als ich mich ebenfalls erhebe, höre ich es. Ein Lachen. Grausam, tief und kehlig. Es ist Jays Lachen.

»Oh, ich glaube, das wird nichts«, sagt er zu mir. »Denkst du wirklich, ich kann dich jetzt noch gehen lassen? Du weißt zu viel.«

Langsam greift er in seine Tasche, und da sehe ich, dass er ein Messer bei sich hat.

»Lauf, Jenna!«, höre ich Olivia schreien. »Lauf!«

Für den Bruchteil einer Sekunde zögere ich. Ich will Olivia nicht im Stich lassen, aber wenn ich am Leben bleiben will, muss ich hier raus. Jay schnappt nach mir, als ich auf die Tür zustürze, aber ich bin jünger und schneller und schaffe es, mich unter seinem Arm hindurch zu ducken.

Ich renne aus der Hütte, spüre ihn jedoch dicht hinter mir. Mein Herz hämmert. Jay kennt den Wald, dort wird er mich innerhalb kürzester Zeit aufstöbern. Samuels Auto steht nicht in der Einfahrt, also bleibt mir keine andere Wahl, als zum Devil's Corridor zu rennen und, so hoffe ich, ein vorbeifahrendes Auto anzuhalten – vorausgesetzt, weder Jay noch sein Hund holen mich davor ein. Er mag zwar zwanzig Jahre älter sein, aber er ist größer und stärker und ganz eindeutig ein Psychopath. Wenn er mich umbringt, wird er damit nicht durchkommen, aber das tröstet mich gerade wenig.

Ich renne so schnell, wie ich noch nie zuvor gerannt bin. Es fühlt sich an, als könnten meine Beine nicht mit mir mithalten. Meine Lunge brennt. Hinter mir kann ich Jay hören, das Bellen seines Hundes. Er holt auf. Es regnet schon wieder, und die rutschigen Sohlen der Sneakers bremsen mich. Ich bin fast am Ende des Feldwegs angelangt … Ich muss es nur noch auf die Straße schaffen. Da mache ich den Fehler, einen Blick hinter mich zu werfen. Jay befindet sich fast in Reichweite, und Anastacia rennt mit wild rudernden Armen hinter ihm her. Versucht sie, ihn aufzuhalten, oder treibt sie ihn an? Olivia steht vor der Hütte und hält, Gott sei Dank, mit der einen Hand den Hund an seinem Halsband im Zaum, während sie mit der anderen ihr Handy ans Ohr drückt.

Ich haste über die Straße. Ich bin so von Angst geblendet, dass ich den Pick-up, der stadtauswärts fährt, erst bemerke, als ich an ihm vorbeisprinte. Ich stürze hin, rolle auf der anderen Seite der Fahrbahn in den Grasstreifen und bleibe nach dem Beinahezusammenstoß heftig zitternd liegen, während ich gleichzeitig das Kreischen von Bremsen, begleitet von einem dumpfen Knall, höre. Der Pick-up hat angehalten, ein Mann steigt auf der Beifahrerseite aus und geht zu einem anderen Mann rüber – dem Fahrer –, der sich über eine auf der Straße liegende Gestalt beugt.

51
Olivia

Dale reicht ihr und Jenna jeweils einen Becher Tee. Sie sitzen nebeneinander auf dem Sofa in Jennas Wohnzimmer, und Dale lässt sich auf dem Sessel neben der Terrassentür nieder. Olivia steht unter Schock. Sie kann einfach nicht aufhören zu zittern, und ihr ist, als müsse sie sich jeden Augenblick übergeben. Jennas Miene nach zu urteilen, scheint es ihr nicht anders zu gehen.

Jay wurde in einem Krankenwagen weggebracht, und ihre Mutter ist in Begleitung eines Polizisten mit ihm gefahren. Olivia und Jenna sind vor Ort geblieben, um ihre Aussage bei dem milchgesichtigen Detective Constable Stirling zu tätigen, doch nun sind sie allein mit Dale in Jennas Hütte.

»Was wird jetzt mit meiner Mutter geschehen?«, will sie von Dale wissen. Selbst in ihren Ohren klingt ihre Stimme leise. Sie umschließt den Becher mit ihren Fingern und versucht so, ihre zitternden Hände zur Ruhe zu bringen.

»Wir werden sie offiziell vernehmen müssen.«

»Womöglich streitet sie alles ab.«

»Wenn sie das tut, werden wir sämtliche Beweise zusammentragen und darauf hoffen müssen, dass das genug ist. Aber denk jetzt nicht darüber nach. Du hast so viel durchgemacht«, sagt er freundlich. Auch in seinen Augen liegt Traurigkeit, und ihr fällt ein, wie sehr er Tamzin einst gemocht hatte.

Zu ihrem Entsetzen beginnt sie zu weinen, und Jenna reibt ihr tröstend über den Arm.

»Ich habe schon vermutet, dass sie tot sind …«, schluchzt sie, »… aber es bestätigt zu bekommen, ist … fühlt sich so …« Die Trauer lastet so schwer auf ihrer Brust, dass sie kaum noch Luft bekommt. »Glaubst du, sie hätten den Unfall überlebt, wenn John-Paul nicht gewesen wäre?«

»Das werden wir nie erfahren«, antwortet Dale. »Olivia, du hattest Glück, dass du überlebt hast. Ich weiß, dass sich das vielleicht nicht so anfühlt nach allem, was du durchgemacht hast, aber …«

Sie kann sich noch erinnern, dass Katie und Tamzin nicht angeschnallt waren. Die Vorstellung, wie sie unter schrecklichen Schmerzen in diesem Lieferwagen lagen und wegen ihres geisteskranken Vaters keine ärztliche Behandlung bekamen, ist ihr unerträglich. Hätte er sie nicht entführt, wären sie vielleicht nicht ihren Verletzungen erlegen.

»All die Jahre, die meine Mutter es wusste und es mir nie erzählte. Kein Wunder, dass sie sich nicht mehr mit Maggie und den anderen getroffen hat. Wie hätte sie ihnen auch in die Augen sehen können, wo sie doch die Wahrheit kannte?«

»Ja, das wäre schwierig für sie gewesen«, meldet sich Jenna zu Wort, die bisher geschwiegen hat. »Sie hat gesagt, dass sie dich nur beschützen wollte. Ich würde ja gern glauben, dass ich an ihrer Stelle das Richtige getan hätte, aber bei der Vorstellung, meinen Sohn allein zu lassen …« Schmerz flackert in ihrem Gesicht auf. »Ich will sie damit nicht entschuldigen, ich meine nur, dass das eine schwere Entscheidung gewesen sein muss.«

»Aber es war doch Notwehr, oder nicht? Immerhin hat er

sie verfolgt«, sagt Olivia. »Möglicherweise wäre sie also gar nicht ins Gefängnis gekommen.«

Dale stellt seine Tasse auf dem Kaffeetisch ab. »Sie muss davon ausgegangen sein, dass alles gegen sie sprach, und wollte das Risiko nicht eingehen. Vielleicht hatte sie Angst, die Polizei würde etwas über die Drogen und damit auch über ihre Rolle in dieser Sache herausfinden.«

»Ich wette, Jay hat seinen Teil dazu beigetragen«, sagt Olivia mit bitterer Stimme. »Er hatte sie all die Jahre über fest im Griff. Das war dermaßen manipulativ«, sie wendet sich an Jenna, »wie sie vorgetäuscht haben, John-Paul sei noch am Leben, indem sie sich in der Hütte gegenüber versteckten. Dir einen solchen Schrecken einzujagen.«

»Jay hat den Hund von einem seiner Dealer-Kumpanen geliehen«, erklärt Dale. »Olivia, ich weiß nicht, ob du im Bilde bist, aber gegen Jay wird derzeit wegen seiner Rolle in einem Drogenring hier in Stafferbury ermittelt.«

Das überrascht Olivia nicht. »Mum hat etwas in Bezug auf Wesley erwähnt. Ist er auch darin verwickelt?«

»Danach sieht es aus. Tut mir leid«, sagt Dale. »Es gibt da aber noch etwas in Bezug auf Wesley.« Es scheint ihm unangenehm, und er verlagert seine Position in dem Sessel. Sein Blick zuckt kurz zu Jenna, dann wieder zurück zu Olivia. »Ich erzähle es dir gern unter vier Augen.«

»Wesley ist mir egal«, platzt sie heraus. »Nach allem, was passiert ist, ist er das Letzte, woran ich denke. Und was Jenna angeht«, sie dreht sich um und lächelt die Journalistin an, »ich habe keine Geheimnisse vor ihr.« Sie spült die Lüge mit einem großen Schluck heißen Tees hinunter.

Dale beugt sich ein Stück vor. »Nachdem ich dich gestern Abend bei den Steinen gefunden habe, bin ich noch mal zurück. Ich hatte da einen Verdacht, was dir widerfahren sein könnte. Ich fand eine Nadel und ließ sie untersuchen. Deine Theorie war richtig. Jemand hat dir eine Vergewaltigungsdroge injiziert.«

Olivia setzt sich auf, ihre Hände umklammern den Becher noch fester. »Aber … ich wurde nicht vergewaltigt. Dafür gäbe es doch Anzeichen, oder nicht?«

»Ich glaube nicht, dass es um Vergewaltigung ging«, erwidert er leise. »Ich bin mir nicht sicher, was genau der Plan war. Ich fürchte, um das zu erfahren, müsstest du vielleicht Wesley fragen.«

Olivia spürt Übelkeit in sich aufsteigen. »Warum?«, fragt sie. Ihr wird am ganzen Körper heiß, dann wieder kalt, als wäre sie mit einem Eimer Wasser übergossen worden.

»Ich bin später zum Pub und bat, die Aufzeichnungen ihrer Überwachungskameras zu sichten. Darauf ist ein Mann zu sehen, der gegen neunzehn Uhr dreißig, unmittelbar nach dir, allein die High Street entlangeilt. Der Mann ist leider nicht genau zu erkennen, hat aber Wesleys Statur.«

Olivia ruft sich die Angst in Erinnerung, die sie gestern Abend auf dem Heimweg verspürt hat, dieses Kribbeln im Nacken, das Gefühl, dass jemand hinter ihr war. Dann die Hand. Die Hand, die sich über ihren Mund legte. Und die Schmerzen, die sie nach ihrem Aufwachen in ihrem Bein spürte. Sie denkt an den Nadelstich in ihrem Oberschenkel, den Riss in ihrer Reithose. Es muss Wesley gewesen sein, der ihr eine Droge injiziert hat. Sie ist sich sicher.

»Warum? Olivia, warum sollte er dir das antun? Das ist … Ich verstehe es einfach nicht.« Jenna schüttelt den Kopf.

Aber Olivia weiß, warum. »Weil er mich jahrelang manipuliert hat. Ich habe es zwar geahnt, hatte aber nicht genug Selbstvertrauen – ich war einfach nur froh, überhaupt jemanden zu haben. Aber er hat gemerkt, dass ich mich zusehends von ihm entfernte. Er wollte, dass ich Angst habe. Und das hat auch beinahe geklappt. Ich bin wie eine Idiotin wieder zu ihm gerannt. In der Hoffnung, dass er mich vor den Ungeheuern da draußen beschützen würde. Dabei ist er das Ungeheuer.«

Dale und Jenna sehen sie schweigend an. Ist das Anerkennung in ihren Gesichtern? Weil sie endlich gegen Wesley aufbegehrt und ihre eigenen Entscheidungen getroffen und sich zum Interview mit Jenna bereit erklärt hat?

»Gott, du bist wirklich tapfer, ich hoffe, das weißt du«, sagt Jenna. »Ich wünschte, ich hätte nur halb so viel Mut wie du.«

Es ist mit das Netteste, was je jemand zu ihr gesagt hat. Und obwohl dies gerade eine der schwersten Wochen ihres Lebens ist, erlaubt sie sich für einen Moment zu strahlen – bevor die Erinnerung sie wieder einholt und ihre Welt erneut in sich zusammenbricht.

Am Nachmittag dann beschließt Jenna, dass sie einen Spaziergang unternehmen sollten, um den Kopf etwas freizupusten. Dale hat versprochen, sie auf dem Laufenden zu halten, aber Jay befindet sich noch in kritischem Zustand im Krankenhaus, und ihre Mutter und Wesley sind vorerst festgenommen. Olivia fragt sich, ob ihre Mutter ihr Geständnis zurückziehen wird, wenn sie der Polizei gegenübersteht. Sie will sie so bald wie möglich sehen, aber was Wesley angeht, so kann er, was sie betrifft, in der Hölle schmoren. Dale geht davon aus, dass ihn eine Haftstrafe erwartet. Womöglich werden sie ihm nicht nachweisen können, dass er sie betäubt hat. Sie hingegen ist überzeugt davon, dass er es war, und jedes Mal, wenn sie darüber nachdenkt, ist sie aufs Neue entsetzt, dass er ihr das antun und sie dann einfach in der kalten, dunklen Nacht zwischen den Steinen liegen lassen konnte. Aber immerhin wurde bei der Durchsuchung seiner Wohnung genug Kokain und MDMA sichergestellt, um nachzuweisen, dass es sich keineswegs nur um Eigenbedarf handelte. Dale vermutet stark, dass er dem Verhör nicht standhalten wird, und Olivia hofft, dass er damit recht behält. Sie will Wesley nie wiedersehen.

»Ich muss dir die Wahrheit über etwas erzählen«, sagt Olivia jetzt, als sie sich den Weg durch das Unterholz bahnen. Der Himmel hat aufgeklart, und Sonnenlicht blitzt durch die Baumkronen und wirft fleckige Schatten auf den Waldboden. Olivia schiebt ihre Hände in die Jackentaschen, um sie warm zu halten.

»Worum geht's?«, fragt Jenna, während sie vorsichtig über Baumwurzeln hinwegsteigt.

»Um die Nachrichten. In dem Blumenstrauß und auf deinem Auto. Meine Mutter hat sie geschrieben. Ich habe ihre Handschrift sofort erkannt. So viele Jahre habe ich über die Unfallnacht und die hellen Lichter nachgedacht. Ich habe immer wieder das Bewusstsein verloren, aber Ralph hatte die Lichter ebenfalls gesehen … auch wenn er dachte, dass es Aliens wären.« Sie lacht leise. »Armer Ralph. Ich wurde von den Lichtern geblendet, darum konnte ich nicht sehen, wer im Auto saß. Aber als das Auto abbog und wegfuhr, war ich mir sicher, dass ich das Nummernschild erkannte. Unser Nummernschild. Mit der Zeit sagte ich mir, dass ich mir das nur eingebildet hatte. Aber als ich die beiden Nachrichten sah … da wurde mir klar, dass meine Mum mehr über die Unfallnacht wusste.« Sie wischt sich eine Träne aus dem Auge. Sie hat den ganzen Tag über immer wieder geweint. »Das war egoistisch. Ich wusste, sie zu fragen, hätte alles ändern können.«

Jenna dreht sich überrascht zu ihr. »Oh, Olivia.«

»Ich hatte Angst, du kommst dahinter, dass meine Mutter die Nachrichten geschrieben hatte. Also habe ich, als ich den Zettel von deinem Auto in der Küche sah, ihn ins Feuer geworfen für den Fall, dass sich ihre Fingerabdrücke darauf befanden oder jemand anderes ihre Schrift wiedererkennen könnte. Das war dumm von mir. Ich hätte nicht versuchen sollen, sie zu beschützen. Ich hatte ja keine Ahnung von dem Ausmaß der ganzen Geschichte, das schwöre ich dir.«

»Ich weiß«, antwortet Jenna.

»Ich wusste nicht, dass sie einen Menschen auf dem Gewissen hat. Ich dachte einfach nur …« Sie seufzt. Ihr Atem bildet kleine Wölkchen, die sich in der kalten Luft auflösen. »Ich dachte, Mum wüsste vielleicht mehr über das, was mit Sally, Tamzin und Katie passiert war.«

Jenna bleibt stehen und drückt mitfühlend ihre Hand.

Olivia hat noch nicht mal ansatzweise angefangen, die Rolle ihres Vaters – dieses John-Paul – in dieser ganzen Sache zu begreifen. War er die Gestalt, die sie auf der Straße gesehen hatte? Ihrer Mutter hatte er erzählt, dass er ihnen in seinem Lieferwagen gefolgt sei und sich hinter ihnen befunden habe, als es zu dem Unfall kam – damit hätte er es nicht sein können. Vielleicht war es ja doch Ralph, und er hatte sie angelogen. Oder vielleicht war doch etwas dran an den Gerüchten über seltsame Vorkommnisse in Stafferbury.

In Gedanken versunken setzen sie ihren Spaziergang fort.

Mittlerweile haben sie die Lichtung erreicht, und Olivia

bleibt, überwältigt von Kummer, stehen, als ihr beim Anblick von Ralphs Wohnwagen ihr letztes Treffen einfällt. Sie zittert. Sie will nicht hier draußen im Wald sein, so nah an der Stelle, an der Ralph starb.

»Was meinst du, wer ihn umgebracht hat?«, fragt Jenna, als hätte sie ihre Gedanken gelesen.

»Keine Ahnung.«

»Glaubst du, es war Jay? Hatte es was mit den Drogen zu tun?« Sie wirft Olivia einen raschen Blick zu und muss den Schmerz in ihrem Gesicht sehen. »Tut mir leid, lass uns nicht jetzt darüber nachdenken. Komm.« Sie hakt sich bei Olivia unter. »Lass uns gehen und deine Pferde versorgen. Ich kann dir helfen. Und wenn du heute Nacht nicht allein sein möchtest, kannst du bei mir in der Hütte übernachten.«

Olivia fließt das Herz über vor Dankbarkeit. Plötzlich sehnt sie sich danach, wieder bei ihren geliebten Pferden zu sein.

Immerhin lügen, betrügen und manipulieren sie nicht und lassen einen nicht im Stich, so wie Menschen es tun.

TAG FÜNF

52

Jenna

Sprachmemo: *Freitag, 30. November 2018*

Der Devil's Corridor hat ein weiteres Opfer gefordert. Diesmal handelt es sich um Derreck Jason Knapton – auch bekannt als Jay. Er starb heute in den frühen Morgenstunden. Ich bin hergekommen, um über das Verschwinden dreier junger Frauen zu berichten. Niemals habe ich damit gerechnet, mich im Mittelpunkt des Geschehens wiederzufinden, als die Wahrheit ans Licht kam. Es mag sich um kein mystisches oder übernatürliches Phänomen gehandelt haben, aber mit einer Sache hatte Madame Tovey dennoch recht. Seinen Anfang hat alles mit den Liebenden genommen.

Izzy ist bereits in Bea's Tearoom zugange, als wir zum Frühstück ankommen. Ich bin letzte Nacht bei Olivia auf dem Hof geblieben, da wir beide nicht allein sein wollten. Wir tranken Wein und saßen stundenlang einfach nur da, redeten und dachten laut nach. Über Wesley und ihre Mutter, über Jay und den Drogenring. »Ich glaube, Wesley wollte nur deswegen so unbedingt mit mir zusammenziehen, um so das schmutzige Geld zu waschen, das er verdient hatte«, schloss Olivia traurig. »Es kam mir doch ziemlich seltsam vor nach all den Jahren. Ich glaube, dass er schon eine ganze Weile für Jay gearbeitet hat. Mindestens zwei oder drei Jahre.«

»Du solltest wirklich mit ihm sprechen. Um Antworten zu bekommen«, riet Jenna ihr.

Sie seufzte. »Warum? Er würde doch nur lügen. Ich glaube nicht, dass dieser Mann jemals ehrlich zu mir war.«

Jetzt steht sie neben mir, mit blassem Gesicht und Tränensäcken unter den Augen. Die Teestube ist gerammelt voll, und es ist nur noch ein Tisch frei. Als Izzy uns entdeckt, eilt sie rüber und packt Olivia am Arm. »Ist es wahr? Hast du es gewusst?«

Olivia weicht zurück. »Natürlich nicht.«

Izzy wirkt nicht überzeugt. Ihre dunklen Augen blitzen auf, aber dann scheint ihr wieder einzufallen, wo sie sich befindet, und sie setzt ein professionelles Lächeln auf. »Setzt euch doch, ich bringe die Speisekarten.«

Ich spüre etliche Blicke auf uns, als wir den freien Tisch am Fenster ansteuern. Vielleicht war das doch keine so gute Idee. Wir haben gerade erst Platz genommen, als eine Frau auf uns zukommt. Es ist Hannah Burke, Katies Mutter. »Wie kannst du es wagen, dich hier blicken zu lassen? Deine Eltern sind für den Tod meines Kindes verantwortlich …«

»Es tut mir so leid, Mrs. Burke«, beginnt Olivia mit zitterndem Kinn.

»Hey, sie muss sich für nichts entschuldigen«, mische ich mich ein. »Das mit Ihrer Tochter tut mir furchtbar leid, aber es ist nicht Olivias Schuld. Sie ist genauso ein Opfer wie ihre Freundinnen.«

Mrs. Burke lässt sich auf den freien Stuhl fallen, wo sie mit hängenden Schultern in sich zusammensackt. Ich bemerke, wie die anderen Gäste mit gespannter Miene in unsere Richtung glotzen.

»Mein Trevor, er ist gestorben, ohne je die Wahrheit zu erfahren …« Ein Schluchzen entfährt ihr.

Eine andere Frau, klein, rundlich und blond, erscheint an unserem Tisch. »Komm, Hannah, Liebes«, sagt sie, legt einen Arm um Mrs. Burke und hievt sie beinahe schon von ihrem Stuhl. »Es ist nicht Olivias Schuld. Nichts von alledem ist ihre Schuld.«

Ich sehe zu, wie die Frau Mrs. Burke zurück an ihren Tisch führt.

»Gott«, murmelt Olivia. »Ich fühle mich schrecklich. Können wir gehen?«

»Klar«, sage ich und stehe auf.

Als wir den Raum verlassen im Bewusstsein, dass jede unserer Bewegungen genau beobachtet wird, möchte ich Olivia am liebsten sagen, dass es immer so weitergehen wird, wenn sie in dieser Stadt bleibt. Aber dann fällt mir ein, dass es für sie schon immer so war. Seit dem Unfall. Sie kennt es gar nicht mehr anders.

Ich fahre Olivia in die Sicherheit ihres Reitstalls zurück, wobei ich einen Zwischenstopp an der Tankstelle einlege, um uns ein paar Croissants zu holen. Zum Glück wurde heute keine Reitstunde gebucht, sodass sie sich mit niemandem auseinandersetzen muss.

»Gehören all diese Pferde dir?«, erkundige ich mich, als ich ihr über den Hof folge, nachdem wir zuvor in dem kalten Büro die Croissants verspeist haben, auch wenn Olivia an ihrem bloß ein bisschen herumgezupft hat.

»Nein, nur Sabrina. Die anderen sind hier eingemietet. Das bedeutet, dass wir sie für ihre Besitzer betreuen – einige zu einem reduzierten Tarif, wenn wir ihre Pferd für die Reitschule nutzen dürfen«, erklärt sie, als sie meinen ratlosen Gesichtsausdruck bemerkt. Ganz automatisch macht sie sich daran, die Pferde zu versorgen. Ich helfe ihr, so gut ich kann, obwohl ich Angst vor Pferden habe.

»Allein werde ich den Laden nicht am Laufen halten können«, sagt sie, während sie Heu in ein großes Netz stopft.

»Vielleicht solltest du den Unterricht vorerst absagen und für ein paar Tage schließen«, schlage ich vor. »Dann kannst du dir alles in Ruhe durch den Kopf gehen lassen. Du könntest jemanden bitten, dir zu helfen.«

Sie erwidert nichts, sondern presst stattdessen die Lippen so aufeinander, dass sie weiß werden. Und da begreife ich, was sie nicht ausspricht. Dass es niemanden gibt, um ihr zu helfen.

Unnütz stehe ich auf dem Hof herum, sehe Olivia dabei zu, wie sie Pferdemist und nasses Stroh in eine Schubkarre schaufelt, und kämpfe gegen die latente Übelkeit an, die mir der beißende Ammoniakgeruch beschert, als ich höre, wie ein Auto vorfährt. Dale kommt durch das Tor geschritten, wobei seine Anzugschuhe laut über den Beton klackern.

»Dachte mir schon, dass ich dich hier finde, als ich sah, dass du nicht in der Hütte bist. Kurz dachte ich, du wärst abgereist, ohne dich zu verabschieden. Hi, Olivia«, fügt er hinzu, als sie an meine Seite tritt.

»Ist alles in Ordnung? Hast du meine Mutter gesehen?«

»Nein, habe ich nicht, aber sie wurde wegen Totschlags und Strafvereitelung angeklagt. Sie wird heute noch dem Ermittlungsrichter vorgeführt. Allerdings plädiert sie auf nicht schuldig, also sieht es danach aus, als würde ihr Fall an den Crown Court verwiesen werden.«

»Wann werde ich sie besuchen können?«

Dales Blick wird sanfter. »Bald. Ich werde das in die Wege leiten.«

»Und Wesley?«, frage ich.

»Tja, er hat alles auf Jay abgewälzt, was, da Jay tot ist, natürlich ein Leichtes ist. Aber er hat sich immerhin bereit erklärt, uns im Gegenzug für ein milderes Strafmaß Informationen zu anderen Mitgliedern des Drogenrings zu liefern. Scheint so, als wäre Jay Knapton nur ein Rädchen in einem großen Getriebe gewesen.«

Olivia sagt nichts, blickt nur schweigend auf ihre Füße.

»Wer hätte gedacht, dass eine Kleinstadt wie Stafferbury ein so massives Drogenproblem hat?«, sage ich. »Wie lange hat Wesley da mitgemischt?«

»So wie sich das anhört, schon eine ganze Weile. Er hat diverse Betrugsmaschen und dubiose Geschäfte auf dem Kerbholz. Seine Anklageschrift ist ellenlang.« Er sieht aus, als wolle er mehr sagen, überlegt es sich aber anders. Sein Blick begegnet dem meinen, dann senkt er die Augen, wobei ihm die Röte den Hals hochkriecht. Was verschweigt er mir?

»War meine Mutter auch darin verwickelt?«, fragt Olivia, nun ihren Blick auf Dale richtend.

»Ich fürchte, ja. Aber in welchem Ausmaß, das ist noch unklar.« Und wieder sagt er nicht alles. Das kann ich spüren.

Olivia lässt die Schultern hängen, erwidert aber nichts darauf.

»Also, wann reist du ab?«, wechselt Dale das Thema.

Ich blicke auf meine Armbanduhr. Ich muss noch zurück in die Hütte und meine Sachen zusammenpacken. »Demnächst«, sage ich zerknirscht. Mir ist unwohl bei dem Gedanken, Olivia allein zu lassen.

»Die Journalisten sind schon im Anmarsch.« Er verschränkt die Arme vor der Brust. »Pass einfach auf, was du ihnen erzählst«, sagt er zu Olivia. »Und wenn es Probleme gibt, ruf mich jederzeit an.«

Ich verspüre Dankbarkeit ihm gegenüber.

»Wir sehen uns gleich in der Hütte«, sagt er, bevor er sich abwendet und zum Auto geht.

Ich drehe mich zu Olivia. Ihre Augen haben sich mit Tränen gefüllt. »Ich bin echt albern«, sagt sie und wischt sie weg.

»Komm her«, sage ich und umarme sie fest. »Alles wird gut«, sage ich in ihr Haar. »Du bist stark. Du hast bereits viel ertragen und wirst auch das durchstehen. Und denk dran, solltest du je Lust auf einen Tapetenwechsel haben, kannst du jederzeit zu mir nach Manchester kommen.«

Als ich wegfahre, sehe ich sie in meinem Rückspiegel klein und verloren am Tor stehen, und es bricht mir das Herz.

53

Dale wartet in der Einfahrt vor der Hütte auf mich.

»Also, Mr. Detective Sergeant, raus mit der Sprache, was konntest du mir vor Olivia nicht sagen?«, frage ich, als ich aus dem Auto steige.

»Dir entgeht aber auch wirklich nichts, oder?« Er lacht, während er an meiner Seite zur Tür geht.

»Nein, nichts.«

Ich schließe die Hütte auf. »Es geht um Tamzin«, beginnt er und nimmt am Küchentisch Platz. Heute trägt er schwarze Socken. Aus irgendeinem Grund stimmt mich das traurig, als handle es sich um einen symbolischen Akt. »Wesley hat sie erpresst. Er sagte ihr, sie müsse die Portokasse an ihrem Arbeitsplatz stehlen, oder er würde mir und ihren Freundinnen erzählen, dass sie mit ihm geschlafen hat.«

»Was für ein mieses Schwein«, erwidere ich schockiert. »Hat er denn mit ihr geschlafen?«

»Das behauptet er zumindest. Zwar bevor er was mit Olivia anfing, aber als Tamzin bereits mit mir zusammen war.« Er zuckt mit den Schultern. »Es könnte natürlich sein, dass er lügt. Zweifelsohne eine Art, mich zu provozieren. Warum sonst sollte er das ausgerechnet jetzt gestehen?«

»Und was ist mit Ralph? Weißt du, wer ihn getötet hat?«

»Wesley sagt, es war Jay. Weil Ralph nicht mehr dealen wollte. Anscheinend konnten sie ihm nicht länger vertrauen.

Aber, na ja, das ist genau das, was Wesley behaupten würde, nicht wahr? Wundern würde es mich jedenfalls nicht, wenn Wesley ihn umgebracht hätte. Aber beweisen können wir es natürlich nicht.«

»Und die Fotos, die sich in Ralphs Wohnwagen befanden?«

»Anastacia meinte, Jay habe sie damals aus John-Pauls Jacke genommen und in Ralphs Wohnwagen versteckt, weil er sonst nicht wusste, wohin damit. Er wollte sie nicht zusammen mit John-Paul begraben aus Sorge, dass jemand die Verbindung zwischen ihm und Olivia herstellen könnte, falls man die Leiche je fand. Natürlich hätte er sie auch ganz einfach verbrennen können, darum vermute ich, dass er sie bei Ralph versteckte, um im Fall der Fälle den Fokus auf ihn zu richten.«

»Wo hat Jay … wo hat er John-Paul und die Mädchen vergraben?«

Dale verzieht das Gesicht. »Er muss Leute dafür gehabt haben. Seine Komplizen vermutlich. Die Kollegen werden ordentlich Druck auf die Typen machen, damit sie den Ort preisgeben. Auf Anastacia genauso. Ich bin mir sicher, dass sie ihn ebenfalls kennt.«

Ich muss an Madame Toveys Worte über John-Paul, Katie, Tamzin und Sally denken, darüber, dass sie sich noch immer in Stafferbury befänden, und ein Schauer läuft mir über den Rücken. Sie hatte recht. Vielleicht ist sie doch keine Scharlatanin.

»Wesley meinte, Jay habe sich große Sorgen wegen des stagnierenden Tourismus gemacht und befürchtet, dass niemand mehr nach Stafferbury kommen würde, sodass er eigenhändig den Mythos über die seltsamen Vorgänge hier befeuerte«, fährt Dale fort. »Auf Jays Handy befanden sich Audiodateien mit dem Weinen eines Kindes.«

»Moment mal! Das weinende Kind, das ich gehört habe – das war nur eine Aufnahme?«

Dale presst die Lippen zusammen und nickt.

»Ich habe es an dem Abend gehört, an dem ich angegriffen wurde.«

»Wesley hat gestanden, dass er dich niedergeschlagen und die Aufnahme abgespielt hat. Er meinte, er habe nicht vorgehabt, dich ernsthaft zu verletzen. Jay wollte, dass er dir einen Schrecken einjagt, damit du verschwindest und in deinem Podcast über die übernatürlichen Phänomene in Stafferbury berichtest. Ich glaube, er hoffte darauf, dass du dich weniger auf den Unfall konzentrieren würdest. Jay hatte immer jemand anders, der für ihn die Drecksarbeit erledigte. Allem Anschein nach war er für Wesley so eine Art Vaterfigur, insbesondere die letzten Jahre. Er hat außerdem zugegeben, dass die toten Vögel vor deiner Tür auf sein Konto gehen.«

»Gott.« Diese Informationen muss ich erst mal sacken lassen.

»Ich glaube, Jay wollte zwar einerseits, dass du herkommst und über die Mythen und Legenden berichtest, um so den Tourismus wieder anzukurbeln, aber andererseits wollte er nicht, dass du herausfindest, was es in Wahrheit mit dem Verschwinden der Mädchen auf sich hat.«

Ich berühre meinen Hinterkopf an der Stelle, wo ich den Schlag abgekriegt habe. Ich bin glimpflich davongekommen.

Dale reibt sich über die Bartstoppeln. Er sieht erschöpft aus, hat Ringe unter den Augen und ist noch zerzauster als sonst. »Gott, das war echt ein Brocken von einem Fall. Ich brauche Urlaub.«

Da fällt mir plötzlich etwas ein. »Darf ich diejenige sein, die Brenda alles erzählt?«

Er schmunzelt. »Klar. Ich muss sowieso wieder an die Arbeit. Ein neuer Tag, ein neuer Fall.« Er steht auf, und ich folge seinem Beispiel. Kurz herrscht verlegene Stille, und unsere Blicke begegnen sich. »Danke, Jenna. Ich habe mich gefreut, dass du hier warst und ich jemanden hatte, mit dem ich über all das reden konnte.« Er zieht mich in seine Arme und drückt mich fest an sich.

Ich bin so überrascht, dass ich nach Luft schnappe und dabei seinen Zitrusduft einatme. Dann erwidere ich seine Umarmung.

Wir bleiben einen Moment so stehen, bevor ich mich von ihm löse.

»Du passt auf Olivia auf, ja? Ich mache mir Sorgen um sie.«

»Versprochen«, antwortet er.

Ich folge ihm zur Tür und schaue ihm nach, als er zu seinem Auto geht. Bevor er einsteigt, dreht er sich noch einmal mit nachdenklicher Miene um, dann nimmt er hinter dem Steuer Platz.

Als ich zum Abschied winke, habe ich einen Kloß im Hals.

Anderthalb Stunden später habe ich mein Gepäck im Kofferraum meines Audi verstaut und die Schlüssel in den Briefkasten eingeworfen. Ich frage mich, was mit Knapton Developments passieren wird, als ich im Freien stehe und schwermütig die Hütte betrachte. Vorhin habe ich noch meine Redakteurin Layla auf den neuesten Stand gebracht, die völlig aus dem Häuschen war, als sie hörte, dass ich nun sogar eine Auflösung für den Podcast habe. Nachdem Dale und ich uns verabschiedet hatten, bin ich zu Brenda gefahren und habe ihr alles erzählt. Die Verblüffung war ihr anzusehen, als ich ihr alles schilderte, und als ich dann erzählte, wie Jay mich mit dem Messer gejagt hatte, schlug sie die Hände vors Gesicht und riss die Augen auf.

»Jetzt kann ich glücklich sterben«, sagte sie, als sie mich nach draußen begleitete. »Ich hatte befürchtet, nie zu erfahren, was mit den Mädchen passiert ist.«

Ich bin froh, von hier abzureisen, auch wenn mir Olivia und, wenn ich ehrlich bin, auch Dale fehlen werden. Als ich mich hinters Steuer setze und langsam davonfahre, verabschiede ich mich stumm von der Hütte im Wald, in der so viel passiert ist.

Als ich auf den Devil's Corridor abbiege und mich von Stafferbury entferne, schüttet es vom Himmel runter. Und ich weiß nicht, ob es der dunstige Regen ist, der mich Dinge sehen lässt, die gar nicht da sind, aber im Rückspiegel meine ich die Silhouette einer unter einer Kapuze vermummten Gestalt auf der Straße zu sehen.

EPILOG

Drei Monate später

Der Raum ist erfüllt von aufgeregtem Geschnatter, und ein Geruch nach verkochtem Gemüse und schlechtem Atem liegt in der Luft. Die Wache zeigt Olivia den Tisch, an dem ihre Mutter sitzt, und weist sie an, sie weder zu berühren noch ihr sonst irgendwie zu nahe zu kommen.

»Danke, dass du hier bist.« Ihre Mutter sieht mit verzagtem Blick zu ihr auf.

Olivia denkt, dass sie angesichts der Umstände recht gut beieinander zu sein scheint. Ihr graues Haar ist ein Stück gewachsen, und sie trägt es zusammengebunden im Nacken, was sie älter wirken lässt, aber ihre Augen erzählen noch einmal eine ganz andere Geschichte. In ihnen spiegeln sich Trauer, Grauen und Einsamkeit.

»Ich dachte nicht, dass du mich besuchen würdest«, sagt sie.

Es hatte eine Weile gedauert, bis sie sich dazu entschloss, der Bitte ihrer Mutter nachzukommen. Aber nun hat sie das Gefühl, bereit dafür zu sein, auch wenn sie ihrem Blick ausweicht, während sie den Plastikstuhl unter dem Tisch hervorzieht. Sie darf jetzt nicht anfangen, Mitleid mit ihr zu haben. Während sie Platz nimmt, lässt sie den Blick durch den Raum schweifen, in dem sich mehr als ein Dutzend weiterer Insassinnen mit Angehörigen unterhalten.

»Es tut mir so leid …« Die Stimme ihrer Mutter bricht.

»Mir tut leid, was ich getan habe und dass ich es dir nie erzählt habe, dass ich dich all die Jahre im Unklaren über das Schicksal deiner Freundinnen gelassen habe. Ich habe all das – die ganze Geschichte mit Jay und den Drogen – vor dir verborgen, weil ich dich nicht in diese zwielichtige Welt hineinziehen wollte, in der ich gelandet war. Ich war so wütend, als Jay Wesley rekrutierte.«

Aber Olivia will über all das nicht reden. Sie will keine Entschuldigungen hören. Sie hat versucht, ihr Leben in Stafferbury weiterzuleben. Es ist nicht einfach, aber sie beißt sich durch. Endlich ist sie erwachsen und steht auf eigenen Beinen.

Sie verstummen, obwohl Olivia die kaum verborgenen Gefühlswallungen hinter dem steifen Lächeln ihrer Mutter keineswegs entgehen.

»Mit dem Hof läuft alles bestens«, verkündet Olivia, um die Spannung ein wenig herauszunehmen. »Jay hat den Tourismus bekommen, den er wollte. Seit die Wahrheit bekannt geworden ist, boomt er geradezu.«

Bei der Erwähnung von Jay weicht alles aus den Zügen ihrer Mutter, und sie blickt auf ihre Hände.

»Ich habe jemanden eingestellt, der sich um die Verwaltung des Hofes kümmert«, fährt Olivia fort. »Eine Frau in meinem Alter, sie heißt Violet. Sie ist ebenfalls eine Einzelgängerin. Hat weder Mann noch Kinder. Sie war mir ein Rettungsanker und ist eine gute Freundin geworden. Außerdem habe ich auch jemanden, der sich um die Buchhaltung kümmert. Und zwei Teilzeitkräfte, die bei den Pferden ausmisten.«

Ihre Mutter hebt den Blick. »Wo nimmst du das Geld dafür her?«

Zum Glück wurde der Reitstall rechtlich einwandfrei geführt, sodass die Polizei ihn nicht beschlagnahmte, nachdem der Drogenring zerschlagen worden war. »Ich vermiete eines der Nebengebäude als Ferienwohnung. Außerdem habe ich mir ein bisschen Geld von der Bank geliehen.«

»Ich bin stolz auf dich«, sagt ihre Mutter leise, und ihre Augen leuchten auf.

Olivia schluckt den Kloß in ihrem Hals runter. Sie versteift sich. »Hast du schon das von Wesley gehört?«

Ihre Mutter schüttelt den Kopf.

»Sie haben ihn zu zwölf Jahren verurteilt. Er hat sich des Diebstahls sowie des Besitzes und Handels mit harten Drogen schuldig bekannt. Allerdings kam er mit dem, was er ganz sicher mir angetan hat, ungeschoren davon.«

»Es tut mir leid, dass ich mich so in ihm getäuscht habe. Ich dachte, er wäre dein Gatsby.«

»Oh, verdammt noch mal, Mum«, faucht Olivia, sodass ihre Mutter erschrocken auf ihrem Stuhl zusammenschrumpft, als hätte sie eine Ohrfeige bekommen. »Warum hältst du immer noch an diesen lächerlichen romantischen Ideen fest? Du weißt, was mit Gatsby passiert ist, oder?«

»Natürlich weiß ich das. Ich habe das Buch oft genug gelesen.«

Olivia stößt ein hohles Lachen aus. »Das klingt schon eher so, als wäre John-Paul dein Gatsby gewesen. Schau doch nur, was du ihm angetan hast.«

»Bitte, Olivia, sei nicht verbittert deswegen. Ich möchte, dass du deine große Liebe findest.«

»Tja, vielen Dank, auf die verzichte ich gerne.« Sie holt tief Luft. Sie will sich nicht streiten. Sie lebt ihr Leben und ist zufrieden damit. Zumindest bis zu einem gewissen Grad.

In Violet hat sie eine neue Freundin gefunden, und auch mit Jenna hat sie noch Kontakt. Das ist mehr, als sie verdient. Sie versucht, keinen Groll auf ihre Mutter zu hegen. Denn trotz allem, was war, liebt Olivia sie noch immer.

»Kommst du mich wieder besuchen?«, will ihre Mutter wissen, als ihre Zeit rum ist.

Olivia erhebt sich. »Natürlich komme ich«, sagt sie knapp.

Ihr ist bewusst, dass ihre Beziehung von nun an so sein wird. Zerstückelte Gespräche über die kargen Tische eines Gefängnisbesuchsraums hinweg. Ihre Mutter verbüßt eine achtjährige Haftstrafe wegen Totschlags. Zuletzt hatte sie, im Austausch für ein milderes Strafmaß, doch auf schuldig plädiert, wird aber trotzdem Anfang siebzig sein, wenn sie wieder rauskommt.

Olivia kann den Blick ihrer Mutter auf sich spüren, als sie den Raum verlässt. Erst als sie draußen ist, weit weg von den anderen Menschen, lässt sie die Tränen ungehindert über ihre Wangen fließen.

Auf der Zugfahrt nach Hause ruft sie Jenna an. Sie telefonieren alle paar Wochen einmal. Olivia hofft, dass sie es bald mal nach Manchester schafft.

»Das heißt, du fährst immer noch nicht Auto?«, fragt Jenna.

»Aber das werde ich. Versprochen. Ich muss erst noch einen Auffrischungskurs oder so was in der Art absolvieren. Es ist schon lange her.«

Jennas Stimme wird sanfter. »Und wie ist es heute gelaufen?«

Olivia richtet den Blick durch das Fenster auf die vorbeirauschende Landschaft. »Besser als erwartet. Mum sah recht fit aus, also ist das schon mal gut. Sie wurde dort nicht verprügelt oder so was. Und wie geht es dir?«

Jenna atmet tief durch. »Ganz gut. Das Haus ist inseriert. Ich bleibe mit Finn da wohnen, bis es verkauft ist. Wie auch immer, jedenfalls wird Gavin ihn jedes zweite Wochenende bei sich haben.«

»Also kommt es definitiv zur Scheidung?«

»Ja. Dass ich das mit Clara erfahren habe, hat die ganze Sache ziemlich beschleunigt.« Sie lacht bitter.

Olivia war nicht überrascht, als sie hörte, dass Gavin sich in eine andere Frau verliebt hatte, eine Arbeitskollegin, die zehn Jahre jünger war als er. Sie konnte hören, wie Jenna mit den Tränen kämpfte, als sie ihr zum ersten Mal davon erzählte, nur kurze Zeit nachdem sie nach Hause zurückgekehrt war.

»Es kommt nicht überraschend, und eigentlich fühle ich mich ganz okay.« Sie lacht. »Na ja, nein, das ist gelogen. Ich bin wirklich stinkwütend, aber ich werde darüber hinwegkommen. Immerhin habe ich Finn, und wenn ich mal über Nacht woanders sein muss, kümmert sich meine Mum um ihn. Die Geschichte mit Clara hat mir die Munition verschafft, die ich brauchte. Gavin bleibt gar nichts anderes übrig, als sich vernünftig zu verhalten.«

»Und was ist mit Dale?«

»Oh, wir sind in Kontakt.« Sie kann das Lächeln in Jennas Stimme förmlich hören. »Ich glaube, es wäre möglich … dass sich in der Zukunft etwas ergibt. Aber jetzt ist es noch zu früh. Ich muss erst mal eine Weile für mich sein. Es wird seine Zeit dauern, bis ich einem Mann wieder vertrauen kann.«

»Das verstehe ich absolut«, pflichtet Olivia ihr bei und lehnt sich auf ihrem Sitz zurück. Und in diesem Moment spürt sie, wie, trotz aller Umstände, ein wohliges Gefühl durch sie hindurchströmt.

Sie bittet den Taxifahrer, sie am Devil's Corridor abzusetzen. Sie war seit Wochen nicht mehr im Wald und hat es auch tunlichst vermieden, seit die Leichen geborgen wurden. Doch jetzt verspürt sie das makabre Verlangen, jenen Ort aufzusuchen, an dem man sie gefunden hat. Um sich zu verabschieden.

Dale hatte sie kurz nach Weihnachten angerufen, um ihr mitzuteilen, wo Jay – oder einer seiner Komplizen – sie vergraben hatte. Die sterblichen Überreste wurden mittlerweile von diesem Ort entfernt und ordentlich bestattet. Olivia hat jeder einzelnen Beerdigung beigewohnt – zusammen mit Dale ganz hinten stehend, in dem Versuch, sich so unsichtbar wie möglich zu machen –, wenngleich Izzy und Maggie sie nach dem Gottesdienst in die Arme schlossen. »Wir geben dir keine Schuld«, flüsterte Maggie ihr ins Ohr, als sie sie umarmte. Womit eine riesige Last von Olivias Schultern fiel.

Sie geht zu der Hütte, in der Jenna gewohnt hat, völlig ahnungslos, dass die toten Mädchen gleich im Waldstück hinter dem Garten lagen. Sie fragt sich, ob Jay diese Hütte speziell für Jenna ausgesucht hat, als habe er es genossen, mit ihr zu spielen. Mit ihnen allen.

Sie hat diesen Mann kaum gekannt. Aber sie hasst ihn mit jeder Faser ihres Seins.

Die Hütte ist noch intakt, aber im hinteren Teil des Gartens befindet sich eine riesige Grube. Die Polizei brauchte ewig, um herauszufinden, wo die Leichen begraben waren, da ihre Mutter behauptete, ihre wäre die Stelle nicht bekannt. Olivia hofft, dass sie die Wahrheit sagte, denn das

Mindeste, was sie tun konnte, war, ihre ehemaligen Freunde aus ihrer Not zu erlösen.

Olivia steigt über aufgeschüttete Erde und Gestein hinweg, bis sie das Ende des Gartens erreicht. Dunkelheit senkt sich über sie, als ihr alles wieder in den Sinn kommt, was sich in Jennas Wohnzimmer zugetragen hat: das Geständnis ihrer Mutter, Jennas Entsetzen, Jays gestörtes Verhalten. Er hat sich aufgeführt wie ein wildes Tier, das in der Falle saß. Sie lässt sich auf dem harten, unebenen Boden auf die Knie sinken und beugt den Kopf, um ein Gebet an jenen Gott zu richten, von dem sie nicht mehr weiß, ob sie überhaupt noch an ihn glaubt.

Es ist ein kalter Februarnachmittag, und auf der Erde hat sich Frost gebildet, der unter ihren Füßen knirscht. Olivia steht auf, zieht ihre Mütze tiefer über den Kopf und bläst sich in die behandschuhten Hände. Fast schon erwartet sie, sich umzudrehen und Jay mit diesem bösartigen Funkeln in den Augen hinter sich stehen zu sehen. Wie konnte ihre Mutter sich in so einen Typen verlieben? Aber hat sie nicht dasselbe getan und Wesleys fragwürdige Seiten schlicht nicht gesehen?

Flüsternd verabschiedet sie sich von ihren drei Freundinnen, insbesondere von Sally, die sie den Rest ihres Lebens vermissen wird. Dann entfernt sie sich und steuert das Feld mit den Megalithen an, um von dort zum Reithof zurückzukehren. Ihr Bein schmerzt allmählich, aber sie hat noch genug Energie, um einen kleinen Umweg über die Lichtung einzuschlagen, auf der sich nach wie vor Ralphs Wohnwagen befindet, wenngleich er mittlerweile leer steht und die Fenster zersplittert sind.

Sie senkt den Kopf. Wenn sie doch nur ein paar Blumen

hätte, die sie an der Stelle ablegen könnte, wo er gestorben ist. Aber das würde seltsam aussehen.

Sie war so dankbar gewesen für Ralphs Hilfe in der Unfallnacht. Und ihre Dankbarkeit hatte sie für seine Fehler blind gemacht. Als er damals das Geld im Fußraum ihres Autos fand – das Geld, von dem sie später erfuhr, dass Tamzin es gestohlen hatte –, behielt er es und erzählte es ihr erst, als er sie ein paar Wochen später im Krankenhaus besuchen kam. Es waren die fehlenden zweihundert Pfund, und sie sagte ihm, er solle sie behalten. Sie tat es, um Tamzin zu beschützen, damit sie nicht wegen Diebstahls in Schwierigkeiten geriet. Denn zu jenem Zeitpunkt war sie noch überzeugt gewesen, dass ihre Freundinnen wieder auftauchen würden.

Als Olivia ihn am Tag seines Todes besuchen ging, ahnte sie nichts von der Bombe, die Ralph platzen lassen würde.

Er sei an jenem Vormittag im Wald gewesen, behauptete er. Und habe gehört, wie ihre Mutter sich mit Jay Knapton stritt.

»Warum sollten sie sich streiten?«, erwiderte Olivia verwirrt. »Sie kennen sich doch gar nicht.«

Daraufhin erzählte er ihr, dass er manchmal für Jay arbeitete und Drogen verkaufte, und auch, dass ihre Mutter darin verwickelt war. Sie weigerte sich, das zu glauben, sagte ihm, ihre Mutter würde so etwas niemals tun.

»Sie haben sich wegen der Nacht vom Unfall gestritten. Es hörte sich an, als hätten sie was vertuscht. Wegen dem, was mit deinen Freundinnen geschehen ist. Ich glaube, du musst es der Polizei erzählen«, sagte Ralph.

In jenem Moment wurde Olivia klar, dass ihre schlimmste Befürchtung sich bestätigt hatte. Die grellen Lichter in der Nacht, das Nummernschild … das *war* ihre Mutter gewesen.

Sie wusste nicht, wie oder warum, aber es klang so, als wäre ihre Mutter irgendwie beteiligt gewesen.

Ralph wurde ihr gegenüber ungewöhnlich forsch. Hat sich richtiggehend aufgeführt. »Die Polizei schnüffelt hier herum. Ich habe es satt, immer derjenige zu sein, auf den alle mit dem Finger zeigen. Die glauben doch immer noch, ich hätte was mit dem Verschwinden deiner Freundinnen zu tun. Ich wurde am nächsten Morgen mit Jade gesehen, aber ich weiß, dass sie glauben, dass es Tamzin gewesen wäre. Aber das war sie nicht. Ich habe bei Jade bloß ein bisschen Gras gekauft. Mit den verschwundenen Mädels hatte ich nichts am Hut. Das ist einfach ungerecht. Dabei befinden sich die wahren Schuldigen die ganze Zeit direkt vor unseren Augen.«

»Ich kann doch nicht meine eigene Mutter verraten«, erwiderte sie entsetzt. »Und wenn sie und Jay Knapton zu einem Drogenring gehören, werden sie dann nicht auch gegen dich ermitteln?«

Aber Ralph war sich da nicht so sicher. Stattdessen fing er an, sich über die ständigen Fragen der Polizei zu beschweren, über seine Verstrickungen mit Jay Knapton und auch darüber, was er in Wirklichkeit für ihn tat. Er sagte, die Schlinge um seinen Hals würde sich immer mehr zuziehen, und deswegen müsse etwas passieren, deswegen müsse der Fokus auf jemand anderen gelenkt werden. Auf jemanden wie ihre Mutter.

Olivia verließ den Wohnwagen unter Tränen. Sie lief im Wald umher, um ihre Gedanken zu sammeln. Was sollte sie nur tun? Sie musste zurück und Ralph davon überzeugen, nichts zu verraten. Ihn überzeugen, dass er sich verhört hatte. Ihre Mutter würde nie im Leben mit Jay unter einer Decke stecken. Wenn er die Schuld auf jemanden abwälzen wollte, dann auf Jay Knapton, nicht auf ihre Mutter. Es war nicht fair, sie als Sündenbock zu benutzen. Aber als sie zu seinem Wohnwagen zurückkehrte, war er ungewöhnlich aggressiv und high und griff sie an, als sie ihn zur Rede stellte. Sie hatte nicht vorgehabt, ihn zu töten. Den Stein aufzuheben und ihm damit auf den Hinterkopf zu schlagen, als er sich abwandte, um davonzugehen, war bloß ein Reflex.

»Es tut mir so leid«, sagt sie nun mit tränennassen Wangen. Sie wird sich den Rest ihres Lebens schuldig fühlen.

Dabei war alles umsonst gewesen. Ihre Mutter wurde trotzdem festgenommen und verurteilt.

Wesley hat sie nach seiner Verhaftung nur ein einziges Mal gesehen. Er rief bei ihr an, bettelte sie förmlich an, ihn im Gefängnis besuchen zu kommen, und sie gab schließlich nach. Er sah überraschend gut aus, wie er ihr da gegenübersaß, und sie war völlig überrumpelt, als er sich bei ihr für alles entschuldigte. »Ich hab dich wirklich geliebt, weißt du«, sagte er traurig und ließ den Kopf hängen. »Das tue ich immer noch. Und das werde ich auch immer. Mir ist klar, dass ich das nicht immer auf die richtige Weise gezeigt habe, aber ich wollte ein besseres Leben für uns. Deshalb habe ich mich auf Jay eingelassen. Ich hatte meinen Job bei der Bank verloren und wollte nicht, dass du enttäuscht von mir bist.« Dann gestand er ihr, wie er jeden Tag aufgestanden sei, sich eine Krawatte umgebunden habe und in die Nachbarstadt gefahren sei, um so zu tun, als würde er zur Arbeit gehen. Kein Wunder, dass er ihr immer wieder eingetrichtert hatte, sie solle ja nie bei der Bank anrufen, und dass er ständig blauzumachen schien. »Als Jay dann mit einem Vorschlag ankam, auf andere Art an Kohle zu kommen, dachte ich, das wäre eine einfache Sache. Ich wollte dir damit nicht wehtun. Ich hatte Angst, dich zu verlieren.« Zwar wusste sie seine Worte zu schätzen, doch verzeihen würde sie ihm im Leben nicht mehr. Sie wollte Wesley nie mehr wiedersehen. Kurz bevor die Besuchszeit abgelaufen war, beugte er sich jedoch über den Tisch und sagte ganz leise, sodass nur sie es hören konnte: »Ich habe der Polizei gesagt, dass Jay Ralph umgebracht hätte.«

Dann stand er auf und ging, während sie ihm hinterherstarrte, zu geschockt, um sich zu rühren.

Hatte er einen Verdacht? Sie wird es wohl nie mit Sicherheit wissen. Sie hat in ihrem Leben schon so viele Geheimnisse gehütet, und nun hat sie ein weiteres, das sie mit ins Grab nehmen wird.

Sie schiebt die Hände in die Taschen ihres gelben Regenmantels, und mit einem letzten bedauernden Blick zu Ralphs Wohnwagen spaziert sie aus dem Wald, nach Hause.

DANKSAGUNG

Girls Night war, was das Schreiben betraf, eines meiner komplexeren Bücher, weshalb ich Monate allein damit verbrachte, bis ich den ersten Entwurf fertig hatte und ihn an meine wundervolle Lektorin Maxine Hitchcock schickte. Mir war klar, dass es sich um ein chaotisches, außer Kontrolle geratenes Ungetüm handelte, daher bin ich so dankbar, dass Maxine genau gesehen hat, was ich mit diesem Buch erreichen wollte, und es, zusammen mit der brillanten Clare Bowron, in Form gebracht hat. Sobald ich den Text mit ihren Anmerkungen zurückerhalten hatte, konnte ich klar sehen, was ich tun musste, um das Buch prägnanter, dynamischer und straffer zu gestalten, was zu guter Letzt damit endete, dass ich beinahe fünfzehntausend Wörter herausstrich. Das Buch ist, dank ihrer Änderungen, so viel besser, und ich kann ihnen gar nicht genug danken für ihr Können, ihre Scharfsicht und ihre Ratschläge.

Ein großes Dankeschön geht auch an den Rest des großartigen Michael-Joseph-Teams: Rebecca Hilsdon, Ellie Morley, Vicky Photiou, Ella Watkins, Beatrix McIntyre, Deirdre O'Connell, Hannah Padgham und Katie Corcoran. Besonders erwähnen möchte ich hier Lee Motley für die umwerfend schönen Buchumschläge sowie Hazel Orme für ihr sorgfältiges Korrektorat, gepaart mit ihrem Enthusiasmus und ihren lieben Worten. Ich bin euch allen so dankbar.

Ich habe das Glück, Juliet Mushens zur Agentin zu haben. Ihr Rat, ihre Entschlossenheit und ihr Talent haben dazu geführt, dass meine Bücher in mehr als zwanzig Ländern veröffentlicht wurden, und ich kann ihr gar nicht genug danken für all die Unterstützung und Freundschaft über die Jahre (und die gemeinsame Liebe zu flauschigen – und manchmal auch ziemlich eigensinnigen – Katzen!), aber auch dafür, mich zum Lachen zu bringen, mich bei geistiger Gesundheit zu halten und einfach nur dafür, die Beste zu sein! Meinen Dank schulde ich zudem Liza DeBlock, Kiya Evans und Rachel Neely – dem Rest des wunderbaren Teams von Mushens Entertainment.

Danke auch an meine ausländischen Verlage, insbesondere den Penguin Verlag in Deutschland, sowie Sarah Stein, Kristin Cipolla und den Rest des Harper-Teams in den USA und Kanada.

Ein besonderes Dankeschön geht an meine Schriftstellerkollegen aus dem West Country, Tim Weaver, Gilly Macmillan und Cally Taylor – für ihre Unterstützung, ihre Tipps, die Treffen und das gemeinsame Lachen. Ich habe dieses Buch zur gleichen Zeit geschrieben, in der Cally an ihrem jüngsten Thriller *The Guilty Couple* schrieb, also entschlossen wir uns zur Zusammenarbeit, um uns jeden Tag gegenseitig mit Wortvorschlägen und Ermutigungen zu unterstützen, was wirklich motivierend war.

Ein Dankeschön wie immer auch an meine wunderbare Familie, insbesondere meine Mum Linda und meine Schwester Samantha, die meine Entwürfe vor ihrer Veröffentlichung lesen, sowie an meinen Dad, meine Stiefeltern, Stiefgeschwister und Schwiegereltern.

An meinen Mann Ty und meine Kinder Claudia und

Isaac, die mein andauerndes Gerede über Plots und Abgabefristen ertragen mussten. Ich liebe euch so sehr.

Ein riesiges Dankeschön an alle Blogger und Rezensentinnen, die mich im Lauf der Jahre unterstützt haben. Ich bin so dankbar für alles, was ihr tut. Ihr seid unglaublich.

Und zu guter Letzt ist dieses Buch euch gewidmet, meinen Leserinnen und Lesern, im Vereinigten Königreich genauso wie im Ausland. Ohne eure Unterstützung könnte ich diesen Beruf nicht ausüben, der – sieht man mal von chaotischen ersten Entwürfen ab – mein Traumjob ist. Darum danke schön. Vielen Dank fürs Kaufen, Ausleihen und Weiterempfehlen meiner Bücher. Das bedeutet mir unendlich viel.

Eine Familie voller Lügner.
Doch nur einer ist ein Mörder.

Sie alle haben ein Geheimnis. Doch nur einer würde dafür morden.

Eine luxuriöse Hoteleröffnung, die aus dem Ruder läuft. Alte Freunde, die zu Feinden werden. Eine Sonnenwendfeier, die niemand vergessen wird.

Noch mehr gute Bücher, Inspirationen und Information unter penguin.de und auf den Penguin-Social-Media-Kanälen

Ein glückliches Paar. Eine unverhoffte Reise. Und die bedrohliche Schönheit Gotlands.

Was, wenn deine Taten von gestern dich bis heute verfolgen?